DE SANG ET D'ACIER

Du même auteur

Germania, Calmann-Lévy, 2015 ; 10/18, 2016
Les Fils d'Odin, Calmann-Lévy, 2016 ; 10/18, 2017
Derniers Jours à Berlin, Calmann-Lévy, 2018 ; 10/18, 2019
La Vengeance des cendres, Calmann-Lévy, 2020 ; 10/18, 2021
Les Exfiltrés de Berlin, Calmann-Lévy, 2021 ; 10/18, 2022

HARALD GILBERS

DE SANG ET D'ACIER

Traduit de l'allemand par Joël Falcoz

CALMANN LÉVY

CALMANN LÉVY
ÉDITEUR DEPUIS 1836

Titre original :
LUFTBRÜCKE

Première publication : Knaur Verlag,
une marque de Verlagsgruppe Droemer Knaur
GmbH & Co. KG, Munich, 2021

Cet ouvrage a été proposé à l'éditeur français
par l'agence EDITIO DIALOG, Lille.

COUVERTURE
Maquette : Alistair Marca, Adrien Toledano
Photographies : © Ernst Hahn/Ullstein Bild/Roger-Viollet (Reichstag)
© Stephen Mulcahey/Arcangel Images (avions)

ISBN 978-2-7021-8516-2

1

Mercredi 16 juin 1948

D'ordinaire, les changements irréversibles ne s'annoncent pas à l'avance. Ils surgissent du néant sans prévenir. C'est justement ce qui arriva à Sven ce jour-là. Le garçon turbulent et ses trois amis attendaient impatiemment la fin de leur dernière heure de cours. Aucun d'eux ne se doutait qu'ils feraient connaissance avec la mort après l'école.

Leur salle de classe était couverte de poussière à cause des plâtras qui tombaient du plafond. Sven trouvait que ce décor s'accordait à merveille avec l'enseignement sec et rebutant qu'ils y recevaient. Assis sur sa chaise en bois, il balançait nerveusement les jambes. La cloche aurait dû retentir depuis longtemps pour les libérer de leur calvaire quotidien.

Il avait hâte d'aller s'amuser dehors. L'été arrivait enfin, et les journées semblaient durer éternellement. On avait le temps d'entreprendre quelque chose après les leçons. Âgé de onze ans, l'écolier aimait se rendre sur la rive nord de la baie de Rummelsburg pour y faire les quatre cents coups avec sa petite bande. Sven savait qu'il pouvait compter sur ses camarades. Avec une naïveté tout enfantine, il se sentait lié à eux par une inébranlable amitié.

La sonnerie interrompit les explications monotones de l'instituteur. En un tournemain, Sven rangea ses livres dans son cartable et bondit sur ses pieds. Un regard réprobateur du maître le poussa à retourner son siège et à le poser avec précaution sur son pupitre.

Ses trois copains l'attendaient déjà dans le couloir. Ensemble, ils dévalèrent le grand escalier jusqu'au rez-de-chaussée et se ruèrent en criant dans la cour de récréation. Leurs voix claires couvraient les cliquetis des assiettes en fer-blanc accrochées aux courroies de leurs sacs.

Comme chaque jour, Sven ne fit qu'un passage rapide chez lui. Jetant ses affaires de classe dans un coin, il signala son retour à sa mère. Alors qu'il s'apprêtait à ressortir pour aller jouer dehors, elle le força à mettre sa casquette à rabats. L'été qui se profilait menaçait d'être un fiasco. Malgré des températures agréables, les jours étaient gris, et des averses survenaient par intermittence. Il manquait encore cette odeur estivale typique, lorsque l'air vibrait dans la chaleur ambiante.

Bien décidé à affronter les caprices du temps, il se rendit à la Medaillonplatz. C'était dans ce square verdoyant qu'il retrouvait quotidiennement ses amis. Les garçons s'ébattirent un moment sur les pelouses du petit jardin public avant de se diriger vers la baie de Rummelsburg, toute proche. La rive boisée de cette anse de la Sprée était leur territoire.

Par cet après-midi morose, l'endroit était peu fréquenté. Même les pensionnaires de l'orphelinat voisin restaient invisibles. La mère de Sven lui avait expressément interdit de jouer avec les enfants qui vivaient là-bas. D'après les rumeurs qui circulaient, ce genre d'établissement accueillait de jeunes délinquants dangereux. Comme ses copains avaient reçu la même consigne chez eux, tous les quatre évitaient en règle générale de s'approcher trop près de l'enceinte du foyer.

Tandis qu'ils se faufilaient entre les arbres, Sven aperçut sur la berge escarpée une petite fille avec des tresses. Il savait que l'inconnue venait de l'orphelinat. Immobile, elle scrutait les flots sombres. Seule sa robe ondulait au vent.

Il ralentit l'allure avant de se figer. D'instinct, il sentit que l'affaire était grave. Il arrêta d'un geste son copain Schorsch, qui s'apprêtait à surgir du bois pour chasser l'intruse.

— Attends.

Étonné, son camarade fronça les sourcils.

— Essayons d'abord de comprendre ce qui se passe, ajouta Sven en pinçant les lèvres comme le faisaient ses héros préférés de westerns.

Il prit la tête du petit groupe et s'avança avec prudence vers la rive. Le visage rougi, la fillette suçait nerveusement son pouce. Elle paraissait à la fois effrayée et fascinée par ce qu'elle contemplait en contrebas du talus.

Sven suivit son regard. Les épaisses frondaisons de la futaie bruissaient et noyaient la berge dans un demi-jour crépusculaire. Il dut s'approcher tout près de l'inconnue pour découvrir ce qu'elle observait.

Quelque chose d'indistinct miroitait d'un éclat bleuté dans la bourbe. Plissant les yeux, Sven fit encore un pas avant de pouvoir identifier le mystérieux objet.

Un morceau de viande. Au milieu de la partie tranchée, rouge sombre, jaillissait un os d'un blanc étincelant. Sven avait déjà vu ce genre de pièce chez le boucher. Derrière lui, ses amis échangèrent des murmures. Eux aussi avaient reconnu de quoi il s'agissait.

Dans le limon fangeux gisait un jarret, prolongé par un pied. Toutefois, il ne provenait pas d'un bœuf ou d'un porc, mais bel et bien d'un homme.

Les mains plongées dans les poches de son imperméable, Oppenheimer se dirigeait sans se presser vers la baie de Rummelsburg, nichée entre la presqu'île de Stralau et le district de Lichtenberg. C'était sur la rive nord qu'avait été retrouvé un membre amputé. Les habitants avaient surnommé le lieu « berge de Bolle ». En hiver, les employés de la célèbre laiterie fondée par Carl Bolle cassaient la glace qui recouvrait la baie pour refroidir leurs produits. Mais en plein mois de juin, l'anse de la Sprée n'était pas gelée. Au contraire, le commissaire se sentait tout collant de sueur, parce que son trench-coat n'était pas prévu pour des températures aussi douces. Mieux valait voir la chose de manière positive. Un peu de chaleur était toujours mieux que de se faire tremper par une averse.

Parmi les policiers qui s'affairaient sur la rive, Wenzel était aisément reconnaissable. L'adjoint du commissaire, grand et nerveux, avait bondi de leur véhicule d'intervention pour se rendre au pas de course jusqu'à l'endroit de la découverte. Oppenheimer appréciait de travailler avec l'énergique jeune homme, en qui il avait toute confiance. Leur collaboration ressemblait à celle qu'il avait entretenue autrefois avec son défunt collègue Billhardt. Leur tandem fonctionnait à merveille, à la grande satisfaction de Cordes, le patron de la Kripo.

— Qu'est-ce qu'on a ? s'enquit Oppenheimer en s'approchant de l'aspirant-inspecteur.

Wenzel se retourna.

— Des gamins qui jouaient ici ont déniché cette guibolle et appelé la police.

Il montra du doigt le membre qui gisait dans la boue, puis le groupe d'enfants. Les quatre garçons observaient avec attention le ballet bien huilé des techniciens de l'Identité judiciaire. Près d'eux se tenait une femme en civil. Sans doute une fonctionnaire de la WKP[1]. Même si son rôle était de s'occuper des témoins mineurs, elle ne pouvait détacher son regard de la jambe amputée.

— On dirait que le courant l'a charriée jusqu'ici, poursuivit Wenzel. (Prenant à part son supérieur, il ajouta d'une voix agacée :) Voilà près de trois heures que les gosses ont prévenu le central. Une patrouille est d'abord arrivée pour boucler le périmètre, puis on a fait venir la police fluviale. C'est seulement après ça que quelqu'un a enfin songé à contacter la Kripo.

Oppenheimer acquiesça d'un air distrait. Il s'occuperait plus tard de ces problèmes de compétence entre services. Pour l'instant, il voulait concentrer son attention sur le membre tranché. Se remettant en mouvement, il descendit le talus herbeux avec précaution.

— Au moins, on a un indice pour identifier le malheureux propriétaire de cette jambe.

Son adjoint, qui l'avait suivi, opina.

---

1. Weibliche Kriminalpolizei (« police criminelle féminine ») : brigade spéciale qui intervenait autrefois lorsque des mineurs – criminels, victimes ou témoins – étaient impliqués dans certaines affaires judiciaires. *(Toutes les notes sont du traducteur.)*

— Oui, les doigts de pied manquants devraient nous faciliter la tâche.

Le commissaire s'accroupit. Les deuxième et troisième orteils avaient été sectionnés. Penché en avant, il examina un instant les cicatrices.

— Les plaies ont bien guéri. L'amputation remonte à plusieurs années.

Après s'être relevé, il fit lentement le tour du membre. Ses chaussures s'enfoncèrent dans la boue.

— On devrait toujours avoir avec soi une paire de bottes en caoutchouc, grommela-t-il, avant de se tourner vers Wenzel. D'après toi, comment cette jambe a-t-elle été tranchée ?

L'aspirant-inspecteur, grand fumeur, était en train de s'allumer une cigarette. Après avoir aspiré une bouffée de tabac, il lança :

— Si c'est un accident, alors je me fais moine. La coupure est nette. On peut exclure l'hypothèse d'une hélice de bateau. La chair aurait été littéralement déchiquetée.

— Oui, quelqu'un a manié la scie avec une précision chirurgicale.

Oppenheimer réfléchit un instant. Presque tous les ans, on retrouvait à Berlin dans les endroits les plus divers des membres amputés. La plupart du temps, il s'agissait de meurtres. Les assassins tentaient de faire disparaître les cadavres en les débitant.

Le commissaire remit les mains dans les poches de son trench-coat.

— Nous pouvons donc partir du principe que nous avons affaire à un homicide. On a tenté de se débarrasser de la jambe dans le fleuve. Toujours la même ritournelle : pas de corps, pas de crime.

— C'est certainement arrivé près d'ici. (Remarquant le regard interrogateur d'Oppenheimer, Wenzel reprit :) Ça ne fait pas longtemps que ce jarret est dans l'eau. Les tissus ont à peine enflé. Et le courant de la Sprée est plutôt faible dans le coin. Le membre n'a pas dérivé pendant plusieurs jours. Le meurtrier l'a certainement jeté un peu plus loin en amont.

Le commissaire lança un coup d'œil vers le sud, dans la direction indiquée par son adjoint. Glissant paisiblement sur les flots, une péniche longeait la centrale thermique de Klingenberg. Les hautes cheminées de l'usine crachaient sans relâche d'épaisses volutes de fumée noire, comme si elles étaient alimentées par les flammes de l'enfer.

Ses yeux balayèrent ensuite la berge sur laquelle ils se tenaient.

— Si nous ne voulons pas rater un indice, il ne faut rien laisser au hasard. Nous devons passer au crible la baie avant de sonder les rives du fleuve.

Voyant Wenzel grimacer, Oppenheimer leva les mains en signe d'apaisement.

— Je sais, nous avons des moyens limités. Concentrons-nous d'abord sur la zone où la jambe a été découverte, puis nous élargirons les recherches.

Ils remontèrent péniblement le talus. Un des policiers ayant bouclé le périmètre leur tendit la main pour les aider à se hisser au sommet.

Après avoir épousseté son pantalon, le commissaire regarda autour de lui. Sur leur gauche, un long mur de briques s'étirait jusqu'au fleuve. En arrivant à bord de leur véhicule d'intervention, il avait déjà remarqué la vaste enceinte qui s'élevait à proximité de la Medaillonplatz.

— Si mes souvenirs sont bons, il s'agit de la maison d'arrêt de Rummelsburg.

Wenzel contempla un instant les bâtiments qui se dressaient de l'autre côté de l'imposante clôture.

— Désigner un tel endroit par le terme de « maison » m'a toujours semblé un peu déplacé.

L'aspirant-inspecteur se mit sur la pointe des pieds. Hormis une unique tour édifiée au centre du complexe, la prison ne disposait d'aucun mirador.

— Et pour un pénitencier, la surveillance est plutôt mince.

Oppenheimer haussa les épaules.

— Sous le régime nazi, on y enfermait les malades mentaux et les gens déclarés asociaux. Mais je crois qu'à l'origine, c'était une maison de correction qui dépendait du grand orphelinat situé à l'ouest de la Medaillonplatz. (Il tendit le doigt vers deux bâtisses en briques jaunes.) L'établissement a été fortement endommagé pendant la guerre, mais il n'a pas fermé ses portes.

Son assistant se tourna pour observer le site.

— Nous avons donc beaucoup de témoins potentiels.

— Excusez-moi.

Oppenheimer fit volte-face. La policière qui s'occupait des quatre enfants s'était approchée d'eux.

— Fräulein Murr, de la WKP, se présenta-t-elle. Avez-vous encore besoin des garçons ? J'ai déjà recueilli leur témoignage. Il se fait tard, et ils doivent rentrer chez eux pour le dîner.

La jeune femme d'environ vingt-cinq ans avait de grands yeux verts qui contrastaient joliment avec sa chevelure auburn. Wenzel, qui lui jeta un regard appuyé, parut aussitôt charmé.

— C'est Sven qui a alerté la police, poursuivit la fonctionnaire de la WKP.

En entendant son nom, le gamin s'avança. Oppenheimer l'observa un instant. Coiffé d'une casquette à rabats beaucoup trop grande pour lui, Sven devait avoir onze ou douze ans.

— Dès que j'ai vu ce qu'il y avait sur la rive, j'ai tout de suite couru jusqu'au poste le plus proche !

— Bravo, loua le commissaire. C'est toi qui as découvert la jambe en premier ?

Sven afficha une moue déçue.

— Non, c'est une fille de l'orphelinat. Quand nous sommes arrivés, elle semblait clouée sur place. J'ai immédiatement senti que quelque chose n'allait pas.

Oppenheimer chercha l'enfant du regard.

— La petite s'appelle Evi, intervint Fräulein Murr. Comme elle était toute chamboulée, j'ai préféré la renvoyer à l'orphelinat. Il vaudrait mieux attendre qu'elle se soit remise de ses émotions avant de l'interroger.

Le commissaire émit un grognement approbateur, puis se tourna vers Sven et ses amis.

— Est-ce que vous venez souvent ici ? Avez-vous remarqué quelque chose d'étrange dans le coin ces derniers jours ?

Les garçons échangèrent des regards. Sven, qui semblait se considérer comme le chef de la bande, répondit :

— Pas vraiment, monsieur le policier. Mais si vous voulez, on peut se rancarder.

L'écolier avait fait cette offre d'un ton très sérieux. Amusé, Oppenheimer lui décocha un clin d'œil.

— D'accord. Nous reviendrons vers toi.

Sur le chemin du retour, Oppenheimer se sentait un peu nerveux. Ce n'était pas dû à leur nouvelle affaire, mais à la réforme monétaire qui se profilait. Cela faisait deux semaines que des rumeurs couraient sur la disparition prochaine du reichsmark. Les bruits s'étaient même intensifiés lors des derniers jours. Personne ne savait toutefois ce qui suivrait cette probable abolition. Afin de ne pas perdre de l'argent, il semblait judicieux de vider son porte-monnaie en achetant des produits qu'on revendrait ensuite, une fois la réforme passée. Malheureusement, tout le monde avait eu la même idée, et les Berlinois s'étaient rués en masse chez les commerçants. Au marché noir, on ne trouvait plus rien à acquérir. Oppenheimer devinait que les trafiquants préféraient conserver leurs denrées plutôt que de se retrouver sur une montagne de billets sans valeur.

Comme le soir venait, il avait demandé à son adjoint de le déposer à l'Alexanderplatz pour voir ce qui restait dans les magasins. Wenzel se chargerait de garer le véhicule d'intervention à la brigade.

— Demain matin, tu contacteras Fräulein Murr. Il faut interroger les gamins dans le détail. Avec un peu de chance, ils nous mettront sur une piste.

En entendant le nom de la collègue de la WKP, l'aspirant-inspecteur sourit involontairement. Pour un bourreau des cœurs tel que lui, pareille mission était du pain bénit. Wenzel était marié, ce qui ne l'empêchait pas de flirter abondamment avec d'autres femmes, comme leur séduisante secrétaire, Fräulein Böttcher.

Oppenheimer se gardait néanmoins de faire le moindre commentaire sur les frasques de son assistant. Les histoires personnelles du jeune policier ne le concernaient pas.

— Si quelqu'un a remarqué un individu suspect dans la baie ces derniers jours, nous devons le savoir. Notre mystérieux découpeur de membres est peut-être venu en reconnaissance avant de jeter la jambe dans la Sprée.

— Si ça se trouve, il s'est même posté dans le bois qui borde la rive pour épier ce qui s'est passé aujourd'hui. Il doit être curieux de voir si nous sommes assez malins pour le dépister.

Le commissaire réfléchit quelques secondes.

— Possible. Hélas, nous n'avons pas assez d'hommes pour faire surveiller la berge sur toute sa longueur.

Comme ils débouchaient sur l'Alexanderplatz, Wenzel se gara sur le bord de la route. La pluie s'était mise à tomber.

Oppenheimer remonta le col de son imperméable et enfonça son chapeau sur ses yeux. Après un bref salut, il sortit du véhicule pour courir se réfugier sous le porche d'un immeuble. Le trottoir luisait d'humidité.

Sous la grisaille, les vitrines désespérément vides des grands magasins étaient déprimantes. Des éclats de voix jaillirent soudain d'une épicerie toute proche. Par la devanture vitrée, Oppenheimer vit un client hurler sur le propriétaire du commerce en gesticulant.

Deux passants s'arrêtèrent pour observer la scène.

— On m'a proposé aujourd'hui une livre de café à mille deux cents marks, grommela l'un d'eux. Tu te rends compte ? La semaine dernière, c'était deux fois moins cher.

— Vraiment ? s'étonna l'autre. Mais c'est du vol organisé !

— C'était le prix ce matin du côté de la gare du Zoo. Et il a dû encore augmenter depuis.

En captant ces paroles, Oppenheimer secoua la tête. Mille deux cents reichsmarks pour une livre de café, cela dépassait vraiment toute mesure. Mais il y avait bien longtemps qu'il ne s'étonnait plus des prix des denrées rares au marché noir.

Après un quart d'heure d'errance sur la place, il faillit renoncer à sa quête de biens matériels. Partout dans les vitrines, on avait accroché des panneaux sur lesquels était inscrite l'expression tant redoutée : *Rupture de stock*. Une idée lui vint alors à l'esprit. Tête baissée, il mit le cap vers la boutique du prêteur sur gage où il avait acheté l'an dernier le cadeau de Noël de Lisa. Sa femme avait adoré la magnifique paire de gants en cuir bordeaux qu'il lui avait offerte. Là-bas, il trouverait peut-être quelque chose à acquérir.

Soudain plein d'espoir, il força l'allure et manqua de percuter un cycliste. Si la chance était de son côté, il pourrait investir son argent dans un objet possédant une certaine valeur.

2

Mercredi 16 – jeudi 17 juin 1948

Une heure et demie plus tard, Oppenheimer rentrait à la villa de son amie Hilde. Il portait sous le bras une boîte emballée dans du papier journal.

Après avoir gravi les marches du perron, il ouvrit la lourde porte de bois et se glissa à l'intérieur. Ôtant son trench-coat mouillé, il s'engagea ensuite dans l'escalier monumental du hall pour gagner sa chambre, située au premier étage. Il serrait précieusement sa nouvelle acquisition contre sa poitrine. Un service de couverts à dessert en argent sterling – du moins c'était ce que le prêteur sur gage lui avait certifié. Les cuillères et les fourchettes à gâteau portaient de nombreuses rayures, mais il n'avait pas eu le choix. Le coffret était tout ce qui restait dans la boutique.

Levant la tête, Oppenheimer vit soudain surgir Franz Schmude sur le palier. Dans les années trente, son voisin avait fondé avec Hilde une cellule de résistance pour aider les Juifs et les opposants au régime national-socialiste. Avocat de profession, il avait préféré quitter le barreau pendant la dictature hitlérienne et exercé une profession apolitique. Devenu propriétaire d'une boutique de mode, il n'avait eu aucun mal après la fin de la guerre à se faire engager dans l'administration municipale.

— Tu as l'air d'un chat qui vient d'attraper une souris, remarqua Oppenheimer.

— Oh, c'est encore mieux que ça. (Schmude descendit à sa rencontre.) Tout se résume en deux mots: lotion capillaire. Avec de l'extrait d'ortie et de caféine. Soigne le cuir chevelu et améliore l'irrigation sanguine. J'ai acheté tout le stock de la droguerie. Soixante litres. La moitié est déjà entreposée à la cave, je vais chercher le reste demain.

— Voyez-vous ça. Franz Schmude, le baron de la lotion capillaire. C'est toujours dans les moments difficiles que nous réussissons à nous transcender.

Aveuglé par son enthousiasme, l'avocat ne perçut même pas le ton railleur d'Oppenheimer.

— Un essai ?

Sans attendre de réponse, il sortit de la poche de son manteau un flacon en verre et le tendit à son ami.

Oppenheimer déposa son coffret sur une marche avant de prendre le petit récipient qui contenait un liquide jaunâtre. Il ouvrit lentement le bouchon. La prétendue lotion avait une odeur indéfinissable. Aussitôt, il soupçonna le droguiste d'avoir vendu de l'eau du robinet agrémentée d'un colorant.

Sous le regard quêteur d'approbation de Schmude, il rechercha désespérément une réponse diplomatique. Par chance, le grincement de la porte d'entrée interrompit leur conversation. C'était Frau Vogt, une autre locataire de Hilde, qui arrivait. Depuis la mort tragique de son mari un an et demi plus tôt, elle était vêtue de deuil. Telle une ombre courbée par le chagrin, elle semblait errer dans le domaine pour rappeler aux habitants de la villa la finitude humaine. Or, ce jour-là, elle n'avait pas l'air renfrogné qu'elle affichait d'ordinaire. On pouvait même lire dans ses yeux une certaine satisfaction.

Surpris par la métamorphose soudaine de leur voisine, Schmude et Oppenheimer se figèrent. La raison de cette bonne humeur inattendue se trouvait manifestement dans les deux filets à provisions que la veuve transportait péniblement.

Coinçant sous le bras son coffret, le commissaire descendit à la rencontre de la nouvelle venue.

— Puis-je vous aider ?

— Merci, ahana Frau Vogt, ce n'est pas de refus. Je suis rentrée à pied de la Fehrbelliner Platz.

Il attrapa l'un des sacs, rempli de boîtes de médicaments. Le poids ne lui parut pas très lourd, mais il ne venait pas de parcourir un trajet de cinq kilomètres.

Schmude pencha la tête pour examiner l'une des étiquettes.

— De quoi s'agit-il ? De laxatifs ?

— Une occasion unique ! répondit-elle d'une voix excitée. Je devais la saisir. Après la réforme monétaire, je n'aurai aucun mal à revendre ça.

Oppenheimer préféra s'abstenir de tout commentaire. Pourquoi les Berlinois auraient-ils besoin de laxatifs, alors que les rations alimentaires suffisaient à peine à les nourrir ? En de telles circonstances, il voyait plutôt la constipation comme un luxe.

Après avoir déposé le filet chez Frau Vogt, il se rendit dans sa chambre. Songeur, il sortit de sous son lit la caisse qui contenait sa précieuse collection de disques. Au moment où il s'apprêtait à y ranger le coffret de couverts, il ouvrit le couvercle pour admirer encore une fois son acquisition. Soigneusement alignées sur un tissu rouge, cuillères et fourchettes à gâteau scintillaient.

Oppenheimer se demanda de nouveau s'il avait véritablement fait une bonne affaire. Il haussa les épaules. De toute manière, il était trop tard pour revenir en arrière.

Le commissaire décida d'aller se préparer une chicorée. Son trésor dissimulé, il descendit jusque dans la cave, où se trouvait la cuisine commune. Déjà installé à la table devant une casserole fumante de succédané, Schmude l'invita à s'asseoir.

Un sourire espiègle aux lèvres, l'avocat murmura :

— Je doute que les gens aient besoin de laxatifs en ce moment.

Oppenheimer acquiesça en silence. *Autant que d'une lotion capillaire*, pensa-t-il.

Le lendemain matin, comme tous les jours, il dut se faire violence pour se rendre au travail. Car, à l'instar du Praesidium – la préfecture de police –, les bureaux de la Kripo se trouvaient dans la partie orientale de la ville. Quotidiennement, il lui fallait donc faire la navette entre l'arrondissement de Schöneberg, occupé par les Américains, et le secteur soviétique.

Il descendit à la station de S-Bahn Tempelhof et, tête baissée, longea le quai détrempé. Comme à son habitude, il s'arrêta au kiosque du rez-de-chaussée afin d'examiner la presse.

Inquiet, il promena son regard sur les journaux occidentaux, qui communiquaient les informations les plus fiables – même si certains rédacteurs rivalisaient d'ardeur avec leurs homologues de l'Est pour faire de la polémique.

En écoutant le flash matinal de la RIAS[1], il avait appris que le chef de l'administration soviétique, le général Kotikov, avait quitté l'Allied Kommandatura[2] pendant la nuit. Cette nouvelle alarmante l'avait stupéfié.

Il aurait aimé acheter le *Daily Telegraph*, mais mieux valait ne pas se faire remarquer dans les locaux de la brigade avec un quotidien britannique sous le bras. Par précaution, il prit donc un exemplaire du *Berliner Zeitung*. Bien que subordonnée au SED[3], cette feuille locale était beaucoup plus neutre que le *Neues Deutschland*, l'organe officiel du parti marxiste-léniniste. Et à son retour à la villa, Hilde lui ferait un tableau détaillé de la situation.

À cause du mauvais temps, le commissaire décida de poursuivre le trajet en métro. Comme toujours à cette heure très fréquentée, il ne parvint pas à trouver une place assise. À l'intérieur du wagon bondé, il se serra dans un coin et essaya tant bien que mal de jeter un coup d'œil sur son journal. Mais, à sa grande déception, il ne trouva aucun article détaillé sur le retrait du commandant soviétique de l'Allied Kommandatura. L'événement s'était sans doute produit juste avant le bouclage du quotidien. Il replia donc le *Berliner Zeitung* et le glissa dans la poche de son trench-coat.

Autour de lui, les passagers n'avaient pas l'air éveillé. Ils se laissaient conduire avec apathie sur leur lieu de travail. Chacun avait ses propres préoccupations. Auxquelles était venue s'ajouter

1. Ce sigle était l'abréviation de la *Radio in the American Sector*, fondée en 1946 par l'administration américaine.

2. Il s'agissait alors de la plus haute autorité berlinoise, composée de quatre commandants représentant respectivement les quatre puissances d'occupation (États-Unis, Union soviétique, France et Grande-Bretagne).

3. SED (Sozialistische Einheitspartei Deutschlands) : le Parti socialiste unifié d'Allemagne.

deux jours plus tôt une mauvaise nouvelle. L'approvisionnement des secteurs occidentaux de Berlin était désormais coupé.

La voie la plus importante à travers la zone soviétique en direction de l'Ouest était l'autoroute entre Helmstedt et Berlin. Celle-ci avait été fermée, officiellement en raison de travaux de réparation sur un pont traversant l'Elbe à proximité de Magdebourg. Les Berlinois vivant dans les secteurs occidentaux étaient convaincus qu'il s'agissait d'un prétexte. Car depuis quelque temps, les trains postaux et de fret étaient régulièrement stoppés. Courriers et marchandises s'évanouissaient sans laisser de trace au poste frontière de Marienborn. Le transport de passagers fonctionnait encore, mais de nombreuses rumeurs circulaient sur d'étranges disparitions de voyageurs. On racontait également que les Soviétiques élevaient des fortifications aux bornes de leur territoire.

Le climat de tension qui régnait entre les zones d'occupation se reproduisait en format réduit à Berlin, où les Alliés devaient cohabiter dans un espace restreint. Les divergences entre les deux blocs étaient à présent manifestes ; on ne pouvait plus les dissimuler derrière de beaux discours. Oppenheimer supposait que les difficultés de circulation et le départ de Kotikov étaient une réaction de l'URSS contre les décisions de la conférence de Londres qui avait eu lieu deux semaines plus tôt. Soulignant la mauvaise volonté de leur puissant partenaire oriental, les Alliés avaient alors menacé de mettre fin au quadripartisme et de former un gouvernement commun pour leurs trois zones. Les événements se précipitaient, et tous les habitants de Berlin fonçaient droit vers l'inconnu.

Oppenheimer passa la journée dans la baie de Rummelsburg à la recherche d'éventuels témoins. Et ce qu'il put constater, c'était que l'humour noir des Berlinois ne faiblissait pas malgré les dissensions entre les grandes puissances.

— Êtes-vous au courant ? L'an prochain, les cloches de Pâques ne partiront plus en pèlerinage à Rome, mais à Moscou !

Frau König pouffa, tandis qu'elle nouait sur sa tête un foulard vert olive. Le commissaire s'esclaffa à son tour.

Il avait déjà sonné aux portes d'une vingtaine d'appartements, et la vieille femme était la première personne qui lui avait ouvert. Presque tous les habitants du quartier avaient quitté leur domicile pour aller travailler ou faire des courses. Frau König était elle aussi pressée.

Elle ne l'avait pas fait entrer dans son logement. Contraint de rester sur le seuil, il l'observa enfiler son manteau et chercher ses filets à provisions dans la penderie du vestibule.

Lorsqu'il lui demanda si elle avait remarqué quelque chose d'étrange sur les rives de la baie durant les derniers jours, elle se figea un instant.

— Non, rien de particulier, marmonna-t-elle en rajustant sa monture de lunettes.

Puis elle se remit à fouiller fébrilement l'armoire. Elle finit par se redresser, sourcils froncés, et lâcha :

— Oh, il me manque un sac ! Excusez-moi, je dois retourner dans le salon.

Oppenheimer se sentait curieusement malvenu. Les rares personnes qu'il avait croisées depuis son arrivée avaient l'esprit ailleurs et répondaient à peine à ses questions. Il espérait que son assistant Reinmann aurait plus de chance que lui.

Frau König entrebâilla avec précaution la porte du séjour, mais une petite créature au pelage blanc et noir se faufila aussitôt entre ses jambes.

— Gaffe ! lança-t-elle en direction d'Oppenheimer. Ne laissez pas sortir Patachon !

S'arc-boutant, il parvint de justesse à attraper le chat qui fonçait vers le palier.

Il caressa le fugueur avec douceur. Se souvenant du célèbre duo d'humoristes danois qui avaient marqué le cinéma muet de l'entre-deux-guerres, il souffla :

— Où est donc ton collègue Doublepatte ?

— Sur le canapé, heureusement, répondit Frau König en revenant vers lui. Patachon est un vrai coquin. Je le veille comme le lait sur le feu depuis qu'il s'est enfui vendredi dernier. (Elle prit dans ses bras l'animal, qui dressa les oreilles d'un air indigné.) Je l'ai cherché partout. J'ai cru qu'il était perché au sommet d'un arbre et qu'il ne pouvait plus redescendre.

Soudain, elle parut se rappeler un détail. Elle se pencha vers le commissaire d'un air complice.

— Quand vous m'avez posé la question tout à l'heure, à propos d'un truc bizarre, vous pensiez à quel jour précisément ?

Oppenheimer, surpris par ce revirement inattendu, s'efforça de masquer son excitation.

— Tout ce que vous avez pu observer d'insolite la semaine passée peut m'être utile.

La vieille femme hésita.

— Je ne veux incriminer personne mais, lorsque je fouillais les environs à la recherche de Patachon, j'ai vu un homme sur la berge. On aurait dit qu'il guettait quelque chose.

— Vendredi ? Vers quelle heure ?

— En début d'après-midi. Le plus étrange, c'est que le type a décampé sans un mot quand je me suis approchée pour lui demander s'il avait aperçu mon chat.

Oppenheimer sortit son calepin.

— Pourriez-vous me donner une description de l'individu ?

— Je n'ai pas vraiment fait attention. Si ma mémoire est bonne, il portait une salopette avec une chemise à carreaux. Sur le crâne une casquette irlandaise. Une tenue d'ouvrier, en somme. Il était plutôt bien en chair, ce qui ne l'a pas empêché de se carapater en vitesse. Mais peut-être que j'ai eu cette impression parce qu'il avait une veste matelassée sur le dos. Pourtant, il ne faisait pas froid ce jour-là. Le gaillard devait suer à grosses gouttes.

Le commissaire plissa le front. Le signalement de l'inconnu lui paraissait un peu curieux. Son interlocutrice brodait peut-être pour se rendre intéressante. Ce qui n'était pas chose rare chez les témoins.

— Avez-vous distingué son visage ? Quelle couleur de cheveux avait-il ?

Elle montra ses lunettes d'un air désolé.

— Mes yeux ne voient plus très bien. L'homme était trop loin. Je dirais qu'il avait les cheveux foncés, mais je n'en mettrais pas ma main à couper.

— Où se tenait-il exactement ?

— Près de l'enceinte de la maison de correction, en direction de la centrale de Klingenberg.

Oppenheimer acquiesça. Frau König prétendait donc avoir aperçu le mystérieux ouvrier à sept cents mètres environ au sud de l'endroit où les enfants avaient fait leur macabre découverte. L'indication était plausible. Il était possible qu'elle ait réellement vu le tueur au moment où celui-ci cherchait un endroit tranquille pour se débarrasser de la jambe sectionnée.

Tandis qu'il réfléchissait, la vieille femme s'agita.

— Excusez-moi, je dois vraiment y aller maintenant. Faire mes derniers achats avant que le reichsmark ne soit définitivement supprimé.

Le commissaire recula d'un pas, surpris. Alors que Frau König fermait à clé la porte de son appartement, il demanda :

— Est-ce que la réforme monétaire va officiellement entrer en vigueur ?

— Ça fait un moment que vous n'avez pas écouté la radio, on dirait. La nouvelle a été confirmée il y a quelques heures. Demain soir à dix-huit heures, les Alliés annonceront la date exacte. Le changement ne concerne que les zones occidentales, bien sûr. Mais mieux vaut prendre ses précautions. Les Russes voudront certainement imposer eux aussi une nouvelle monnaie dans les territoires qu'ils chaperonnent. Je préfère convertir tout de suite mon argent en nature. S'il le faut, je pourrai ensuite revendre.

Oppenheimer sentit soudain monter en lui une bouffée de chaleur. Il éprouvait une irrésistible envie de se débarrasser au plus vite des derniers billets de banque qui restaient dans son porte-monnaie.

Après l'avoir salué brièvement, Frau König descendit en hâte l'escalier de bois grinçant de l'immeuble. Le commissaire, comme paralysé, la laissa partir sans un mot. Il dut faire un violent effort sur lui-même pour se ressaisir et frapper aux trois autres portes qui donnaient sur le palier. Heureusement, personne n'était à la maison. Plus rien ne le retenait ici.

Reinmann s'occupait des deux étages supérieurs. Quand Oppenheimer se remit en mouvement, son adjoint le rejoignit. Un regard lui suffit pour comprendre que le jeune policier au nez aquilin avait fait chou blanc. Ses épaules tombantes et son air maussade étaient des indices significatifs.

Comme Frau König lui avait donné une piste, il décida de rentrer à la brigade avec Reinmann. Une fois là-bas, il espérait avoir des nouvelles de Wenzel, qui devait interroger les enfants.

N'ayant pas pu obtenir de véhicule d'intervention ce matin-là, ils prirent le S-Bahn en direction de l'Alexanderplatz. Tandis que le paysage urbain défilait sous ses yeux, le commissaire retrouva son calme. Son impulsion subite de dépenser tout son argent lui semblait à présent irrationnelle. Puisqu'il habitait le secteur américain, il était certes concerné par la réforme monétaire, mais les Alliés occidentaux se contenteraient d'abord d'annoncer une date à laquelle ce changement aurait lieu. Et personne ne savait quand entrerait effectivement en vigueur la nouvelle monnaie. Selon les circonstances, ils devraient encore tenir plusieurs semaines avec leurs reichsmarks. Il était donc préférable de conserver pour l'instant ses dernières économies. Les Allemands n'avaient pas le droit de posséder des dollars, et certaines marchandises de valeur avaient disparu du marché depuis des semaines. Non, il était trop tard. Oppenheimer se rassura en se disant que ses couverts en argent étaient un bon investissement. À présent, il ne lui restait plus qu'à attendre.

Quand ils arrivèrent une demi-heure plus tard au poste situé à l'angle de la Keibelstraße, les locaux étaient déserts. La journée était loin d'être terminée, mais tout le personnel semblait avoir disparu. À leur étage, seule Fräulein Böttcher était encore là. La jeune secrétaire s'apprêtait à partir. Comme toujours, son teint clair était rehaussé par son rouge à lèvres carmin.

Alors qu'elle décrochait du portemanteau son élégante gabardine, Oppenheimer s'approcha pour lui demander si elle avait vu Wenzel.

— Gregor ? Il est passé brièvement tout à l'heure. Il avait encore une course à faire en ville. Mais il a laissé quelque chose pour vous, je crois.

Il devina que le policier était parti en quête de marchandises à acheter avec ses derniers billets de banque. Intrigué, il se rendit dans son bureau et avisa un papier plié sur sa table de travail. Il prit le mot que lui avait écrit son assistant.

— Quoi de neuf? s'enquit Reinmann dans son dos.

Oppenheimer froissa le message avec agacement et jeta la boule dans sa corbeille.

— Les enfants ont vu eux aussi une personne suspecte, mais Wenzel ne donne aucun détail. Il nous racontera tout demain.

Croisant les bras sur sa poitrine, le commissaire s'approcha de l'une des fenêtres pour contempler la rue en contrebas.

— Aujourd'hui, nous n'apprendrons rien de plus, soupira-t-il. Tout le monde est parti. (Se tournant vers Reinmann, il ajouta :) Tu peux rentrer chez toi. Demain matin, j'irai rendre visite à Gebert à la morgue. On se retrouve ici à dix heures pour faire le point. Assure-toi du concours de notre dessinateur. Nous essaierons d'établir un portrait du suspect sur la base des signalements donnés par les témoins.

3

Vendredi 18 juin 1948

En voyant Oppenheimer surgir dans son bureau, le docteur Gebert grimaça comme s'il avait découvert un virus pathogène particulièrement coriace. Depuis toujours, les deux hommes ne s'appréciaient guère, et leur aversion mutuelle ne diminuait pas avec le temps.

Manifestement de méchante humeur ce matin-là, le légiste lâcha sur sa table de travail les documents qu'il était en train d'examiner.

— On frappe avant d'entrer, que je sache !

Ce n'était pas la première fois qu'Oppenheimer pénétrait dans l'antre de Gebert sans s'annoncer. La main sur la poignée de la porte, il contra :

— Votre assistant m'a dit que vous étiez occupé et que je pouvais vous attendre ici.

— Bien sûr que je suis occupé. Mais avec mes rapports, pas avec une autopsie. Cet auxiliaire est un imbécile.

Gebert plongea les doigts dans sa chevelure d'un blanc immaculé et se gratta la tête. Puis il fit signe au commissaire de prendre place sur la chaise réservée aux visiteurs.

— Bon, asseyez-vous.

Avant de s'asseoir, Oppenheimer regarda un instant les préparations anatomiques que le médecin avait alignées dans des bocaux sur une étagère derrière lui. Il ne s'était jamais senti à l'aise dans cet endroit.

D'un geste brusque, Gebert écarta la pile de dossiers qu'il avait sous les yeux.

— Alors, soyons brefs. De quoi s'agit-il ?

— D'une jambe. Trouvée avant-hier dans la baie de Rummelsburg.

Le légiste opina.

— Ah, oui. Je pensais que j'avais déjà envoyé mon rapport à la Kripo.

— Il n'est pas encore arrivé. Mais ce n'est pas étonnant. Le personnel est un peu distrait, en ce moment.

— Quelle bande de jean-foutre, marmonna Gebert.

Faisant mine de ne rien avoir entendu, Oppenheimer posa la question qui le taraudait :

— Est-ce que la personne à qui appartenait cette jambe était déjà morte lorsqu'elle a été amputée ?

— Probablement. (Gebert se cala dans son siège.) Nous avons pu constater des lividités cadavériques, et il n'y avait aucun hématome près des chairs incisées. La circulation sanguine était donc déjà interrompue au moment où le membre a été coupé. En revanche, je n'ai pas trouvé d'indices permettant de déduire la cause de la mort.

Le commissaire dégaina son calepin et prit des notes.

— Et la mutilation ? Comment a-t-elle été pratiquée ?

— On a tranché la jambe proprement, sans doute à l'aide d'un couteau aiguisé. À l'évidence, le meurtrier s'y connaît en anatomie. Il savait exactement où couper, et il s'est acquitté de sa tâche avec assurance.

Oppenheimer réfléchit un instant.

— Ses connaissances en anatomie ne font pas forcément de lui un boucher ou un chirurgien. L'homme est peut-être un simple chasseur amateur.

En entendant ces paroles, Gebert leva les mains.

— Aucun commentaire. Émettre des hypothèses n'entre pas dans mes attributions. C'est votre rôle. Par contre, je peux vous donner un certain nombre d'indications concernant le propriétaire de cette jambe. Venez.

Le légiste bondit de sa chaise avec une souplesse surprenante. Il rouvrit la porte de son bureau et fit signe à Oppenheimer de le suivre.

Tandis qu'ils arpentaient les corridors de la morgue, Gebert exposa ses observations.

— La jambe appartient à un individu adulte de sexe masculin. Cet homme avait les cheveux châtains, et il y a une forte probabilité qu'il ait été soldat. J'ai même une idée de l'endroit où il a combattu.

Lorsque le légiste s'arrêta devant la porte de la chambre froide, Oppenheimer boutonna son trench-coat.

Gebert ouvrit le panneau d'acier et entra dans la pièce réfrigérée. La puissante lumière artificielle du plafonnier faisait étinceler le carrelage blanc qui revêtait les parois. Le maître des lieux s'avança vers le mur opposé, où se trouvaient les compartiments de métal contenant les cadavres. Avec un bruit sec, il fit coulisser une civière recouverte d'un tissu vert.

Écartant l'étoffe, il dévoila la jambe amputée.

— Deux orteils ont été sectionnés, annonça-t-il en pointant son stylo vers le pied.

Oppenheimer se pencha.

— Les plaies ont bien guéri.

— Très bien, même. L'opération remonte à plusieurs années. D'après ce que j'ai pu constater, l'homme ne souffrait ni de diabète ni de troubles circulatoires. Ce sont donc des gelures qui sont à l'origine de l'amputation. Il n'y a pas d'autre explication possible.

Ce diagnostic confirmait l'intuition que le commissaire avait eue sur la rive de la baie de Rummelsburg.

— L'homme a-t-il attrapé ces gelures durant l'hiver rigoureux que nous avons enduré il y a un an et demi ? Où sont-elles plus anciennes ?

Gebert s'appuya des deux mains sur la tête de la civière.

— En théorie, tout est possible. Mais la plupart des hommes en âge de se battre ont subi ces graves lésions cutanées au début de l'année 1942 sur le front de l'Est. Des collègues m'ont parlé de l'invasion de l'Union soviétique qui a tourné à la catastrophe. Encerclés par l'ennemi, certains blessés ont dû attendre des jours entiers avant de pouvoir être soignés, et ça par des températures arctiques. Lors du repli vers l'Allemagne, le gel a également fait des ravages parmi les troupes. Les soldats devaient dormir en plein air. Dans les hôpitaux de campagne, on traitait principalement des gelures du troisième degré. Dans la péninsule de Crimée, ce genre de blessures était particulièrement dangereux, à cause de l'humidité qui se joignait au froid. Là-bas, il y a eu de nombreux cas de gangrène humide.

Sans détacher son regard de la jambe coupée, Oppenheimer acquiesça d'un air songeur.

— Ces cicatrices d'amputation en disent long sur notre victime.

Après sa visite à la morgue, Oppenheimer se sentait de meilleure humeur. Il avait obtenu des résultats prometteurs dans sa nouvelle enquête, et son inquiétude au sujet de la situation précaire de Berlin s'était momentanément dissipée. Grâce aux indices qu'il venait de récolter, il serait plus aisé d'identifier le malheureux propriétaire de la jambe découverte dans la baie de Rummelsburg.

Plein d'entrain, le commissaire entra dans le bâtiment qui abritait la brigade. Il s'engagea dans l'escalier en sifflant et ôta son imperméable.

La porte de son bureau était ouverte. Depuis le couloir, il aperçut Wenzel et Reinmann, assis l'un en face de l'autre à leurs tables de travail.

En franchissant le seuil de la pièce, il s'aperçut que deux autres personnes avaient pris place sur les sièges réservés aux visiteurs. Il s'agissait de Fräulein Murr et d'un homme qu'il n'avait encore jamais rencontré.

— Je vois que nous avons du renfort, lança-t-il en suspendant son trench-coat au portemanteau.

Il salua d'un signe de tête la charmante fonctionnaire de la WKP, puis se tourna vers l'inconnu, qui portait d'épaisses lunettes rondes à monture d'écaille et un horrible pull moutarde.

— Kopp, se présenta l'individu de manière laconique.

À son air martial, Oppenheimer devina un passé militaire.

— Vous êtes notre nouveau portraitiste ?

— Depuis deux mois, oui.

— Vous allez pouvoir nous démontrer vos talents. J'ai besoin de vous pour une enquête.

Reinmann parut remarquer l'enjouement de son supérieur.

— Avez-vous appris quelque chose d'intéressant à la morgue ?

Le commissaire s'installa à son bureau.

— Et comment. Mais nous y reviendrons plus tard. Commençons par les enfants. (S'adressant à Wenzel, il poursuivit :) Le message que tu m'as laissé hier était plutôt succinct. Les gamins auraient donc vu quelque chose ?

À ces mots, Fräulein Murr se redressa vivement.

— Deux d'entre eux ont déclaré avoir remarqué une personne suspecte ! s'empressa-t-elle d'annoncer.

Visiblement embarrassé par la réponse zélée de sa collègue, Wenzel précisa :

— Sabine est très intéressée par notre travail. Voilà pourquoi elle voulait assister en personne à notre réunion.

— À la WKP, nous ne traitons que des affaires de mœurs, expliqua la jeune femme.

Oppenheimer nota avec amusement que Wenzel l'appelait déjà par son prénom.

— Qu'ont raconté nos petits témoins ?

Fräulein Murr se fit une joie de résumer les dépositions des enfants. À l'instar de Frau König, eux aussi avaient repéré sur la berge un homme en tenue d'ouvrier avec une casquette irlandaise vissée sur le crâne. Malheureusement, ils ne se souvenaient pas du jour exact de cette curieuse rencontre, et ils n'avaient pas pu voir de près le visage du suspect.

Même si elles étaient un peu floues, ces indications constituaient une piste. Satisfait, Oppenheimer tambourina des doigts sur son bureau.

— Je vous propose de retourner interroger les gosses en compagnie de Herr Kopp. À l'aide de leurs descriptions, il réalisera un portrait de ce mystérieux individu. Je viendrai ensuite le chercher dans l'après-midi pour l'emmener chez Frau König. Si les témoignages concordent réellement, nous aurons fait un pas de plus dans notre enquête.

Le commissaire se leva pour aller ouvrir la porte. Puis, regardant tour à tour les deux visiteurs, il ajouta :

— Si vous voulez bien nous excuser quelques instants. Je dois encore discuter de certains détails avec mes collaborateurs. Fräulein Böttcher, notre secrétaire, se fera un plaisir de vous servir une chicorée.

Kopp acquiesça d'un mouvement de tête et sortit. Murr, quant à elle, parut très déçue. À l'évidence, elle avait espéré qu'on l'associerait pleinement à l'enquête. Oppenheimer regrettait de devoir l'écarter, mais une coopération n'était possible qu'avec l'autorisation de Cordes, le patron de la Kripo. Après avoir jeté un dernier regard à Wenzel, la fonctionnaire de la WKP ramassa son sac à main et quitta la pièce.

— Sabine est très ambitieuse, commenta l'aspirant-inspecteur dès qu'Oppenheimer eut refermé la porte.

Ce dernier haussa les épaules.

— Je poserai la question à Cordes. Il acceptera peut-être une collaboration avec la WKP.

Il révéla ensuite à ses assistants les indices qu'il avait recueillis à la morgue.

Un sourire se dessina sur les lèvres de Reinmann.

— Ces éléments vont nous permettre de réduire un peu le champ de nos recherches. Notre victime est donc un homme aux cheveux châtains, qui s'est battu sur le front de l'Est. Pendant la guerre, l'âge maximal d'incorporation était de quarante-cinq ans.

— Ce qui fait que le type n'avait pas plus de quarante-huit ans, intervint Wenzel.

Oppenheimer opina.

— Je vais reprendre l'enquête de voisinage. Peut-être que cet homme vivait à proximité de la baie. Gregor, tu vas rendre visite aux enfants en compagnie de Fräulein Murr et de notre dessinateur.

Wenzel se leva d'un bond. Avant que le commissaire n'ait le temps de poursuivre, Reinmann déclara :

— Dans ce cas, je passe en revue les derniers avis de recherche.

Oppenheimer hocha la tête. À trois, ils formaient une machine bien huilée. Chacun savait ce qu'il avait à faire.

— Avec un peu de chance, nous ne tarderons pas à identifier le propriétaire de cette jambe.

Une fois sa journée de travail terminée, Oppenheimer se dépêcha de rentrer à la villa. Il ne voulait en aucun cas rater l'annonce radiophonique des autorités alliées, qui devaient préciser la date d'entrée en vigueur de la réforme monétaire dans les zones d'occupation occidentales.

Il n'était que cinq heures et demie lorsqu'il arriva au domaine de Hilde. Cela lui laissait donc le temps de prendre une rapide collation.

Lisa se trouvait déjà dans la cuisine commune au sous-sol en compagnie de Theo. Même si son emploi d'interprète au sein de l'administration britannique accaparait beaucoup son temps, elle considérait qu'il était de son devoir de cuisiner pour Oppenheimer et leur pupille. Le commissaire était profondément impressionné par la créativité de son épouse, qui parvenait toujours à transformer en mets appétissants les maigres rations auxquelles ils avaient droit. Pour l'aider, il se chargeait de faire les courses, une tâche extrêmement chronophage. Et depuis quelques mois, il s'occupait avec Hilde du potager. Les légumes récoltés sur le domaine constituaient un agréable complément aux piètres denrées qu'il pouvait dénicher dans les magasins. Ce jour-là, une partie du repas provenait d'ailleurs de leur propre jardin.

La veille, Lisa avait préparé des pommes de terre avec du céleri. Tous les trois s'installèrent à table pour manger les restes froids avec du pain. Theo pencha sa tête ébouriffée en avant et avala sa portion par petites bouchées. Même si le garçon aurait sans doute préféré avoir une saucisse dans son assiette, il ne se plaignit pas. Seulement âgé de dix ans, il avait toutefois compris qu'il n'y aurait pas de charcuterie au menu avant la prochaine distribution de coupons de rationnement.

Theo savait que ses parents adoptifs prévoyaient de se rendre chez Hilde pour écouter l'annonce radiophonique, et cela ne le dérangeait pas le moins du monde. Bien au contraire, car il adorait celle qu'il appelait « tantine ». C'était peut-être dû au fait que l'aristocrate n'essayait pas de l'éduquer, mais le traitait comme un adulte. Après avoir terminé son dîner frugal, l'enfant bondit de son siège et monta les marches quatre à quatre.

Oppenheimer et Lisa le suivirent sans se presser. Comme il faisait frais dehors, ils passèrent leurs manteaux avant de se diriger vers la dépendance où logeait autrefois le chauffeur de l'oncle de Hilde, située de l'autre côté du domaine. La quinquagénaire au vocabulaire très cru préférait vivre à l'écart dans l'ancien logement de fonction tant que la municipalité l'obligerait à accueillir des sinistrés dans l'imposante demeure de son parent défunt. La guerre était terminée depuis trois ans, mais les Berlinois vivaient toujours au milieu des ruines. Les bombardements alliés avaient détruit de nombreux immeubles, qui n'avaient pas encore été reconstruits. Vu la situation désastreuse de l'habitat, Oppenheimer ne se faisait aucune illusion. Hilde n'était pas près de retourner s'installer dans sa villa.

Sur le chemin, il prit Lisa par la taille et écarta ses cheveux châtains pour déposer un baiser sur sa nuque. Deux semaines plus tôt, elle avait fêté son quarante-cinquième anniversaire. Malgré les coups durs encaissés ces dernières années, Oppenheimer n'avait cessé de voir en elle la jeune femme pour laquelle il avait eu le coup de foudre autrefois. Partager son quotidien avec Lisa le rendait toujours aussi heureux.

Sa femme s'arrêta et posa la tête contre son épaule. Tous deux savourèrent le silence qui régnait dans le parc. Ils avaient de la chance d'habiter au domaine des von Strachwitz. Pourtant, même si la demeure était vaste, il y avait toujours du tumulte à cause des autres locataires. Le seul endroit où ils pouvaient trouver un peu d'intimité était leur chambre.

Voyant soudain Lisa froncer les sourcils, il comprit que quelque chose la préoccupait.

— Les choses vont bouger chez les Britanniques, murmura-t-elle au bout d'un moment.

Oppenheimer tressaillit.

— Tu as été virée ?

— Non, s'empressa-t-elle de répondre. C'est Carruthers. On a besoin de lui en Angleterre. À peine s'habitue-t-on aux gens qu'ils partent déjà.

Il lâcha un grognement approbateur. Ingénieur au sein du département *Public Works and Utilities*, le capitaine Carruthers s'occupait de la reconstruction des ponts de la ville, et Lisa l'aidait à communiquer avec les équipes d'ouvriers allemands. Elle passait donc ses journées en compagnie de l'officier du génie qui naviguait d'un chantier à l'autre. Tous deux formaient une équipe bien rodée.

— D'abord Otto, et maintenant Carruthers.

En entendant le nom de son ami pharmacien, Otto Seibold, Oppenheimer eut un pincement au cœur.

— On dirait que tout le monde cherche à quitter Berlin…

— Au moins, Otto et sa famille sont heureux en zone américaine. La seule chose à laquelle il ne s'est pas encore habitué, c'est le dialecte franconien.

La plaisanterie fit sourire le commissaire.

— Après le départ de Carruthers, les Britanniques auront certainement encore besoin de tes services.

Lisa acquiesça. Ils restèrent enlacés quelques instants, puis Oppenheimer se dégagea avec douceur. L'annonce radiophonique n'allait pas tarder à avoir lieu. La rue qui bordait la propriété de Hilde était déserte. Seule une femme coiffée d'un foulard longeait le trottoir d'un pas rapide en poussant une petite charrette à bras. Elle aussi semblait pressée de regagner son logement pour ne pas manquer le communiqué officiel. À l'évidence, toute la ville retenait son souffle. Les gens attendaient avec inquiétude la date de cette réforme monétaire qui menaçait de bouleverser leur vie.

— Nous devrions y aller, souffla Oppenheimer en se remettant en mouvement.

Lorsqu'ils entrèrent dans le salon de Hilde, le poste en bakélite, déjà allumé, diffusait de la musique légère. Le commissaire poussa un soupir de soulagement. Ils étaient arrivés à temps. Les époux Schmude avaient également accepté l'invitation de la maîtresse des lieux et pris place devant la radio, posée au milieu de la grande table. Leurs deux enfants jouaient dans un coin de la pièce. Theo, qui préférait comme d'habitude la compagnie des adultes, s'était installé près de Hilde.

L'aristocrate trônait sur son fauteuil favori, autour duquel gisaient des journaux froissés. Pour l'occasion, elle avait évidemment débouché une bouteille de sa précieuse eau-de-vie qu'elle distillait elle-même. En voyant le commissaire, elle leva dans sa direction un verre de schnaps rempli à ras bord.

— Encore trois minutes, et nous saurons enfin à quelle sauce nous serons mangés. Mais qu'importe ce qu'ils diront, nous serons les perdants. Cette réforme va forcément faire du grabuge entre l'Est et l'Ouest.

Oppenheimer se figea en découvrant son amie, qui avait subi une véritable transformation. Elle s'était fait faire une ondulation, et les mèches grises avaient disparu comme par magie de sa chevelure impeccablement coiffée. Même si ce genre de permanente n'était plus trop à la mode depuis une quinzaine d'années, Hilde semblait avoir rajeuni. On n'aurait jamais cru qu'elle approchait de la soixantaine.

La réaction hésitante d'Oppenheimer la fit grimacer.

— Alors, accouche. Tu trouves ça moche ?

Tandis qu'il cherchait ses mots, Lisa lui vint en aide. Ouvrant joyeusement les bras, elle s'avança pour contempler la coupe de leur hôtesse.

— C'est vraiment magnifique ! Ça te va à ravir. Où as-tu trouvé un coiffeur aussi talentueux ?

— C'est toujours le même, déclara Hilde, légèrement radoucie par le compliment. Je l'ai encouragé à essayer quelque chose de nouveau.

Oppenheimer capta le regard en coin de l'aristocrate, qui attendait visiblement sa réponse. Mal à l'aise, il balbutia la première idée qui lui passa par la tête :

— Ça te mincit, on dirait.

En prononçant le compliment, il songea que tous les Berlinois étaient d'une maigreur squelettique à cause des problèmes d'approvisionnement que connaissait la ville.

— Enfin, je…

Hilde l'arrêta d'un geste.

— Bon, installe-toi avant d'aggraver ton cas.

Penaud, il prit place entre Lisa et Schmude. L'avocat avait suivi l'échange avec une mine amusée. Sa femme Inge en revanche resta impassible. Les cheveux blond platine relevés en un chignon haut, elle était assise au bout de la table, droite comme une statue.

Lorsque la musique s'éteignit, un silence tendu s'installa dans la pièce, seulement entrecoupé par un léger grésillement du poste.

Concentrée, Hilde baissa la tête. Lisa retint son souffle. De la main gauche, Schmude serra instinctivement sa prothèse recouverte d'un gant noir. Même son épouse ne put dissimuler une certaine fébrilité.

Le communiqué fut bref. Mais les quelques phrases prononcées étaient lourdes de conséquences. Dans les zones occidentales, le reichsmark serait remplacé dès ce lundi par une nouvelle monnaie, le deutsche mark. Avec un taux de change de dix reichsmarks pour un deutsche mark. Un régime spécial serait cependant accordé à Berlin.

Oppenheimer se pencha en avant. Près de lui, Schmude prit une profonde inspiration.

— Pour l'instant, la réforme monétaire ne concerne pas l'ancienne capitale du Reich, annonça le porte-parole. Berlin, la ville des quatre puissances alliées, conserve sa monnaie.

L'homme souligna qu'il n'y aurait aucune entrave économique entre la métropole et les trois zones occidentales, sans donner toutefois de précisions.

Schmude se mit à paniquer. Livide, il lâcha :

— Qu'est-ce que je vais faire, bordel ? (Il sortit un mouchoir pour tamponner son front en sueur.) Je n'ai plus un seul billet.

Manifestement, l'avocat avait converti toutes ses économies en biens matériels. Et il ne recevrait son prochain salaire que dans une semaine et demie. Sans argent liquide, son quotidien promettait de ressembler à une longue traversée du désert.

— Pourquoi ne m'as-tu pas écouté ? maugréa sa femme en se tournant vers lui. Toi et ta satanée lotion capillaire.

Schmude émit un long soupir.

— Je ne pense pas que cette situation dure très longtemps, commenta Hilde. (Pour appuyer ses mots, elle fit claquer son verre de schnaps sur la table.) Tôt ou tard, la nouvelle monnaie arrivera chez nous. Mais les Occidentaux veulent d'abord voir la réaction des popovs.

— Les Soviétiques vont certainement jouer les indignés, observa Oppenheimer. Reste à savoir s'ils exerceront des représailles.

L'air maussade, Hilde se resservit du schnaps.

— Les trois secteurs occidentaux de Berlin sont le gage de Staline. Si les Russes en ont envie, ils peuvent nous affamer. Ils ont déjà entravé le transport de marchandises entre ici et l'Allemagne de l'Ouest. Il ne leur reste plus qu'à interdire la circulation des personnes, et le blocus sera complet. Le pire, c'est qu'en faisant ça, ils ne contreviendraient à aucune prescription. Il n'existe pas d'accord réglant l'accès à Berlin par voie terrestre. En principe, l'administration militaire soviétique peut faire ce qu'elle veut. Et jusqu'à présent, elle était plutôt coulante dans l'ensemble.

Schmude avait à peine prêté attention aux explications. D'un ton plaintif, il demanda :

— C'est bien beau tout ça, mais quand les Occidentaux vont-ils introduire leur nouvelle monnaie chez nous ?

Personne ne lui répondit. Le silence fut comblé par la musique qui s'élevait de nouveau du récepteur radiophonique.

Oppenheimer était navré que l'avocat se retrouve en difficulté à cause de son investissement malheureux.

— Je pourrais peut-être t'acheter un peu de lotion. (Par précaution, il ajouta :) Pour mon usage personnel, ça va de soi. Un ou deux flacons, pas une caisse.

Schmude parut réfléchir. Il était sûrement en train de calculer s'il pouvait joindre les deux bouts grâce à cette vente inespérée.

— Je te remercie, Richard, articula-t-il finalement. Ça m'aiderait beaucoup.

Son épouse secoua la tête avec agacement.

— Pff. Il faudra trouver mieux pour te rattraper.

Lisa aussi n'était guère enthousiasmée par la proposition d'Oppenheimer. Sur le chemin du retour, elle lui glissa :

— Un flacon, pas plus.

4

Samedi 19 – lundi 21 juin 1948

La porte du bureau d'Oppenheimer s'ouvrit à toute volée, et Reinmann se rua dans la pièce en agitant un bout de papier.

— Je l'ai !

Le commissaire lui décocha un regard étonné. L'excitation de son assistant ne cadrait pas avec l'atmosphère tranquille qui régnait à la brigade. En général, le samedi midi, personne ne faisait du zèle. On songeait plutôt à la journée de libre du lendemain.

Il leva les mains en signe d'apaisement.

— Du calme. Que se passe-t-il ?

Intrigué, Wenzel quitta son siège et s'approcha de son collègue.

— Aurais-tu déniché un avis de recherche qui colle avec notre mystérieux disparu à la jambe tranchée ?

Reinmann opina.

— Norbert Schroeter, né en 1906 ! clama-t-il en tendant sa page de calepin arrachée à Oppenheimer.

Ce dernier fronça les sourcils en survolant les notes de l'aspirant-inspecteur.

— Mais tu as une liste comportant sept noms.

La remarque n'ébranla pas l'optimisme du jeune policier.

— J'ai parcouru les avis de recherche des deux dernières semaines. Le profil de ces sept personnes correspond aux descriptions du Dr Gebert. « J'ai passé des coups de fil, interrogé les proches et les voisins, et Schroeter est apparemment le seul à avoir combattu sur le front de l'Est. Il y a quand même un hic : notre homme ne vit pas dans les environs de la baie de

Rummelsburg, mais dans le quartier de Prenzlauer Berg, dans la Hufelandstraße.

— Ce n'est pas loin d'ici, fit remarquer Wenzel.

Oppenheimer jeta un coup d'œil par la fenêtre. Dehors, il faisait vingt degrés et de petits nuages moutonneux parsemaient le ciel d'azur. Le temps parfait pour se dégourdir les jambes.

— Ça vaut le coup d'aller vérifier, dit-il en se mettant debout. J'y vais à pied. Un bon bol d'air me fera du bien. Rejoignez-moi là-bas.

Après avoir empoigné son trench-coat et son chapeau, il chargea Reinmann d'annoncer leur venue auprès du concierge de l'immeuble.

De la brigade, il avait environ deux kilomètres à parcourir. Même à l'ombre, la température ambiante était très agréable, et le commissaire ne tarda pas à ôter son imperméable.

Schroeter habitait à l'angle de la Hufelandstraße et de la Greifswalder Straße. Par chance, le quartier n'avait pas trop souffert des bombardements. Oppenheimer admira l'alignement de façades datant de la fin du XIXe siècle. Avec leurs fenêtres en encorbellement, leurs balcons ouvragés et leurs moulures, les grands immeubles en imposaient aux passants. Un peu plus loin, un architecte excentrique avait même réalisé un véritable palais biscornu, doté d'arcades et surmonté de pignons aigus.

À son arrivée dans le bâtiment où logeait Schroeter, Oppenheimer fut accueilli par la concierge, le buste protégé par un tablier de cuisine couvert de taches.

La gardienne confirma que Schroeter n'était pas revenu à son domicile depuis dimanche. Elle l'avait vu pour la dernière fois samedi, au moment où le vétéran partait faire sa tournée hebdomadaire des bistrots.

— Mais il ne fréquentait pas seulement les estaminets le week-end, ajouta-t-elle sur un ton de confidence. En semaine aussi, il allait souvent s'en jeter un derrière la cravate.

Visiblement, la concierge aimait à rapporter des commérages sur les résidants de l'immeuble.

— Et pourtant, il était fauché comme les blés. Ce mois-ci, il était encore en retard sur son loyer. Normalement, j'aurais dû le mettre dehors, mais j'ai trop bon cœur. Les gens s'en aperçoivent et en profitent. Bah, ça n'a plus d'importance maintenant. Quand pensez-vous que je pourrais relouer le logement qu'il occupait ?

Oppenheimer préféra ignorer la question.

— Herr Schroeter n'est donc pas revenu ici depuis samedi ?

Visiblement déçue que son interlocuteur ne fasse pas preuve de plus d'empathie, la femme haussa les épaules.

— Je ne peux pas l'affirmer avec certitude. À minuit, mon mari et moi verrouillons la porte d'entrée de l'immeuble, mais les locataires ont une clé. Bien sûr, quand nous dormons, nous n'entendons pas leur va-et-vient. En tout cas, une chose est sûre : Schroeter est souvent rentré très tard de ses beuveries. (Elle fit une moue réprobatrice.) Et le dimanche, il avait pour habitude de cuver son vin. Mais lundi, je ne l'ai pas entendu partir au boulot. Il travaillait au terrain vague où on amasse les gravats.

— Et ensuite ?

— Mardi, comme c'était toujours silencieux dans son appartement, j'ai compris qu'il y avait quelque chose de louche, et j'ai décidé de prévenir les flics.

— Avez-vous essayé de joindre ses proches avant d'appeler la police ?

La concierge souffla bruyamment.

— Schroeter n'a jamais parlé d'une famille. Je ne sais même pas s'il en a une. Le fait est qu'il vivait seul ici.

— Et personne n'est entré dans son logement depuis ?

— Vos collègues m'ont dit de ne pas mettre un pied à l'intérieur. Mais personne n'est venu sur place. Ils se sont contentés de consigner mon témoignage par téléphone, et puis au revoir.

Il n'apprit rien de plus. Ses deux assistants arrivèrent au moment où la concierge s'apprêtait à lui montrer au sous-sol l'appartement de Schroeter. Tous ensemble, ils empruntèrent un escalier étroit aux marches usées qui débouchait sur un corridor. Un plafonnier crasseux dispensait une maigre lumière. De part et d'autre du couloir se trouvaient des portes. Schroeter était le seul locataire à vivre à la cave. Les autres pièces servaient de celliers. L'endroit était déprimant à souhait. Oppenheimer comprit pourquoi l'ancien combattant cherchait son réconfort dans l'alcool.

La gardienne s'arrêta devant le premier panneau de bois et sortit de sous son tablier un trousseau de clés.

Oppenheimer tendit la main.

— Vous permettez ?

Par précaution, il prit un mouchoir pour ne pas faire d'empreintes sur la poignée. Puis il adressa un regard entendu à Wenzel.

L'aspirant-inspecteur comprit aussitôt. Il était préférable que la concierge ne les accompagne pas à l'intérieur. Par mégarde, elle pouvait effacer des indices potentiels.

Wenzel mobilisa tout son charme afin de la faire reculer.

— Je suis désolé, mais tant que nous ignorons ce qui s'est passé, il est préférable que vous attendiez ici.

Oppenheimer ouvrit lentement la porte. Une forte odeur de renfermé – mélange de poussière, de moisi et de sueur – lui monta aux narines. Comme on avait occulté l'unique soupirail, l'appartement souterrain était plongé dans la pénombre.

Le commissaire palpa le mur jusqu'à ce qu'il trouve un interrupteur. Lorsque la lumière se fit, il pénétra dans la première pièce. Une porte s'ouvrait sur la droite. La salle de bains. Sur le sol carrelé, il avisa une flaque de sang séché.

— On boucle tout, ordonna-t-il. La cave est une scène de crime. Il faut que le service de l'Identification vienne immédiatement.

Reinmann resta sur le seuil du logement.

— Hergesheimer ? s'enquit-il.

En entendant le nom du technicien de la police scientifique, Oppenheimer hocha la tête.

— Si possible, oui. Bernhard serait l'homme qu'il nous faut pour cette affaire.

Son adjoint disparut. Le commissaire s'approcha lentement de l'étroite salle d'eau et alluma la lumière. Sur sa gauche se trouvaient un lavabo en métal et un WC. À droite, une pomme de douche était fixée au mur. Un simple trou d'évacuation muni d'une grille avait été aménagé dans le sol pour permettre l'écoulement de l'eau. D'après les multiples traces brunes séchées qui souillaient le carrelage et les parois, quelqu'un avait évacué ici une grande quantité de sang.

Oppenheimer avait déjà vu cela lorsque la police faisait une descente chez des bouchers clandestins. Mais ici, tout donnait à penser que ce n'était pas un animal qu'on avait dépecé en quartiers.

Pivotant sur ses talons, il décida d'inspecter la pièce principale, qui devait compter une quinzaine de mètres carrés. Le mobilier, spartiate, était constitué d'un grabat, d'une armoire étriquée et d'une petite table que le locataire avait disposée sous le soupirail. Il n'y avait qu'une unique chaise pour s'asseoir.

Oppenheimer sortit de la poche de son veston son fume-cigarette et le glissa entre ses lèvres. Mâchonner le vieux tube d'écume était un rituel qui l'aidait à se concentrer. Prenant une profonde inspiration, il se mit à scruter les lieux du regard à la recherche d'indices.

Quelques minutes plus tard, Wenzel le rejoignit. Le jeune policier plissa le front d'un air incrédule en découvrant la salle de bains.

— Bon sang ! C'est un vrai champ de bataille.

— Un champ de bataille étrangement ordonné, répondit Oppenheimer en désignant le mur qui leur faisait face.

Plusieurs tableaux accrochés à la paroi avaient été retournés.

Wenzel examina les cadres avec étonnement.

— C'est peut-être Schroeter lui-même qui ne voulait plus les voir.

— Dans ce cas, il les aurait enlevés.

Oppenheimer pointa du doigt la table, sur laquelle on avait posé à l'envers deux passe-partout.

— Pourquoi Schroeter aurait-il placé ici deux photographies s'il ne voulait pas les contempler ? (Le commissaire fit lentement le tour de la chambre.) Non, quelqu'un a arrangé ainsi la scène de crime dans un but bien particulier. À l'évidence, si le meurtrier a pris le temps de retourner ces cadres, c'est qu'il tenait à commettre son crime dans des conditions parfaites à ses yeux.

— Mais pourquoi se donner tant de peine ? demanda Wenzel, perplexe.

Son supérieur haussa les épaules.

— Aucune idée. Ce sera à nous de le découvrir. (Avec son mouchoir, Oppenheimer souleva avec précaution l'un des passe-partout.) Une photo de groupe. Le tueur ne voulait peut-être pas se sentir observé.

— Parce qu'il connaît les gens présents sur ce cliché ?

Le commissaire réfléchit un instant.

— Possible, mais pas forcément. Si ça se trouve, il était simplement gêné par tous ces regards.

Oppenheimer reposa doucement le cadre et se dirigea vers le couloir.

L'enquête promettait d'être complexe. L'assassin de Schroeter semblait posséder une personnalité hors du commun. À ce stade, difficile de dire dans quel labyrinthe de violence et de folie cette affaire les entraînerait.

Derrière lui, Wenzel posa la question qui le hantait depuis qu'il était entré dans le logement.

— Si la jambe qu'on a retrouvée dans la baie de Rummelsburg appartient vraiment à Schroeter, où est le reste de son corps ?

Après avoir refermé la porte à clé, Oppenheimer se tourna vers son assistant.

— Je n'en ai aucune idée. Et c'est bien ça qui m'inquiète.

Le week-end allait lui réserver d'autres surprises. En raison de la situation politique qui se détériorait d'heure en heure, il avait le plus grand mal à se concentrer sur son affaire. Dimanche, installé à la table de sa chambre, il décida de prendre un peu de temps pour décortiquer la presse. Les jours précédents, il s'était procuré un certain nombre de journaux qu'il avait mis de côté.

Après avoir feuilleté quelques canards, il regretta sa décision. Ce qu'il lisait le mettait mal à l'aise.

Le projet de réforme monétaire avait provoqué une vive réaction au sein de l'administration soviétique. Le maréchal Sokolovski, commandant en chef de la zone d'occupation de l'URSS, avait décrété que la nouvelle monnaie était illégale. Il considérait que Berlin faisait partie intégrante de la zone orientale et que l'introduction du deutsche mark y était interdite. Oppenheimer comprenait cette décision. Des trafiquants de l'Ouest pouvaient dévaliser les commerces de l'Est en profitant du taux de change à leur avantage. Pour empêcher cela, les autorités russes avaient donc interrompu la circulation vers les zones occidentales.

Ce que craignait Hilde s'était produit. Les secteurs de Berlin-Ouest étaient désormais soumis à un blocus. Le fret maritime et ferroviaire était encore autorisé, mais les marchandises n'arrivaient qu'au compte-gouttes. Berlin était presque entièrement coupé de l'Ouest – une île perdue au milieu de la zone soviétique, sur laquelle les Alliés d'hier continuaient leur bras de fer.

Lisa, assise en face de lui, lisait également les journaux.

— Tu as entendu la dernière ? Les gens parlent maintenant de l'arrivée d'une monnaie à l'Est. Les Russes ont été pris de court, et ils essaient à présent de réagir.

— Ils feront donc de l'improvisation dans le secteur oriental. Un tampon sur les anciens billets, ou des vignettes.

— C'est donc ça, le fameux rideau de fer dont tout le monde parle.

Oppenheimer acquiesça.

— Oui, et il vient de se fermer avec fracas.

Afin de se changer les idées, il disposa un disque sur le plateau de son gramophone.

— Qu'est-ce que c'est ? demanda Lisa dans son dos.

— Pardon ?

En se retournant, il découvrit sa femme agenouillée devant la caisse où il rangeait sa collection de vinyles. Elle avait ouvert le coffret qui contenait les fourchettes et les cuillères achetées chez le prêteur sur gage. Absorbé par son enquête et les événements des derniers jours, il avait complètement oublié de lui parler de son achat.

— Où as-tu trouvé ces couverts argentés ?

Il tressaillit. Que venait de dire Lisa ? Argentés ?

— Dans la boutique du prêteur de l'Alexanderplatz, balbutia-t-il en s'efforçant de dissimuler son étonnement.

Le vendeur lui avait certifié qu'il s'agissait de pièces en argent sterling, une affaire à saisir d'urgence. Mais aux yeux de Lisa, ce n'était que du laiton argenté, un alliage qui n'avait guère de valeur. Déçu, il comprit qu'il s'était fait pigeonner.

— Je pensais qu'il valait mieux acheter ces couverts que de la lotion capillaire, soupira-t-il. Si nous n'arrivons pas à les revendre, nous pourrons au moins les utiliser.

Avant que Lisa ne demande le prix du coffret, il alluma son phonographe et posa délicatement l'aiguille sur le vinyle. Quelques instants plus tard, l'*allegro* de la première symphonie de Brahms débuta avec ses grands roulements de timbales.

Le fil de la ligne ne bougeait pas. Décidément, cela ne mordait pas. Peut-être parce qu'aux abords de la ville, les poissons étaient plus méfiants.

Katja sourit à cette pensée. Depuis deux heures déjà, assise sur le bastingage de la péniche, l'ourlet de sa jupe dansant au vent, elle observait le flotteur. C'était la première fois qu'elle se rendait à Berlin. La seule grande ville qu'elle connaissait jusqu'à présent était Fürstenwalde, une commune du Brandebourg située non loin de son village natal. Transformée en véritable forteresse par les nazis vers la fin de la guerre, celle-ci avait été dévastée par les bombardements alliés. Katja se souvenait encore en frissonnant des lueurs rougeoyantes qui éclairaient l'horizon en pleine nuit. D'après Bodo, son fiancé, Berlin avait subi le même sort, en pire. Elle avait du mal à y croire. Mais cela ne changeait rien à la joie qu'elle éprouvait à la perspective de visiter l'ancienne capitale du Reich. Elle était sûre que toutes sortes d'aventures merveilleuses les attendaient là-bas.

Bodo avait enfin accepté de l'emmener sur son bateau. Il devait se rendre régulièrement à Berlin. À l'aller, il acheminait les produits des petits agriculteurs locaux, et il revenait quelques jours plus tard avec une cargaison de plusieurs tonnes de gravats.

Même si elle était attirée par le tumulte de la métropole, Katja appréciait l'atmosphère paisible qui régnait sur la péniche. À bord, la vie avait son propre rythme. Le paysage défilait lentement, tandis que le large chaland fendait les eaux de la Sprée avec une tranquille assurance. Katja ignorait si Bodo accepterait un jour de mener une existence sédentaire. Il avait été fait prisonnier peu avant la capitulation et, depuis son retour, il éprouvait le besoin irrépressible de voyager constamment. Peut-être était-ce dû au fait qu'il n'aimait guère la compagnie des autres. Bodo était un solitaire. La seule personne qu'il tolérait auprès de lui, c'était Katja. Cela ne la dérangeait pas, au contraire. Si la vie à ses côtés ressemblait à leur quotidien sur la péniche, elle était prête à échanger son nom de jeune fille – Maurus – contre le sien.

Elle contempla les vaguelettes qui ondulaient la surface du fleuve. En son for intérieur, sa décision était prise. C'était à présent au tour de Bodo de faire le prochain pas et de demander sa main.

Le navire longea de grandes usines laissées à l'abandon. Le vent sifflait à travers les vitres brisées de ces géants de briques au corps sans vie.

Soudain, Bodo courut dans sa cabine et éteignit les moteurs. Katja suivit avec attention l'arrivée d'un petit bateau, qui attacha un gros cordage à l'avant de la péniche pour tracter cette dernière à travers la ville.

Ainsi tirés, ils se remirent en mouvement. Katja rangea sa canne à pêche et alla se poster à la proue. Devant eux, le remorqueur paraissait minuscule. De la fumée noire jaillissait de sa cheminée.

Une brise fraîche souleva la chevelure blonde de la jeune femme. Elle tendit la tête pour observer les premiers édifices de la ville qui se dressaient sur les rives.

Alignés comme les perles d'un collier, les wagons d'un S-Bahn s'élancèrent sur un pont qui enjambait le fleuve. Dans la lumière déclinante du soir, Katja put apercevoir les passagers installés à l'intérieur de la rame. Alors que le train s'éloignait dans un fracas de ferraille, quelque chose bougea sur l'ouvrage de pierre. Des piétons franchissaient la Sprée.

Aux yeux de Katja, ce pont représentait en quelque sorte une porte vers un autre monde. Au-delà commençait l'inconnu. Heureusement, il y avait la péniche, qui leur servirait de refuge en plein cœur de la métropole tumultueuse.

Ils entrèrent dans l'ombre diffuse du pont. Lorsque l'avant du chaland en ressortit, un bruit étrange arracha Katja à ses pensées. Quelque chose était tombé sur la bâche recouvrant les marchandises.

Surprise, elle se retourna.

Elle sut immédiatement de quoi il s'agissait. Un amas de viscères emmêlés gisait dans une flaque de sang.

Katja noua les bras autour de son buste. Elle n'avait pas encore posé le pied à Berlin qu'elle était déjà entraînée dans une aventure. Mais ce n'était pas du tout le genre d'événement dont elle avait rêvé.

5

Mardi 22 juin 1948

Ce matin-là, une agréable brise fraîche lui caressait le visage tandis qu'il pénétrait dans l'enceinte de l'Osthafen, port fluvial situé à l'est de la ville. Se dirigeant vers le débarcadère, Oppenheimer passa près d'un entrepôt frigorifique et d'un grenier à céréales. Les deux bâtiments, à l'architecture imposante, ressemblaient à des tours de DCA.

À l'instar des usines berlinoises, la plupart des machines et appareils de levage avaient été démontés par l'Armée rouge pour être expédiés en Union soviétique. Aux dernières nouvelles, le port était de nouveau administré par la municipalité. Dans les docks, on stockait principalement des denrées périssables.

C'était le commissaire Franck, de service durant la nuit, qui avait prié Oppenheimer de venir. À l'aube, un policier était venu le chercher à la villa de Hilde sans lui donner la moindre explication.

Non loin du quai, il aperçut son collègue qui faisait les cent pas à côté de véhicules d'intervention de la Kripo. Franck s'avança pour l'accueillir. Avec ses moustaches retroussées et sa démarche martiale, le fonctionnaire avait des allures d'officier prussien. Âgé d'une trentaine d'années, il avait servi dans la Wehrmacht sur le front de l'Ouest. Mais comme beaucoup de vétérans, il ne parlait jamais de ce qu'il avait vécu à la guerre. Des rides profondes s'étaient creusées autour des yeux, et ces sillons paraissaient encore plus sombres dans les premières lueurs du jour.

Les deux hommes se saluèrent d'un mouvement de tête.

— Pourquoi m'as-tu fait venir ici ? demanda Oppenheimer sans préambule.

Franck sourit.

— Ce que je vais te montrer va sûrement t'intéresser. C'était l'idée de Gebert de te prévenir. Ce cher docteur est déjà reparti, mais il m'a expliqué que vous aviez trouvé une jambe amputée dans la baie de Rummelsburg il y a quelques jours. Gebert voit un lien avec ce qui s'est passé ici.

Il conduisit Oppenheimer jusqu'au débarcadère, où étaient amarrées deux péniches. Une grande agitation régnait sur l'un des bateaux, dont le pont était éclaboussé par des éclats de lumière vive. Armés d'appareils photo, les techniciens de l'Identification étaient à l'œuvre.

D'un pas assuré, Franck gravit la planche qui permettait de monter à bord du chaland. Oppenheimer, qui n'était pas encore bien réveillé, le suivit avec prudence.

L'ancien militaire montra du doigt des entrailles étalées sur la grande bâche qui protégeait les marchandises.

— Peu ragoûtant, n'est-ce pas ?

Même s'il avait vu beaucoup d'horreurs durant sa carrière, Oppenheimer ne put réprimer un haut-le-cœur. À cet instant, il s'estima heureux de ne pas avoir pris de petit déjeuner.

Il se racla la gorge.

— Je suppose que ces boyaux sont d'origine humaine ?

Franck acquiesça.

— D'après Gebert, il n'y a aucun doute.

Oppenheimer poussa un soupir. Les viscères n'avaient pas atterri par magie sur le pont de la péniche. On les avait auparavant extraits d'un corps. Rien ne le prouvait de manière incontestable, mais il était presque certain que l'auteur de cette barbarie et la personne qui avait tranché la jambe retrouvée dans la baie de Rummelsburg ne faisaient qu'un.

— Apparemment, les tripes ont été lancées depuis un pont, ajouta Franck.

Oppenheimer réfléchit un moment.

— Le type a essayé de s'en débarrasser discrètement, sans succès. S'il s'agit du même individu que l'autre jour, c'est la deuxième fois qu'il se plante. Reste à savoir s'il a eu plus de chance avec les autres membres qu'il a découpés.

S'efforçant de ne pas gêner les techniciens de la police scientifique, le commissaire fit quelques pas en avant. Pour lutter contre l'odeur fétide qui flottait dans l'air, il se couvrit le nez avec son mouchoir en tissu. Puis il s'agenouilla et examina à distance les organes abdominaux. La mare de sang dans laquelle ils gisaient avait déjà commencé à sécher.

— Il serait intéressant de savoir quand les entrailles ont été prélevées, dit-il en se relevant. Gebert a-t-il mentionné quelque chose à ce sujet ?

Franck opina.

— Selon lui, c'est tout frais.

Cette réponse prit Oppenheimer de court. À l'évidence, les viscères ne provenaient pas du même cadavre que la jambe amputée. Cela ne pouvait signifier qu'une chose : ils avaient probablement affaire à un tueur ayant commis au moins deux meurtres distincts.

Le cerveau du commissaire tournait à présent à plein régime.

— Y a-t-il des témoins ?

D'un geste, Franck l'invita à redescendre sur le quai. Oppenheimer lui emboîta le pas, et ils marchèrent jusqu'à l'entrepôt frigorifique. La porte du bâtiment était ouverte. Une fois à l'intérieur, ils longèrent un corridor pour accéder à une sorte de salle de repos. Un homme blond à la peau tannée était installé sur un vieux canapé sale. Blottie dans son giron, une jeune femme s'était assoupie. La dormeuse avait également les cheveux dorés.

Franck précisa qu'il s'agissait du capitaine de la péniche, qui voyageait avec sa fiancée, Katja Maurus.

— Combien de temps devons-nous encore poireauter ? s'enquit soudain le marinier. (Il s'efforçait visiblement de contenir sa colère pour ne pas réveiller sa compagne.) Voilà des heures qu'on nous retient ici. Je dois débarquer ma cargaison et repartir au plus vite. J'ai d'autres livraisons à effectuer.

Prenant une chaise, Oppenheimer s'assit à côté du couple.

— Ce ne sera plus très long. Les techniciens de l'Identification ont presque terminé. En attendant, vous pourriez m'aider à y voir plus clair en répondant à quelques questions.

Le capitaine obtempéra, mais il n'avait pas grand-chose à dire puisqu'il se trouvait dans la cabine du chaland au moment des faits. Le véritable témoin était sa fiancée. Katja Maurus, qui s'était réveillée entre-temps, accepta volontiers de raconter ce qu'elle avait vécu.

— C'est arrivé quand nous sommes passés sous le dernier pont avant l'Osthafen.

— La passerelle de Stralau, compléta Franck pour aider Oppenheimer à situer l'endroit.

— J'ai eu vraiment peur, poursuivit-elle. Brusquement, un type a jeté un tas de boyaux sur notre péniche. Encore heureux que je ne les ai pas reçus sur la tête.

Le commissaire prit une mine compatissante.

— Et vous dites qu'il s'agissait d'un homme ? Avez-vous pu l'apercevoir ?

La jeune femme rentra les épaules.

— Brièvement. Si je le croisais dans la rue, je ne le reconnaîtrais pas. Le pont est trop haut. Mais il s'est penché en avant, il avait l'air étonné. Et puis il a décampé. Il y avait d'autres gens sur la passerelle.

Oppenheimer fronça les sourcils.

— Qu'est-ce qui vous fait dire que c'était un homme ?

— Il portait une salopette, comme les ouvriers. Et une casquette de gavroche. C'est tout ce que j'ai pu distinguer. La nuit était en train de tomber.

Le commissaire retint son souffle. La description concordait avec celle donnée par les témoins de Rummelsburg.

— Vous avez déclaré à mes collègues qu'il était environ vingt-deux heures. En été, il fait encore clair à cette heure-ci. En plus, l'homme se tenait sur le côté ouest du pont. Son visage devait être relativement bien éclairé par les dernières lueurs du jour.

Fräulein Maurus secoua la tête énergiquement.

— Le ciel était plutôt couvert hier. Il n'y avait presque plus de lumière.

Son compagnon avait suivi la conversation avec une agitation grandissante.

— Vous nous faites toujours répéter les mêmes choses ! s'emporta-t-il. Vous ne pouvez pas voir ça avec vos collègues ? Tout ce cirque à cause de quelques tripes.

Oppenheimer referma son calepin et adressa un regard réprobateur au couple.

— Je crois que vous n'avez pas compris la gravité de la situation. Ce ne sont pas de vulgaires abats qu'on a jetés sur votre bateau, mais des viscères humains. L'individu qui a commis cette atrocité est en fuite. Nous devons le retrouver et l'empêcher de récidiver. Le moindre souvenir, même anodin, peut nous aider à le coincer.

— Un meurtre, souffla Katja Maurus en serrant le bras de son fiancé.

Sur la demande d'Oppenheimer, ils passèrent encore une fois en revue les événements de la veille, mais cela n'apporta rien de nouveau.

Le commissaire quitta les jeunes gens une demi-heure plus tard en les priant d'attendre le portraitiste de la Kripo.

Au moment de sortir de la salle de repos, il se tourna vers Franck.

— Y a-t-il un téléphone dans l'entrepôt ? Il faut que je prévienne Kopp.

Il espérait pouvoir joindre sans trop de mal le dessinateur à cette heure matinale.

Franck hocha la tête.

— Dans le hall.

Tandis que le jeune flic guidait Oppenheimer à travers des allées bordées de marchandises, il lui décocha un clin d'œil.

— Alors, satisfait ? Ne t'avais-je pas dit que cette affaire t'intéresserait ?

Fatigué par son réveil aux aurores, Oppenheimer décida de passer le reste de la journée à coordonner les investigations depuis son bureau. Alors que Wenzel et Reinmann étaient sortis interroger des témoins afin de reconstituer les dernières heures de Norbert Schroeter avant sa disparition, il reçut la visite de Hergesheimer. Le technicien de l'Identification judiciaire avait terminé son rapport.

— Nous avons relevé les empreintes de deux personnes dans l'appartement de Schroeter, annonça l'expert en s'asseyant en face d'Oppenheimer.

Avec sa couronne de cheveux et ses épaisses lunettes en écaille, Hergesheimer ressemblait au stéréotype du maître d'école dans un mauvais film. Oppenheimer, qui connaissait son collègue depuis plus de vingt ans, trouvait la comparaison très juste.

— Comme on pouvait s'y attendre, la plupart d'entre elles appartiennent à Schroeter. On les trouve partout dans le logement.

— Et les autres ? demanda Oppenheimer, intrigué.

— Après examen, il est établi qu'elles ont été laissées par la concierge. Principalement sur les effets personnels de Schroeter. (Hergesheimer ajouta avec un sourire ironique :) Quand nous avons pris ses empreintes, comme le veut la procédure, elle a affirmé qu'elle faisait régulièrement le ménage dans l'appartement.

Oppenheimer arqua un sourcil. Vu l'état de saleté du logement souterrain, c'était un mensonge. La gardienne, curieuse, avait certainement fouillé les affaires de Schroeter pendant son absence. Ce genre de pratique inconvenante était malheureusement courant.

Hergesheimer ouvrit le dossier qu'il avait apporté.

— D'après les nombreuses traces de sang, on peut supposer que Schroeter a été tué sur place. Dans le trou d'évacuation de la douche, on a retrouvé des tissus musculaires. Il est donc fort probable que son cadavre ait été débité dans la salle de bains. Sur les murs, on a découvert des empreintes de main, mais sans dermatoglyphe. Le meurtrier portait évidemment des gants.

Oppenheimer acquiesça distraitement. Il essayait d'imaginer ce qui s'était passé dans le logement.

— Avec une telle quantité de sang déversée, le tueur aurait dû également laisser des empreintes de pas.

— Je me suis fait la même remarque. (Hergesheimer parcourut ses documents à la recherche d'un passage précis.) Près du trou d'évacuation, il n'y avait aucune éclaboussure de sang. D'après moi, on a posé quelque chose sur le sol. Des papiers journaux ou un morceau de carton. Et l'assassin a ensuite retiré cette protection au moment de partir.

— Par conséquent, nous savons maintenant comment Schroeter a quitté son appartement, conclut le commissaire. En pièces détachées.

— Il y a de fortes chances, oui.

— Peux-tu me dire quelque chose sur la manière dont il a été tué ?

Hergesheimer esquissa une grimace.

— Question délicate. On pourrait croire que Schroeter a tout simplement été poignardé dans sa salle de bains. Mais un test nous a révélé des traces de barbiturique dans son sang.

— Quoi ? On l'aurait d'abord endormi à l'aide d'un sédatif avant de le tuer ?

— Possible. Ça peut aussi être la cause de la mort. D'après les résultats de l'analyse de sang, Schroeter a beaucoup bu ce soir-là. Anesthésique et alcool ne font pas bon ménage. Mélangés, les deux peuvent provoquer un arrêt respiratoire.

Une idée germa dans l'esprit d'Oppenheimer. Il existait un moyen de prouver que cette affaire était liée à celle des viscères.

Dès que le technicien de l'Identification fut reparti, il décrocha son téléphone et appela la morgue. Contraint de passer par le standard, il dut faire preuve de patience avant d'être mis en relation avec le Dr Gebert. Le légiste lui annonça que les entrailles découvertes sur la péniche venaient d'être livrées dans sa salle d'autopsie.

— Pourriez-vous vérifier s'il y a des traces de barbituriques dans les viscères, Herr Doktor ? Nous pensons que les victimes ont été endormies à l'aide d'un sédatif.

Un silence glacial s'installa au bout du fil. Finalement, Gebert grogna :

— Nous le faisons de toute manière. C'est dans le protocole.

Oppenheimer balbutia des excuses et pria le médecin hargneux de le prévenir quand les résultats des analyses sanguines seraient connus.

Peu après, on frappa à la porte, et Kopp entra brièvement pour déposer le fruit de son travail. Le dessinateur, qui arrivait tout droit du S-Bahn, avait le visage cramoisi. Durant une séance au Osthafen qui avait duré plus d'une heure, il avait réalisé trois portraits-robots en suivant les maigres indications de Katja Maurus. Les ébauches montraient le suspect de face et de trois quarts. Sur la troisième, on voyait celui-ci se pencher au-dessus du parapet de la passerelle.

Fouillant les tiroirs de sa table de travail, Oppenheimer dénicha quelques punaises. Il les ramassa et se leva pour aller fixer les esquisses sur le mur qui lui faisait face.

Puis il recula de quelques pas. S'asseyant sur le rebord de son bureau, il examina attentivement les dessins, qui ressemblaient à des croquis de styliste. Kopp avait représenté le meurtrier potentiel avec sa salopette d'ouvrier et sa casquette de gavroche, mais les traits du visage étaient indistincts. Impossible d'identifier le coupable ainsi. On aurait pu soupçonner la moitié des habitants de Berlin.

Décidément, le tueur était difficile à cerner. Méthodique, il assassinait et découpait ses victimes sans laisser le moindre indice, mais il se montrait plutôt maladroit quand il évoluait à l'extérieur. Dans la baie de Rummelsburg, il n'avait pas tenu compte des courants, et la jambe dont il voulait se débarrasser avait rapidement échoué sur la rive. Sur la passerelle de Stralau, il avait également fait preuve de négligence. D'après Fräulein Maurus, il avait paru surpris en voyant les entrailles qu'il avait lancées retomber sur le pont de la péniche.

Manifestement, le meurtrier était en phase d'apprentissage, et ses erreurs avaient attiré l'attention de la Kripo. Toutefois, si l'homme était intelligent, il tirerait les leçons de ses bévues. Il deviendrait alors de plus en plus difficile de suivre sa piste.

La sonnerie du téléphone retentit, faisant tressaillir Oppenheimer. C'était Gebert. En quelques mots, le légiste confirma que des traces de barbiturique avaient été retrouvées dans les viscères abdominaux. La dose administrée par le tueur n'était pas mortelle, mais suffisante pour endormir sa victime.

Lorsque Oppenheimer reposa le combiné sur sa fourche, il y voyait plus clair. Ils avaient effectivement affaire à un seul et même meurtrier. Et ils connaissaient à présent sa manière de procéder.

Sa journée de travail terminée, Oppenheimer s'empressa de rentrer à Schöneberg. Il s'arrêta à la boutique de Herr Paschke, le marchand de légumes situé non loin de la villa de Hilde. D'ordinaire, le commerçant mettait de côté pour ses « clients du soir », comme il les appelait, une partie des produits qu'il recevait quotidiennement. Oppenheimer put ainsi acheter deux plaquettes de légumes déshydratés.

— Alors, deux hérissons tchèques, dit Paschke.

Il avait prononcé avec un sourire espiègle le surnom que les Berlinois donnaient à ces paquets de légumes séchés. L'espace d'un instant, sa canine ébréchée étincela. Puis il prit tranquillement une paire de ciseaux posée sur son comptoir pour détacher deux coupons sur la carte de rationnement d'Oppenheimer.

Tandis que le commissaire glissait son maigre butin dans un filet à provisions, Paschke se pencha en avant d'un air complice.

— Votre femme, elle travaille chez les Britanniques, pas vrai ?

Oppenheimer acquiesça avec étonnement. Visiblement, le commerçant était bien renseigné.

— Est-ce qu'elle a appris quelque chose sur l'approvisionnement des secteurs occidentaux ? Pour le moment, ça va, mais comme les popovs veulent bloquer tout ce qui vient de l'Ouest, la situation risque de dégénérer rapidement. Et qui sait ce qui nous attend. Bon, si les ruskofs vont trop loin, les Américains peuvent leur faire exploser une bombe nucléaire sur la tête, mais ce n'est pas ça qui va nous nourrir.

La question renforçait les craintes d'Oppenheimer. À Berlin, il était convenu que chaque puissance d'occupation ravitaille en vivres son propre secteur. Pour l'administration soviétique, cela ne représentait aucun problème puisque la métropole était entourée d'exploitations agricoles. En revanche, les Alliés occidentaux devaient transporter jusqu'à Berlin-Ouest toutes leurs denrées au moyen de trains ou de camions. Et la plupart des livraisons provenaient de la zone britannique, située au nord-ouest de l'Allemagne. La menace d'un blocus soviétique laissait donc présager le pire.

— Mon épouse n'a pas eu d'informations à ce sujet, lâcha-t-il laconiquement.

Les habitants de Berlin-Ouest étaient piégés. Leur seul espoir était que le transport des marchandises ne soit pas interrompu complètement.

À sa grande surprise, il régnait une atmosphère joyeuse dans la villa de Hilde. En franchissant la porte d'entrée, il entendit aussitôt le bourdonnement d'une radio en provenance du sous-sol. Généralement, les locataires de la demeure préféraient écouter les programmes dans leurs chambres mais, ce soir-là, quelqu'un s'était donné la peine d'apporter un poste dans la cuisine commune.

Curieux, Oppenheimer descendit à la cave. On avait mis à fond le son de l'émetteur, et tous les résidants s'étaient rassemblés autour de la grande table. Étrangement, ils paraissaient de très bonne humeur. Même Lisa arborait un large sourire.

— Tu es au courant ? demanda-t-elle tandis qu'Oppenheimer s'asseyait près d'elle. C'est le début de l'eldorado !

Une lueur ironique brillait dans ses yeux.

— Désolé, je n'ai rien remarqué chez Paschke.

Barbe, l'ancienne codétenue de Hilde à la prison de Moabit, secoua vivement la tête.

— Non, pas ici ! À l'Ouest, dans la bizone.

Oppenheimer, qui ne comprenait toujours pas ce qui se passait, plissa le front. Franz Schmude se chargea de lui expliquer les derniers événements.

— Depuis que la nouvelle monnaie a été introduite dans les zones occidentales, les magasins sont remplis de marchandises. Soudain, on peut tout acheter. Même les fermiers livrent des fruits et des légumes frais.

— On pourrait croire que les pommes ont mûri en une nuit, lança Lisa. En un claquement de doigts.

Oppenheimer avait du mal à suivre, mais le reportage radiophonique en cours confirmait les dires de Schmude. Et ce qu'il entendait paraissait incroyable. La RIAS racontait qu'une cigarette de la marque Chesterfield, qui coûtait la bagatelle de soixante-quinze reichsmarks au marché noir à Berlin, était désormais vendue dans les magasins de la bizone au prix d'un deutsche mark.

— Ces dernières années, les commerçants ne pouvaient presque rien vendre parce que le reichsmark ne valait plus grand-chose, expliqua Schmude. Ils ont préféré stocker leurs marchandises en attendant des temps meilleurs. Hitler et sa clique ont vécu à crédit. L'essor économique dont ils se vantaient tant était financé à coups d'emprunts. Puis la guerre s'est terminée, et le château de cartes s'est écroulé.

Inge Schmude, assise en face d'Oppenheimer, grimaça comme si elle avait mordu dans un citron. Il devinait ce qui l'agaçait. À l'évidence, elle n'avait pas encore digéré le fait que son mari ait cédé à Ed le Mastard sa boutique de mode sur l'avenue du Kurfürstendamm. L'ancien truand, qui avait transformé l'endroit en cabaret, roulait désormais sur l'or.

— J'espère que la situation s'améliorera aussi chez nous dès que nous aurons la nouvelle monnaie, commenta Oppenheimer. Pour l'instant, les trafiquants du marché noir demandent trois mille marks pour cinq cents grammes de café. C'est complètement fou.

Schmude opina.

— D'ici là, il faudra se serrer la ceinture. D'après certaines rumeurs, les Russes veulent détruire tous les ponts sur l'Elbe pour nous couper définitivement de l'Ouest. (L'avocat haussa les épaules.) C'est sûrement exagéré. Mais en ce moment, tout semble possible.

6

Mardi 22 – mercredi 23 juin 1948

Oppenheimer, qui avait envie d'entendre l'avis de Hilde sur les dernières nouvelles, décida de rendre visite à son amie. Il voulait de toute façon lui parler de l'enquête en cours. Les tableaux que le tueur avait retournés dans l'appartement de Schroeter ne sortaient pas de son esprit. Il savait qu'établir le profil psychologique d'un criminel était essentiel dans une enquête. Et Hilde était très douée pour ce genre d'analyse.

Un ciel de plomb s'étirait au-dessus du domaine lorsqu'il sortit. Alors qu'il marchait vers la maisonnette où logeait l'aristocrate, un vrombissement de moteurs emplit l'air. Ce n'était pas inhabituel, puisque l'aéroport de Tempelhof se trouvait dans les environs. Et la propriété de Hilde était située dans le couloir d'approche des avions.

Près du pavillon, d'autres bruits attirèrent son attention. La fenêtre du salon était entrouverte, et il entendit distinctement Hilde s'entretenir avec un homme qui possédait une étonnante voix de basse.

Se figeant devant la porte, Oppenheimer hésita à sonner. Son amie n'avait pas pour habitude de recevoir des inconnus le soir.

Le silence était retombé sur le parc, et il perçut malgré lui quelques bribes de conversation.

— Une personne telle que vous, disposant de si admirables qualités, doit avoir un bataillon de soupirants.

Aussi irréel que cela pouvait paraître, le type au timbre caverneux contait fleurette.

Oppenheimer s'attendait à une repartie savoureuse de la part de Hilde, mais il ne perçut que des petits pouffements de rire.

Presque au même moment, un nouveau vrombissement s'éleva. Un autre avion quittait l'aéroport.

Le commissaire, heureux de ne plus saisir les propos galants de l'inconnu, décida de battre en retraite. Il n'avait aucune envie d'interrompre le tête-à-tête de son amie.

Tandis qu'il retournait à la villa, il s'interrogea sur les bruits de moteurs qui s'éloignaient. D'ordinaire, en une heure, deux appareils tout au plus survolaient la propriété de Hilde. Comme il n'avait rien de mieux à faire, il s'arrêta pour contempler le trafic aérien. Peu de temps après, un troisième avion-cargo passa au-dessus de lui.

En avril dernier, l'administration soviétique avait déjà tenté de bloquer les voies d'approvisionnement de Berlin-Ouest. Américains et Britanniques avaient alors ravitaillé leurs garnisons au moyen d'un pont aérien pendant trois jours. L'augmentation de la fréquence des vols prouvait que la situation était en train de se reproduire. Mais serait-ce suffisant pour assurer la subsistance de la population en plus de celle des soldats ?

Jusqu'à présent, cette méthode d'acheminement, coûteuse et difficile à organiser, n'avait pas semblé être une solution viable aux yeux d'Oppenheimer. Deux autres appareils rasèrent le domaine de son amie. Cela ne pouvait pas être un hasard. On livrait des tonnes de matériel. Impossible de dire s'il s'agissait de vivres ou d'armes. Mais au moins, les choses bougeaient.

Le lendemain matin, dès son arrivée à la brigade, Oppenheimer alla trouver Cordes. Il était temps d'expliquer à son supérieur que la jambe retrouvée dans la baie de Rummelsburg et les viscères jetés depuis la passerelle de Stralau étaient les deux versants d'une même affaire.

Le patron de la Kripo ressemblait à un croque-mort. Le regard mélancolique, les cernes marqués, il portait toujours un costume noir avec une cravate impeccablement nouée. Ses cheveux grisonnants renforçaient encore son allure terne. Ne manquait que le haut-de-forme pour compléter le tableau.

Lorsque Oppenheimer eut fini de lui présenter les faits, Cordes se pencha en avant au-dessus de sa table de travail, révélant une calvitie circulaire au sommet de son crâne.

— Vous souhaitez donc vous occuper de ces deux problèmes, conclut-il.

Puis il s'enfonça de nouveau dans son fauteuil et plissa les lèvres. Après un moment de réflexion, il poussa un long soupir.

— Soit. Puisque vous semblez y tenir, tâchez d'élucider cette histoire d'organes éparpillés. Je vais essayer de vous adjoindre un autre collaborateur. L'enquête promet d'être ardue.

Oppenheimer n'en espérait pas tant. Satisfait, il retourna dans son bureau, où l'attendaient ses deux assistants.

Wenzel, qui venait d'allumer une cigarette, étudiait les portraits-robots de Kopp qu'ils avaient placardés au mur.

— Avec des descriptions aussi vagues, il ne sera pas facile de coincer notre homme, commenta-t-il d'un air songeur.

— Et nous ignorons toujours ce qui est advenu du reste des cadavres, enchaîna Oppenheimer. Le tueur a peut-être réussi à se débarrasser des autres morceaux sans être vu.

Reinmann se leva de son siège et s'approcha à son tour des dessins.

— Le type aurait aussi débité le corps de son autre victime et jeté les quartiers dans la Sprée ?

Oppenheimer acquiesça. Parfois, les explications les plus simples étaient les meilleures.

— Nous devrions considérer ça comme une hypothèse de travail. Je vais contacter la police fluviale pour savoir s'ils ont remarqué ces dernières semaines quelque chose d'insolite qui pourrait être en lien avec notre affaire. Il faut aussi chercher d'éventuels témoins qui auraient aperçu le meurtrier lundi soir sur la passerelle de Stralau. Et nous n'avons pas encore établi l'emploi du temps de Schroeter juste avant sa disparition. Partagez-vous les tâches. Je sais que ça représente beaucoup de travail mais, avec un peu de chance, nous aurons bientôt du renfort.

La police fluviale était partagée en trois divisions territoriales. Deux d'entre elles se trouvaient à Berlin-Ouest. La troisième, où les organes humains avaient été découverts, couvrait le secteur soviétique. Oppenheimer décida de se concentrer d'abord sur ce territoire, qui comptait deux postes. L'un était situé dans l'Osthafen, l'autre un peu plus loin au sud-est, à Köpenick.

Il dut faire preuve de patience avant de pouvoir réussir à joindre par téléphone le chef du poste d'Osthafen. À sa grande déception, aucun membre amputé n'avait été dragué dernièrement. Il appela ensuite à Köpenick et obtint la même réponse.

Oppenheimer hésita avant de contacter les brigades fluviales des secteurs occidentaux. D'après ce qu'il avait entendu, l'entente n'était pas au beau fixe entre les collègues de l'Ouest et ceux qui travaillaient à l'Est. Sur une flotte de quinze bateaux, seuls six naviguaient encore. Les neuf autres étaient en panne, et la situation ne s'améliorait guère puisqu'on bannissait toute entraide. Chaque camp gardait jalousement ses pièces détachées.

Comme les bureaux de la Kripo se trouvaient dans la zone soviétique, le commissaire craignait qu'on l'envoie promener. Et il ne devait pas se tromper.

Lorsqu'il téléphona au poste de Scharfe Lanke et se présenta, on le fit passer de service en service. Après de longues minutes d'attente, un fonctionnaire lui annonça finalement de manière lapidaire qu'aucun incident anormal n'avait été consigné.

Le même manège se reproduisit quand il tenta ensuite sa chance au poste de Westhafen/Mitte. Contrarié d'avoir perdu autant de temps pour rien, il reposa avec rage le combiné sur sa fourche.

Il était à présent trois heures de l'après-midi. Trop tôt pour rentrer à la villa. Oppenheimer éprouva le besoin de se dégourdir les jambes. Faire le tour du pâté de maisons l'aiderait peut-être à évacuer sa colère. Il enfila donc son veston et prit son chapeau.

Dans le couloir, Fräulein Böttcher baissa les yeux quand il passa devant sa table de travail. Manifestement, elle avait entendu les jurons de son supérieur.

— Je reviens dans un moment, grogna-t-il sans s'arrêter.

Une fois dehors, il prit la direction de l'Alexanderplatz. Il marchait depuis quelques minutes lorsqu'il remarqua le trafic étonnamment dense qui régnait dans la rue. Des camions ouverts roulaient pare-chocs contre pare-chocs. Sur leurs plates-formes étaient entassés des gens qui brandissaient des pancartes. Des cyclistes filaient à toute allure entre les véhicules ou empruntaient les trottoirs en frôlant les piétons. Certains avaient attaché des fanions rouges sur leurs porte-bagages. À l'évidence, une manifestation se préparait.

Oppenheimer aborda une passante d'un certain âge.

— Excusez-moi, mais savez-vous ce qui se passe ?

La dame aux cheveux gris, qui portait une corbeille en osier, fronça les sourcils.

— Ils sont tous tombés sur la tête. Les Soviétiques ne veulent pas du deutsche mark, alors ils introduisent leur propre monnaie. C'était écrit ce matin dans le journal. Mais la municipalité ne sait plus quoi faire. Les secteurs occidentaux vont-ils eux aussi recevoir l'argent de l'Est ? (Elle fit un signe de tête en direction du pont du S-Bahn, derrière lequel se dressait l'hôtel de ville.) En tout cas, il va y avoir du grabuge. Les rouges sont en train de prendre position. Si j'étais vous, j'éviterais d'aller du côté de la mairie aujourd'hui.

Oppenheimer n'avait aucune intention de faire l'autruche. Souhaitant se rendre compte de la situation par lui-même, il accéléra le pas. Dans un kiosque situé devant la gare d'Alexanderplatz, il acheta le *Tägliche Rundschau*, un quotidien édité par l'Armée rouge. On pouvait y découvrir un arrêté de l'administration soviétique qui confirmait les dires de la passante. La nouvelle monnaie aurait cours dès le lendemain. Comme les Russes n'avaient pas eu le temps de s'organiser, des coupons adhésifs seraient collés sur les anciens billets et pièces. Samedi, le reichsmark serait interdit. Le mark est-allemand deviendrait alors le seul moyen de paiement légal. En revanche, il n'était pas précisé si cette ordonnance était également valable pour Berlin-Ouest.

Déçu de ne pas obtenir plus d'informations, Oppenheimer replia le journal et regarda alentour.

Une rame de S-Bahn entra sous la verrière fortement endommagée de la gare aérienne, mais le bruit était couvert par le tumulte d'une foule agitée. On aurait dit que tout Berlin s'était retrouvé ici. Des manifestants accouraient par dizaines. Des bicyclettes se frayaient un chemin à grands coups de sonnette à travers la marée humaine.

N'ayant pas d'autre choix, Oppenheimer se laissa porter par ces flots vivants. Sur le Molkenmarkt, la cohue s'intensifia encore. La vaste place était dominée par l'ancien hôtel de ville, un édifice monumental d'architecture néoclassique dont la haute tour centrale était surmontée d'une coupole. Mais comme l'endroit avait fortement souffert des bombardements, les édiles de Berlin se réunissaient dans l'ancien siège de la compagnie d'assurances Feuersozietät, tout proche. Le bâtiment de quatre étages, massif, avait été construit dans les années trente dans le plus pur style nazi et reflétait parfaitement la mégalomanie du régime.

L'entrée était assiégée par une multitude bruyante. Oppenheimer avait l'impression qu'il arrivait encore des manifestants de toutes parts, et la mêlée se faisait de plus en plus pressante.

Autour de lui, il aperçut des visages furieux. On scandait des slogans. Certaines personnes agitaient des pancartes sur lesquelles on pouvait lire des devises du SED comme : « Ne donnez aucun pouvoir aux fractionnistes occidentaux ! » Bien sûr, ceux qui appartenaient au camp adverse n'étaient pas en reste et martelaient leurs propres formules. Un homme aux cheveux blancs discutait vivement avec un ouvrier qui tenait un écriteau. Lorsqu'il fut à court d'arguments, il lança :

— Espèce de cancrelat socialiste !

La réplique ne se fit pas attendre.

— Gros porc impérialiste !

L'interpellé agita le manche de sa pancarte comme s'il s'agissait d'une matraque.

Soudain, Oppenheimer reçut un coup dans le tibia. À cause de la confusion bruyante qui régnait sur la place, il ne put voir ce qui s'était passé. L'assemblée tumultueuse se remit en mouvement. Entraîné par les remous de la foule, il pénétra dans le bâtiment qui abritait le conseil municipal. On n'avait pas laissé entrer les manifestants de bon gré, la porte avait été enfoncée. Le commissaire n'eut pas d'autre choix que de monter l'imposant escalier de marbre cramoisi qui menait à la salle de conférences. L'accès aux tribunes du public était ouvert. La galerie était remplie de manifestants qui chahutaient comme des écoliers. En contrebas, les conseillers municipaux étaient installés sur plusieurs rangées de bancs. Un grand drapeau orné d'un ours, l'emblème de Berlin, était accroché sur le mur opposé.

Oppenheimer se cala dans un coin pour assister au spectacle. Les tribunes étaient désormais bondées, et l'endroit résonnait d'un vacarme étourdissant.

Au bout d'un moment, l'un des édiles, un homme chauve avec un long nez, se leva. Oppenheimer crut reconnaître Otto Suhr, un membre influent du SPD. Le social-démocrate monta sur l'estrade pour s'adresser aux bruyants visiteurs.

— Nous ne commencerons pas la séance tant que les tribunes n'auront pas été évacuées…

Il fut aussitôt interrompu par des huées et des sifflets.

— Dehors, les fractionnistes ! hurla un manifestant près d'Oppenheimer. Nous ne voulons pas de votre deutsche mark !

Au même moment, le public se mit à crier à tue-tête :

— Commencez ! Commencez ! Commencez !

Peu après, Louise Schröder, qui exerçait la fonction de bourgmestre-gouverneur par intérim, fit son apparition sur l'estrade. Malgré tous ses efforts, elle ne parvint pas non plus à calmer les intrus. Des éclats de rire retentirent lorsqu'elle indiqua que la séance du conseil serait de toute manière retransmise en soirée sur la RIAS. À l'évidence, les manifestants n'avaient aucune intention de partir.

Mal à l'aise dans cette atmosphère tendue, Oppenheimer décida de s'éclipser.

Dans l'escalier, deux hommes s'entretenaient.

— Nous devrions revenir au troc, proposa l'un. (De haute taille, il portait un costume clair qui s'était froissé dans la cohue.) Comment pourraient cohabiter deux monnaies à Berlin ? À l'Est, c'est ce mark russe qui est devenu la devise légale, et on risque une amende en l'utilisant à l'Ouest.

Son interlocuteur, un vieux monsieur avec une canne et une barbe grise, opina.

— Il faudrait avoir deux portefeuilles. L'un pour Berlin-Est, l'autre pour Berlin-Ouest.

Oppenheimer resta figé sur le palier supérieur.

— Pardon de vous interrompre, dit-il à l'inconnu en costume clair. Mais ai-je bien entendu ? Nous allons avoir deux monnaies à Berlin ?

Le type s'éventa avec son fédora.

— Le *Telegraph* a sorti il y a quelques heures une édition spéciale. Les Alliés occidentaux estiment que l'introduction du mark est-allemand à Berlin va à l'encontre du traité régissant l'administration commune de la ville. Ils ont donc annoncé qu'ils lanceraient prochainement le deutsche mark dans leurs secteurs. L'opération est déjà en cours de préparation.

— Chacun en fait à sa tête, commenta le vieux barbu.

— Et si un habitant des secteurs occidentaux est pris en train de payer avec des marks est-allemands, il sera poursuivi en justice. (L'homme au fédora arbora un sourire ironique.) Peu importe la monnaie utilisée, nous allons tous devenir des criminels.

Oppenheimer les salua et sortit du bâtiment. Tête baissée et mains dans les poches, il retourna à la brigade.

Après cette brève discussion, il comprenait mieux à présent les slogans des manifestants. Une scission était en train de se produire. Et la fracture couperait sa ville en deux. Tout cela s'annonçait depuis longtemps. Les réformes monétaires à l'Est et à l'Ouest n'étaient que la conséquence ultime des dissensions qui s'accumulaient depuis des mois entre les coalisés d'autrefois.

Afin d'éviter de nourrir éternellement la population allemande, les puissances d'occupation tentaient de relancer l'économie. Et à l'Ouest, dans la bizone, l'introduction du deutsche mark était un succès. Américains et Britanniques semblaient avoir oublié qu'elle impliquait toutefois un grave inconvénient. La réunification des quatre zones était par là même irrémédiablement compromise.

L'apparition de monnaies distinctes scellait la division de la nation allemande. Un accord entre les blocs paraissait désormais chimérique. Pour le futur, seules deux voies étaient possibles, et ce n'étaient pas celles qu'Oppenheimer avait espérées après la chute du régime nazi. Il fallait choisir entre l'économie planifiée, telle que l'exigeait l'administration soviétique, et le capitalisme à l'américaine. Seul Berlin n'avait pas sa place dans ce puzzle géant.

7

Jeudi 24 juin 1948

Le lendemain, Oppenheimer se réveilla en sursaut à quatre heures et demie du matin. La salle de bains commune pour l'étage se trouvait au bout du couloir. Il s'y rendit à tâtons, encore somnolent. Lorsqu'il alluma l'interrupteur, seul un déclic retentit, et la pièce resta plongée dans la pénombre. Le commissaire poussa un soupir agacé quand il comprit qu'il s'agissait d'une coupure d'électricité.

De retour dans son lit, il passa les heures qui suivirent dans un demi-sommeil agité. Il se leva avant la sonnerie du réveil, fit une toilette sommaire et descendit à la cuisine.

La grande pièce du sous-sol ressemblait à une caverne. Le courant n'avait toujours pas été rétabli, et les autres locataires de la villa étaient assis à table autour d'une unique bougie.

Schmude sourit en voyant son ami.

— Ça nous rappelle les veillées douillettes pendant la guerre, hein ? ironisa l'avocat en levant sa tasse en guise de toast de bienvenue. On sort les mesures de représailles. Pas de lumière ni de radio, les Soviétiques veulent briser le moral des habitants des secteurs occidentaux.

Oppenheimer se dirigea d'un pas traînant vers la cuisinière. Par chance, il s'agissait d'un vieux modèle à bois. Percevant le crépitement du feu derrière la porte en métal, il mit de l'eau à chauffer pour se préparer un succédané. Comme la chicorée devenait peu à peu une denrée rare, il sortit le pot contenant des faînes moulues.

— Au moins, ils n'ont pas coupé l'eau, maugréa-t-il.

Schmude eut un geste fataliste.

— Ça viendra.

À la brigade, le quotidien n'avait pas changé. Les conjectures de Schmude s'étaient confirmées. L'électricité n'avait été coupée que dans les secteurs occidentaux. Les collègues qui habitaient à Berlin-Est n'avaient rien remarqué.

— Il semblerait que j'aie choisi le bon secteur, se félicita Wenzel, qui vivait dans le quartier oriental de Weißensee.

Le policier sortit son paquet de Droug, une marque russe bon marché, et alluma une cigarette.

— Si seulement on nous laissait faire notre travail, râla Oppenheimer. Hier, j'ai passé toute une partie de l'après-midi à essayer d'obtenir des informations auprès de la police fluviale de Berlin-Ouest, mais personne n'est disposé à nous aider. Et les collègues de l'Est n'ont rien de plus à nous apprendre.

— En revanche, j'ai déniché un témoin, intervint Reinmann. Une femme qui se trouvait sur le pont au moment où le tueur a jeté les viscères. Sa description du suspect concorde avec celles que nous avons déjà recueillies. Salopette, chemise à carreaux et casquette irlandaise. J'ai organisé un rendez-vous avec Kopp. Notre dessinateur pourra peut-être établir un portrait un peu plus détaillé, cette fois.

Wenzel se rengorgea. Gesticulant avec sa Droug, il annonça :

— Moi aussi, j'ai trouvé quelque chose. Je suis allé faire un tour dans ce rade que fréquentait Schroeter. La dernière fois qu'on l'a vu là-bas, c'est le soir du 12 juin.

Oppenheimer se tourna vers lui.

— Le samedi, la veille de sa disparition.

— Exactement. Schroeter est arrivé vers dix-neuf heures, mais il n'est pas resté longtemps. Il avait un rendez-vous galant.

— Un rancard avec une fille ? s'étonna Reinmann.

S'appuyant contre le dossier de son siège, Oppenheimer contempla le plafond.

— Cette femme est donc l'une des dernières personnes qui ont vu Schroeter vivant. Nous devons l'interroger.

Wenzel leva les mains en signe d'excuse.

— Je n'ai pas pu découvrir son identité. Mais d'après le patron du bar, Schroeter avait un camarade de boisson, un type dénommé Gareisen. Ce gars-là doit savoir de qui il s'agit.

— Tu n'as pas encore parlé avec lui ?

La question fit tiquer l'aspirant-inspecteur.

— Il m'a fallu la journée hier pour dégoter ces infos. Mais je sais maintenant où trouver Gareisen.

— Dans ce cas, allons lui rendre une petite visite. Ce type est notre meilleure piste.

Oppenheimer se leva et décrocha son chapeau du portemanteau.

— Il faudra y aller mollo, prévint Wenzel en lui emboîtant le pas. Gareisen n'a pas une profession ordinaire. Si nous le brusquons trop, il risque de détaler comme un lapin.

En dehors du grand marché noir qui se trouvait devant le Reichstag, il existait d'innombrables lieux à Berlin où l'on pouvait faire du commerce clandestin. Plusieurs endroits s'étaient même spécialisés dans la vente de certaines marchandises. Ainsi, la plupart des Berlinois savaient qu'il fallait aller au croisement de la Kurfürstenstraße avec la Potsdamer Straße pour acheter toutes sortes de pains. Mais l'offre là-bas s'était agrandie depuis peu. On pouvait désormais s'y procurer les coupons adhésifs permettant de transformer ses reichsmarks en marks est-allemands.

Oppenheimer et Wenzel avaient garé leur véhicule d'intervention un peu à l'écart pour ne pas effrayer les trafiquants en pleine activité.

— La réforme monétaire vient à peine d'être annoncée, et ils vendent déjà ces coupons, observa le jeune policier avec une moue incrédule. Comment ont-ils mis la main dessus ?

— Ils sont probablement en cheville avec les imprimeurs. S'ils font preuve d'un peu d'habileté, ils peuvent se faire une fortune.

Le chapeau enfoncé sur les yeux, Oppenheimer suivit du regard un passant qui marchait sur le trottoir d'en face. L'homme, après avoir jeté un coup d'œil autour de lui, se glissa dans un immeuble en ruine. Il en ressortirait quelques minutes plus tard avec les poches remplies de marks est-allemands flambant neufs et le goût infect d'adhésif sur la langue.

Wenzel écrasa le mégot de sa Droug contre le mur du bâtiment près duquel ils se tenaient.

— J'ai entendu à la radio que le deutsche mark serait introduit demain dans les secteurs occidentaux de Berlin.

Oppenheimer haussa les épaules.

— Tu en sais plus que moi. À Schöneberg, on est coupé du monde. Sans courant, pas de radio.

— Est-ce que les américaines seront aussi bon marché que dans les zones de l'Ouest ?

Le commissaire resta un instant perplexe, avant de se souvenir que son assistant faisait ici allusion aux cigarettes.

— Certainement. Pourquoi serait-ce différent ici ? Bien sûr, ça ne va guère enchanter les gens qui ont fait des stocks. Le tabac va perdre toute valeur.

Wenzel sortit une nouvelle Droug de son paquet mou. Une perspective inattendue s'ouvrait à lui ; il pourrait bientôt fumer des cigarettes de bien meilleure qualité. Mais pour cela, il lui faudrait mettre la main sur des deutsche marks.

Oppenheimer jeta un coup d'œil vers le carrefour où se tenaient les trafiquants. Certains abandonnaient déjà leur poste après avoir vendu tous leurs coupons.

Le commissaire se mit en mouvement.

— Nous devons nous dépêcher. Je prends le trottoir opposé.

Son assistant acquiesça et marcha d'un pas nonchalant vers le croisement. Quelques instants plus tard, Oppenheimer traversa la rue pour se diriger à son tour vers les commerçants clandestins.

La description de Gareisen donnée par le patron du bar était plutôt maigre, toutefois Wenzel avait récolté d'autres indices. Apparemment, l'ami de Schroeter faisait du commerce illicite. Il n'était toutefois qu'un petit poisson parmi les trafiquants. Il ne vendait pas de marchandises précieuses comme des denrées alimentaires ou des coupons, mais seulement des articles ménagers. Ce qui ne l'empêchait pas d'avoir un certain succès, car il avait dans son assortiment un produit très demandé depuis que les Soviétiques avaient coupé le courant dans les secteurs de l'Ouest.

— Bougies ! lança Oppenheimer à demi-voix.

Autour de lui, d'autres gens, tête baissée, lançaient des appels similaires pour dénicher les articles qu'ils désiraient acquérir. Si Gareisen se trouvait parmi les vendeurs, il finirait par se manifester.

Plusieurs hommes dévisagèrent brièvement le commissaire avant de s'éloigner.

Sans se décourager, Oppenheimer continua de zigzaguer entre les groupes d'individus qui se tenaient çà et là sur le trottoir.

— Bougies… bougies.

— Bougies ?

Il se figea. Celui qui l'avait abordé était un homme mal rasé au visage hâve. Ses cheveux mi-longs étaient négligemment peignés derrière les oreilles. Le type, probablement Gareisen, semblait très méfiant. Contrairement aux autres marchands qui réalisaient leurs affaires illégales avec le plus grand naturel, il ne cessait de jeter des regards dans tous les sens pour guetter l'arrivée éventuelle de la police.

— Bien sûr que j'en ai. Stocks d'avant-guerre. De l'excellente qualité.

L'individu tira de la poche intérieure de son manteau une bougie jaune. Oppenheimer n'aurait pas été surpris de le voir sortir un lapin ou un bouquet de fleurs.

Le trafiquant lui tendit l'objet demandé. Pour gagner un peu de temps, Oppenheimer soupesa la bougie en l'examinant attentivement. Du coin de l'œil, il aperçut Wenzel qui approchait.

— Combien vous en voulez ? s'enquit-il pour faire diversion.

Si Gareisen remarquait le jeune policier, il ne manquerait pas de décamper.

— Mille marks la pièce.

Oppenheimer poussa un sifflement de surprise en entendant le prix exorbitant.

— Vous en profiterez pendant un bon moment, ajouta le trafiquant avec un sourire effronté. Le plus important dans la vie, c'est d'avoir de la lumière et de la chaleur, non ?

— Il me suffirait d'attendre demain. Avec l'arrivée du deutsche mark, on pourra acheter des bougies pour une bouchée de pain.

Gareisen grimaça.

— Si vous préférez marcher à tâtons d'ici là, c'est votre problème.

Wenzel les avait presque rejoints. Oppenheimer fit signe au marchand de le suivre et se dirigea vers un immeuble délabré.

— Venez.

— Eh ! s'écria Gareisen en voyant son client s'éloigner avec sa bougie hors de prix.

— Tais-toi et avance, souffla Wenzel, qui s'était planté derrière lui.

Le trafiquant obtempéra et emboîta le pas au commissaire. Ils empruntèrent un passage menant à une arrière-cour remplie de gravats. Ici, personne ne les dérangerait.

Oppenheimer s'arrêta.

— Nous avons quelques questions à vous poser sur votre ami, Norbert Schroeter. Plusieurs indices nous donnent à penser qu'il a été assassiné.

Gareisen écarquilla les yeux.

— Vous êtes flic ?

Il pivota aussitôt sur ses talons. Mais Wenzel, l'air menaçant, lui coupa la retraite.

— Que voulez-vous, bon sang ? Me faire porter le chapeau ?

— Absolument pas, Herr Gareisen, certifia Oppenheimer. Nous avons une autre piste. Vous nous seriez d'une grande aide si vous pouviez nous dire ce qu'a fait votre ami durant les jours qui ont précédé sa disparition.

Malgré cette explication, Gareisen garda le silence. Le commissaire lui rendit sa bougie pour le rassurer.

— Les histoires de marché noir ne nous intéressent pas. Ce que nous souhaitons, c'est éclaircir les circonstances de sa mort.

L'homme réfléchit.

— Alors comme ça, Norbert aurait été assassiné ?

— Nous le supposons.

Gareisen lança un regard frustré vers la rue. Songeant visiblement aux affaires qu'il laissait échapper, il accepta finalement de coopérer.

Il déclara avoir vu pour la dernière fois Schroeter le samedi 12 juin, dans leur bar favori. À l'instar du propriétaire de l'établissement, il raconta que son ami ne s'était pas attardé ce soir-là, car il avait un rendez-vous galant.

— Mais je n'ai pas bien vu la donzelle lorsqu'elle est venue le chercher, précisa-t-il.

— Elle n'est pas entrée dans le bistrot ?

Le trafiquant secoua la tête.

— Non, et il faisait nuit noire dehors.

— Mais les becs de gaz étaient sûrement allumés, intervint Wenzel.

— Tout s'est passé très vite. Norbert s'est levé, et quand il a ouvert la porte pour sortir, j'ai juste entraperçu la demoiselle. Une blonde en jupe, avec de jolies guibolles. Je ne voulais pas me montrer indiscret, alors j'ai laissé les deux tourtereaux filer.

— Herr Schroeter n'était donc pas lié depuis longtemps à cette personne ?

En entendant la question d'Oppenheimer, Gareisen haussa les épaules.

— Bah, d'après ce que j'ai compris, Norbert l'avait rencontrée une semaine plus tôt. Elle s'appelle Hannelore. Aucune idée de son nom de famille.

Comme le trafiquant ne savait rien de plus, Oppenheimer le laissa partir.

— C'est maigre, résuma-t-il lorsque les deux policiers se retrouvèrent seuls dans l'arrière-cour.

Il s'appuya contre la rampe tordue d'un petit escalier menant à la cave de l'immeuble en ruine.

Wenzel alluma une cigarette.

— Hannelore, murmura l'aspirant-inspecteur avec une mine pensive. Blonde, la jambe bien faite.

— Et Schroeter ne la connaissait que depuis une semaine. Bien sûr, ce n'est peut-être qu'un hasard.

— Ou alors, elle est de mèche avec le tueur, enchaîna Wenzel. Et elle lui sert d'appât.

Oppenheimer ôta son feutre pour se masser la nuque.

— C'est une possibilité parmi d'autres. Malheureusement, ça ne nous aide pas beaucoup. Si seulement nous connaissions l'identité de la seconde victime. Pourquoi le meurtrier a-t-il choisi ces deux personnes-là ? Il doit forcément y avoir un lien entre elles. (Le commissaire prit une longue inspiration.) Je vais passer en revue les déclarations de disparition des dernières semaines en cherchant des points communs avec Schroeter. Nous devons découvrir à qui appartiennent les viscères jetés depuis la passerelle de Stralau.

— Et moi, je me mets en quête de notre mystérieuse Hannelore.

Même si cette mission pouvait lui permettre de faire de nouvelles rencontres féminines, Wenzel ne semblait pas particulièrement enthousiaste.

— Tu parles d'un foutoir ! tempêta Hilde en jetant son journal sur le fauteuil qui lui faisait face.

Oppenheimer, qui venait de mettre la bouilloire sur le feu, passa la tête par la porte de la cuisine.

— Que se passe-t-il ?

L'électricité n'avait pas encore été rétablie, et son amie avait ouvert toutes les fenêtres du salon en grand pour faire entrer les dernières lueurs du jour déclinant. Malgré cela, le commissaire avait du mal à distinguer ses traits dans la pénombre.

— La nouvelle monnaie occidentale qu'on va nous distribuer demain est déjà interdite dans le secteur soviétique, annonça l'aristocrate. Quiconque essaiera d'écouler son argent là-bas sera considéré comme un fossoyeur de l'économie et sévèrement puni. Le mark est-allemand est quant à lui toléré à Berlin-Ouest, mais seulement sous certaines conditions. (Elle compta les exceptions sur ses doigts.) Avec ces coupons, on peut acheter des fruits et des légumes, ainsi que des timbres à la poste. On a aussi le droit de payer son loyer, ses dettes fiscales et ses factures d'électricité ou de gaz.

Oppenheimer eut un geste las.

— Arrête. J'ai déjà les nerfs en pelote à cause de la nouvelle enquête, n'en rajoute pas avec cette fichue réforme monétaire. Et comment arrives-tu à lire avec si peu de lumière ? J'ai passé l'après-midi à éplucher les déclarations de disparition. Même avec des projecteurs, je ne verrais plus qu'un méli-mélo de lettres.

— Demain, nous devons aller changer nos vieux reichsmarks. Toi aussi. N'oublie pas de le faire, sinon tu vas te retrouver dans le pétrin. Les nouveaux billets seront marqués d'un « B » pour Berlin. Tous les habitants des secteurs occidentaux ont droit à une prime de soixante deutsche marks. Il te faudra présenter ta carte d'identité. Sans ça, on ne te donnera rien.

Lorsque Oppenheimer comprit qu'il allait passer une partie du lendemain à faire le pied de grue devant un bureau de change, il poussa un soupir.

— J'ai vraiment des choses plus urgentes à faire que de poireauter des heures dans une file d'attente.

Contrarié, il retourna auprès de la bouilloire qui s'était mise à siffler pour préparer deux tasses de succédané. Heureusement, Hilde avait encore de la chicorée en réserve.

— De mon côté, j'ai déjà poireauté plusieurs heures aujourd'hui ! lança son amie depuis le salon. Je suis allée dans le secteur soviétique pour me procurer des marks est-allemands. Un vrai cirque. Mais, à ma grande surprise, on ne m'a demandé que la souche de ma carte de sucre. Avec ça, on peut changer soixante-dix reichsmarks en coupons. Les plus futés ont compris que ça ne posait aucun problème de renouveler la procédure plusieurs fois. Ils essaient maintenant de récolter des cartes de sucre et passent ensuite d'un bureau de change à l'autre. Ce n'est certainement pas légal, mais il n'y a aucun contrôle.

Oppenheimer sortit de la cuisine et donna l'une des tasses fumantes à Hilde. Il s'installa ensuite dans le fauteuil en face d'elle.

— Le système n'a pas l'air au point.

Hilde opina.

— Mais venons-en maintenant à ta nouvelle enquête. Où en es-tu ?

Le commissaire lui fit un résumé détaillé des dernières découvertes.

— Les portraits retournés chez la victime constituent un indice important, remarqua-t-elle. C'est la preuve d'un comportement pathologique chez le tueur.

— Oui, je suis arrivé à la même conclusion. Ce qui complique encore les choses. Dans neuf cas sur dix, le meurtrier et la victime se connaissent personnellement. C'est un élément important qui nous aide beaucoup d'ordinaire. Mais pour les tueurs en série souffrant de troubles mentaux, cet aspect-là ne mène à rien. Les mobiles habituels comme la jalousie ou la dissimulation d'un autre crime sont à exclure. Ils rencontrent la plupart du temps leurs victimes par hasard. Et leurs critères de sélection ne suivent aucune logique apparente.

Oppenheimer avala une gorgée de chicorée.

— Concentrons-nous d'abord sur ces photographies retournées, suggéra Hilde. Quelle a été ta première pensée quand tu as vu ça ?

Il se sentit soudain comme un écolier qu'on aurait envoyé au tableau. Pour gagner un peu de temps, il se racla la gorge.

— Je me suis dit que le tueur ne voulait pas être observé. Il est peut-être la proie de remords.

— La victime a d'abord été endormie, n'est-ce pas ? Il faut compter quelques minutes avant qu'un anesthésique n'agisse. Gardons ce détail en tête. À ton avis, quand le meurtrier a-t-il tourné les cadres ?

Oppenheimer réfléchit un instant.

— Il n'a pas pu le faire tout de suite, sinon Schroeter aurait trouvé ça louche. On ne change pas la décoration d'un appartement devant la personne qui y habite.

— Ce qui veut dire qu'il n'a pas pu agir avant d'avoir donné le sédatif à sa victime. Certains tueurs en série imaginent en amont jusqu'au plus petit détail la manière dont vont se dérouler leurs crimes. Quand ils passent à l'acte, ils essaient de réunir les conditions idéales à leurs yeux.

— D'accord, les portraits étaient un élément gênant, et le meurtrier voulait les neutraliser. Il y a toutefois une autre interprétation possible. L'important pour lui n'est peut-être pas le meurtre en lui-même, mais ce qu'il fait ensuite avec le cadavre. Si ça se trouve, à ses yeux, c'est le débitage du corps qui constitue son véritable objectif. Une sorte de rituel en quelque sorte. Tuer ne serait alors qu'une première étape, une nécessité qui ne lui procure aucun plaisir.

— Ce ne serait pas inhabituel, confirma Hilde. Notre individu veut avoir le contrôle total. Ce meurtre n'était pas un acte spontané, tout était prémédité. Contrairement aux malheureuses tentatives de se débarrasser ensuite des morceaux découpés. Pour ça, il a agi en dilettante. Jusque-là, il n'avait pas réfléchi à ce fait accessoire. Il est donc contraint d'improviser et commet des erreurs. Il doit encore apprendre à accomplir cette opération en toute discrétion. Pour établir avec précision un mobile, il serait judicieux de savoir ce qui s'est passé exactement après la mort de la victime. Le tueur découpe les cadavres pour mieux les transporter, c'est clair, mais j'ai l'impression qu'il y a un autre facteur qui joue un rôle dans cette histoire.

— En d'autres termes, nous devons retrouver les corps, conclut Oppenheimer. Mais ils se sont volatilisés. Pour le moment, la seule chose que nous pouvons faire, c'est d'essayer de suivre la trace du tueur.

Hilde leva sa tasse.

— Dans ce cas, bonne chasse !

8

Vendredi 25 – dimanche 27 juin 1948

Vendredi matin, l'atmosphère à la brigade avait changé. Tout paraissait plus silencieux qu'à l'accoutumée. Dans les couloirs, Oppenheimer croisa plusieurs collègues qui longeaient les murs, tête baissée, comme s'ils retenaient leur souffle.

Dans le bureau qu'il occupait avec son équipe, seul Reinmann était présent. Aucune trace de Wenzel. C'était plutôt étonnant, car l'aspirant-inspecteur ne manquait jamais sans prévenir leur petite réunion matinale.

— Où est Gregor ?

La question anodine fit tressaillir Reinmann, qui étudiait un dossier. Le policier hésita quelques secondes avant de bredouiller :

— Il a été viré.

Oppenheimer n'en crut pas ses oreilles.

— C'est une blague ?

L'expression embarrassée de son assistant indiquait clairement que ce n'était pas le cas.

— Je n'y comprends rien non plus. Cordes est venu m'annoncer à l'instant qu'on devrait se passer à l'avenir des services de Gregor. Sans donner la moindre explication.

Oppenheimer jeta rageusement son chapeau sur son siège.

— Mais qu'est-ce que ça veut dire, bordel ?

S'efforçant de maîtriser sa colère, il ressortit de la pièce pour aller interroger sa secrétaire.

— Fräulein Böttcher, auriez-vous l'amabilité de m'expliquer ce qui se passe avec Gregor ?

La jeune femme, assise à sa table de travail, leva ses grands yeux de biche vers lui.

— Il a été limogé. C'est une décision du service du personnel. Herr Cordes m'en a fait part tout à l'heure. Je ne sais rien de plus.

La réponse semblait étudiée. Visiblement, il n'était pas le premier à venir se renseigner auprès d'elle.

Oppenheimer fit un signe du menton en direction de la porte du bureau de Cordes.

— Notre cher patron est-il ici ? Reçoit-il quelqu'un en ce moment ?

— Non, la voie est libre.

Il alla se placer devant le panneau de bois, prit une longue inspiration et frappa.

— Entrez !

La voix du chef de la Kripo était irritée.

Oppenheimer ouvrit le battant avec précaution et passa la tête par l'entrebâillement. Cordes était installé derrière son bureau, mais on pouvait distinguer depuis le seuil les gouttes de sueur sur son crâne dégarni.

— Ah, c'est vous, lâcha le fonctionnaire sans grand enthousiasme.

Son front paraissait encore plus ridé que d'habitude, et il avait la cravate de travers. D'un geste lent, il invita Oppenheimer à s'asseoir sur la chaise réservée aux visiteurs.

— Ça tombe bien, je voulais vous parler. Prenez place.

Cordes commença à expliquer posément les raisons du limogeage de Wenzel.

Le commissaire écouta en silence. Il devait reconnaître que cette mesure n'était pas une surprise totale. Il y avait eu des signes avant-coureurs.

Quelques semaines plus tôt, l'administration soviétique s'était arrangée pour qu'un certain Hans Seidel soit réintégré dans la Schutzpolizei[1]. Aux yeux d'Oppenheimer, cela revenait à faire entrer le loup dans la bergerie. Car, d'après les rumeurs, Seidel avait joué un rôle non négligeable dans la disparition

1. Schutzpolizei (« police de protection ») : police chargée du maintien de l'ordre public, surnommée Schupo par acronyme.

en août 1945 de Karl Heinrich, nommé trois mois auparavant commandant de la Schupo de Berlin. Social-démocrate, résistant valeureux, Heinrich avait survécu à plusieurs séjours en prison et en camp de concentration sous le régime nazi.

À l'époque, la triste nouvelle avait fait grand bruit. Les circonstances réelles de la tragédie n'avaient été révélées que bien plus tard, grâce aux recherches opiniâtres des journalistes du *Telegraf*. Dans l'édition du 31 mars 1948, la vérité avait enfin éclaté au grand jour. On savait désormais que Heinrich, qui refusait de suivre aveuglément les ordres des Soviétiques, avait été convoqué par le directeur de la police berlinoise, Paul Markgraf. L'entretien s'était avéré être un piège, et le fonctionnaire rebelle avait été arrêté par les sbires du NKVD[1] et incarcéré à la prison de Hohenschönhausen, où il était mort le 3 novembre 1945.

Soupçonné de malversations diverses, Seidel, chef du personnel au sein de la Schupo, avait été démis de ses fonctions en 1947. Mais comme il était un membre fidèle du SED, l'administration soviétique avait finalement décidé de le reprendre au sein de la direction de la police berlinoise, malgré les objections des Alliés occidentaux.

Dès son retour, Seidel s'était montré très zélé pour défendre les intérêts de l'URSS. D'après certaines rumeurs, il avait chargé tous les chefs de service d'enquêter sur la fiabilité politique de leurs collaborateurs. Aux yeux d'Oppenheimer, l'évincement de Wenzel prouvait la véracité de ces bruits de couloir. Seidel avait apparemment établi des listes noires de personnes aux idées trop démocrates.

— On suspecte Herr Wenzel de ne pas être digne de confiance, résuma Cordes.

Cette accusation absurde révolta Oppenheimer.

— Bien sûr qu'on peut se fier à lui ! Je travaille avec Gregor Wenzel depuis plus d'un an et demi. Durant ma carrière, j'ai rarement eu un assistant aussi compétent.

1. En 1945, le Commissariat du peuple aux Affaires intérieures – en abrégé NKVD – était la police politique de l'URSS.

Le patron de la Kripo balaya l'objection d'un geste.

— Je vous conseille de vous faire à son renvoi. Vous aurez beau protester, ça ne changera rien. Et inutile d'intercéder en sa faveur auprès de Möller. Cette décision est irrévocable.

À l'évidence, ce prétendu manque de fiabilité n'était qu'un prétexte. À mots couverts, Wenzel n'hésitait pas à se moquer des arrêtés de l'administration soviétique. Il avait peut-être tenu ce genre de propos devant les mauvaises personnes, et on l'avait dénoncé à la hiérarchie.

Même si le sort de son adjoint semblait scellé, Oppenheimer ne voulait pas s'incliner devant pareil arbitraire bureaucratique. Pour fléchir Cordes, mieux valait mettre en évidence les problèmes pratiques qui résultaient de ce licenciement immédiat.

— Je ne sais pas comment nous pourrons poursuivre nos investigations sans l'aide de Herr Wenzel. Nous avons déjà sur les bras deux meurtres, probablement commis par le même individu, et ça ne va pas s'arrêter là. Mais, par manque de moyens, nous n'avons même pas réussi à identifier la seconde victime.

Cordes émit un soupir.

— J'ignore ce qui s'est passé, mais Herr Wenzel est classé comme hautement suspect. Pas de fumée sans feu. Il a dû se produire un incident. En tout cas, j'ai les mains liées. Et en ce qui concerne l'enquête, je compte sur vous pour faire de votre mieux.

Oppenheimer se demanda si l'ignorance ostentatoire de son patron quant à la faute de Wenzel était une feinte pour se dégager de toute responsabilité.

— Je promets de vous adjoindre un nouveau collègue dès que possible, dit Cordes en guise de conclusion. Je ne peux rien faire de plus. Nous n'avons aucune marge de manœuvre face à l'appareil administratif soviétique !

À l'évocation des intendants de Staline, il se tordit les mains.

Ce dimanche-là, après une semaine usante, Oppenheimer avait décidé de faire la grasse matinée. Vendredi, il avait été contraint de sacrifier une partie de son précieux temps pour aller chercher ses premiers deutsche marks. L'affluence dans les bureaux de change avait été telle qu'il l'avait imaginée. Tous les Berlinois semblaient s'être passé le mot. Dans les files d'attente, on murmurait que certains millionnaires avaient engagé des hommes de paille pour convertir discrètement leur fortune. Ces prête-noms échangeaient chacun cinq mille reichsmarks, le maximum autorisé, et touchaient ensuite en retour une belle commission. Oppenheimer n'avait pas été témoin de ce genre de pratique illégale, mais la rumeur paraissait tout à fait vraisemblable.

Malgré les billets fraîchement imprimés, aucun changement majeur n'avait eu lieu. Contrairement aux zones occidentales, Berlin-Ouest ne s'était pas transformé en pays de cocagne du jour au lendemain. Les devantures des magasins restaient des nids à poussière et les rayons étaient toujours aussi vides. Manifestement, les commerçants n'avaient pas stocké autant de marchandises qu'on le racontait. Et à présent, le fret par voie terrestre était définitivement interrompu. Les autorités russes prétextaient des problèmes techniques récurrents pour justifier leur blocus.

Dans la partie ouest de la ville, l'alimentation en électricité était limitée à deux heures par jour. Le dimanche, cette fenêtre se réduisait même à une heure. D'après les communiqués officiels, ces restrictions étaient dues à une panne dans la centrale de Golpa-Zschornewitz. L'administration militaire soviétique ne se pressait toutefois pas de remédier à la situation.

Parallèlement, toute livraison de denrées depuis le secteur oriental était interdite. On avait coupé le cordon ombilical de Berlin-Ouest. Ses habitants étaient devenus des otages. Des pièces isolées sur l'échiquier politique mondial. Mais la ville était-elle un simple pion que l'on pouvait facilement sacrifier, ou un roi qu'il fallait défendre à tout prix ?

L'annonce du colonel Howley avait un peu rassuré la population. D'après le commandant du secteur américain, il y avait suffisamment de vivres pour tenir un mois. Il avait également assuré que les Alliés occidentaux ne laisseraient pas mourir de faim les habitants dont ils avaient la charge.

Peu disposé à se lever, Oppenheimer se retourna et jeta un coup d'œil à son réveil. Il lui fallut cligner plusieurs fois des yeux pour arriver à distinguer le cadran et les aiguilles. Huit heures et demie. Encore ensommeillé, il palpa l'autre moitié du lit. Comme d'habitude, Lisa était déjà debout. Il se demandait toujours d'où sa femme tirait une énergie pareille. Comme son estomac ne criait pas famine, il prit le parti de dormir encore un moment.

Son repos fut brusquement interrompu par un grondement sourd. Les ondes s'amplifièrent, et la table de chevet commença à trembler. Heurtant les parois du gobelet en métal, sa brosse à dents émit une série de bruits secs qui ressemblait au tac-tac d'un appareil morse.

L'esprit encore embrumé, Oppenheimer se leva et s'approcha de la fenêtre. L'espace d'un instant, la chambre s'obscurcit. Il vit alors passer au-dessus de la villa, dans un vrombissement de moteurs, l'imposant fuselage d'un avion-cargo. Une odeur de kérosène s'infiltra par la croisée non étanche.

En contrebas dans le jardin se tenait Lisa en compagnie de plusieurs autres locataires de la demeure. Ils faisaient signe à l'énorme engin en poussant des cris de joie.

Le commissaire saisit ses vêtements et alla faire une brève toilette dans la salle de bains. Il n'avait pas encore fini de boutonner sa chemise lorsqu'il perçut au loin le bourdonnement d'un nouvel avion.

Oppenheimer dévala l'escalier. L'appareil survola le domaine au moment où il sortait sur le perron. Dehors, il régnait une chaleur lourde et orageuse. Une averse s'annonçait, mais Lisa et les époux Schmude étaient allés chercher des chaises dans la cuisine pour admirer le spectacle.

Hilde, assise sur un tabouret, brandit un petit minuteur en apercevant Oppenheimer.

— Huit minutes ! s'écria-t-elle d'une voix triomphante. Un avion toutes les huit minutes !

Il prit place à côté de son amie.

— Plutôt impressionnant quand on pense qu'il faut à chaque fois décharger l'engin et refaire le plein. J'espère que les Alliés ont également prévu un plan pour la distribution des vivres.

Hilde souriait jusqu'aux oreilles.

— Bah ! Les militaires ont l'habitude de ravitailler des populations.

Durant plus d'une heure, ils continuèrent de contempler le ballet des avions dans le ciel de Berlin. Hilde reculait après chaque passage l'aiguille de son minuteur pour chronométrer les intervalles.

Les enfants s'étaient laissé gagner par la bonne humeur des adultes. Les trois rejetons de Frau Schneider comptaient joyeusement les machines volantes. Bettina, la fille de Schmude, sautait de joie et battait des mains dès qu'elle en apercevait une, tandis que son frère aîné Kurth observait en silence. Seul Theo était absent. Comme à son habitude, il préférait rester à l'écart.

Le pupille d'Oppenheimer surgit quelques instants plus tard alors qu'une voix métallique retentissait depuis la rue.

— Le camion de la RIAS ! clama-t-il avec excitation en courant vers l'entrée du domaine.

Il fallait faire preuve d'improvisation à cause des coupures de courant. Comme pendant la guerre, des véhicules munis de haut-parleurs circulaient depuis quelques jours dans les secteurs occidentaux pour tenir les habitants informés.

Hilde se leva et suivit l'orphelin. Frau Schneider, la veuve Vogt et les Schmude leur emboîtèrent le pas. Sans son café du dimanche, Oppenheimer se sentait encore las, mais Lisa le tira de sa chaise et l'entraîna à la suite de la petite procession.

Au carrefour le plus proche, les gens du quartier s'étaient rassemblés autour d'un camion de l'armée américaine. Un pan de la bâche avait été relevé et le pavillon d'un haut-parleur dépassait de la plate-forme. Un speaker de la RIAS énonçait les dernières nouvelles.

— ... il a été décidé un renforcement du pont aérien avec cent avions par jour.

L'annonce fut accueillie avec un murmure d'approbation.

Le reste du flash d'informations faisait mention du durcissement des relations entre les deux grands blocs de pouvoir. Les riverains écoutèrent en silence, la tête baissée, le regard vague. Dans le secteur oriental, on arrêtait par dizaines les Berlinois qui avaient sur eux des deutsche marks. La nouvelle monnaie de l'Est, quant à elle, ne cessait de perdre de la valeur. Actuellement, il fallait trente marks est-allemands pour obtenir un mark occidental.

Concernant les coupures d'électricité, il n'y avait aucune amélioration en vue. Au contraire, la situation empirait encore puisque les stations d'épuration étaient à leur tour touchées par de mystérieuses pannes. La baignade dans les lacs et les rivières était désormais interdite parce qu'on craignait une pollution par les eaux usées.

— Et ça en plein été, gémit Schmude en ouvrant le premier bouton de son col de chemise.

— J'espère que les Russes n'envisagent pas de nous couper l'eau courante, grogna Hilde. Sinon, nous risquons une épidémie de typhus.

Oppenheimer voulait profiter du reste de la journée pour rendre visite à Wenzel dans le secteur soviétique. Après un petit déjeuner rapide, il quitta la villa et se dirigea vers la station de S-Bahn. À cause de la touffeur qui pesait sur Berlin, il laissa son veston à la maison. Il ne regretta pas sa décision ; lorsqu'il entra quelques minutes plus tard dans un wagon de l'express métropolitain, sa chemise lui collait déjà à la peau.

La rame se mit en mouvement, et il songea de nouveau au danger qu'il courait chaque fois qu'il passait à l'Est. Dans la presse occidentale, on ne cessait de parler des vagues d'arrestations qui se produisaient là-bas. En cas de contrôle intempestif, il était conseillé de faire de l'esclandre. La meilleure méthode était d'attirer l'attention des passants en poussant des cris. Devant témoins, les militaires soviétiques hésitaient à enlever des Berlinois en provenance de l'Ouest.

Ces avertissements dans les journaux montraient que ces rapts massifs étaient devenus monnaie courante. Par précaution, il s'assura que sa plaque de police se trouvait dans la poche de son pantalon. Son appartenance à la Kripo lui garantissait une relative immunité.

Il ignorait ce qu'il allait dire à Wenzel. Le limogeage du jeune flic l'avait complètement pris de court. Au fond, il ne pouvait que lui exprimer sa solidarité. Cela ne serait pas d'une grande utilité mais, parfois, ce genre de témoignage de sympathie faisait du bien.

9

Mardi 29 juin 1948

Durant plus d'une heure, l'araignée s'était tapie dans une fissure du mur, car elle sentait la présence d'un humain. Les vibrations produites par ce géant aux pas lourds l'incitaient à la prudence. Elle préféra attendre le retour du silence avant de sortir de sa cachette.

Sa vue était très faible. Elle pouvait seulement faire la distinction entre lumière et obscurité. À présent, une nouvelle forme sombre se dessinait dans son champ de vision. L'humain avait laissé quelque chose sur son terrain de chasse. Le nouvel objet était très imposant.

L'araignée s'avança pour palper la matière mystérieuse. Elle reconnut l'épiderme d'un être vivant de grande taille. Mais, étrangement, il n'émanait aucune chaleur de ce corps. Les organes sensoriels de ses pattes captèrent soudain une odeur qu'elle n'avait encore jamais perçue.

Considérant qu'il n'y avait aucun danger, elle grimpa sur la créature morte. Elle poursuivit son ascension jusqu'à ce qu'elle atteigne une sorte de sillon. Comme elle tâtait la peau, elle constata que la fente était assez grande pour s'y glisser. Un endroit idéal pour tisser sa toile. Les fils de soie pendraient dans l'air, à peine visibles. Un piège mortel pour n'importe quel insecte.

Elle se mit au travail. Comme elle venait d'achever son œuvre, des vibrations se firent entendre. Prudente, elle se faufila dans son nouveau repaire.

Ainsi à l'abri, elle ne fit pas attention à ce qui se passa ensuite.

Deux hommes en bleu de travail pénétrèrent dans la cave poussiéreuse par une porte qui donnait sur l'extérieur.

— Bah, j'ai l'impression qu'on ne trouvera pas d'autre bombe ici, déclara le plus âgé en posant les poings sur les hanches. Mais mieux vaut appeler les flics. C'est préférable d'inspecter encore une fois le bâtiment.

Le cadet plissa les yeux pour sonder la pénombre.

— Oui, faut faire gaffe. Les détonateurs de ces engins-là sont encore sensibles.

— Aux poulets de s'en charger. Pas question de…

L'ouvrier se figea. Il avait aperçu une silhouette au fond de la pièce.

— Bon sang, il y a quelqu'un. (Haussant la voix, il lança :) Hé, vous ! Sortez de là sans faire d'histoire ! Le bâtiment peut sauter à tout moment.

N'obtenant aucune réponse, il sortit sa torche électrique.

Ce qui apparut dans le halo de la lampe lui glaça le sang.

La porte s'ouvrit à toute volée. Cordes franchit le seuil du bureau, le visage cramoisi.

— Oppenheimer !

Le commissaire, qui étudiait les portraits-robots du tueur, leva la tête avec étonnement.

— Où est Reinmann ? interrogea son supérieur. Tâchez de mettre la main sur lui au plus vite. Vous devez aller à Luisenstadt. Un véhicule d'intervention est à votre disposition.

Oppenheimer eut un mauvais pressentiment.

— Notre meurtrier aurait-il de nouveau frappé ?

— Ça en a tout l'air, grogna Cordes. (Il s'avança à l'intérieur de la pièce avant d'ajouter :) Une bombe non éclatée a été découverte là-bas. La brigade de déminage a été prévenue. Pendant l'évacuation des bâtiments voisins, quelqu'un a découvert les morceaux d'un cadavre.

À cet instant, Reinmann fit son retour dans le bureau. Il arqua un sourcil en apercevant le patron de la Kripo.

Cordes fit volte-face.

— Vous partez sur le terrain immédiatement ! Oppenheimer vous mettra au parfum en chemin. Magnez-vous !

Il régnait dans l'habitacle de la voiture la même chaleur étouffante que dans une serre. Même si le trajet était court, Oppenheimer préféra ouvrir la vitre de sa portière.

Le quartier historique de Luisenstadt, baptisé ainsi en l'honneur de la reine Louise de Prusse, était bordé au nord par la Sprée et au sud par le Landwehrkanal. Intégré administrativement au Grand Berlin en 1920, il avait disparu des cartes officielles pour être rattaché en grande partie à Kreuzberg. Mais depuis la fin de la guerre, une nouvelle frontière le traversait : il se trouvait désormais à cheval sur les secteurs soviétique et américain.

L'endroit où ils se rendaient était situé à proximité de l'église de Luisenstadt, fortement endommagée par les bombardements alliés. L'édifice n'était pas le seul à avoir souffert. Tous les immeubles construits entre l'Oranienstraße et la Prinzenstraße avaient été dévastés. La zone n'était plus qu'un champ de ruines. Quelque part dans ce désert de pierres, une bombe était tombée sans exploser. C'était dans les environs qu'on avait apparemment découvert les différentes parties d'un corps.

Tandis que Reinmann roulait vers le sud dans la Dresdner Straße, Oppenheimer essayait désespérément de s'orienter. Dans ce paysage de désolation, toutes les rues se ressemblaient.

Son assistant ralentit soudain l'allure.

— Où est-ce exactement ?

Oppenheimer haussa les épaules.

— Normalement, quand on trouve une bombe qui n'a pas explosé, on bloque l'accès à la rue et le voisinage est évacué.

Comme il n'y avait personne dans ce quartier fantôme, Reinmann s'arrêta en plein milieu d'un carrefour. Les deux hommes regardèrent dans toutes les directions.

— Là-bas ! s'écria brusquement l'aspirant-inspecteur en tendant le doigt.

Un peu plus loin, sur leur droite, on avait déposé une petite barrière en bois au milieu de la rue. Un policier en uniforme montait la garde. Lorsque celui-ci aperçut leur véhicule, il marcha vers eux.

Reinmann se gara sur le bas-côté. Oppenheimer descendit de la voiture et marcha à la rencontre de l'agent de la Schupo.

— Commissaire Oppenheimer ? demanda l'homme. (Il ôta son shako noir pour s'essuyer le front avec un mouchoir.) Nous vous attendions.

Oppenheimer fit signe à Reinmann d'éteindre le moteur.

— Avez-vous croisé un autre policier en arrivant dans le quartier ?

La question était plutôt surprenante.

— L'un d'entre vous s'est perdu ?

Le Schupo parut embarrassé.

— À vrai dire, un collègue s'est sauvé. C'est lui qui est arrivé le premier pour boucler le périmètre. Apparemment, il n'a pas supporté ce qu'il a vu.

Oppenheimer éclata de rire.

— Non, nous n'avons pas remarqué de policier en fuite.

Il se fit ensuite expliquer le chemin jusqu'à l'endroit où l'on avait fait la macabre découverte.

Tout à coup, il entendit derrière lui un déclic, suivi d'un petit bruit de manivelle.

L'agent poussa un soupir agacé.

— Bon Dieu, encore ce type ! Quelle sangsue !

De l'autre côté de la rue se tenait un individu armé d'un appareil photo. Le curieux avait coiffé un chapeau à larges bords pour dissimuler les traits de son visage, mais Oppenheimer devina aussitôt à qui ils avaient affaire.

— S'agit-il de Rensch, ce reporter à sensation ?

Le policier opina.

— Évidemment. (Il remit son shako d'un geste rageur.) Je lui ai déjà dit deux fois de décamper, mais rien n'y fait. Un vrai charognard.

La présence d'un tel personnage ne présageait rien de bon. Oppenheimer connaissait de nombreux journalistes qui exerçaient leur métier avec sérieux. Ce n'était malheureusement pas le cas de Rensch. Chroniqueur avide de scoops, il s'était spécialisé dans les affaires criminelles. Ses articles bâclés ne faisaient généralement pas dans la subtilité. Malgré tout, il connaissait un certain succès. Et plus ses histoires étaient tordues, plus le public en raffolait. On racontait que Rensch avait ses informateurs au sein de la police. Des fonctionnaires qui n'hésitaient pas à vendre des indications confidentielles pour augmenter leurs maigres revenus.

Il semblait prendre au mot le cliché du « reporter enragé », façonné par le célèbre journaliste d'investigation Egon Erwin Kisch[1]. Souvent, on le voyait foncer à bicyclette dans le sillage des véhicules d'intervention. Il parvenait même parfois à devancer les forces de l'ordre sur une scène de crime.

Ce jour-là, en revanche, Rensch était arrivé en retard. Et flairant l'aubaine, il piaffait d'impatience derrière la barrière de police.

— Veillez à ce qu'il n'approche pas, ordonna Oppenheimer. Si besoin, appelez du renfort, mais je ne veux pas qu'il prenne en photo ce qu'on vient de découvrir.

Le Schupo se rengorgea et se dirigea vers Rensch d'un pas viril.

Oppenheimer se détourna. Flanqué de Reinmann, il s'engagea sur un chemin qui serpentait à travers les ruines envahies de mauvaises herbes. Au coin d'un immeuble à demi écroulé, il aperçut des policiers qui discutaient avec deux ouvriers en bâtiment. Non loin de là, des techniciens de l'Identité judiciaire apparurent au sommet d'un escalier menant à une cave. Visiblement, ils avaient terminé leur travail.

Oppenheimer se présenta, et le plus âgé des ouvriers prit ensuite la parole pour lui expliquer ce qui s'était passé. L'homme d'une cinquantaine d'années semblait avoir maigri sur le tard. Les privations de la guerre avaient fait disparaître son double menton, mais des plis de chair pendaient de son cou comme des fanons de bœuf.

— On travaille sur un chantier juste à côté. Il y a quelques heures, nous sommes tombés sur une bombe qui n'avait pas

1. Kisch lui-même avait été surnommé ainsi après la publication en 1924 d'un ouvrage auquel il avait donné ce titre (*Der rasende Reporter*), et dans lequel il racontait ses multiples reportages dans le monde entier.

explosé. Comme d'habitude, j'ai envoyé des gars prévenir la police et les pompiers. Pendant ce temps-là, j'ai inspecté avec mon collègue Max les ruines alentour. Personne n'habite ici, mais on ne sait jamais. Des gamins auraient pu venir jouer dans le coin. C'est là qu'on a vu le macchabée. Au début, j'ai cru qu'un type s'était planqué dans la cave. Mais il n'avait pas de tête. Il était assis sans bouger, comme un mannequin tronqué.

Le commissaire considéra son interlocuteur avec étonnement.

— Attendez, on m'a parlé de plusieurs bouts de cadavres...

À cet instant, Hergesheimer sortit du sous-sol avec deux valises. L'expert de la police scientifique avait dissimulé sa calvitie sous un feutre, ce qui lui donnait un air plus grave.

— Les deux descriptions sont exactes ! intervint-il avec un large sourire.

Arrivé au sommet de l'escalier, il posa ses mallettes pour serrer la main d'Oppenheimer. Puis il lui tendit une torche électrique.

— C'est bien que tu sois venu, Richard. J'ai rarement vu une mise en scène aussi bizarre. Nous avons terminé notre boulot, tu peux aller examiner les lieux par toi-même.

Oppenheimer échangea un regard avec Reinmann. Tous deux descendirent ensuite avec précaution les marches de pierre fortement endommagées.

La porte de la cave était restée ouverte, et une odeur de moisi s'échappait de la sombre ouverture. Le commissaire se figea devant l'encadrement. Qu'allait-il découvrir dans ce sous-sol obscur ?

Allumant sa lampe torche, il franchit le seuil et promena le faisceau lumineux sur le sol de terre battue jusqu'à ce qu'apparaissent les jalons posés par l'Identité judiciaire.

Comme l'avait annoncé Hergesheimer, une étrange mise en scène se révéla dans l'ombre. Un corps nu assis à une table.

Oppenheimer avala sa salive avec peine. Il s'approcha prudemment pour étudier la surprenante nature morte.

Le cadavre n'avait pas de tête. On lui avait planté dans le cou une bouteille de bière à l'envers, et il tenait dans sa main droite une chope en étain. Oppenheimer songea à un instantané. On aurait dit que le décapité allait à tout moment lever sa pinte.

Le premier choc passé, le commissaire retrouva ses réflexes d'enquêteur et fit glisser le rayon de sa lampe sur la macabre installation.

La table, très abîmée, provenait certainement d'un immeuble des environs. Même chose pour la chaise, sur laquelle on avait attaché le corps avec des liens. Pourtant, rien ne semblait improvisé. Oppenheimer était convaincu que le meurtrier avait réfléchi à chaque détail de sa sinistre mise en scène.

Au niveau des articulations des bras et des jambes, on pouvait voir des incisions. Le commissaire se pencha en avant. La dépouille était constituée de plusieurs membres qu'on avait cousus les uns aux autres avec du fil blanc. La peau, légèrement luisante, avait l'aspect du cuir.

Le bras droit avec la chope était posé sur la table. Sous l'aisselle dépassaient des brins de paille. Oppenheimer comprit aussitôt : le cadavre avait été naturalisé.

Les doigts serraient la pinte à l'aide de ficelles. Des restes de colle brillaient autour des ongles.

Il braqua sa torche vers le haut du buste. De la paille sortait également du cou tranché. Tout près du goulot de la bouteille de bière, on apercevait le haut de la colonne vertébrale.

— Un vrai patchwork, murmura Oppenheimer. (À l'adresse de Reinmann, il précisa :) Un homme formé de morceaux de cadavre soigneusement empaillés et cousus les uns aux autres.

Il recula d'un pas et sortit son fume-cigarette de la poche de son veston. Puis, mâchonnant le vieux tube d'écume, il passa en revue toute la pièce.

— S'agit-il d'un seul et même corps qu'on aurait découpé pour ensuite le rapiécer ? s'enquit Reinmann au bout d'un moment.

Oppenheimer soupira.

— Non. Malheureusement, d'après ce que je vois, les morceaux proviennent de différents individus.

Les coutures à grands points étaient inégales, ce qui laissait supposer que la dépouille avait été assemblée sur place en un laps de temps assez court. Manifestement, le tueur avait donc apporté jusqu'ici le mort en pièces détachées.

— Les membres ont été naturalisés pour être mieux conservés, poursuivit-il. Ce corps raccommodé est peut-être installé dans cette cave depuis des mois.

— Nous devrions interroger les ouvriers du chantier, suggéra Reinmann.

Oppenheimer se tourna vers lui.

— Bonne idée. Chacun d'entre eux est un témoin potentiel. Avec un peu de chance, ça nous permettra de délimiter un peu l'intervalle entre la mise en place et la découverte de cette momie rapiécée. Tu peux commencer, je te rejoins dans un moment. Je dois finir d'inspecter les lieux.

Son assistant acquiesça. Visiblement soulagé d'échapper à ce tableau lugubre, il s'empressa de sortir du sous-sol.

Comme Oppenheimer et Reinmann n'étaient que deux, interroger les dix-sept ouvriers qui travaillaient sur le chantier voisin leur prit un certain temps. Mais leurs efforts ne furent pas inutiles. Trois manœuvres étaient venus à plusieurs reprises dans la cave récemment. La veille encore, ils s'y étaient réfugiés pour échapper à une forte averse. Ainsi à l'abri de la pluie, ils avaient joué un bon moment aux cartes. Aucun cadavre ne se trouvait alors à l'intérieur, seule la table était déjà là. Ce qui impliquait que le tueur avait apporté la chaise plus tard pour sa mise en scène. Accéder au sous-sol n'avait pas posé de problème puisque la porte n'était pas fermée à clé.

L'assemblage du cadavre avait donc été réalisé la nuit passée. En revanche, impossible de dire quand précisément. Les derniers ouvriers avaient quitté les lieux le jour précédent vers dix-sept heures, et la première équipe était arrivée sur place à cinq heures du matin.

Tandis qu'ils traversaient le champ de ruines pour retourner à leur voiture, Oppenheimer était tout à ses pensées.

— Quelle est ton impression ? demanda-t-il soudain à Reinmann.

L'aspirant-inspecteur plissa le front.

— Ce macchabée m'a vraiment foutu les jetons.

— Si le meurtrier est la même personne qui a tenté de se débarrasser de la jambe et des viscères dans la Sprée, nous savons maintenant ce qu'il fait de ses victimes. Il tue des gens, puis il les empaille comme des animaux. As-tu remarqué quelque chose de spécial ?

Reinmann réfléchit un instant.

— C'est peut-être un peu cru de le formuler comme ça, mais je me suis dit que le tueur avait salopé le travail.

— Exactement. Non seulement les coutures sont maladroites, mais tous les membres qu'il a choisis pour son atroce sculpture ont des défauts. L'un des pieds avait des orteils en moins. Possible qu'il ait appartenu à Schroeter. Un bras était couvert de cicatrices, et le tronc avait une sorte de déformation de la colonne vertébrale.

Comme ils arrivaient près de leur véhicule, Reinmann ralentit l'allure.

— Le tueur essaie peut-être d'utiliser les restes, si on peut dire.

Oppenheimer s'arrêta. La théorie était intéressante.

— Si c'est le cas, ça signifie qu'il a plus de deux meurtres sur la conscience.

Après cette conclusion inquiétante, ils restèrent silencieux quelques instants.

Un crissement de semelles sur les gravats arracha Oppenheimer à ses pensées. Pivotant sur ses talons, il avisa Rensch au milieu des monceaux de décombres. Le reporter les avait aperçus et marchait vers eux.

Le commissaire grommela un juron.

— Oppenheimer, c'est bien ça ? lança Rensch en s'approchant.

Bien entendu, le journaliste connaissait son nom. Comme celui de tous les fonctionnaires de la Kripo, sans doute.

— Alors, c'est vrai qu'un cadavre a été retrouvé dans une ruine ?

— Je ne peux rien vous dire, esquiva Oppenheimer. Pour les communiqués officiels, adressez-vous à ma hiérarchie.

Il se remit en mouvement, suivi de Reinmann.

— Vous êtes commissaire de la brigade criminelle, commenta Rensch dans son dos. Si vous êtes ici, c'est qu'il y a un cadavre. Pouvez-vous au moins me confirmer ça ?

Oppenheimer s'abstint de toute réponse. S'efforçant d'afficher une mine impassible, il continua de marcher.

— Ce nouveau crime est-il en lien avec la jambe amputée qu'on a retrouvée dans la baie de Rummelsburg ?

Le commissaire se mordit la lèvre. Ayant atteint la voiture, il constata avec agacement que la portière était verrouillée.

Tandis que son assistant cherchait nerveusement la clé du véhicule dans sa poche, Rensch vint se planter près de lui.

— On raconte que le Schupo qui est arrivé en premier sur les lieux a détalé, souffla le journaliste. Cet agent recevra-t-il un blâme ? Va-t-on le limoger ? Un froussard pareil n'a rien à faire dans les rangs de la police, vous ne croyez pas ?

Reinmann, qui s'était installé au volant, se pencha pour ouvrir le loquet côté passager.

— Adressez-vous à ma hiérarchie, répéta Oppenheimer.

Au moment où il s'apprêtait à monter dans la voiture, Rensch le retint par le bras et lui glissa une carte de visite.

— Au cas où, murmura le reporter avec un clin d'œil.

Le moteur démarra enfin. Oppenheimer s'installa sur son siège et referma la portière avec soulagement.

— Pas de départ sur les chapeaux de roue, ordonna-t-il à l'aspirant-inspecteur. Nous ne donnerons pas ce plaisir à Herr Rensch.

Reinmann appuya avec précaution sur l'accélérateur. Dans le miroir du rétroviseur, Oppenheimer regarda la silhouette du journaliste rapetisser peu à peu.

Il fit tourner la carte de visite entre ses doigts. Ce dont ils n'avaient vraiment pas besoin, c'était d'un tumulte médiatique. Coincer un tueur était déjà suffisamment difficile. Le faire sous le regard fébrile de l'opinion publique rendrait la chose beaucoup plus compliquée encore.

— Nous avons maintenant un parasite sur le dos, maugréa-t-il. Rensch va tout faire pour essayer de savoir de quoi il retourne. Aucun détail de notre enquête ne doit filtrer.

10

Jeudi 1er – vendredi 9 juillet 1948

— Notre tueur ne vit pas sur un grand pied, déclara Hergesheimer avec un sourire espiègle.

Le technicien de l'Identification judiciaire tira un cliché d'une chemise cartonnée et le déposa sur le bureau d'Oppenheimer.

— Il chausse du 39.

Oppenheimer et Reinmann se penchèrent pour examiner l'empreinte photographiée dans la cave où le cadavre empaillé avait été placé.

— Et tu es certain que cette marque a été laissée par le meurtrier ?

Hergesheimer feuilleta son dossier.

— Il a plu cette nuit-là, et l'individu a marché auparavant sur de la terre mouillée. Il y a ses empreintes partout, y compris dans l'escalier de l'immeuble. D'après moi, il est monté à l'étage pour aller chercher la chaise sur laquelle il a ficelé le corps rapiécé.

Oppenheimer acquiesça.

— Peut-on déduire la taille du tueur grâce à sa pointure ?

— C'est une question passionnante, répondit Hergesheimer en rajustant ses lunettes. Les scientifiques ne sont pas tous du même avis à ce sujet. Mais je dirais que l'homme que vous recherchez doit mesurer approximativement un mètre soixante-cinq.

— As-tu trouvé autre chose qui pourrait nous aider ? Des empreintes digitales, par exemple ?

— Non, malheureusement. Il a dû mettre des gants quand il a empaillé ses victimes. Mais nous savons désormais qu'il a utilisé pour ses opérations de taxidermie un mélange d'insecticides :

dichlorobenzène, arsenic et cyanure de potassium. Ces produits toxiques ne sont pas faciles à dénicher de nos jours.

Déçu, Oppenheimer poussa un soupir. Les indices récoltés étaient plutôt maigres. Il se leva et alla se poster devant la fenêtre pour se chauffer le dos au soleil. Après plusieurs jours de mauvais temps, la réapparition de l'astre du jour faisait le plus grand bien.

— À partir de combien de dépouilles cette... (Il chercha un instant le terme approprié.) sculpture morbide a-t-elle été façonnée ?

Hergesheimer, assis sur la chaise réservée aux visiteurs, croisa les jambes. Puis il sortit un petit sac rempli de tabac et commença à bourrer sa pipe.

— J'ai déjà contacté Gebert à ce propos. Le corps était composé de treize morceaux distincts. Au premier abord, il y aurait quatre ou cinq victimes.

— Et nous ne connaissons l'identité que d'une seule d'entre elles, commenta Reinmann.

Hergesheimer se tourna vers lui.

— Ton hypothèse selon laquelle le tueur aurait fabriqué cette sculpture pour utiliser les restes est tout à fait plausible. La plupart des bouts de cadavre ont un défaut. Doigts de pied manquants, taches de naissance, cicatrices.

Il alluma sa pipe et tira une bouffée avec délice. Le tabac qu'il fumait sentait bien meilleur que celui de Wenzel.

— Ce que l'on peut dire également, c'est que le tueur ne maîtrise pas encore les subtilités de la taxidermie.

— À cause des fissures sur la peau ? s'enquit Oppenheimer. J'ai remarqué qu'il y en avait beaucoup quand j'ai examiné le corps dans la cave.

Hergesheimer opina.

— Exactement. Nous savons que le meurtrier découpe ses victimes pour mieux les transporter. Après ça, il n'a plus qu'à dépouiller les morceaux et à nettoyer la face interne de la peau en ôtant les restes de graisse et de muscles.

— Il faut enlever tous les éléments qui peuvent se décomposer, remarqua Oppenheimer à voix basse.

— En effet. On retire ensuite la chair entourant le squelette, lequel sert de base au processus de naturalisation, et on utilise de la paille pour remplacer la masse musculaire. Puis la peau est recousue. (Hergesheimer marqua une pause.) J'ai demandé conseil à un ami qui pratique la taxidermie. Il dit que la paille est un excellent choix de matériau pour cette activité, parce qu'elle reste souple. Malgré tout, le travail du tueur était plutôt bâclé. Ses connaissances en anatomie semblent assez limitées. Mais la plus grosse erreur, il l'a commise après la préparation en elle-même.

Oppenheimer et Reinmann étaient suspendus aux lèvres du technicien. Hergesheimer, ravi de son effet, avala une bouffée de tabac avant de reprendre ses explications.

— Même quand elle est tannée, la peau reste un outil de travail fragile. Elle réagit notamment aux changements de température. À l'évidence, l'endroit où le meurtrier entrepose ses trophées de chasse n'est pas assez frais. C'est ce qui provoque la formation des fissures que tu as observées dans la cave. Une fois qu'elles sont apparues, restaurer les zones endommagées est très délicat. Mon ami dit que la plupart du temps, ça ne vaut même pas la peine d'essayer.

Sur ces paroles, Hergesheimer salua les enquêteurs et quitta le bureau dans un nuage de fumée bleue.

— C'est tout bonnement insupportable ! fulmina Cordes. Avez-vous lu cet article ?

Ce matin-là, le patron de la Kripo avait convoqué Oppenheimer dès son arrivée à la brigade. Il avait étalé un journal sur sa table de travail.

— Je n'ai pas encore eu le temps de regarder la presse.

— Dans ce cas, installez-vous et lisez ce tissu d'âneries !

Cordes désigna la chaise réservée aux visiteurs.

Oppenheimer était soulagé. Son chef ne l'avait pas fait venir pour lui reprocher son manque de résultats dans leur enquête. Depuis la découverte du cadavre dans la cave, dix jours s'étaient écoulés et ils n'avaient pas avancé d'un iota. Dans ce champ de ruines, il n'y avait pas âme qui vive, donc personne n'avait aperçu le tueur cette fois-ci.

Il prit le quotidien et s'assit sur le siège. *Der Weckruf*[1] ne faisait pas partie des périodiques les plus connus. Oppenheimer avait déjà aperçu quelques exemplaires de ce canard dans les kiosques, mais il ne l'avait jamais feuilleté.

Comme le papier était sévèrement rationné, le journal n'était guère épais. Cordes avait entouré l'article en question.

Le titre, imprimé en gras, était on ne peut plus polémique : « La police, ton amie et mauviette ». Bien sûr, l'auteur de cet écrit n'était autre qu'un certain Carl Rensch.

La manchette provocatrice faisait allusion à la célèbre devise de la police, employée pour la première fois en 1926 par Albert Grzesinski, alors ministre de l'Intérieur de la Prusse : « La police, ton amie et secours »[2]. Le slogan avait été ensuite repris de manière cynique sous le régime nazi par le Reichsführer SS Heinrich Himmler.

Oppenheimer serra les dents en parcourant le reportage. Rensch se fondait sur quelques faits réels pour former des conjectures fantaisistes et dénigrer la police.

Le journaliste racontait qu'un cadavre atrocement mutilé avait été découvert par des ouvriers dans le quartier dévasté de Luisenstadt. Comme il n'avait pas d'autres informations, il critiquait ensuite allégrement la Schutzpolizei qui, selon lui, faisait preuve d'une incapacité notoire. Naturellement, il faisait son miel de l'agent qui s'était enfui à toutes jambes après avoir vu l'horrible mise en scène.

Rensch n'avait pas réussi à obtenir un cliché de la dépouille. Il avait donc publié un cliché de la cave vide – pris sans doute après le départ des forces de l'ordre –, sur lequel il avait dessiné un individu assis à une table.

Un détail cependant fit sursauter Oppenheimer. Incrédule, il se pencha pour examiner plus attentivement l'image. Le mort tenait une chope dans sa main droite.

---

1. *Le Cri d'alarme*, en français.
2. « Die Polizei, dein Freund und Helfer », en allemand.

Le croquis était très réaliste. Trop au goût du commissaire.

Soudain, la voix impatiente de Cordes l'arracha à ses réflexions.

— Alors, vous ne dites rien ?

Oppenheimer reposa le journal.

— En voyant Rensch là-bas, je me suis douté qu'il allait pondre quelque chose de ce genre.

— Au Praesidium, on n'a pas du tout apprécié cet article, comme vous pouvez l'imaginer. La police a déjà mauvaise presse. Dans la rue, les gens ne nous respectent plus.

— Mais cette anecdote ne concerne pas la Kripo, objecta Oppenheimer. Nous avons fait ce que nous avions à faire. Si un agent prend ses jambes à son cou parce qu'il ne supporte pas la vue d'un cadavre, c'est à la Schutzpolizei de résoudre le problème.

Agacé, Cordes tambourina des doigts sur sa table de travail.

— Rensch a mis un coup de projecteur sur l'affaire. Tôt ou tard, d'autres journalistes vont s'intéresser au tueur. Une série de meurtres comme celle-ci est une aubaine pour la presse. Nous aurons bientôt tous les regards braqués sur nous. Il faut agir un grand coup en coinçant au plus vite le coupable.

11

Vendredi 9 – dimanche 11 juillet 1948

Oppenheimer retourna d'un pas rapide dans son bureau. En lisant le reportage de Rensch, un soupçon avait germé dans son esprit, et il voulait en avoir le cœur net.

Lorsqu'il entra dans la pièce, Reinmann était au téléphone. Dès que son assistant eut raccroché, Oppenheimer lança :

— Je crois que j'ai quelque chose. Rensch a publié un article. Et il en sait plus sur le cadavre qu'il ne l'admet.

Reinmann arqua un sourcil.

— Plutôt inhabituel pour un journaliste. D'ordinaire, ils n'hésitent pas à raconter tout ce qu'ils peuvent dénicher.

Oppenheimer prit sa chaise et vint s'asseoir à califourchon près de l'aspirant-inspecteur.

— Rensch souhaite sûrement protéger sa source. Il connaît la position exacte dans laquelle le cadavre rapiécé a été retrouvé. Le bras posé sur la table, la chope de bière – il sait tout. Comment a-t-il obtenu ces informations ?

Reinmann parut hésiter.

— La fuite vient peut-être des deux ouvriers qui ont découvert le macchabée. Ils ont certifié qu'ils n'en avaient pas parlé à leurs collègues, mais nous n'avons aucun moyen de vérifier si c'est vrai. (Comme son supérieur restait silencieux, il ajouta :) Ou alors, ce sont les Schupos sur place qui ont vendu la mèche.

— En tout cas, pas celui qui s'est sauvé, nuança Oppenheimer. Il est sous le coup d'une procédure disciplinaire et n'a aucun intérêt à parler à la presse.

— Restent le légiste, Hergesheimer et les techniciens de l'Identité judiciaire.

Le commissaire secoua la tête.

— Il ne faut pas oublier le personnage le plus important. Le meurtrier lui-même.

La remarque interloqua Reinmann.

— Le tueur en personne aurait donné à Rensch ces tuyaux ?

— C'est possible, murmura Oppenheimer d'un air songeur. Rensch a pu faire un dessin de la cave comme s'il avait vu l'œuvre du tueur. Son informateur a dû observer un bon moment la mise en scène pour lui transmettre tous ces détails.

— Alors il serait bon d'aller cuisiner un peu ce reporter.

Oppenheimer en était arrivé à la même conclusion.

— Je m'en charge. Il faudra jouer serré. Rensch va certainement faire la sourde oreille.

Se levant, il glissa la main dans la poche de son veston. Il en ressortit la carte du journaliste, qu'il agita sous les yeux de son assistant.

— Par chance, je sais où trouver notre cher journaleux.

Rensch vivait dans le secteur américain, non loin de l'Innsbrucker Platz. Comme partout dans la ville, le quartier regorgeait encore de bâtiments à demi rasés par les bombes. Sur les terrains déjà dégagés, on entreposait les matériaux réutilisables. En sortant du S-Bahn, Oppenheimer longea une place où s'élevait un enchevêtrement de poutrelles. À l'angle de la Martin-Luther-Straße, des piles de tuiles soigneusement alignées recouvraient tout un pâté de maisons.

Il avait essayé de joindre Rensch par téléphone, mais il était tombé sur une certaine Fräulein Zander, qui lui avait expliqué que le reporter, absent, ne rentrerait qu'en fin d'après-midi chez lui. Il était maintenant dix-sept heures, et Oppenheimer voulait tenter sa chance.

Rensch habitait dans l'un des rares immeubles qui tenaient encore debout. La porte d'entrée n'était pas fermée à clé. Grâce aux sonnettes, Oppenheimer supposa que le journaliste vivait sous les combles. Comme le mécanisme ne fonctionnait pas sans électricité, il dut se résoudre à monter l'escalier jusqu'en haut. Au dernier palier, il n'y avait qu'un seul appartement.

Il frappa à la porte et attendit. Quelques secondes plus tard, une jeune femme fortement maquillée lui ouvrit. Ses cheveux bruns tombaient en grosses boucles sur ses épaules.

— Oui ? Qu'y a-t-il ?

Oppenheimer sortit la carte de visite du reporter.

— J'ai appelé tout à l'heure. Fräulein Zander m'a dit que Carl Rensch rentrerait en fin de journée.

— Oui, je sais, répondit la brunette avec flegme.

Le commissaire en déduisit qu'il avait affaire à la même personne.

— Et que voulez-vous ?

— Je dois m'entretenir d'une affaire avec Herr Rensch.

La demoiselle écoutait à peine, trop occupée à limer ses ongles couverts de vernis rouge sang.

— C'est vraiment urgent, insista-t-il. Je suis de la Kripo.

Fräulein Zander leva les yeux et sourit d'un air ironique.

— Ah, un poulet. Je m'en doutais. Vous allez devoir attendre. Carl est en reportage. Il finira bien par rentrer à un moment ou à un autre. Quel mufle, celui-là. Il va interviewer un combo de jazz épatant, et il refuse de m'emmener.

En songeant à ce qu'elle avait raté, la jeune femme prit une mine boudeuse. Oppenheimer n'avait pas l'intention de faire le pied de grue.

— Pourriez-vous au moins m'indiquer où il se trouve ? demanda-t-il en s'efforçant de contenir son impatience.

— Au Delphi. Si vous êtes prêt à faire le trajet jusqu'à Charlottenburg…

Sur ces mots, Fräulein Zander pivota sur ses talons et claqua la porte derrière elle.

Oppenheimer enragea d'être traité comme un simple quémandeur. Dehors, la pluie s'était mise à tomber. Il remonta le col de son veston en grognant et marcha jusqu'à la station de U-Bahn la plus proche.

Bien entendu, il connaissait le Delphi-Palast, qui avait été construit à la fin des années vingt. Des orchestres célèbres avaient joué dans ce dancing de Charlottenburg, qui avait même accueilli plusieurs concerts durant la guerre. Il n'y était toutefois jamais entré, préférant autrefois fréquenter l'Opéra allemand, situé non loin de là.

En empruntant les lignes B et A du métro, il pouvait arriver sur place en moins d'une demi-heure. Mais c'était sans compter les coupures d'électricité.

Au bout de vingt minutes d'attente sur le quai, il s'adressa à un autre usager. Négligemment appuyé contre un pilier en acier, l'homme, coiffé d'un chapeau de paille, ne semblait pas pressé.

— Chaque voyage avec le U-Bahn est une loterie, confia l'inconnu. Les rames ne circulent plus aussi souvent qu'auparavant, et leur parcours a été réduit. Tout ça, nous le devons aux ruskofs. (Il consulta sa montre.) Hm, cinq heures et demie. Reste à savoir si le dernier métro va encore passer. Depuis hier, le trafic est stoppé à six heures. Après, rideau. Même chose avec les tramways et les omnibus. Et le dimanche, tout est à l'arrêt.

La plupart du temps, Oppenheimer prenait le S-Bahn pour ses trajets quotidiens jusqu'aux bureaux de la brigade, situés à l'Est. Même si les centrales de Berlin-Ouest avaient interrompu leurs livraisons d'électricité, le réseau express métropolitain était officiellement exploité par la Deutsche Reichsbahn depuis la zone soviétique. Il n'avait donc pas remarqué les récentes difficultés du U-Bahn dans la partie occidentale de la ville.

Par chance, une rame arriva peu après.

Oppenheimer descendit à la gare du Zoo. Il se fraya un chemin parmi les trafiquants du marché noir, qui racolaient des clients sur le parvis de la gare. Pour plus de discrétion, les affaires se concluaient ensuite sous les arcades du métro aérien.

Le Delphi se trouvait à deux pas de là. Le dancing avait souffert des bombardements alliés, mais sa façade était intacte. Des bruits de chantier jaillissaient de l'entrée principale. Manifestement, on était en train de rénover l'intérieur de l'établissement. Oppenheimer fit le tour de l'édifice. Sur son flanc, il remarqua un étroit escalier menant au sous-sol. Une enseigne accrochée au mur indiquait qu'il s'agissait de l'accès au Hot Club of Berlin, un club de jazz. Le commissaire s'approcha d'une affiche où on annonçait une *jam-session* avec Rex Stewart pour le soir même. En raison des coupures de courant, chaque spectateur devait apporter sa propre bougie.

La porte de la cave n'était pas fermée à clé. Lorsque Oppenheimer l'entrouvrit, il perçut des notes de musique et une odeur caractéristique. Ayant travaillé plusieurs mois au Rio Bar, le cabaret d'Ed le Mastard, il savait reconnaître les senteurs ineffables d'une salle de spectacle.

Devinant qu'il était au bon endroit, il se glissa dans le local souterrain. Lorsque ses yeux se furent habitués à la pénombre, il distingua au fond de la pièce une petite scène éclairée par deux lampes à acétylène. Des musiciens jouaient une reprise swinguante de *Bei dir war es immer schön*, une chanson du pianiste Theo Mackeben.

Assis à une table juste devant l'estrade, Rensch battait la mesure avec un pied. Oppenheimer préféra ne pas le déranger tout de suite et s'installa sur une chaise pour suivre la répétition. Le leader du combo était un cornettiste noir au front haut, sans doute Rex Stewart. Un instant plus tard, l'Américain interrompit le morceau et souffla quelque chose à son guitariste. Oppenheimer entendit ce dernier répondre en allemand :

— Oui, bien sûr.

Les jazzmen interprétèrent ensuite une composition que le commissaire ne connaissait pas. Plutôt hésitants au début, ils finirent par trouver une véritable harmonie sonore.

Oppenheimer sourit. Ce n'était pas seulement le fait d'écouter de la musique qui lui plaisait. Sur scène, des hommes de couleurs différentes jouaient ensemble. Ils ne cherchaient pas à se livrer bataille à cause de théories raciales absurdes. Le groupe prouvait une chose : la coopération sociale et le respect mutuel n'étaient pas une utopie. Oppenheimer l'avait déjà remarqué, les artistes parvenaient souvent à dépasser les frontières avec une facilité déconcertante. Cela s'expliquait peut-être par le fait que, malgré des différences culturelles, un intérêt commun les rassemblait.

La répétition se termina au bout d'une vingtaine de minutes. Les musiciens rangèrent leurs instruments, et Rensch grimpa sur la scène avec son calepin pour s'entretenir avec eux. Sa mine peu réjouie donnait à penser qu'il n'était guère enthousiasmé par ce reportage.

Une fois son interview bouclée, il remit son carnet dans la poche de sa veste et se dirigea vers la sortie.

Oppenheimer lui coupa le chemin.

— Je dois vous parler.

Rensch plissa les yeux dans la pénombre.

— Ah, c'est vous ! s'écria-t-il en reconnaissant le commissaire. L'affaire du cadavre dans la cave. Vous souhaitiez ajouter quelque chose ?

Machinalement, il dégaina de nouveau son calepin. Comme il faisait trop sombre pour noter quoi que ce soit, il entraîna Oppenheimer vers la porte.

Mal rasé, les yeux rougis, le journaliste semblait avoir passé une nuit blanche.

S'arrêtant au pied de l'escalier, il lança :

— Je vous écoute.

— Il y a un article de vous dans l'édition d'aujourd'hui du *Weckruf*. Vous avez publié des informations confidentielles. Et je ne fais pas allusion au Schupo qui s'est enfui. Je parle de votre dessin. Qui vous a rencardé ?

Le visage de Rensch se durcit.

— Aucun commentaire.

Sa réponse avait fusé par réflexe, mais le journaliste ne put s'empêcher de baisser involontairement les yeux. Se ressaisissant aussitôt, il redressa le menton. Peine perdue. Oppenheimer avait compris que son interlocuteur cherchait à lui dissimuler quelque chose.

— Je vous conseille de coopérer.

Le reporter s'esclaffa. Prenant un air de défi, il lâcha :

— Vous n'avez rien contre moi. Sinon, vous m'auriez déjà arrêté depuis longtemps. Je dois protéger mes sources, ou plus personne ne voudra me parler et il ne me restera plus qu'à changer de métier.

Oppenheimer essaya d'en appeler à la conscience de Rensch.

— Je pense que vous disposez de renseignements que vous refusez de partager avec la police. (Il baissa la voix.) Vous feriez mieux de nous aider. Le tueur risque de frapper de nouveau. Et nous voulons tous le coincer, non ?

Le journaliste lui sourit effrontément.

— Qu'est-ce qui vous fait croire que c'est ce que je veux ?

Oppenheimer recula d'un pas. Il s'était montré beaucoup trop naïf. L'article de Rensch, rempli de demi-vérités, aurait dû le rendre plus méfiant. Le reporter était un personnage sans scrupule, prêt à sacrifier une vie humaine pour réaliser un scoop. À ses yeux, toute l'affaire n'était qu'un jeu, et il comptait bien damer le pion à la Kripo.

— Allez, sans rancune ! Et n'hésitez pas à me contacter si vous avez une déclaration à faire. Tenez, je vous redonne ma carte.

Rensch sortit un petit carton de son porte-monnaie et le tendit au commissaire.

Ignorant le bristol, Oppenheimer planta son regard dans celui du jeune homme. Accentuant chaque mot, il assena :

— À partir de ce jour, vous aurez sur la conscience chaque nouveau crime que le meurtrier commettra.

Rensch garda le silence. Quand il remarqua qu'Oppenheimer ne prenait pas sa carte, il la rangea avec soin. Puis il tourna les talons et monta l'escalier en sifflant un peu trop ostensiblement.

Cette réaction le trahit. Oppenheimer savait à présent qu'il avait tapé dans le mille. Rensch n'était pas aussi endurci qu'il ne le paraissait. Tôt ou tard, il finirait par collaborer avec la police. D'ici là, il fallait le tenir à l'œil.

Dimanche, après un petit déjeuner rapide, Oppenheimer se rendit dans le jardin de la villa pour observer le trafic aérien. Malgré un plafond de petits nuages, le soleil estival était tellement aveuglant qu'il dut mettre sa main en visière. La succession d'avions semblait sans fin. Jour et nuit, le ciel était rempli d'un bourdonnement constant. Les appareils atterrissaient à quelques minutes d'intervalle. D'après les communiqués, les organisateurs du pont aérien avaient commencé à ravitailler les secteurs occidentaux en briquettes pour anticiper sur les premiers froids de l'automne. On parlait même d'intensifier encore la fréquence des vols. Oppenheimer n'aurait jamais cru possible de voir autant d'engins dans les airs.

La Royal Air Force prêtait désormais main-forte aux Américains. Après Tempelhof, l'aéroport de Gatow était devenu la seconde plaque tournante de l'approvisionnement de Berlin-Ouest. Pour compléter le dispositif, des hydravions de type Sunderland amerrissaient sur le Grand Wannsee. Regarder les énormes engins se poser et décoller sur le lac était un spectacle très apprécié des habitants. La première manœuvre d'amerrissage avait même été retransmise à la radio.

Après avoir travaillé dix jours sans interruption à l'hôpital, Hilde n'était pas de garde ce matin-là. Oppenheimer décida donc d'aller la voir pour lui parler enfin de l'étrange cadavre rapiécé.

Il entendit un bruit de ferraille en provenance de la petite remise située derrière la maisonnette. Curieux, il s'approcha de l'appentis. Hilde en sortit brusquement avec plusieurs seaux dans les mains. Apercevant Oppenheimer, elle lui tendit les récipients.

— Apporte ça dans la cuisine, ordonna-t-elle avant de disparaître à nouveau dans la remise.

Tandis que le vacarme reprenait, le commissaire obéit et alla déposer les seaux dans la cuisine. Il en profita pour préparer son vrai café du dimanche.

L'eau ne bouillait pas encore lorsque Hilde le rejoignit, les joues empourprées. Elle portait dans les bras des bouteilles vides.

— Bon, je vais pouvoir remplir tout ça à présent.

Oppenheimer contempla les récipients. Cela ne présageait rien de bon.

— Ne me dis pas que les Russes vont nous couper l'eau.

Hilde éclata de rire.

— Bien sûr que si. À Moabit, les habitants sont déjà à sec. Et avant qu'on nous coupe les vannes ici, je préfère me constituer une réserve. Vous devriez faire la même chose à la villa.

Alarmé, il décida de suivre immédiatement le conseil de son amie. Après l'avoir priée de surveiller la bouilloire, il quitta en trombe la maisonnette pour prévenir les autres locataires.

Il revint dix minutes plus tard, à bout de souffle. Hilde lui servit une tasse de café fraîchement préparé.

— Les Soviétiques sont en train de péter les plombs, annonça-t-elle en l'invitant à s'asseoir dans l'un des sièges du salon.

Oppenheimer s'installa dans un fauteuil et avala une gorgée du liquide brûlant.

— Ils ne pensaient pas que Berlin-Ouest pourrait être ravitaillée par les airs.

Hilde retourna dans la cuisine attenante pour remplir un seau d'eau.

— Ils ont sous-estimé les Occidentaux, dit-elle en réapparaissant sur le seuil. Moi-même, je dois admettre que j'avais des doutes au début. Malgré tout, nous ne sommes pas encore tirés d'affaire. Les Russes ont saisi le conseil de contrôle allié. D'après eux, certains avions-cargos auraient violé les règles de vol dans les corridors aériens qui traversent leur zone. Comme ils ne peuvent pas empêcher le ravitaillement, ils essaient de mettre à leurs anciens alliés des bâtons dans les roues. Ils ont également bloqué toutes les voies navigables vers l'Ouest. Prétendument à cause de travaux de rénovation sur les écluses.

Elle disparut encore une fois pour remplir un autre seau dans l'évier.

Oppenheimer promena son regard dans le salon. Comme toujours, la table et les sièges étaient couverts de journaux. Il en prit un au hasard et parcourut la première page. Heureusement, il n'y trouva aucun article de Rensch, mais les nouvelles étaient alarmantes. Dans Berlin-Ouest, à cause du manque d'électricité, on avait adopté des mesures strictes d'économie d'énergie. Dans les magasins, l'éclairage des vitrines était désormais interdit. À la tombée de la nuit, sur la voie publique, on allumait seulement vingt-cinq pour cent des réverbères. Et dans la moitié des usines, les machines ne fonctionnaient plus. On avait également ordonné aux habitants de retirer les ampoules des lampes qui n'étaient pas indispensables. Le gaz lui aussi allait être bientôt rationné. Quiconque gaspillait l'énergie encourait à présent une forte amende.

Oppenheimer, pour ne pas perdre le moral, reposa le quotidien sur la table. Il se leva et aida Hilde à porter les seaux dans la pièce à l'entrée qui servait autrefois de salle de soins à l'aristocrate.

Ce faisant, il lui parla du cadavre découvert dans la cave de Luisenstadt.

Hilde fronça les sourcils en écoutant son récit.

— Se pourrait-il que le tueur ait déniché les différents morceaux de sa sculpture dans un cimetière ou un hôpital ? s'enquit-elle.

— Nous sommes en train de vérifier. (Oppenheimer posa deux récipients sur le sol avant de poursuivre :) Jusqu'à présent, nous avions limité nos recherches aux hôpitaux et aux cimetières situés dans les environs de la baie de Rummelsburg et de l'Osthafen. Après la mise en scène de Luisenstadt, nous avons dû élargir aux quartiers qui se trouvent sur la rive sud de la Sprée. Mais sans succès.

Hilde, tout en réfléchissant, alla remplir au robinet une bouteille. Au bout d'un moment, elle déclara :

— Partons du principe que le meurtrier assassine ses victimes avant de les couper en morceaux. Et que les découvertes de la jambe amputée et des viscères n'étaient pas prévues. Pour une raison inconnue, après ses deux bourdes, il change de stratégie et décide de placer un cadavre constitué de pièces détachées dans un lieu où celui-ci finira tôt ou tard par être retrouvé. Quel bénéfice retire-t-il de cette opération ?

Oppenheimer avait déjà songé à la question.

— Il évite les hasards malheureux. La découverte de la dépouille se fait dans un cadre qu'il a arrangé avec soin. Il garde ainsi le contrôle. Ça paraît un peu tiré par les cheveux, mais je ne vois pas d'autre explication plausible.

Hilde se tourna vers lui.

— Reste à savoir ce que vient faire la taxidermie là-dedans. Pourquoi certains chasseurs empaillent-ils leur gibier par exemple ?

— Pour en faire des trophées qu'ils exhibent volontiers. Les animaux sont préparés pour donner l'impression d'être encore en vie.

L'aristocrate opina d'un air pensif.

— C'est un peu la même chose pour ce type. Il a disposé le corps rapiécé dans une pose très naturelle. Un homme assis à une table qui tient une chope de bière. Ne manque que la tête. Le travail n'a donc pas été achevé.

Hilde se servit une tasse de café et retourna dans le salon. Oppenheimer la suivit.

— C'est peut-être ça, le mobile de notre tueur, commenta-t-elle en s'asseyant dans un fauteuil. Ramener quelqu'un à la vie. Même si ce n'est que dans son imagination. (Après une courte pause, elle ajouta :) Dans ce cas, il ne peut s'agir que d'un premier essai. Ce qui expliquerait pourquoi il n'a employé que des morceaux imparfaits. Il garde les parties sans défaut pour plus tard, quand il sera capable de réaliser son chef-d'œuvre.

— Son chef-d'œuvre ? Et à quoi va-t-il ressembler ?

Hilde but une gorgée de café et fit tourner sa tasse dans ses mains.

— Il est encore trop tôt pour le dire. Nous y verrons peut-être plus clair quand nous trouverons le prochain cadavre.

À cette pensée, Oppenheimer serra les poings.

— Mais je ne peux pas attendre que cette ordure tue encore quelqu'un !

12

Mardi 13 juillet 1948

Oppenheimer et Reinmann étaient dans leur bureau quand la porte s'ouvrit brusquement. Assis négligemment sur sa table de travail, le commissaire était en train de téléphoner, tandis que son assistant classait des documents. En voyant Cordes apparaître sur le seuil, il se leva.

Un homme de haute stature se tenait à côté du patron de la Kripo. Vêtu d'un costume gris, il portait son chapeau à la main. Des cheveux bruns ondulés encadraient son large visage, dominé par des sourcils fournis. L'individu paraissait encore jeune. Il n'avait sans doute pas trente ans.

Möller, le conseiller antifasciste à l'épaisse moustache, était également de la partie. L'ancien opposant au régime nazi bénéficiait de l'entière confiance de l'administration soviétique. D'ordinaire taciturne, il semblait étrangement joyeux. Après avoir rajusté son binocle, il se glissa entre Cordes et l'inconnu pour entrer dans la pièce.

Oppenheimer échangea un bref regard avec Reinmann. Si leurs deux supérieurs surgissaient ici à l'improviste, il devait s'agir d'une affaire importante.

Cordes souriait jusqu'aux deux oreilles. Trépignant d'impatience, il claironna dès qu'Oppenheimer eut raccroché le combiné :

— Messieurs, nous avons vraiment eu de la chance. J'ai le grand plaisir de vous présenter votre nouveau collègue, Herr Negele.

Oppenheimer s'étonna de voir sa hiérarchie faire autant de manières pour annoncer l'arrivée d'un nouvel assistant. C'était une chose plutôt insolite. Intrigué, il serra la main du jeune policier.

Cordes paraissait incroyablement fier de sa recrue.

— Herr Negele vient d'une autre brigade. Le Praesidium a eu la bonne idée de l'affecter chez nous. Vous souhaitiez du renfort pour votre affaire, Oppenheimer ? On vous envoie l'un des éléments les plus prometteurs de la police berlinoise !

— C'est trop d'honneur, murmura Negele.

Sa voix avait un timbre argentin, qui sonnait presque faux. Et la modestie dont il se parait semblait toute feinte.

Soudain, Oppenheimer remarqua que Cordes et Möller avaient les yeux rivés sur lui. Ils attendaient manifestement une réaction de sa part.

— Et si nous poursuivions notre travail ?

Rien d'autre ne lui vint à l'esprit.

— Faites-moi un topo sur votre affaire, proposa Negele.

Après avoir accroché son chapeau au portemanteau, il alla s'installer tout naturellement au bureau d'Oppenheimer. Croisant les mains derrière la tête, il contempla d'un air concentré les portraits-robots de Kopp punaisés sur la grande carte de Berlin. Pour un peu, on aurait pu croire qu'il avait toujours travaillé ici.

En voyant le sans-gêne dont faisait preuve le nouveau venu, Oppenheimer se crispa. La collaboration promettait d'être difficile.

Cordes et Möller hochèrent la tête et échangèrent un regard satisfait avant de quitter la pièce. Oppenheimer les suivit. Dans le couloir, il rattrapa le patron de la Kripo.

— Herr Cordes ?

Son chef se retourna.

— Qu'y a-t-il, Oppenheimer ?

— Je voulais juste connaître le grade de Herr Negele.

— Il n'est qu'aspirant-inspecteur, mais je vous garantis que c'est un bon flic.

Oppenheimer le remercia et fit demi-tour. Ainsi, Negele était au même rang que Reinmann. Il décida de mettre immédiatement les points sur les *i*.

De retour dans son bureau, il désigna d'un geste poli la table de travail de Wenzel.

— Regardez, nous avons déjà une place pour vous, signala-t-il au jeune policier avec un sourire figé.

Negele sursauta et changea de place sans le moindre commentaire. Lorsque Oppenheimer s'installa sur son fauteuil, l'assise était encore chaude.

Reinmann observa la scène d'un œil attentif. Jusqu'ici, il s'était montré très réservé, ce qui n'était pas dans ses habitudes. À l'instar d'Oppenheimer, il avait donc flairé d'instinct la menace.

Cela ne pouvait pas être un hasard si on leur affectait un nouveau collègue peu de temps après que Hans Seidel eut chargé tous les chefs de service d'enquêter sur la fiabilité politique de leurs collaborateurs.

Negele était certainement un espion à la solde des Soviétiques.

Menton posé sur un poing, le jeune homme écouta religieusement Oppenheimer faire un résumé de leurs investigations.

Quand le commissaire eut terminé, Negele se racla la gorge.

— Vous dites que le meurtrier tue ses victimes pour les débiter, et qu'il conserve ensuite les morceaux comme des objets d'art ?

Oppenheimer acquiesça.

— Dans mon ancienne brigade, nous avons eu la semaine dernière une affaire qui est peut-être liée à la vôtre, reprit Negele.

Reinmann en lâcha son stylo plume, qui tomba sur un dossier en faisant une grosse tache. Confus, il se mit à chercher fébrilement un papier buvard dans les tiroirs de son bureau.

Oppenheimer s'efforça de contenir son excitation.

— Quand est-ce arrivé ? Et où ?

— À Köpenick, le dimanche 4 juillet. La victime était aussi un homme célibataire. Il s'appelait Timpe.

Reinmann cessa de tapoter sur ses documents avec son buvard.

— Impossible ! Nous avons passé au peigne fin tous les avis de recherche. Il n'y avait rien qui correspondait au *modus operandi* du tueur.

Negele se tourna vers l'aspirant-inspecteur.

— Il ne s'agit pas d'une disparition. Officiellement, Timpe a perdu la vie lors d'un accident du travail. On l'a retrouvé mort dans l'usine où il était employé. D'après le rapport d'enquête, il a perdu l'équilibre et s'est fait prendre par les lames d'une grosse machine qui ont sectionné ses jambes au niveau du bassin. Au début, personne ne comprenait ce que faisait ce type un dimanche dans les ateliers de l'usine. Puis les examens du légiste ont révélé un fort taux d'alcool dans le sang. Et Timpe possédait une clé du bâtiment. Mes collègues ont supposé qu'il est retourné travailler complètement ivre et qu'il n'a pas fait attention. Tronc et tête étaient intacts, donc on a pu l'identifier sans difficulté. Voilà pourquoi il n'était pas sur la liste des personnes portées disparues.

— Ces grandes machines-outils sont dangereuses, fit remarquer Oppenheimer. S'il n'y a personne pour couper le courant en cas de problème, un accident grave est vite arrivé.

Negele s'agita sur son siège.

— C'est vrai. Mais, en ce qui concerne Timpe, il y a quelque chose qui cloche. Les enquêteurs ont pensé que les membres inférieurs de ce gars avaient été taillés en pièces. Personne n'a vérifié après coup si tous les morceaux étaient là.

— C'est quasiment impossible, objecta Oppenheimer en se levant. (Songeur, il s'approcha de la fenêtre et contempla la rue en contrebas.) Les machines de ce genre doivent être aussitôt nettoyées en cas de pépin, afin d'éviter d'éventuels dégâts ultérieurs. Et pour ce faire, il faut les démonter entièrement. Difficile alors de décompter avec précision tous les morceaux de jambes qui se trouvaient à l'intérieur.

Negele sourit avec satisfaction.

— C'est exactement là où je veux en venir. Le tueur a peut-être maquillé son crime en accident.

Reinmann écarta son dossier taché. Plissant les yeux, il poursuivit le raisonnement du nouveau venu.

— Le meurtrier aurait pu escamoter un pied ou une cuisse avant de pousser sa victime dans la machine.

— À mes yeux, c'est une hypothèse plausible, confirma Negele d'un air triomphant.

— Si vous avez raison, ça signifie que le tueur a changé sa manière de procéder, estima Oppenheimer. (Pivotant sur ses talons, il s'appuya contre le rebord de la fenêtre.) Notre homme savait que Timpe possédait une clé de l'atelier et l'a suivi à l'intérieur. Il s'est peut-être même entretenu avec lui avant de le neutraliser. L'ouvrier ne s'est pas méfié. Comme Schroeter, qui a laissé entrer son bourreau chez lui. Le meurtrier est donc quelqu'un qui n'éveille pas les soupçons au premier abord.

— Schroeter et Timpe se connaissaient peut-être, observa Reinmann.

Negele se redressa vivement et empoigna le téléphone placé sur son bureau.

— Le mieux serait de reprendre l'affaire.

Il composa un numéro sans attendre l'assentiment d'Oppenheimer. Après une brève conversation avec un collège de son ancienne brigade, il raccrocha le combiné sur la fourche avec une telle fougue qu'il fit tinter la sonnerie de l'appareil.

Débordant d'enthousiasme, il lança :

— Nous devrions aller inspecter l'atelier où travaillait Timpe.

Sur ces mots, il bondit de son siège et décrocha son chapeau du portemanteau. Puis il se rua dans le couloir.

Reinmann, visiblement déconcerté de voir le jeune policier prendre pareilles initiatives, jeta un regard à Oppenheimer avant de quitter le bureau à son tour.

— Ça promet, grogna le commissaire en allant saisir son feutre.

La visite de l'usine ne se révéla pas aussi intéressante que Negele l'avait espéré. L'atelier était un vaste bâtiment de briques jaunes de la taille d'un terrain de football. Un froid glacial et humide régnait à l'intérieur. Sans doute à cause de nombreuses fuites dans la toiture que l'on pouvait repérer à l'œil nu.

Les policiers furent accueillis par un homme apathique à la barbe grise qui portait le titre ronflant de directeur technique.

L'individu les conduisit sans entrain jusqu'à la machine qui avait déchiqueté les jambes de Timpe. Quatre ouvriers s'affairaient encore autour du colosse d'acier pour remonter les pièces qu'on avait nettoyées après l'accident.

Les visiteurs gravirent un escalier métallique pour gagner une petite plate-forme latérale qui permettait d'accéder à la paroi supérieure de l'énorme engin. Après avoir inspecté l'ouverture dans laquelle Timpe avait prétendument glissé, ils retournèrent vers l'entrée du bâtiment.

Le directeur technique leur expliqua que le défunt employé venait toujours au travail en triporteur. Mais celui-ci n'avait pas été retrouvé.

— C'est peut-être un détail intéressant, commenta Oppenheimer en s'arrêtant sur le seuil de l'atelier. Quelle taille avait la caisse du tricycle ?

L'homme ôta sa casquette pour se gratter le crâne.

— Un mètre par un mètre, je dirais. Mais je n'ai jamais fait vraiment attention.

Oppenheimer échangea un regard avec Negele. L'aspirant-inspecteur hocha imperceptiblement la tête. Le triporteur était un moyen de locomotion idéal pour transporter un cadavre.

— Peut-on déterminer avec exactitude l'heure de l'accident ? s'enquit Oppenheimer.

Le directeur haussa les épaules.

— Pas vraiment. La machine tournait encore lorsque les premiers ouvriers sont arrivés à l'usine lundi matin. Timpe a dû l'allumer pendant la soirée.

Il passa les pouces sous les bretelles de sa salopette. À cet instant, Oppenheimer remarqua que tous les employés de l'atelier portaient le même bleu de travail. Le vêtement ressemblait à la tenue du suspect que les témoins avaient aperçu dans la baie de Rummelsburg et sur le pont de Stralau.

— Je ne comprends pas, poursuivit le directeur après une courte pause. Timpe était un gars sérieux. Il prenait soin des machines. C'était sa grande fierté d'entretenir des engins aussi coûteux.

— Vous avez du mal à imaginer qu'il ait pu glisser de la plate-forme ? intervint Negele.

Le barbu s'esclaffa.

— Timpe n'était pas un cérébral, mais il connaissait cette machine mieux que personne. Cette erreur ne lui ressemble pas.

Après avoir remercié le directeur pour son accueil, les trois enquêteurs quittèrent l'édifice. À l'évidence, Negele avait raison. Quelque chose clochait dans cette histoire d'accident. Mais le jeune policier semblait à court d'idées. Tête baissée, il marchait en silence, l'air désemparé.

Oppenheimer savait comment relier cet étrange décès à leur affaire.

— Nous devons aller au domicile de Timpe, annonça-t-il, heureux de pouvoir reprendre la main.

Le logement de Timpe était situé à quelques kilomètres de l'usine, dans un petit bâtiment qui abritait au rez-de-chaussée une cordonnerie. Dans la vitrine, un panneau annonçait que l'on pouvait louer ici des poêles à charbon. L'artisan essayait manifestement de diversifier son activité mais, en plein été, l'offre n'attirait pas foule. L'atelier, plongé dans la pénombre, était désert. Lorsque Oppenheimer ouvrit la porte, une odeur de cuir, de colle et de lubrifiant lui monta aux narines.

Les enquêteurs durent patienter quelques instants avant de voir surgir de l'arrière-boutique un homme d'une quarantaine d'années aux cheveux très blonds. L'inconnu, qui avait le réflexe de s'essuyer fréquemment les mains sur son tablier, se présenta comme le propriétaire des lieux.

— C'était mon locataire, expliqua-t-il lorsque Oppenheimer lui demanda de décrire Timpe. Un drôle d'oiseau, mais qui payait toujours son loyer à temps. J'habite au premier étage avec ma femme. Et comme nous avons suffisamment de place là-haut, nous avons décidé de louer la chambre du rez-de-chaussée, qui se trouve derrière l'atelier.

— Avez-vous déjà retrouvé preneur ?

Flairant une affaire, l'artisan sourit.

— Vous cherchez un appartement ?

Oppenheimer leva les mains en signe de dénégation.

— Non, mais nous aimerions jeter un coup d'œil à la chambre.

Negele laissa échapper un soupir de déception en découvrant la pièce exiguë, qu'on avait soigneusement rangée. Le lit avait été fait et l'armoire, vidée, était ouverte. L'endroit était prêt à accueillir un nouveau résidant.

Le cordonnier confirma que son épouse et lui avaient passé deux jours à tout remettre en ordre.

— C'était un sacré foutoir, ajouta-t-il. Timpe avait même retourné les tableaux. Vous imaginez ? Qui est assez cinglé pour faire ça ?

Oppenheimer se figea.

— Pouvez-vous répéter ce que vous venez de dire ?

— Là, les tableaux accrochés au mur. Il les avait retournés. Il aurait pu les décrocher s'ils ne lui plaisaient pas. Mais non. En tout cas, nous avons conservé ses affaires. Trois caisses pleines. Personne n'est encore venu nous les réclamer.

Le cerveau d'Oppenheimer tournait à plein régime. Les tableaux à l'envers indiquaient que le tueur était venu ici. Il avait peut-être assassiné Timpe dans son appartement avant de le transporter jusqu'à l'usine à bord du triporteur. Une fois à l'atelier, il avait tranquillement découpé certaines parties du cadavre et maquillé ensuite son crime en accident.

Negele avait lui aussi du mal à maîtriser son excitation. S'approchant de l'artisan, il demanda :

— Quand avez-vous vu votre locataire pour la dernière fois ?

— Dimanche dernier, en fin d'après-midi. Je m'en souviens très bien, parce qu'il s'était mis sur son trente et un. J'ai aussitôt pensé qu'il allait voir cette femme qu'il courtisait.

— L'appât, murmura Reinmann.

— Cette femme dont vous parlez, Timpe la connaissait-il depuis longtemps ? demanda Oppenheimer.

Le cordonnier s'essuya de nouveau les mains sur son tablier de cuir.

— Pas vraiment. Je ne l'ai vue que deux fois, il me semble. La première, c'était il y a quelques jours, en soirée. Ils se tenaient à l'angle de la rue. Pour se dire au revoir, ils sont restés un bon moment collés l'un contre l'autre. Et puis un matin, elle est passée devant ma vitrine. Mais je ne sais pas si elle avait dormi chez Timpe.

Oppenheimer regarda son interlocuteur avec étonnement.

— Vous l'avez reconnue à travers la devanture ? A-t-elle un physique aussi marquant ?

— Ah, ça oui. (Le propriétaire de la boutique ne put s'empêcher de sourire.) Elle a de longs cheveux blonds. On la remarque de loin. Jusque-là, Timpe se contentait de séduire des campagnardes engourdies. Mais cette femme-là a du chien.

Devançant Oppenheimer, Negele lança :

— Vous n'auriez pas son nom, par hasard ?

— Non, désolé.

Tandis qu'Oppenheimer prenait des notes dans son calepin, le cordonnier eut un léger sursaut, comme s'il venait de se souvenir brusquement de quelque chose.

— En fait, je l'ai même aperçue une troisième fois dans la rue.

Le commissaire releva les yeux.

— Quand ?

— Juste avant votre arrivée. Elle marchait en direction du Stubenrauchbrücke.

Oppenheimer et ses assistants plantèrent là l'artisan et sortirent en trombe de la boutique.

Sur le trottoir, il entendit un son de cloche, accompagné d'un roulement prolongé. Un tramway approchait. La chance était avec eux. La ligne 99 passait sur le pont mentionné par le logeur de Timpe. S'ils voulaient rattraper la femme aux longs cheveux blonds, mieux valait monter à bord.

Oppenheimer fit signe à Reinmann, et ils se précipitèrent vers la station. Se frayant un passage à travers les usagers, les trois enquêteurs grimpèrent dans le tram qui, après une courte pause, s'ébranla de nouveau.

Par la vitre, ils scrutèrent la Siemensstraße, sans apercevoir la mystérieuse inconnue.

Reinmann descendit à l'arrêt suivant pour se fondre parmi les gens qui circulaient dans la rue. Quelques centaines de mètres plus loin, Negele sauta à son tour de la voiture.

Oppenheimer resta dans le tramway, qui franchit un instant plus tard le Stubenrauchbrücke. Si la complice du tueur était à pied, elle se trouvait peut-être encore dans les environs. Il décida donc de sortir à la station située juste après le pont.

Les portières s'ouvrirent, et le commissaire joua des coudes pour s'extraire du véhicule. Parvenu sur le quai, il regarda fébrilement autour de lui. Aucune femme ne correspondait à la description du cordonnier.

Il se remit en mouvement et repartit dans la direction d'où il venait. Si la blonde n'avait pas pris les transports en commun, il pouvait encore tomber sur elle.

L'œil aux aguets, il remonta la Karlshorster Straße jusqu'au Stubenrauchbrücke et franchit les trois arches du pont. Marchant lentement, il parvint sur l'autre rive du canal de Teltow, où se dressaient de hauts immeubles d'habitation.

L'espoir d'une rapide percée dans leur enquête faiblissait à chaque pas. À l'angle de la Wilhelminenhofstraße, la rue tournait légèrement et le clocher en briques rouges de l'église Saint-Antoine apparut à l'horizon. Plusieurs centaines de mètres plus loin, il se trouva nez à nez avec Negele.

La mine du policier en disait long sur son désappointement. Oppenheimer secoua la tête pour signaler qu'il avait également fait chou blanc. Côte à côte, ils repartirent vers la cordonnerie.

Reinmann, en revanche, avait eu plus de succès. Lorsqu'ils l'aperçurent, l'aspirant-inspecteur parlait à une jeune femme aux cheveux blonds.

Oppenheimer sortit sa plaque et la montra à l'inconnue.

— Comme mon collègue vous l'a sans doute annoncé, nous sommes de la Kripo. Connaîtriez-vous par hasard un certain Herr Timpe ?

La passante regarda l'insigne avant de lever les yeux vers lui.

— Je ne comprends pas un mot de ce que vous racontez, répondit-elle, le visage rouge d'émotion. Qu'est-ce que tout ça signifie ? Que me voulez-vous ?

— Vous pouvez peut-être nous aider à éclaircir un meurtre.

La femme écarquilla les yeux.

— Quel meurtre ? (Elle émit un rire incrédule.) La Kripo n'agresse pas comme ça les braves gens dans la rue ! C'est un nouveau truc pour lever les filles, ou quoi ? Attendez de voir ce qu'en pense mon petit ami. (Se tournant brusquement, elle cria :) Knut !

Se rendant compte qu'il s'était trompé, Reinmann, mal à l'aise, ouvrit et ferma la bouche sans pouvoir articuler un mot.

— Vous pouvez poursuivre votre promenade, mais nous devons prendre vos coordonnées, insista Oppenheimer. Dans le cas où nous aurions encore des questions à vous poser. Avez-vous une carte d'identité ou de rationnement ?

— Que se passe-t-il ici, bordel ?

L'exclamation venait d'à côté. Un jeune homme au menton à moitié rasé avait surgi sur le seuil de la boutique d'un barbier. Furieux, il essuya son visage avec une serviette qu'il portait autour du cou pour enlever le reste de mousse à raser.

— Pouvez-vous m'expliquer ce que vous fabriquez ? gronda-t-il en venant se planter devant Oppenheimer.

Soulagée, la blonde lui prit la main.

— Ils prétendent être de la Kripo.

— C'est facile à vérifier, déclara son protecteur avec emphase. Il suffit d'appeler chez les flics.

La patience d'Oppenheimer était à bout.

— Faites donc, rétorqua-t-il d'un ton brusque avant d'entraîner le couple dans la boutique du barbier.

Sa réaction réfréna l'agressivité du jeune homme. Une fois dans le petit local, celui-ci renonça à appeler la police. Penaud, il continua à se faire raser pendant que son amie déclinait son identité. Sans surprise, la demoiselle assura qu'elle ne connaissait personne du nom de Timpe.

L'affaire fut réglée en dix minutes. En sortant de la boutique, Oppenheimer essuya d'un revers de manche la sueur qui perlait sur son front.

— C'est la dernière fois que je donne la chasse à une femme totalement inconnue, grommela-t-il.

Il ignorait encore combien il se trompait.

13

Jeudi 22 – mardi 27 juillet 1948

Dans les jours qui suivirent, les craintes d'Oppenheimer se confirmèrent. Le meurtre maquillé de Timpe ne rendait pas l'enquête plus facile. Au contraire, ce cas inattendu donnait encore plus de travail à son équipe, puisqu'il fallait traiter toute une masse d'informations nouvelles. Malheureusement, la comparaison avec les faits déjà répertoriés n'apporta rien d'intéressant.

Ce matin-là, comme à l'accoutumée, Oppenheimer faisait le point avec ses assistants. Reinmann, assis à son bureau, avait une mine désemparée. Negele se tenait devant la fenêtre et semblait attendre une révélation en contemplant le ciel maussade.

Oppenheimer avait l'impression que le temps leur filait entre les doigts. Deux semaines et demie s'étaient écoulées depuis la mort de Timpe. Le tueur pouvait frapper de nouveau à tout moment.

— Qu'attend donc notre homme ?

Posant les coudes sur sa table de travail, il se massa les tempes.

— Il a peut-être remarqué que nous sommes après lui, suggéra Reinmann.

— Il le sait depuis longtemps, objecta Negele. Depuis qu'il a placé ce cadavre raccommodé dans la cave de Luisenstadt, il s'efforce d'anticiper les réactions de la police.

Oppenheimer acquiesça.

— On dirait qu'il peaufine sa méthode. Il l'a déjà modifiée pour Timpe. Même s'il l'a sans doute fait pour saisir une occasion qui se présentait. Il ne va pas changer radicalement sa manière d'opérer.

Negele se retourna. Comme à son habitude, il répondit à l'observation de son supérieur en arquant les sourcils d'un air sceptique.

Oppenheimer réprima son agacement et attendit la contre-hypothèse de son nouvel adjoint. Bien entendu, ce dernier avait une explication toute prête.

— Le meurtrier se montre peut-être prudent parce que nous le talonnons.

Le commissaire eut un petit rire.

— Nous le talonnons sans le savoir ?

Negele hésita à exposer sa théorie. Brusquement, il regarda le mur où étaient accrochés les portraits-robots.

— Oublions ça et concentrons-nous sur le cas Timpe. J'ai l'impression que nous avons manqué des indices importants.

Oppenheimer poussa un soupir.

— Nous avons passé en revue ses proches. Personne ne connaît la blonde décrite par le cordonnier. Malgré nos efforts, nous n'avons pas encore réussi à reconstituer entièrement la dernière journée de Timpe. Et en plus de nos recherches, nous devons surveiller constamment les avis de disparition pour être prévenus à temps si notre tueur reprend l'initiative.

Negele secoua la tête.

— Oui, mais il faut essayer de penser autrement si nous voulons éviter de tourner en rond. Réfléchissons encore une fois. Il existe peut-être entre les différentes actions du tueur des parallèles auxquels nous n'avons pas pensé.

Le silence retomba quelques instants sur la pièce.

— Les vêtements de travail dans l'atelier de Timpe, lança soudain Reinmann. D'après les témoins, notre suspect porte lui aussi un bleu.

— Excellent !

Negele se rassit à son bureau pour noter l'idée sur une feuille de papier. Puis, tapotant sur la table avec son crayon, il regarda d'un air critique les portraits-robots de la mystérieuse inconnue que Kopp avait réalisés grâce aux indications du cordonnier.

— Il y a quelque chose qui cloche avec ces dessins. (Le policier se releva et s'approcha des esquisses punaisées au mur.) J'ai déjà vu ce visage.

Oppenheimer se mit debout pour aller examiner à son tour les ébauches. Quelques instants plus tard, il eut une inspiration soudaine.

— Bien sûr que nous connaissons cette dame ! s'exclama-t-il en éclatant de rire. Il s'agit de Hildegard Knef, l'actrice. Notre témoin va trop souvent au cinéma.

On avait recommencé à tourner des films au milieu des ruines de Berlin. Plusieurs réalisateurs comme Wolfgang Staudte ou Helmut Käutner, qui avaient eu l'intelligence de se montrer discrets sous le régime national-socialiste, avaient repris leur activité. En revanche, les sympathisants, à l'instar de Leni Riefenstahl ou Veit Harlan, n'avaient pas encore été autorisés à poursuivre leur carrière. Contrairement à la machine cinématographique nazie, dirigée par Goebbels, on produisait à présent des semi-documentaires avec peu de moyens et beaucoup d'improvisation. Les sujets récurrents étaient l'histoire récente de l'Allemagne et le militarisme. Mais la paix n'était revenue que depuis peu et, sans recul, il était difficile de faire des films didactiques véritablement étoffés. Ainsi, lors de la sortie du premier long métrage allemand de l'après-guerre, *Les assassins sont parmi nous*, réalisé dans les studios de la Deutsche Film AG à Potsdam, la critique s'était montrée plutôt mitigée, regrettant que les faits présentés soient trop édulcorés. Le public quant à lui s'était très vite remis à fréquenter les cinémas pour admirer les vedettes étrangères comme Danielle Darrieux, Nikolaï Simonov ou Joel McCrea.

Malgré tout ce qui s'était passé sous le IIIe Reich, les comédiens allemands avaient conservé une certaine popularité. Hans Albers, qui essayait d'élargir son répertoire, interprétait d'autres rôles que celui du ruffian amendé, et Fritz Rasp avait toujours du succès en jouant les méchants de service. Parmi la jeune génération montante, c'était Hildegard Knef qu'on considérait comme l'actrice la plus prometteuse. De nombreux producteurs étrangers la courtisaient déjà.

— Timpe est sorti avec une comédienne ? s'étonna naïvement Reinmann.

Oppenheimer lui adressa un regard amusé.

— Non, je doute qu'ils évoluent dans les mêmes sphères.

— Knef a épousé un Américain, intervint Negele. Tout le monde le sait.

La réplique fit sourire le commissaire. Apparemment, son nouvel assistant lisait la presse à scandale.

— Et si c'était une diversion du logeur de Timpe ? souffla le jeune policier d'un air pensif.

Oppenheimer réfléchit.

— Afin d'éviter qu'on s'intéresse trop à lui ?

— Bien sûr ! (Negele était pris d'un nouvel élan d'enthousiasme.) Tout concorde. Le cordonnier est notre tueur. Il travaille le cuir, il s'y connaît peut-être en taxidermie. Et pour ne pas être suspecté, il a inventé cette mystérieuse inconnue. Personne ne la trouvera puisqu'elle n'existe pas.

— D'après plusieurs témoins, Schroeter est lui aussi sorti avec une jeune femme blonde, rétorqua Oppenheimer. Et nous n'avons pas réussi à l'identifier jusqu'à présent. On peut donc supposer que cette inconnue est bel et bien réelle, et qu'elle est de mèche avec le tueur.

Negele balaya l'objection d'un geste.

— Ça ne veut rien dire. Nous n'avons aucune preuve que cette fille, si elle existe, serve d'appât au meurtrier.

Oppenheimer s'adossa au mur et croisa les bras sur sa poitrine.

— Il y a une autre solution, beaucoup plus simple. Le cordonnier n'a peut-être pas très bien vu la blonde. Il nous décrit donc une jeune femme séduisante qui ne vit que dans son imagination.

— Et quel intérêt aurait-il à faire ça ? s'enquit Negele d'un ton sceptique.

— Aucun. C'est la nature humaine qui explique ce comportement. Nous avons appris que l'artisan est marié depuis près de vingt ans. La femme qu'il a décrite à Kopp est l'exact contraire de son épouse. Il est probable qu'il ne soit pas très heureux avec elle et qu'il regrette de ne plus avoir d'aventures galantes depuis son mariage.

— Ce portrait-robot ne serait qu'un fantasme ? résuma Reinmann.

— C'est possible. Mais le cordonnier pourrait aussi être notre tueur. Il possède certainement les outils nécessaires pour préparer des cadavres. Qui sait ce qu'on trouverait en fouillant son atelier. Ce qui nous manque, en revanche, c'est un mobile. En tout cas, avant d'entreprendre quoi que ce soit, nous devons d'abord vérifier s'il a un alibi pour la nuit où Timpe a été assassiné.

Negele se mordit la lèvre. Il était convaincu de tenir une piste et ne voulait pas en démordre.

— Je m'en occupe, annonça-t-il. Je vais vérifier l'alibi du cordonnier.

Oppenheimer retourna s'asseoir.

— Très bien, c'est entendu, approuva-t-il en s'efforçant de dissimuler son soulagement.

Il cherchait depuis un moment à éloigner le blanc-bec du bureau. Ces derniers jours, il était parvenu à la conclusion qu'il travaillait beaucoup plus efficacement s'il n'avait pas sans arrêt dans les jambes quelqu'un qui parlait à tort et à travers.

Sa journée terminée, Oppenheimer se hâta de rentrer à la villa. Désireux d'oublier son enquête durant quelques heures, il avait envie d'écouter tranquillement à la radio des émissions distrayantes.

Lorsqu'il pénétra dans la demeure, il eut le pressentiment que sa soirée de détente allait tomber à l'eau. À peine avait-il refermé la porte derrière lui que des pas rapides retentirent dans l'escalier du hall.

Theo se précipita à sa rencontre. Il avait le visage rouge d'excitation.

— Un télégramme ! répétait-il en bondissant comme si son équipe préférée de football avait marqué un but.

Oppenheimer le regarda avec étonnement.

— Une dépêche ? Pour moi ?

Le garçon tendit le doigt vers le premier étage.

— Dans la chambre.

Un télégramme ne pouvait contenir qu'une mauvaise surprise. Oppenheimer sentit son estomac se nouer. Il monta les marches quatre à quatre et ouvrit la porte de sa chambre à toute volée.

Assise à la petite table disposée sous la fenêtre, Lisa tourna la tête vers lui.

— Ah, te voilà. Theo t'a déjà parlé du télégramme ? Il vient de Montevideo. C'est sûrement ta sœur qui t'écrit.

À cet instant, Theo se faufila à l'intérieur de la pièce.

— Montevideo ! Où ça se trouve ?

— En Amérique du Sud, expliqua Lisa. De l'autre côté de l'océan Atlantique.

— Montevideo ! Montevideo ! cria Theo en ressortant de la chambre à toutes jambes.

Oppenheimer regarda avec une moue agacée l'enfant qui s'éloignait dans le couloir.

Lisa sourit avec indulgence.

— Il va certainement me cribler de questions durant des semaines. Je vais essayer de trouver quelques livres sur l'Amérique du Sud pour étancher sa curiosité.

Elle lui tendit la dépêche. Même s'il savait maintenant que le message venait de sa sœur émigrée en Uruguay, il était encore un peu inquiet. Était-il arrivé quelque chose à Sarah ? Il déchira l'enveloppe d'un geste nerveux et déplia le télégramme.

Ce doit être dur à Berlin +++ Nous pensons à vous +++ Un paquet est en chemin +++ Venez nous retrouver +++ On peut se construire une nouvelle vie en Uruguay +++ Sarah

Oppenheimer éprouva un vif soulagement en lisant ces quelques lignes. Sa sœur allait bien. Le plus étonnant était de constater qu'on suivait même de l'autre côté du globe les événements qui se déroulaient à Berlin. Manifestement, un peu partout sur la planète, on devinait que c'était bien plus que le sort de trois millions d'habitants qui se jouait ici. Dans cette ville avait lieu une confrontation entre deux visions du monde, incarnées par les grandes puissances qu'étaient les États-Unis et l'Union soviétique. Les autres pays regardaient l'affrontement avec une étrange fascination mêlée de crainte.

C'étaient surtout les deux dernières phrases du télégramme qui trottaient dans la tête du commissaire. Il s'assit sur le lit pour relire le message.

— Si tu trouves des bouquins sur l'Amérique du Sud, j'y jetterai moi aussi un coup d'œil. Tiens, regarde.

Lisa se leva pour prendre le papier.

— Sarah nous demande de venir la rejoindre en Uruguay ? s'écria-t-elle après avoir survolé la missive. C'est une blague ?

Oppenheimer éclata de rire. Sa sœur avait quitté autrefois l'Allemagne avant que Hitler ne prenne le pouvoir. Lisa ne l'avait rencontrée qu'à quelques reprises et ne la connaissait pas bien.

— Elle ne plaisante pas. Quand elle propose une chose, c'est du sérieux. Ça ne m'étonnerait pas qu'elle ait déjà tout prévu jusqu'au moindre détail. Mais que s'imagine-t-elle ? Quel métier pourrais-je exercer là-bas ? Gaucho dans la pampa ?

— Il existe beaucoup de professions. Le mari de Sarah est ingénieur. D'après les messages qu'elle envoie, ils se sentent bien à Montevideo. C'est peut-être une option pour nous. Au moins, nous aurions suffisamment à manger.

— Le pays a certainement besoin de techniciens. Mais de commissaires de la criminelle ? Il y a une grande communauté d'Allemands, certes, mais la plupart des habitants ne parlent que l'espagnol ou le portugais. Comment pourrais-je enquêter si je suis incapable de me faire comprendre ? Il faudrait que j'apprenne un nouveau métier.

Lisa lui rendit le télégramme. Même s'il faisait bon dans la chambre, elle serra ses bras autour de sa poitrine comme si elle avait brusquement froid.

— Cette précarité permanente…, murmura-t-elle tristement. Nous avons vécu durant des années sur le qui-vive, avec nos valises toujours à portée de main. On nous a bringuebalés de maison juive en maison juive. Avec la fin de la guerre, je pensais que nous pourrions enfin vivre un peu plus calmement. Mais la situation dégénère de plus en plus entre l'Est et l'Ouest. Juste au moment où je dois trouver un nouvel emploi.

Oppenheimer la prit par la taille.

— Pour le moment, la paix tient encore. Aie confiance et continue tes recherches.

— Je vais préparer le dîner.

Lisa se dirigea vers la porte. Arrivée sur le seuil, elle se retourna.

— Ah, j'oubliais. Les stations d'épuration ne fonctionnent plus. Il y a encore l'eau courante, mais il faut la faire bouillir.

Oppenheimer soupira en entendant cette nouvelle.

— Bon sang, tout va à la dérive chez nous.

Le mardi suivant, les mêmes questions le préoccupaient encore. Contrairement à ce qu'il avait imaginé, le week-end n'avait pas été du tout reposant. Au lieu de se détendre, il avait ruminé les dissensions entre les Alliés, sans cesser de se demander si la vie serait meilleure en Amérique du Sud.

Dimanche, un terrible accident avait causé un grand émoi dans les secteurs occidentaux. À Friedenau, un avion de ravitaillement avait heurté le toit d'un immeuble et s'était écrasé dans la Handjerystraße. Le drame avait fait prendre conscience aux Berlinois des risques que prenaient quotidiennement les pilotes du pont aérien. L'équipage de l'appareil et trois civils avaient été tués.

L'administration soviétique avait également annoncé pendant le week-end que les coupons adhésifs seraient officiellement remplacés par de vraies coupures. Afin de recevoir ses premiers billets, Oppenheimer avait donc passé son lundi dans les files d'attente qui s'étiraient devant les bureaux de change du secteur oriental. À l'Ouest, seulement une partie des salaires était versée en deutsche marks. Le commissaire, qui travaillait à l'Est, était payé en marks est-allemands. Pour les paiements dans les magasins, chaque commerçant décidait de la monnaie avec laquelle il souhaitait être réglé. Cela pouvait changer d'un magasin à l'autre. Les habitants avaient totalement perdu leurs repères et devaient jongler entre deux monnaies. Et à cause du cours fluctuant des unités monétaires, il fallait être bon en calcul mental pour ne pas se faire escroquer.

Ce matin-là, alors qu'il s'apprêtait à entrer dans son bureau, il vit Fräulein Böttcher lui faire signe d'approcher.

— Vous avez entendu la dernière ? souffla-t-elle.

Oppenheimer regarda la jeune femme avec étonnement. Ce n'était pas dans les habitudes de sa secrétaire de colporter des commérages.

— Paul Markgraf a été limogé.

Il sursauta en entendant la nouvelle. Le directeur de la police berlinoise était depuis longtemps un sujet de discorde entre les Alliés. Par beaucoup, Markgraf était considéré comme l'instrument du général Kotikov. Au mois de mai, la municipalité – de tendance sociale-démocrate – l'avait déjà renvoyé, mais le commandant du secteur soviétique avait bloqué cette décision. Parallèlement, les Russes avaient adopté une série de mesures dans leur zone pour façonner l'appareil policier selon les préceptes de Staline. Dans ces conditions, trouver un compromis pour sortir de l'impasse paraissait tout simplement impossible.

— Alors il est hors-jeu pour de bon ? s'enquit Oppenheimer avec scepticisme.

À voix basse, Fräulein Böttcher expliqua :

— La bourgmestre-gouverneure l'a suspendu. Officiellement, c'est Stumm, notre vice-président, qui assumera ses fonctions par intérim. Mais les Soviétiques refusent ce limogeage et soutiennent Markgraf plus que jamais.

À présent, Oppenheimer comprenait pourquoi l'atmosphère était si calme dans les locaux de la brigade. Des fonctionnaires à l'air endormi déambulaient dans les couloirs comme si de rien n'était. Au fond, rien n'avait changé puisque la suspension de Markgraf n'était pas acceptée par l'administration russe.

— Je savais bien qu'il y avait un hic, commenta-t-il. Retour à la case départ.

En compagnie de Reinmann, Oppenheimer passa la matinée à donner des coups de fil et à rédiger des paperasses. Pendant ce temps, Negele essayait toujours de trouver une faille dans l'alibi du cordonnier. Le logeur de Timpe avait indiqué avoir pris le S-Bahn avec sa femme pour se rendre à Gesundbrunnen le dimanche concerné. Ce quartier du centre-nord abritait plusieurs salles de cinéma qui, dans le cadre d'un festival, avaient projeté de grosses productions américaines. L'artisan et son épouse, grande cinéphile, avaient regardé deux films ce soir-là. Les tickets qu'ils avaient conservés corroboraient leurs dires. Ils étaient tout d'abord allés au Humboldt-Kino pour voir *Les Cloches de Sainte-Marie*. Puis, quelques rues plus loin, ils avaient assisté à la dernière séance du Kino Marienbad, qui avait passé la comédie *La Femme de l'année*.

Le couple avait précisé que les deux films étaient doublés en allemand. Pour l'occasion, les propriétaires des salles avaient tout prévu : ils avaient même installé des groupes électrogènes afin de ne pas interrompre les projections en cas de coupure de courant. L'histoire du cordonnier semblait parfaitement plausible et, jusqu'à présent, Negele n'avait pas pu y dénicher la moindre anomalie.

Oppenheimer prit sa pause déjeuner à la brigade. Avant de quitter la villa, il s'était préparé un sandwich. Comme on ne trouvait à Berlin ni pâté ni fromage, il avait tartiné ses tranches de pain avec une sorte de mousse fabriquée à base de graisse, d'oignons et de levure de bière. Lisa avait rajouté dans cette mixture des épices de goulasch pour relever un peu le goût.

Sachant qu'il ne pourrait avaler son repas qu'avec une grande tasse de chicorée, il se rendit dans la petite cuisine commune afin de faire bouillir de l'eau.

Dans le couloir, la porte du bureau de Möller était entrouverte. En passant, il entendit une voix familière.

C'était Negele qui rendait visite au conseiller antifasciste.

Aussitôt, Oppenheimer se crispa. Il redoutait que son nouvel assistant ne cherche à l'évincer. Officiellement, Negele n'était qu'aspirant-inspecteur mais, depuis son arrivée, il se comportait comme si c'était lui, le commissaire. Le jeune homme semblait avoir l'entière confiance de Möller et de Cordes, avec lesquels il entretenait un contact étroit.

À cette pensée, Oppenheimer se sentit mal. L'atmosphère dans les locaux de la Kripo lui paraissait soudain irrespirable, et ce n'était pas seulement dû aux fortes chaleurs qui pesaient sur Berlin depuis le début de la semaine.

Quelques heures plus tard, sa journée terminée, il quitta son bureau avec soulagement pour rentrer à la villa.

Au moment d'emprunter l'escalier menant au hall d'accueil, il aperçut en contrebas tout un groupe de collègues massés devant la porte principale. N'ayant aucune envie d'attendre, il fit demi-tour et marcha jusqu'à l'issue de secours qui donnait sur l'arrière du bâtiment. Lorsqu'il actionna la poignée, rien ne se passa. Le battant était fermé à clé. Le personnel ne pouvait donc sortir que par-devant.

De retour dans le hall, il constata que l'attroupement ne s'était pas dispersé.

— Que se passe-t-il ? demanda-t-il à l'un des fonctionnaires qui se tenaient dans la file d'attente.

— Un contrôle, apparemment. J'ai entendu dire que des hommes de Stumm essayaient de voler des dossiers.

Oppenheimer comprit immédiatement ce que cela signifiait. Le directeur de la police berlinoise, Paul Markgraf, avait été limogé. Mais les postes situés à l'Est n'accepteraient jamais les ordres de son remplaçant et rival, Johannes Stumm, qui soutenait ostensiblement la politique des Alliés occidentaux. Une rupture semblait inévitable.

La suspension de Markgraf était-elle la goutte qui ferait déborder le vase ?

Oppenheimer, agacé, se fraya un passage vers la grande porte vitrée.

— À quoi rime ce contrôle ? lança-t-il aux deux agents en uniforme qui montaient la garde sur le seuil.

L'un des Schupos l'arrêta d'un geste et grogna :

— Faites la queue comme tout le monde !

À son ton brusque, Oppenheimer en déduisit qu'il n'était pas le premier à se plaindre.

L'autre policier se montra plus aimable.

— Vous ne pouvez pas sortir comme ça, expliqua-t-il. Vous devez d'abord vous soumettre à une fouille corporelle.

Oppenheimer s'éloigna. Au pied de l'escalier, il jeta un regard par-dessus son épaule. Les agents contrôlaient soigneusement tous les fonctionnaires un par un.

Le commissaire avait l'impression d'être enfermé dans un établissement pénitentiaire. À ses yeux, de telles méthodes étaient intolérables. Ce genre de manœuvre d'intimidation attisait son esprit de rébellion. Il n'était pas question qu'il se plie à pareil acte arbitraire.

14

Mardi 27 – mercredi 28 juillet 1948

Son étage était désert. Oppenheimer frappa à la porte de Cordes, mais le patron de la Kripo avait déjà quitté les lieux. Son instinct le guida jusqu'au bureau de Möller.

Le conseiller antifasciste était sur le point de partir. Rajustant sa cravate, il rejeta en bloc les plaintes d'Oppenheimer.

— Aucun document ne doit sortir du poste, martela le moustachu au binocle.

Oppenheimer émit un ricanement ironique.

— Et pourquoi devrais-je subir une fouille corporelle ? Vous croyez que je cache des microfilms dans mes poches ? Ou que Fräulein Böttcher est devenue une espionne à la Mata Hari ?

— Les ordres sont les ordres.

Avec cette sentence, Möller semblait convaincu d'avoir tout dit. Après avoir pris son veston dans son placard, il marcha vers la porte.

Oppenheimer s'arc-bouta sur le seuil.

— C'est complètement absurde. Le bâtiment est ouvert toute la journée comme un moulin. Chacun peut entrer et sortir à sa guise avec des dossiers. Si vous voulez éviter les vols, il faudrait faire surveiller les lieux vingt-quatre heures sur vingt-quatre.

Lorsqu'il remarqua que le commissaire lui barrait le passage, Möller pinça les lèvres. Il retourna derrière sa table de travail et jeta avec agacement son veston sur son fauteuil.

Puis il décocha au visiteur importun un regard noir.

— Herr Oppenheimer, vous ne me laissez pas le choix. Veuillez me donner votre plaque.

Le commissaire n'en crut pas ses oreilles. Pour gagner un peu de temps, il fit semblant de palper les poches de son costume. Il n'avait commis aucune faute, et Möller outrepassait ses pouvoirs. Le conseiller antifasciste n'avait certainement pas le droit de suspendre un fonctionnaire sans l'approbation de Cordes.

Oppenheimer, qui portait toujours sur lui son insigne, préféra donc mentir :

— Désolé, je n'ai pas ma plaque. Je l'ai laissée dans mon autre complet.

— Dans ce cas, je vous prie de me l'apporter demain à la première heure.

Tout était dit.

Le commissaire, ébranlé par une injustice aussi flagrante, s'efforça de se ressaisir. Il pourrait peut-être obtenir le soutien de Cordes, mais le patron de la Kripo ne faisait pas le poids contre Möller et l'administration soviétique.

Oppenheimer eut un pincement au cœur lorsqu'il comprit qu'il ne reviendrait plus travailler ici. Dorénavant, il ne faisait plus partie de la police.

Il quitta le bureau du conseiller au binocle et se dirigea vers l'escalier d'un pas vif. Mieux valait ne pas traîner. Si Möller avait l'idée de le faire fouiller avec soin par les Schupos de l'entrée, il perdrait définitivement sa plaque.

Par chance, entre-temps, l'attroupement devant la porte principale du bâtiment avait fondu. Il dévala les marches et alla se placer dans la petite file d'attente.

Les minutes qui suivirent lui parurent interminables. Möller pouvait surgir à tout instant. L'oreille aux aguets, Oppenheimer ôta son chapeau pour s'éventer.

Il finit par entendre des pas en provenance de l'étage. Le conseiller antifasciste s'apprêtait à quitter lui aussi le poste.

Oppenheimer, inquiet, tourna la tête vers l'escalier.

— Alors, vous vous décidez à avancer ?

Interpellé par les policiers en uniforme, il virevolta sur ses talons. C'était à son tour d'être contrôlé. Il s'empressa d'approcher. Un délicieux souffle d'air frais en provenance de la porte ouverte lui caressa le visage, promesse d'une liberté toute proche.

— Je n'ai rien sur moi, dit Oppenheimer en levant les bras.

— Heureux de l'entendre, lâcha l'agent bourru en le palpant rapidement. Tournez-vous.

Avant qu'il n'entame une fouille plus méticuleuse, son collègue lui fit signe d'arrêter et invita Oppenheimer d'un mouvement de tête à sortir.

Le commissaire ne se fit pas prier. Touchant le rebord de son feutre pour remercier le Schupo indulgent, il se glissa à l'extérieur.

Profondément remué par ce qu'il avait vécu à la brigade, il ne ferma pas l'œil de la nuit. Les premières lueurs de l'aube paraissaient lorsqu'il sombra finalement dans un sommeil sans rêve.

Quand la sonnerie du réveil retentit, il constata en ouvrant les paupières que Lisa était déjà habillée. Un instant plus tard, elle descendit à la cuisine pour préparer le petit déjeuner.

Péniblement, Oppenheimer roula sur le côté et s'assit sur le lit.

Au même moment, une pensée le paralysa. Il ne pouvait plus retourner au poste de la Keibelstraße. Aussitôt, il sentit son cœur battre la chamade.

Le limogeage de Wenzel, l'arrivée de Negele et sa propre suspension lui apparaissaient maintenant comme un coup monté. Furieux, il poussa un juron. Même s'il ignorait encore comment, il se promit de rendre la pareille à Markgraf et ses acolytes. Mais en attendant son renvoi, mieux valait faire profil bas et ne pas prendre de risques. Il décida d'appeler la brigade pour se porter malade. Pas question de remettre un pied dans la Keibelstraße. Ce n'était qu'une question de temps avant que Stumm, le rival de Markgraf, ne fonde une nouvelle Kripo dans les secteurs occidentaux. Et on aurait alors sûrement besoin d'enquêteurs comme lui. Ne restait plus qu'à patienter.

Tandis qu'il se rendait aux WC, il entendit quelqu'un frapper rudement à la porte d'entrée.

— Que se passe-t-il ? grogna-t-il.

Les coups ne cessaient pas. Étrangement, les autres locataires de la villa semblaient n'avoir rien remarqué.

Il réprima un soupir agacé et fit demi-tour. Encore en pyjama, les cheveux ébouriffés, il se dirigea vers l'escalier.

En descendant les marches, il vit Lisa traverser le hall pour aller ouvrir la porte de la demeure.

Des voix masculines résonnèrent dans l'entrée. Lisa, visiblement intimidée, recula d'un pas.

L'instinct protecteur d'Oppenheimer se réveilla instantanément. Accélérant le pas, il alla se poster à côté d'elle afin de prendre sa défense.

— Qu'y a-t-il ?

Sur le seuil se tenaient deux individus à la carrure massive. Le commissaire se demanda comment les types pouvaient conserver une telle masse musculaire malgré les difficultés d'approvisionnement que connaissait Berlin. Ils ressemblaient à deux lutteurs ayant revêtu pour l'occasion des vêtements civils.

En cette matinée ensoleillée, les colosses avaient visiblement trop chaud. L'un d'eux ôta son chapeau, dévoilant des cheveux impeccablement coupés en brosse.

— Vous êtes Oppenheimer, pas vrai ? demanda-t-il en s'éventant.

Le commissaire le dévisagea avec méfiance.

— Avons-nous le plaisir de nous connaître ?

Les visiteurs dégainèrent simultanément leur plaque.

— Nous sommes collègues. Nous travaillons dans le même poste.

Oppenheimer n'avait encore jamais vu ces deux gorilles.

— Que voulez-vous ?

— Nous venons récupérer votre insigne. Ordre de Herr Möller.

Il opina d'un air insouciant. S'il voulait se débarrasser des importuns, il devait faire semblant de s'incliner.

— Ah, oui. Un instant, je vais le chercher. Il est en haut.

Sur ces paroles, il poussa violemment la porte pour la claquer au nez des sbires de Möller. Mais l'un d'eux parvint à glisser un pied dans l'entrebâillement.

S'adossant de toutes ses forces contre le panneau, Oppenheimer souffla à Lisa :

— La porte de derrière ! Va chez Hilde et appelle Carruthers ou la police militaire. Vite !

Sa femme s'élança aussitôt.

Peu à peu, les deux hercules gagnaient du terrain. Oppenheimer serra les dents en espérant qu'on lui prêterait rapidement main-forte.

Le vacarme ne tarda pas à alerter les habitants de la villa. Ce fut Gerda qui arriva la première à son secours. Sans poser de question, la jeune trafiquante vint se plaquer contre le panneau de bois.

Dehors, les intrus recommencèrent à tambouriner.

— Ouvrez, sinon nous revenons avec une escouade de Schupos !

— Mais pourquoi tout ce raffut ?

C'était Schmude qui avait posé la question. L'avocat était apparu au sommet de l'escalier menant à la cave.

— Ces drôles veulent me voler ma plaque de police, ahana Oppenheimer.

Schmude marcha droit vers la porte.

— Ici le procureur Schmude ! déclama-t-il. Puis-je savoir ce que vous faites dans cette propriété privée ?

Immédiatement, les colosses cessèrent de frapper contre le battant.

— Herr Oppenheimer est prié de nous donner son insigne.

— A-t-il été officiellement suspendu de ses fonctions ?

— C'est un ordre de Herr Möller.

En entendant ce nom, Schmude jeta un regard interrogateur à Oppenheimer.

— L'homme du SED à la brigade, murmura le commissaire.

Pour un social-démocrate comme Schmude, un partisan du Parti socialiste unifié incarnait l'ennemi juré. La perspective de jouer un mauvais tour à pareil rival le fit sourire. Et si en plus il pouvait tirer un ami du pétrin, c'était encore mieux.

Prenant un ton menaçant, il déclara :

— Comme vous l'avez sûrement constaté, Herr Oppenheimer refuse de se soumettre à cet ordre. Et je ne connais pas de Möller. Je vous somme maintenant de quitter le domaine.

Le pied coincé dans l'entrebâillement ne bougea pas.

— D'abord l'insigne ! rétorqua l'un des colosses.

— Vous ne le recevrez que lorsque vous présenterez une requête écrite. Et ce document ne devra pas être signé par Herr Möller, mais par le chef de la brigade en personne.

— Cordes, souffla Oppenheimer.

— M'avez-vous bien compris ? reprit Schmude. Nous exigeons un document signé de la main de Herr Cordes !

Après l'annonce de l'avocat, les deux visiteurs s'entretinrent à voix basse.

Leur discussion fut interrompue par un crissement de pneus. Une voiture venait de s'arrêter dans l'allée.

Quelqu'un sortit du véhicule, et des pas approchèrent.

— *What are you doing here ?*

L'accent était indéniablement américain. Oppenheimer poussa un soupir de soulagement. Lisa avait réussi sa mission. Les secours étaient arrivés.

Le pied disparut de la porte. Maintenant que les renforts étaient là, le danger avait disparu. Oppenheimer ouvrit le battant.

Les sbires de Möller étaient à présent encadrés par deux policiers militaires américains à la mine sévère. Comme les colosses ne parlaient pas très bien anglais, ils gesticulaient maladroitement pour essayer d'expliquer ce qu'ils étaient venus faire.

Oppenheimer réfléchit fébrilement. Lui non plus n'était pas très à l'aise dans la langue de Shakespeare.

— Comment dit-on « enlever » en anglais ? demanda-t-il à Schmude.

— *They want to kidnap him to the eastern sector*, annonça soudain Gerda en désignant les deux policiers allemands.

Les armoires à glace échangèrent un regard apeuré. L'un des types secoua la tête et sortit sa plaque.

— *No, no, we are police*, balbutia-t-il.

Son complice poursuivit :

— *We are police. He is, too.* (L'homme montra Oppenheimer du menton.) *Old friend. Always makes jokes.*

Il s'efforça de sourire pour donner un peu de crédibilité à son mensonge.

À cet instant, Lisa accourut vers le perron en agitant les bras.

— *Help us !*

Suspicieux, les MP confisquèrent les insignes des deux gorilles, qui n'en menaient pas large.

Après une longue discussion avec Lisa, les Américains décidèrent d'arrêter les intrus. Les hommes de Möller protestèrent vivement, mais furent contraints de monter dans la jeep frappée d'une étoile blanche sur le capot.

Oppenheimer regarda le véhicule s'éloigner.

— La roue tourne, commenta Schmude d'un ton philosophe. Ces types sont venus réclamer ta plaque et, finalement, ce sont eux qui ont dû donner la leur.

— Quels peigne-cul ! maugréa Gerda.

Oppenheimer sourit. L'expression était digne de Hilde.

Encore hors d'haleine, Lisa expliqua qu'elle avait réussi à joindre Carruthers au téléphone. L'officier britannique avait aussitôt prévenu la police militaire de leur secteur.

Un détail intriguait Oppenheimer. Il retint par le bras Schmude, qui s'apprêtait à redescendre dans la cuisine.

— Très astucieux, ton petit numéro de procureur, Franz. D'où tiens-tu ça ?

L'avocat eut un sourire espiègle.

— Procureur Schmude. Tu ne trouves pas que ça sonne bien ? À vrai dire, ce n'est même pas un mensonge. J'ai seulement un peu anticipé. L'autre jour, j'ai passé un entretien pour obtenir un poste de procureur. Mais ça prendra un bout de temps. Il me faudra effectuer auparavant un stage juridique préparatoire.

— Félicitations. Tu l'as bien mérité, après tout. Les juristes qui, comme toi, ont su rester irréprochables sous le régime nazi sont rares.

— Tu vois, ça finit toujours par payer d'être honnête ! lança gaiement Schmude en se dirigeant vers l'escalier. Avec un peu de chance, nous pourchasserons bientôt ensemble les bandits de Berlin.

Lisa, qui avait entendu la remarque de l'avocat, s'approcha d'Oppenheimer.

— J'ai raté quelque chose, semble-t-il.

15

Mercredi 28 – jeudi 29 juillet 1948

Le soleil s'était couché, mais la température ne retombait pas. Les murs des bâtiments dégageaient encore la chaleur emmagasinée pendant la journée, et l'atmosphère restait étouffante. Les Berlinois, qui s'étaient réjouis au début du temps estival, commençaient à souffrir de la canicule qui s'installait peu à peu.

Une silhouette était tapie dans un recoin obscur de l'arrière-cour du grand immeuble d'habitation. Le bleu de travail et la casquette irlandaise étaient humides de sueur. Mais ce déguisement était nécessaire. Même s'il faisait chaud, il fallait rester prudent. Ces dernières semaines, la police avait prouvé qu'elle pouvait se montrer très réactive. À présent, l'occasion se présentait d'inverser les rôles et de surprendre ceux qui étaient à ses trousses. Et Rensch, le reporter à sensation, l'y aiderait.

Avec la vague de chaleur, de tout autres problèmes étaient apparus. Même si l'atelier conservait une certaine fraîcheur, les températures étaient trop élevées et les chairs pourrissaient plus vite.

Le plan du premier meurtre était plutôt rudimentaire. Mais personne ne se doute de ce qui se trouve derrière le seuil invisible qu'on franchit en tuant un être humain. Peu importe qu'on torture sa victime ou qu'on procède avec douceur. Après ça, on est forcément considéré aux yeux de l'opinion publique comme un assassin, un monstre. Les gens ne veulent pas comprendre les motivations qui nous poussent à agir. Les meurtriers ne sont acceptés par la société que quand ils portent un uniforme. Tant qu'ils respectent les règles de la guerre, on leur pardonne les pires méfaits. En temps de paix, il y a aussi des règles pour tuer sans être inquiété par la justice, mais ces règles sont plus compliquées.

Au début, il fallait trouver des os et de la peau. De la matière première. Mais que faire du reste ? Tant qu'on empaille des animaux à moitié affamés, on ne se rend pas compte de la masse de tissus cellulaires que contient un être humain, même sous-alimenté. En revanche, on peut se débarrasser sans trop de difficultés des cinq litres de sang qui circulent à l'intérieur de n'importe quel individu. Ce qui posait problème, c'étaient plutôt les organes et les muscles. Ils ne faisaient pas partie du plan, et constituaient en quelque sorte un mal nécessaire. Mais heureusement, une solution s'était présentée.

Le soir, la plupart des lampadaires étaient éteints sur l'Innsbrucker Platz et ses environs. Des rues obscures, parfaites pour se cacher ou disparaître rapidement. L'obscurité était moins parfaite quand il s'agissait d'escalader un amas de décombres. Seule la faible clarté de la lune permettait de s'orienter. La silhouette avait mis plusieurs minutes pour atteindre l'arrière-cour qu'elle cherchait. L'endroit était un enchevêtrement de potagers sauvages, de cordes à linge et de gravats. Jusqu'ici, personne ne s'était donné la peine de remettre un peu d'ordre. Trop de bâtiments avaient été endommagés. On ne savait pas par où commencer.

L'ombre leva la tête vers les fenêtres éclairées de l'immeuble qu'elle souhaitait surveiller. Comme l'électricité était coupée à cette heure-ci, on ne voyait que la lumière vacillante des bougies. Chaque ouverture ressemblait à la porte d'un gigantesque calendrier de l'Avent. Jour après jour, on découvrait un nouveau secret. Et l'un de ces secrets concernait justement Rensch.

Le journaliste était arrivé un quart d'heure plus tôt. Il habitait un appartement sous les toits. Toutes les fenêtres étaient ouvertes dans une vaine tentative de chasser la chaleur, mais une seule d'entre elles était faiblement allumée.

Des répliques désobligeantes fusaient de là-haut. Rensch se disputait avec une femme qui criait comme une furie. Des bribes de phrases parvenaient jusque dans la cour. L'hystérique s'appelait Fräulein Zander. Elle ne portait pas le même nom que le reporter, mais ils vivaient ensemble sous le même toit et partageaient sûrement le même lit.

Soudain, une porte claqua et la querelle cessa. Rensch apparut à la fenêtre, l'air furieux. Instinctivement, la silhouette se tapit dans un renfoncement.

Le journaliste ne remarqua pas qu'il était observé. Accoudé au rebord, il semblait attendre quelque chose.

Un instant plus tard, la porte arrière du bâtiment s'ouvrit et une femme en pleurs surgit dans la cour.

De sa position, Rensch ne pouvait pas la voir. Encore en colère, il lança :

— Inutile d'essayer de me rouler ! Je sais que tu reviendras en rampant !

Puis il referma violemment la fenêtre, faisant tinter les vitres.

La silhouette tapie dans l'obscurité se raidit. Le Rensch qui travaillait à la rédaction du *Weckruf* était une tout autre personne. Froid et distant. Lui donner des informations que d'autres journalistes se seraient arrachées n'y changeait rien. Cet arrogant ne savait pas se montrer reconnaissant. Mais il était manifestement capable d'émotions, finalement. Son cadavre aurait pu être intéressant. De la peau et des os qui attendaient d'être transformés en quelque chose de plus esthétique. Mort, Rensch dégagerait une beauté qu'il n'avait pas vivant. Ses pommettes hautes témoignaient d'une ravissante structure osseuse. Le reporter aurait mérité de servir de support pour une nouvelle œuvre d'art. Plus tard, peut-être.

Il y avait d'autres priorités. Fräulein Zander avait quitté l'appartement sous le coup de la colère, et cela ouvrait de nouvelles perspectives. L'ombre se faufila entre les monceaux de gravats. La jeune femme avait un peu d'avance, mais elle était facile à rattraper.

Dans la rue déserte, on la repérait aisément. Elle marchait sur le trottoir d'un pas hésitant. De toute évidence, elle ne savait pas où aller.

Il fallait absolument aider cette malheureuse. Et il n'y avait rien de plus simple.

Jeudi matin, Oppenheimer se réveilla avec une désagréable sensation de lassitude. Il ne faisait que penser à sa suspension soudaine, et la canicule n'arrangeait rien. Même en laissant les fenêtres ouvertes toute la nuit, la chaleur restait oppressante dans la chambre. Il n'avait pu dormir que quelques heures.

Après que Lisa fut partie au travail, le commissaire se mit à arpenter la pièce comme un lion en cage. Au bout d'un moment, il frappa du poing gauche contre le mur. Cela n'apaisa pas son agitation intérieure, mais les articulations des doigts gonflèrent à tel point qu'il dut mettre la main dans l'eau froide.

Comme il n'avait aucune obligation ce jour-là, il s'habilla et décida d'aller faire des courses. Il espérait que sortir lui changerait les idées.

Dans la boutique du marchand de légumes, on pouvait acheter des pommes de terre lyophilisées. Paschke raconta que les premières livraisons du pont aérien arrivaient dans le commerce. Les Alliés voulaient encore augmenter le volume de transport journalier, qui atteindrait bientôt les quatre mille cinq cents tonnes. Pour gagner de la place, de nombreux aliments étaient déshydratés.

Arrivé à la caisse, Oppenheimer eut droit aux commérages du quartier. À son grand étonnement, Hilde était au centre des ragots.

— Quelle dégénérée, cette Strachwitz ! siffla l'une des dames qui se tenaient dans la file d'attente devant lui.

Il s'agissait bien sûr de l'ennemie jurée de Hilde, Frau Wendland. L'ancienne cheffe de district de la Ligue des femmes nationales-socialistes avait noué sur la tête un foulard d'où dépassaient quelques mèches blondes.

— Elle reçoit un homme dans sa maisonnette. Alors qu'elle est mariée. Et ce Casanova passe régulièrement la nuit chez elle ! (Frau Wendland accentuait les mots pour manifester son indignation.) Ce qu'elle s'autorise sous les yeux du voisinage est totalement indécent !

Les femmes qui l'entouraient hochèrent la tête avec empressement, tout en s'imaginant sûrement ce qui se passait dans ce lieu de débauche. L'une des commères, un sourire mauvais aux lèvres, remarqua soudain la présence d'Oppenheimer. D'un regard fébrile, elle prévint aussitôt Frau Wendland. Cette dernière jeta un coup d'œil par-dessus son épaule avant de se retourner comme si elle n'avait rien vu. Mais elle était piètre comédienne.

— Comment vont vos fils, Frau Wendland ? s'enquit Oppenheimer d'un ton désinvolte. Ils s'appellent toujours Adolf, Joseph et Hermann ? Ou les avez-vous rebaptisés entre-temps ?

— Maudit youpin, lâcha-t-elle à mi-voix pour que le commissaire puisse l'entendre.

Puis, s'approchant de la caisse, elle se hâta de régler ce qu'elle avait mis dans son panier.

Oppenheimer s'efforça de se maîtriser. L'insulte avait fait naître en lui une flambée de colère.

Même si les nazis avaient été chassés du pouvoir, l'antisémitisme était toujours bien présent. La profanation de cimetières juifs avait repris juste après la fin de la guerre – un phénomène qui touchait tous les secteurs de Berlin. Selon Oppenheimer, c'était aux politiques d'agir pour faire changer les mentalités. De trop nombreux stéréotypes circulaient encore parmi la population.

De retour au domaine, il s'étonna du silence qui régnait dans la villa. Excepté la veuve Vogt, tous les locataires étaient partis travailler et les enfants étaient à l'école. Oppenheimer se sentait aussi vide que la demeure.

Officiellement, il était en congé maladie depuis la veille. Cette solution n'était que provisoire, et mieux valait essayer de clarifier la situation au plus vite. Il se rendit dans le hall et décrocha le téléphone mural pour appeler Cordes, qui répondit aussitôt. Le chef de la Kripo avait été informé de son brusque renvoi, mais ne pouvait rien faire. Une réintégration paraissait impossible. Son patron, qui s'attendait à la création prochaine d'une police à l'Ouest, lui conseilla de se montrer patient. Stumm aurait certainement besoin d'enquêteurs pour ses nouvelles brigades.

L'entretien terminé, il monta dans sa chambre. Après avoir jeté chapeau et veston sur le lit, il ôta sa chemise trempée de sueur. Puis il ouvrit les battants de la fenêtre et ferma les volets pour empêcher les rayons du soleil de pénétrer dans la pièce. Le maigre filet d'air qui s'infiltrait par les fentes des panneaux de bois n'apportait cependant aucun rafraîchissement.

Oppenheimer, qui avait désormais beaucoup de temps libre, ne savait pas quoi faire. Il décida d'écouter de la musique. Parcourant sa collection de disques, il choisit *Le nozze di Figaro*. Quelques secondes après qu'il eut placé l'enregistrement sur le plateau du phonographe, l'ouverture du célèbre opéra retentit. Fritz Busch dirigeait l'orchestre du Glyndebourne Festival. C'était l'unique enregistrement sur vinyle presque *in extenso* de cet opéra de Mozart, et si Oppenheimer avait pu l'acquérir, c'était grâce à Carruthers, qui avait fait jouer ses relations au sein de l'administration britannique.

Allongé sur son lit, Oppenheimer se laissa porter par la musique éblouissante du compositeur autrichien. Il finit par s'endormir durant le deuxième acte, pour ne se réveiller qu'au moment où Lisa rentrait du travail.

Encore ensommeillé, il enfila une chemise et se rendit chez Hilde. Les fenêtres de la maisonnette, grandes ouvertes, laissaient supposer que l'aristocrate était chez elle.

Il frappa à la porte et s'appuya contre l'encadrement.

Lorsque son amie ouvrit, il bâilla et dit :

— Un café, s'il te plaît.

Hilde lui fit signe d'entrer.

— J'ai déjà eu vent de ton combat avec les géants Fafner et Fasolt.

Oppenheimer la suivit dans la cuisine, perplexe.

— Tu fais référence à Wagner, maintenant ? Qu'est-ce qui t'arrive ?

— Hojotoho !

Poussant le cri de guerre des Walkyries, Hilde puisa de l'eau dans un seau.

Oppenheimer regarda son amie avec étonnement. En temps normal, l'aristocrate se serait répandue en invectives contre Richard Wagner et sa Tétralogie, érigée par Hitler et ses partisans en symbole du culte aryen.

Hilde semblait avoir retrouvé une certaine insouciance depuis quelque temps. Dans le fond, il était content de la voir aussi guillerette, mais il craignait de ne pas être pris au sérieux dans un moment où il avait besoin de soutien.

— Je crois que je préfère quand tu fais un peu moins l'andouille, grommela-t-il.

L'aristocrate ne parut pas entendre la remarque. Elle sortit d'un placard un moulin et la boîte contenant les derniers grains de café d'Oppenheimer.

— Il était temps que tu sortes de ce panier de crabes, Richard. Les Soviétiques et les Occidentaux s'entre-déchirent pour la police comme deux chiens ayant découvert le même os. Ce n'est pas tenable !

Pensif, il s'adossa contre la porte du salon.

— La fondation d'une police interzone après la guerre était dès le départ un compromis branlant. Reste à savoir comment les choses vont évoluer à présent.

Il préféra taire le fait qu'il était également frustré de ne pas pouvoir mener à bien son enquête sur le cadavre empaillé.

Hilde, qui le connaissait bien, sembla lire dans ses pensées.

— Tu ne devrais pas t'inquiéter pour ta dernière affaire. D'autres se chargeront de coincer le tueur.

Oppenheimer souffla bruyamment.

— Negele, le type qui vient d'intégrer l'équipe, brûle de prendre ma place.

Prenant le moulin et la boîte, il alla s'installer dans le salon pour moudre le café. Tourner la manivelle lui permit de se défouler un peu.

Il se trouvait à un carrefour. Le temps était peut-être venu de remettre en question son existence. Pourquoi ne pas émigrer en Amérique du Sud ? La proposition de sa sœur, qui ressemblait étrangement à un signe du destin, ouvrait des perspectives insoupçonnées.

Quelques minutes plus tard, le café était prêt. Oppenheimer souffla sur sa tasse brûlante. Avec le reste de l'eau bouillante, Hilde s'était préparé un thé.

Il fronça les sourcils.

— Pas de schnaps aujourd'hui ?

— Il faut faire preuve de modération, répondit-elle d'un ton désinvolte. Consommer trop d'alcool donne des poches sous les yeux.

Le commissaire n'en crut pas ses oreilles. Décidément, son amie était métamorphosée.

Soudain, la sonnerie de la porte retentit. Hilde sursauta, et Oppenheimer faillit avaler son café de travers.

— Merde ! pesta-t-elle. Il est déjà sept heures ? Je n'ai pas vu le temps passer !

L'aristocrate bondit de son siège et défripa sa robe. Puis, après avoir passé la main dans ses cheveux permanentés, elle prit une profonde inspiration.

Hilde avait de la visite et, manifestement, elle voulait faire bonne impression.

Oppenheimer percuta avec un léger retard. Il s'agissait bien sûr d'un rendez-vous galant.

16

Jeudi 29 juillet 1948

Oppenheimer entendit d'abord une voix de basse en provenance de l'entrée. Ne voulant pas déranger les deux tourtereaux, il s'apprêta à partir. Mais, d'un autre côté, il lui était douloureux de ne pas boire son café.

Il était encore en plein dilemme lorsqu'un homme entra dans le salon avec Hilde. L'inconnu, même s'il mesurait près de deux mètres, était incroyablement râblé. Sa chemise boutonnée jusqu'au col se tendait au-dessus de sa poitrine musclée. Les cheveux gris, il portait d'épaisses lunettes.

Oppenheimer estima que le soupirant de Hilde devait avoir environ soixante-cinq ans. Pour son âge, une étonnante vigueur émanait de lui.

Le colosse s'avança à grands pas.

— Bonjour ! Je m'appelle Bangemann. Un patronyme peu approprié pour un dentiste, pas vrai[1] ? Oui, je sais. Mais le nom de jeune fille de ma mère était Böse[2], ce n'était pas mieux. J'avais bien un oncle qui s'appelait Meier, mais il y a déjà tant de dentistes qui portent ce nom, ça n'aurait pas été une bonne publicité.

Déconcerté par la faconde étourdissante du visiteur, Oppenheimer mit un moment à se ressaisir. Se souvenant brusquement de ses bonnes manières, il se leva avec peine de son

1. « Bangemann » pourrait être traduit par « croque-mitaine ».
2. Méchant, mauvais, en allemand.

fauteuil et tendit la main. Bangemann la serra si fort que le commissaire dut se retenir de ne pas hurler de douleur.

Hilde intervint.

— Laisse donc un peu ce pauvre Richard respirer, voyons. Assieds-toi. J'ai encore du thé.

— Misère ! s'écria Bangemann de sa grosse voix. Quel empoté je fais.

Il prit place sur un fauteuil et se frotta les genoux. Visiblement, il n'aimait pas rester immobile. Et il supportait encore moins le silence. Dès que Hilde eut disparu dans la cuisine, il reprit :

— Alors comme ça, vous faites partie des gens que Hilde a cachés pendant le régime nazi. J'ai toujours envie de vomir quand je repense à Hitler, ce caporal à la voix de rogomme. Et puis toute sa clique d'arsouilles. Je n'ai jamais compris ce que les gens ont pu leur trouver, à l'époque. Hilde ne s'est pas laissé avoir, elle. C'est une sacrée bonne femme, ma parole. Elle m'impressionne vraiment.

Bangemann regarda Oppenheimer avec insistance. Il semblait attendre une réponse.

— Durant la Nuit de cristal, je me suis réfugié dans le domaine de Hilde, confia le commissaire. On peut dire que j'ai eu de la chance de ne pas tomber sur Frau Wendland.

Le dentiste se pencha en avant.

— Wendland ? L'enragée d'en face ?

Oppenheimer acquiesça de la tête.

— Qu'est-ce qu'elle a encore fait, cette garce ?

C'était Hilde qui avait posé la question. Le commissaire se retourna et vit son amie sur le seuil de la cuisine, une tasse de thé fumante à la main.

— Bah, son numéro habituel, répondit-il machinalement avant de se mordre la langue.

Sous le regard pressant de l'aristocrate, il fut contraint de raconter l'incident qui s'était produit chez le marchand de légumes.

— Elle va me le payer, gronda Hilde. J'ignore encore comment, mais elle va me le payer.

— Il y aura toujours des imbéciles, résuma Bangemann en haussant les épaules. Ce qui est rageant, c'est d'en avoir un ou deux près de chez soi. En fait, ce serait mieux de ne pas avoir de voisins du tout. Vivre seul sur une île déserte, sans vêtements ni folklore. Je me demande tous les matins pourquoi je mets une cravate avant d'aller au travail. Ce morceau de tissu n'a aucune utilité. Mais tout le monde en porte une. Et pourtant, il n'y a rien de mieux que de sentir les rayons du soleil sur sa peau.

Le dentiste était probablement un nudiste qui profitait du temps estival pour bronzer et se baigner en tenue d'Adam. Berlin avait toujours été un bastion du naturisme. Le mouvement était apparu au début du siècle, même si, à cette époque, il était interdit. Ces idées s'étaient ensuite démocratisées sous la République de Weimar, plus libérale, pour se répandre parmi les jeunes citadins. Quant aux nazis, leur rapport au naturisme avait été plus ambigu. Officiellement, les activités nudistes étaient proscrites, mais on magnifiait les corps nus dans les films et les livres parce qu'ils correspondaient à l'idéal hitlérien du surhomme. En 1942, le régime avait fini par légaliser le mouvement.

— Je n'ai absolument rien contre le folklore, objecta Oppenheimer. Et je suis sujet aux coups de soleil.

Il était presque vingt heures, et comme l'électricité n'avait toujours pas été rétablie, il voulait essayer de trouver un camion de la RIAS dans le quartier pour écouter les dernières nouvelles.

Une fois son café avalé, il salua Hilde et Bangemann.

— En voilà deux qui se sont bien trouvés, murmura-t-il en sortant de la maisonnette.

Amusé, il imagina le couple sur une plage nudiste en train de s'apprendre mutuellement de nouveaux jurons.

Un véhicule de la radio américaine était stationné devant l'aire de jeux du Viktoriapark. À cette heure-ci, le bac à sable, le toboggan et les balançoires étaient désertés depuis longtemps. C'étaient à présent les adultes qui se massaient autour du camion de la RIAS. Plusieurs femmes portaient encore leur tablier de cuisine, tandis que les hommes étaient en tenue décontractée.

Tous avaient quitté précipitamment leur domicile pour venir écouter le flash d'informations.

Oppenheimer apprit qu'un incendie avait éclaté dans l'usine de BASF, située à Ludwigshafen, et qu'on avait fêté l'ouverture des Jeux olympiques d'été dans le stade de Wembley à Londres.

Soudain, un murmure parcourut la foule. Quelque chose avait attiré l'attention des auditeurs.

Le commissaire entendit le grondement d'un moteur. Puis quelqu'un s'écria :

— Regardez ! Voilà les briseurs de blocus !

La nouvelle se répandit comme une traînée de poudre. Quelques instants plus tard, Oppenheimer se retrouva seul devant le haut-parleur de la RIAS. Alors que le flash se poursuivait, les gens se pressèrent devant le hayon d'un camion qui s'était garé de l'autre côté de la rue. Deux hommes ouvrirent la bâche, révélant un véritable trésor de victuailles. L'un des individus prit deux couteaux, et découpa en un tournemain une poitrine de porc. Il vendit ensuite les tranches depuis la plate-forme, en exigeant d'être payé en deutsche marks.

Il s'agissait certainement d'un véhicule de contrebande en provenance des zones occidentales qui venaient jusqu'à Berlin par des chemins détournés. Les Soviétiques avaient fermé les autoroutes à cause de prétendus travaux de rénovation, mais les voies secondaires restaient ouvertes, et d'audacieux commerçants bravaient le blocus pour faire des affaires à Berlin-Ouest. On ignorait leur nombre, toutefois certains parlaient de convois entiers qui venaient ravitailler furtivement les trois secteurs coupés du monde. D'après une rumeur, même la municipalité achetait des vivres à ces marchands volants.

Les habitants du quartier s'arrachaient les denrées rares. Oppenheimer poussa un juron, parce qu'il n'avait pas d'argent sur lui. Et il était inutile de courir à la villa pour aller en chercher. Les vendeurs ne restaient jamais plus de quelques minutes au même endroit.

Au moment où il s'apprêtait à demander au chauffeur l'itinéraire du camion, il se figea en entendant derrière lui une voix familière.

C'était Johannes Stumm, le directeur par intérim de la police berlinoise, qui parlait à la radio.

Oppenheimer oublia les briseurs de blocus. Tandis que les riverains s'agglutinaient devant le hayon, il se retourna vers le haut-parleur de la RIAS.

— J'ai pris la direction de la police berlinoise le 28 juillet 1948, déclara Stumm. À partir de ce jour, toutes les décisions qui seront annoncées ne concerneront que le Praesidium de la Friesenstraße et les postes qui en dépendent.

Installé dans une ancienne caserne de la Friesenstraße, il avait ainsi fondé un nouveau Praesidium pour les secteurs occidentaux. Dorénavant, il y aurait donc deux préfectures de police à Berlin. L'une à l'Ouest, l'autre à l'Est. Et Stumm appelait tous les fonctionnaires intègres à poursuivre leur travail dans son administration.

Le communiqué n'était pas une surprise en soi. Mais Oppenheimer était soulagé que cette scission se réalise plus rapidement que prévu. C'était le signal qu'il attendait.

Dès le lendemain, il se rendrait dans la Friesenstraße.

Encore une journée de perdue. En nage, Rensch pesta intérieurement tandis qu'il pédalait. Multipliant les kilomètres, il avait sillonné Berlin à vélo sous une chaleur accablante. Fourbu, il rentrait à présent chez lui.

Et pourtant, ce jeudi-là, tout avait si bien commencé. Tôt le matin, il avait obtenu un tuyau prometteur. Le cadavre d'une femme repêché dans le Landwehrkanal, près du Charlottenburger Brücke. Malheureusement, il était arrivé trop tard. Lorsqu'il avait garé son vélo au pied du pont, tous les journalistes des autres canards étaient déjà repartis avec leurs carnets remplis de note. Le scoop lui avait échappé.

Une deuxième information confidentielle s'était révélée n'être en réalité qu'un pétard mouillé. On lui avait parlé d'un braquage sur le Willmanndamm. Mais, quand il avait débarqué sur les lieux de l'attaque, il avait compris qu'il ne s'agissait pas d'une banque ou d'un commerce. Quelqu'un avait attiré une fillette de treize ans dans un renfoncement pour la dépouiller de ses tickets de rationnement. La coupable était une femme de quarante ans. Encore un acte de petite délinquance qui, même avec beaucoup d'imagination, ne pouvait pas donner matière à un article-choc. Rensch avait résumé l'incident en deux lignes et transmis le texte à ses collègues de la rubrique des faits divers.

Après avoir longé le Hindenburgpark, le reporter freina et bifurqua à droite. C'était une belle soirée estivale, idéale pour prendre un verre avec des amis ou faire une promenade. Il y avait pourtant belle lurette qu'il n'avait plus le temps de s'accorder de pareilles distractions. En apercevant son immeuble, il cessa de pédaler. La rue était déserte. En roue libre, il traversa la chaussée et s'engouffra dans le passage sombre qui menait à l'arrière-cour.

Pénétrant dans le bâtiment par la porte de derrière, il cadenassa comme d'habitude sa bicyclette dans la cage d'escalier. Tandis qu'il gravissait les marches, il maudit le fait d'habiter sous les combles.

Bien sûr, l'atmosphère était étouffante dans son appartement. Mais le pire, c'était le vide qui emplissait la mansarde. Birgit n'était pas revenue. D'ordinaire, elle était toujours là quand il rentrait. Elle l'accueillait souvent avec le tuyau d'un informateur, et ne manquait jamais de le serrer dans ses bras. Parfois même, elle lui offrait un petit numéro au lit. C'était un arrangement très pratique. Du moins avant qu'elle ne commence à rêver d'un avenir commun et ne réclame plus d'engagement de sa part. Rensch, quant à lui, ne voyait aucune urgence à modifier une relation qu'il trouvait tout à fait satisfaisante.

Il se hâta d'ouvrir fenêtres et volets. Puis il ôta son chapeau, desserra sa cravate et suspendit son veston à une chaise. Après cela, il se laissa tomber sur le matelas disposé dans un coin de la chambre.

Épuisé, il somnola un moment en songeant à Birgit. Même si la jeune femme aux boucles brunes pouvait être une enquiquineuse de première, ses cuisses bien fermes et sa poitrine opulente étaient des atouts non négligeables.

La nuit était en train de tomber lorsque Rensch se releva. Il avait faim. Dans la kitchenette, il n'y avait plus grand-chose à manger. Un morceau de pain dur et quelques pommes de terre en robe des champs. D'habitude, c'était Birgit qui s'occupait des courses. Lui, même avec la meilleure volonté du monde, n'avait pas le temps de faire la queue dans les magasins d'alimentation. À présent, il se rendait compte qu'il avait peut-être commis une erreur en la mettant dehors.

Le reporter alluma une chandelle de suif et s'assit sur le rebord de la fenêtre pour prendre sa frugale collation.

Soudain, il sentit quelque chose frôler son visage. Tournant la tête, il avisa un petit caillou tombé sur le carrelage. Un claquement retentit. Un autre fragment de pierre avait heurté la vitre.

— C'est quoi, ce bordel ? grogna-t-il en se penchant par l'encadrement pour jeter un coup d'œil dans l'arrière-cour.

Il eut beau plisser les yeux, il ne remarqua rien de particulier.

— Y a quelqu'un ?

Une voix claire lui répondit.

— Carl, espèce d'andouille, ouvre-moi ! La porte de l'immeuble est fermée à clé, et la sonnerie ne fonctionne pas !

Naturellement, c'était Birgit. Elle ne pouvait pas se passer de lui. Rensch n'aurait su dire s'il était heureux ou non qu'elle soit de retour.

— Tu veux que j'accoure t'ouvrir ? rétorqua-t-il, amusé par le problème de la jeune femme. Frappe chez Trautmann. Il va te laisser entrer.

— Et comme ça, tous les voisins seront au courant de nos problèmes de couple ?

— Bon, j'arrive, maugréa-t-il avant de sortir de sa mansarde.

C'était plutôt étrange que la porte d'entrée soit fermée. D'ordinaire, personne ne la verrouillait.

Descendre l'escalier sans électricité était un exercice périlleux. Même avec une bougie, on distinguait mal les marches dans la pénombre. Se cramponnant à la rampe, il progressa lentement vers le rez-de-chaussée. Birgit n'avait qu'à attendre. Il n'avait aucune envie de se rompre le cou.

Une fois en bas, il constata que la porte n'était pas fermée à clé. Le journaliste secoua la tête, perplexe. Birgit voulait-elle lui jouer un mauvais tour ? Se plantant sur le seuil, il leva sa chandelle. La flamme n'éclairait même pas la moitié de la cour.

Et Birgit était invisible.

Agacé, il s'avança sur le perron.

— Alors, tu te moques de moi ?

Il décida d'accorder une dernière chance à la brunette et attendit.

Tout à coup, il perçut un soupir. Scrutant l'obscurité, il aperçut un objet qui gisait au milieu des gravats. La pâle lueur de la lune le faisait miroiter.

Intrigué, Rensch s'approcha.

Après un instant d'hésitation, il reconnut un escarpin.

— Birgit ?

Décidément, quelque chose ne tournait pas rond.

— Carl !

La voix était suppliante. Il ne parvint pas à la localiser dans le noir.

Agitant sa chandelle, il se remit en mouvement, lentement, afin de ne pas trébucher sur les décombres.

Le journaliste découvrit un peu plus loin un second objet. Lorsqu'il le ramassa, il sentit ses jambes flageoler. Un jupon déchiré. Il n'y avait plus aucun doute à présent. Birgit était en danger. Il imagina aussitôt le pire. Quelqu'un l'avait kidnappée pour lui faire du mal.

Nerveux, Rensch regarda alentour. Tout paraissait soudain hostile et étranger dans l'arrière-cour obscure. Les immeubles défoncés dessinaient des formes bizarres sur le ciel étoilé. Il regrettait maintenant d'avoir envoyé la veille au soir Birgit dans cet environnement sinistre.

Le journaliste s'ébroua. S'il voulait porter secours à sa compagne, il avait besoin d'une arme. Il se pencha pour ramasser une pierre.

À cet instant, une voix s'éleva tout près de lui.

— Elle n'est pas ici.

Les poils de sa nuque se hérissèrent. Il comprit trop tard qu'il avait mal évalué la situation. Contrairement à ce qu'il avait pensé, il n'était pas seul. L'agresseur de Birgit n'avait pas quitté la cour.

Rensch se redressa vivement. À cause de son mouvement brusque, la chandelle s'éteignit. L'espace d'une seconde, il crut entrapercevoir un visage.

Puis la nuit engloutit la vision.

Le reporter brandit la pierre qu'il serrait dans sa main. Mais aucune attaque ne survint.

Au lieu de cela, la voix murmura :

— Nous devons parler. La vie de Birgit Zander en dépend.

17

Vendredi 30 juillet – mercredi 4 août 1948

Oppenheimer avait l'impression de revivre une rentrée scolaire. Des souvenirs lointains affleurèrent à sa conscience. Il éprouvait ces picotements familiers au creux de l'estomac et, comme autrefois après les vacances, il se réjouissait de retrouver ses camarades. Il se demandait lesquels de ses collègues il reverrait dans le nouveau Praesidium.

À sa grande joie, le trajet jusqu'à son futur lieu de travail était très court. Au lieu de prendre le S-Bahn, il pouvait enfourcher son vélo et parcourir en dix minutes les deux kilomètres et demi qui le séparaient de la Friesenstraße.

Ce matin-là, un ciel radieux s'étendait au-dessus de Berlin. Le sourire aux lèvres, Oppenheimer pédala de plus belle. Au bout de la Schwiebusser Straße, il découvrit les bâtiments de l'ancienne caserne de l'armée prussienne qui abritait désormais la préfecture de police. Arrivé à l'angle de la Friesenstraße, il descendit de sa bicyclette et longea un imposant édifice en briques rouges que flanquaient deux tours rondes, coiffées de toits en éteignoir. Les bureaux du Praesidium se trouvaient juste à côté, dans un immeuble plus modeste.

Un flot de visiteurs – tous des hommes – franchissait un haut portail vert. Dans la cour étaient garés des véhicules d'intervention flambant neufs.

Après avoir cadenassé son deux-roues à un arbre, Oppenheimer entra à son tour à l'intérieur de l'enceinte.

Une longue file d'attente s'étirait dans le hall du bâtiment. Prenant son courage à deux mains, le commissaire se plaça au bout de la queue et commença à patienter. Tandis qu'il progressait lentement, des fonctionnaires zélés sillonnaient la salle en agitant des porte-blocs.

L'un des individus s'arrêta brusquement près de lui. Le front dégarni, les tempes grisonnantes, l'inconnu le dévisagea un instant avant de s'exclamer :

— Oppenheimer ?

Le commissaire acquiesça.

— Mon Dieu ! Mais pourquoi faites-vous la queue ?

Malgré tous ses efforts, il ne put remettre le chauve.

— Je pensais qu'il fallait s'inscrire sur une liste.

L'homme serra son porte-bloc contre sa poitrine et sourit d'un air bienveillant.

— Vous êtes déjà affecté au département K. (Il prit Oppenheimer par le bras et le tira hors de la file.) Vous pouvez directement aller vous présenter à votre chef de service.

Le commissaire, soulagé, suivit son sauveur. Celui-ci gravit un escalier et longea plusieurs couloirs avant de se figer devant une porte. Ouvrant le panneau de bois, il passa la tête dans l'encadrement et lança :

— Oppenheimer est arrivé !

Le commissaire perçut un murmure approbateur. Lorsqu'il se glissa dans la pièce, il reconnut plusieurs visages familiers. Franck, avec ses moustaches en croc, était appuyé contre le rebord de la fenêtre. Oppenheimer ne l'avait pas revu depuis la découverte des viscères dans l'Osthafen.

Wenzel, entouré d'un nuage de tabac, était également présent.

— Gregor ! s'écria Oppenheimer. Content de te voir ici.

L'aspirant-inspecteur sourit.

— Bah, je suis un flic dans l'âme. Je ne sais rien faire d'autre. Et avant que les Russes ne m'envoient dans un kolkhoze, je préfère rallier la Stupo.

Oppenheimer écarquilla les yeux.

— La Stupo ?

— Un acronyme pour Stumm-polizei, expliqua Franck. À l'Est, on nous a déjà collé une étiquette.

Un troisième homme s'avança vers Oppenheimer et lui tendit la main.

— Ça fait plaisir de te revoir, Richard.

— Willem ! s'étonna-t-il en reconnaissant le courtaud aux cheveux gris. Depuis quand as-tu repris du service ?

Il s'agissait d'un ancien collègue, le commissaire Großkurth.

— Oh, ça fait deux ans maintenant. Ces derniers temps, je bossais à la Kripo de Potsdam. Mais je ne supporte pas les taupes du SED. Je préfère travailler pour Stumm. Au moins, j'ai l'impression de servir à quelque chose.

— Ne nous réjouissons pas trop vite, intervint Franck. Avant de pouvoir aller sur le terrain, il y a beaucoup de paperasse à faire. Nous n'avons pas pu récupérer tous les dossiers dont nous avons besoin.

Wenzel haussa les épaules.

— Dans ce cas, faudra improviser. J'ai entendu dire que Stumm était en vacances lorsqu'il a reçu l'ordre de réorganiser les services de police à l'Ouest. Il habite à l'Est mais, par chance, il se trouvait à Wilmersdorf. S'il avait été chez lui, je ne suis pas sûr que les Soviétiques l'auraient laissé quitter leur secteur.

— La situation à Berlin est complètement absurde, soupira Franck. C'est à se taper la tête contre les murs.

Oppenheimer ne pouvait qu'approuver.

Soudain, Franck se redressa. Wenzel, les yeux rivés sur la porte, écrasa en hâte sa cigarette dans un cendrier.

En se retournant, le commissaire découvrit un nouvel arrivant sur le seuil.

L'homme, de petite taille, avait une large tonsure. Sa calvitie, entourée d'une couronne de cheveux très noirs, luisait de moiteur. Un peu plus âgé qu'Oppenheimer, il devait avoir dans les cinquante-cinq ans.

— Richard nous a rejoints, annonça Großkurth. (Remarquant que les deux policiers ne se connaissaient pas, il se corrigea :) Enfin, le commissaire Oppenheimer. Il travaillait à la Keibelstraße.

Le tonsuré rajusta ses lunettes et détailla Oppenheimer.

— Je suis le divisionnaire Seeßlen. Nous sommes en train de monter une nouvelle brigade criminelle. Avez-vous de l'expérience dans ce domaine ?

La question provoqua un mouvement d'hilarité. Arborant un grand sourire, Franck déclara :

— Je pense que Richard est à sa place ici.

— Bien, fit Seeßlen. Avez-vous une enquête en cours ?

Voyant le commissaire opiner, il l'invita dans son bureau pour en discuter de manière plus approfondie.

La pièce, située de l'autre côté du couloir, était remplie de cartons. Manifestement, Seeßlen n'avait pas encore eu le temps de ranger ses affaires dans les étagères prévues à cet effet.

Malgré tout, le patron de la brigade ne semblait avoir aucun mal à se retrouver dans ce désordre. S'installant derrière sa table de travail rudimentaire, il attrapa une feuille dans un carton ouvert et invita Oppenheimer à prendre place en face de lui sur une chaise.

Le commissaire bondit en sentant un objet dur sous son postérieur. Il s'agissait d'une perforeuse en fonte.

Il ramassa le lourd ustensile et se rassit.

— Vous pouvez la poser par terre, indiqua distraitement Seeßlen. (Puis, tendant la feuille qu'il venait de sortir, il ajouta :) Veuillez remplir ce formulaire. L'administration s'occupera du reste.

Oppenheimer saisit le papier. Promenant son regard autour de lui, il se dit que le bureau, spartiate, ne ressemblait en rien à celui de son défunt mentor, Ernst Gennat. L'antre de son ex-patron à l'Alex, l'ancien Praesidium, était décoré de manière extravagante et ressemblait à un cabinet de curiosités à cause des nombreux objets macabres qu'il contenait – notamment une hache d'armes et une tête de femme naturalisée. Mais, malgré ses lubies, Gennat restait un modèle pour Oppenheimer.

Après avoir complété le formulaire, il le rendit à Seeßlen, qui le glissa dans un classeur.

— Alors, qu'en est-il de cette enquête en cours ? s'enquit le tonsuré. Un assassinat, je suppose ?

Oppenheimer acquiesça.

— Plusieurs, même. Nous pourchassons un tueur en série. Herr Wenzel vous a sans doute parlé de l'affaire. Nous avons enquêté ensemble, puis il a été limogé. J'ai poursuivi les investigations avant d'être suspendu à mon tour.

Faisant un résumé de l'affaire, il évoqua la jambe amputée qu'on avait retrouvée dans la baie de Rummelsburg et l'identification de la victime, Norbert Schroeter. Il mentionna également les viscères tombés sur le pont d'une péniche, la découverte du cadavre rapiécé dans la cave de Luisenstadt et le meurtre de Timpe maquillé en accident. Après cela, il expliqua que plusieurs témoins avaient aperçu un individu suspect, mais que les portraits-robots réalisés sur leurs indications étaient trop vagues. Il termina en ajoutant que le meurtrier avait probablement une complice, une jeune femme qui l'avait aidé à neutraliser Schroeter et Timpe.

Seeßlen, les coudes posés sur sa table de travail, avait écouté attentivement les explications du commissaire.

— Mon instinct me souffle que vous aimeriez continuer cette enquête.

— En effet, confirma Oppenheimer. On ne peut pas laisser un tel individu en liberté. Mais il y a un hic.

Son nouveau chef devina aussitôt de quoi il retournait.

— D'après ce que vous racontez, tous les meurtres ont eu lieu dans le secteur oriental. Comme vous vous en doutez, nous n'avons là-bas aucune autorité. Et, vu la situation actuelle, il est peu probable que les services de police de l'Est acceptent de collaborer avec nous.

Oppenheimer soupira.

— L'affaire sera certainement reprise par un collègue de la Keibelstraße, mais j'aurais préféré garder la main sur les investigations.

Seeßlen secoua la tête.

— Je suis désolé. Pour le moment, c'est impossible. Faites un rapport détaillé et constituez un dossier avec les documents que nous avons pu sauver. Tant que le tueur ne frappe pas dans les secteurs occidentaux, nous ne pouvons rien faire.

Oppenheimer passa les jours suivants à remplir des tâches bureaucratiques. Comme les principaux services administratifs de la police berlinoise se trouvaient à l'Est avant la scission, la plupart des dossiers étaient restés dans le secteur soviétique.

Le commissaire et Wenzel avaient donc reçu l'ingrate mission de décrire en détail toutes leurs dernières enquêtes. Hergesheimer, le technicien de l'Identité judiciaire, avait heureusement suivi l'appel de Stumm. Méticuleux comme il était, il avait conservé une copie de tous ses rapports, facilitant ainsi le travail des deux enquêteurs.

En revanche, plusieurs collègues de leur ancienne brigade n'avaient pas donné de nouvelles. Oppenheimer ne s'attendait pas à voir apparaître dans la Friesenstraße Negele, le protégé de Möller, mais les absences de Cordes, Reinmann et Fräulein Böttcher étaient surprenantes.

Mercredi, Oppenheimer décida de prendre sa pause de midi dans la vaste cour de la caserne. Une fois à l'extérieur, il respira profondément. Après plusieurs heures passées dans des bureaux poussiéreux, la brise légère qui rafraîchissait un peu l'atmosphère était une bénédiction.

Pour se dégourdir les jambes, il se dirigea vers les anciennes écuries.

Quelques instants plus tard, des gouttes de pluie commencèrent à tomber. Le commissaire enfonça son chapeau sur ses yeux et poursuivit son chemin.

Tandis qu'il marchait tranquillement, mains dans les poches, il perçut une voix forte en provenance du portail d'entrée. L'homme qui parlait était entouré d'une meute de journalistes qui prenaient nerveusement des notes.

Oppenheimer se souvint alors que l'inauguration officielle du Praesidium devait se tenir le jour même. L'orateur, certainement le porte-parole de la nouvelle préfecture de police, recevait donc la presse.

N'ayant aucune envie d'être interrogé par les reporters, il se remit en mouvement pour s'éloigner au plus vite.

Il avait à peine parcouru quelques pas qu'on l'interpellait déjà.

— Oppenheimer ! Hé ! Attendez !

Rensch. Encore lui. Décidément, le chercheur de scoops surgissait toujours là où on l'attendait le moins.

Le journaliste avait les yeux vitreux. À l'évidence, il s'était soûlé la veille. Ses gestes lents et mesurés donnaient à penser qu'il avait encore la gueule de bois.

— Alors, comme ça, vous avez rallié la Stupo ? s'enquit Rensch.

Oppenheimer se contenta de hocher la tête.

— Et à quoi ressemble la collaboration ? Entre l'Est et l'Ouest, je veux dire. Stumm est maintenant directeur de la police dans les trois secteurs occidentaux, et Markgraf reste le patron dans la partie de la ville occupée par les Soviétiques. Nous avons donc à présent deux préfectures qui travaillent indépendamment l'une de l'autre, n'est-ce pas ?

— Exact. Mais il n'y a aucune collaboration. Nous ne nous parlons même pas. Chacun s'occupe des crimes commis sur son propre territoire. Markgraf et ses équipes agissent comme bon leur semble à l'intérieur de leur zone. Si nous sommes surpris en train d'enquêter dans Berlin-Est, nous risquons d'être jetés en prison.

Rensch fronça les sourcils.

— La police œuvre donc contre la police ?

— Oui, si on veut. (Oppenheimer songea à ce que lui avait raconté Wenzel.) J'ai un collègue qui vit dans le secteur soviétique, mais qui travaille chez nous. Tous les jours, il doit changer de secteur. Bon, ce n'est pas un problème en soi. Mais au lieu de recevoir la carte d'alimentation n° 1, qu'il obtiendrait normalement s'il habitait à l'Ouest, l'administration soviétique a réduit ses rations. À présent, il n'a droit qu'à la carte d'alimentation n° 3, la plus mauvaise. On cherche clairement à le chicaner.

Rensch griffonnait avec empressement dans son calepin.

— Je peux vous citer ?

Oppenheimer se figea. Durant un moment, il avait occulté le fait qu'il s'entretenait avec un journaliste, heureux de pouvoir se défouler. Mais il assumait ses paroles.

— Si vous y tenez, grommela-t-il.

Le reporter, satisfait, sourit.

— Avez-vous beaucoup de collègues qui habitent dans le secteur oriental et travaillent à la Stupo ?

— Je ne connais pas les chiffres, répondit Oppenheimer en haussant les épaules.

Rensch réfléchit un instant.

— Aucune collaboration n'est donc en vue, résuma-t-il, songeur.

Dans un fracas assourdissant, un avion-cargo passa au-dessus de leurs têtes. Train d'atterrissage sorti, il s'apprêtait à se poser sur la piste de l'aéroport de Tempelhof, tout proche.

Dans son bureau, Oppenheimer ne faisait même plus attention au bruit incessant des nombreux engins qui faisaient la navette entre Berlin et les zones occidentales. Mais quand il se trouvait à l'extérieur, il était toujours fasciné par la cadence effrénée avec laquelle les appareils se succédaient dans le ciel de la métropole.

Rensch suivit lui aussi l'engin du regard avant de refermer son calepin.

— Merci pour les renseignements, dit-il une fois que le vacarme se fut atténué.

La conversation semblait terminée, mais le reporter resta planté devant Oppenheimer. Avec une mine de comploteur, il se pencha vers lui.

— Comme je vous l'ai déjà dit… (Rensch se racla la gorge.) Si vous avez des tuyaux intéressants, n'hésitez pas à me contacter. Vous ne le regretterez pas. Financièrement parlant, j'entends.

Il fixa le commissaire d'un air entendu.

Cette tentative de corruption à peine voilée estomaqua Oppenheimer. Comment le journaliste pouvait-il se tromper à ce point sur son compte ?

— Hors de ma vue ! gronda-t-il en s'éloignant.

18

Mardi 10 août 1948

— Bon sang! s'écria Wenzel.

Cela faisait maintenant près d'une semaine qu'ils passaient leur temps à classer des dossiers, et Oppenheimer n'avait jamais vu son assistant aussi troublé. Jusqu'à présent, le jeune policier avait accompli sa tâche avec nonchalance. Manifestement, il venait de découvrir quelque chose au milieu des montagnes de documents qui encombraient son bureau.

Wenzel se pencha brusquement en avant. Du coude, il renversa son cendrier plein à ras bord. Le récipient de métal tomba par terre avec fracas, et les mégots se répandirent sur le sol.

Oppenheimer sursauta, mais son assistant ne semblait même pas avoir remarqué l'incident. L'aspirant-inspecteur fouillait fébrilement les papiers étalés devant lui.

Avec un cri de soulagement, il ouvrit un classeur et le feuilleta jusqu'à ce qu'il retrouve ce qu'il cherchait.

— Ce n'est pas croyable, finit-il par articuler en se redressant.

— Que se passe-t-il, enfin? demanda Oppenheimer d'un ton impatient.

— Notre tueur a frappé de nouveau.

Le commissaire regarda son assistant sans comprendre.

— Mais d'où vient ce dossier? Nous ne recevons rien du secteur soviétique.

— Non, non.

Wenzel secoua la tête. Puis il se leva et alla déposer le classeur sur la table d'Oppenheimer.

— Ici. (Du doigt, il montra la date d'un procès-verbal.) C'est une nouvelle affaire. Les faits ont été consignés hier. Une chance que j'aie jeté un coup d'œil au premier rapport. Le *modus operandi* est exactement le même. Un homme est porté disparu, on a retrouvé des traces de sang dans son appartement, et les tableaux accrochés aux murs étaient retournés. Le tout s'est passé à Neukölln. Dans le secteur américain !

Oppenheimer sortit le document pour l'examiner. Effectivement, la police avait été prévenue la veille. Un voisin avait remarqué des taches de sang sur le pas de la porte. L'homme avait aussitôt frappé, mais le locataire de l'appartement, un certain Herr Klinger, n'avait pas répondu à ses appels. Sur ce, la Schutzpolizei avait été alertée. Des agents étaient finalement entrés dans le logement, qui s'était révélé vide. À cause du sang, on avait ensuite averti le commissaire Großkurth de la Kripo.

— Ah, c'est Willem qui s'occupe de l'affaire, constata Oppenheimer. Ça va nous faciliter les choses.

Il survola de nouveau le procès-verbal. À l'évidence, son adjoint ne s'était pas trompé. Tout collait. La disparition de Klinger durant un week-end, les tableaux retournés. Ne restait qu'à analyser le sang pour savoir si on avait administré un sédatif à la victime.

Oppenheimer ne tenait plus en place. À l'idée de poursuivre l'enquête, il bondit de son siège en agitant la feuille de papier.

— Le meurtrier s'est aventuré sur notre territoire. Il ignore encore l'erreur qu'il a commise. En voyant cet avis de disparition, Seeßlen nous autorisera à reprendre nos investigations. Nous allons enfin réussir à coincer ce salaud !

Le commissaire brûlait d'envie de passer à l'action, mais il devait auparavant s'entretenir avec Großkurth.

Lorsqu'il entra dans le bureau de son collègue, celui-ci était en train d'examiner le rapport de l'Identification judiciaire.

— Laisse-moi deviner, lança Oppenheimer avec un grand sourire. Des traces de barbiturique ont été retrouvées dans le sang de la victime disparue.

Großkurth le considéra d'un air interdit.

— J'ignore quel est ton truc, mais tu pourrais monter un spectacle de variétés avec ça.

Oppenheimer s'esclaffa.

— Non, je ne suis pas le nouveau Hanussen. Dans le secteur soviétique, j'ai eu plusieurs cas similaires. Je pense que la disparition de Klinger s'inscrit dans une série de meurtres.

Entre-temps, Wenzel les avait rejoints. Voyant son adjoint piaffer sur place, Oppenheimer lui laissa le soin d'expliquer toute l'histoire à Großkurth.

Le commissaire en profita pour aller préparer une chicorée dans la cuisine de la brigade. Lorsqu'il revint dans le bureau avec trois gobelets et une verseuse fumante, le vieux flic était au courant de toute l'affaire. Ses yeux brillaient, car il avait compris qu'ils tenaient là une nouvelle piste.

— Jésus, Marie, Joseph ! s'exclama-t-il en frappant du poing dans sa main. Ce n'est pas précisé dans le rapport que vous venez de lire, mais nous avons retrouvé des témoins. Ils disent avoir vu Klinger en compagnie d'une femme peu avant sa disparition.

Oppenheimer posa la verseuse en métal sur la table de travail de son collègue.

— Ont-ils donné une description de l'inconnue ?

Großkurth leva les mains.

— Rien de précis, malheureusement. On sait que c'est une blonde aux cheveux longs, mais c'est tout. D'après les témoins, il faisait trop sombre. Ils n'ont pas vu son visage.

Songeur, Wenzel alluma une cigarette.

— Cette fille est sacrément prudente. Ça ne peut pas être un hasard.

— Elle est de mèche avec le tueur, décréta Oppenheimer avant d'avaler une gorgée d'ersatz. Cette fois, il n'y a plus aucun doute.

Großkurth eut un petit rire.

— Vous n'allez pas me croire, mais j'avais déjà saisi que la disparition de Klinger pouvait avoir un lien avec votre affaire du secteur soviétique. Quelqu'un a été plus rapide que vous.

Oppenheimer arqua un sourcil.

— Qu'entends-tu par là ?

— J'ai lu ça dans un canard à sensation, *Der Weckruf*. Un article interminable. Je ne sais pas d'où il tient ses renseignements, mais l'auteur de cette pige a de bons informateurs.

Aussitôt, Oppenheimer se raidit.

— Le type ne s'appellerait pas Rensch, par hasard ?

— Je n'ai pas retenu son nom. Attends...

Großkurth se pencha vers son trench-coat, suspendu au portemanteau. Il attrapa un journal roulé qui dépassait d'une poche et le lança sur son bureau.

— Parfois, je me dis qu'on devrait laisser la presse enquêter à notre place, ironisa-t-il.

L'histoire de Klinger ne faisait pas la une, mais s'étalait sur plus de la moitié de la troisième page. Wenzel s'approcha d'Oppenheimer pour lire également l'article, qui avait bel et bien été rédigé par Rensch. Ce dernier donnait une description détaillée de l'appartement abandonné. Il avait également interviewé plusieurs voisins. Le nom du disparu n'était pas mentionné – une discrétion surprenante de la part du reporter. En revanche, la vie privée de Klinger était largement révélée pour satisfaire la curiosité des lecteurs.

La famille de Klinger avait péri lors d'un bombardement tandis qu'il était au front. Lui-même boitait à cause d'une blessure. Cette infirmité avait poussé Rensch à écrire quelques phrases poignantes. L'auteur accumulait les exagérations pour tenir son public en haleine. À ses yeux, tout était « terrible », « tragique » ou « cruel ». Il profitait de cette mystérieuse disparition pour attaquer la police berlinoise, à qui il reprochait d'être bien trop obnubilée par la scission entre Est et Ouest pour remplir ses tâches correctement et protéger la population.

Oppenheimer se força à parcourir jusqu'au bout les lignes de Rensch. Dans le dernier paragraphe, il retint son souffle. Un détail avait attiré son attention.

— « Endormir quelqu'un à l'aide d'un sédatif pour mieux l'assassiner ensuite est un crime abominable. Ce meurtre ne doit pas rester impuni », lut-il à haute voix. Comment Rensch peut-il savoir que le tueur a administré un somnifère à Klinger ?

Wenzel lui arracha le journal des mains pour examiner le passage.

— Il ne donne cette information qu'à la fin, sans plus de précisions. On dirait que ça lui a échappé.

Oppenheimer se mit à mastiquer son fume-cigarette. Plongé dans ses pensées, il s'avança vers l'une des fenêtres en ogive du bureau.

— Rensch a commis un impair. Il s'est empressé d'apporter son papier à la rédaction et ne s'est pas relu. Toujours en quête d'un scoop, il a donné cette info sans réfléchir. (Le commissaire se tourna vers Großkurth.) Quand les techniciens de l'Identification t'ont-ils confirmé la présence de barbiturique dans le sang de Klinger ?

Le vieux flic se gratta le menton.

— J'ai eu leur rapport il y a deux heures. Daté d'aujourd'hui. Je pense qu'il a été rédigé ce matin.

— En d'autres termes, le rapport de l'Identification n'avait même pas encore été écrit lorsque *Der Weckruf* a été imprimé. (Oppenheimer marqua une pause.) Il est possible que Rensch ait soudoyé un gars de la police scientifique. Il en est tout à fait capable.

Wenzel fit une grimace.

— Quelle pourriture, ce type.

— Il me semble surtout très suspect. Déjà lors de la découverte du cadavre rapiécé à Luisenstadt, il a révélé des détails confidentiels dans son article. Des infos qu'il n'avait pas obtenues de la police. On ne peut pas exclure le fait que Rensch reçoive ses infos du tueur en personne.

Wenzel lui adressa un regard étonné.

— Rensch coopérerait avec un criminel ?

— À nous de vérifier. Si c'est le cas, il pourrait être notre meilleure chance de mettre la main sur le meurtrier.

Après un court entretien avec Seeßlen, le chef de la brigade, Oppenheimer avait obtenu l'autorisation de reprendre son enquête. Dans l'espoir de confondre Rensch, il décida de se rendre à la rédaction du *Weckruf*.

Les locaux du journal se trouvaient à Schmargendorf, non loin du quartier de Grunewald. À son grand étonnement, les rédacteurs se partageaient un appartement de cinq pièces dans un immeuble d'habitation.

Lorsque Oppenheimer et Wenzel entrèrent dans le logement, personne ne fit attention à eux. Des machines à écrire crépitaient de partout comme des mitrailleuses, des téléphones sonnaient sans interruption, et des jeunes gens arpentaient le couloir en tous sens, crayon à papier glissé derrière l'oreille.

Les enquêteurs s'approchèrent d'un bureau auquel était attablée une jeune femme blonde aux cheveux courts, vêtue d'un chemisier à pois. Une cigarette vissée au coin de la bouche, celle-ci tapait un texte à la machine. Interrompant brièvement son travail, la journaliste leur annonça que Rensch s'était absenté.

— Pourrions-nous parler au rédacteur en chef? s'enquit Oppenheimer en montrant son insigne.

La femme prit sa cigarette entre les doigts et lança à la cantonade :

— Est-ce que Rudel est ici ?

Personne ne répondit.

— Eh merde ! s'écria-t-elle en se levant.

Sans donner d'explication, elle marcha vers le fond de l'appartement.

Curieux, Wenzel jeta un coup d'œil à la feuille glissée dans la machine. Ce qu'il lut le fit sourire.

— Tiens, ils cherchent du soutien à l'étranger.

Oppenheimer se pencha à son tour et vit que le destinataire de la lettre résidait aux États-Unis. En anglais, la journaliste demandait de l'aide et réclamait l'envoi de paquets CARE[1]. L'adresse provenait d'un livre épais qu'elle avait ouvert sur sa table de travail.

1. Célèbres colis de nourriture expédiés par l'organisation humanitaire CARE (« Cooperative for American Remittances to Europe »).

Le commissaire se tourna vers son adjoint.

— Un moyen comme un autre de subsister.

— Est-ce que ce genre de requête fonctionne ? s'étonna Wenzel.

Peu après, la pigiste revint en compagnie de son chef.

— Voici les deux flics, Rudel.

Après cette brève présentation, elle se rassit et se remit à taper.

Le rédacteur en chef salua les policiers d'un signe de tête et les invita dans son bureau. À peine plus âgé que sa collègue, le dénommé Rudel avait une trentaine d'années. Une houppette blond cendré couronnait son front pâle. Son gilet gris fatigué et sa chemise blanche amidonnée ne cadraient pas vraiment avec son allure de jeune intellectuel rebelle.

La pièce qui lui servait de bureau était sommairement meublée. Il dut aller chercher deux chaises dans le couloir pour ses hôtes.

Après cela, il évoqua la naissance du *Weckruf* quelques mois plus tôt. Comme Oppenheimer l'avait supposé, plusieurs journalistes au chômage s'étaient regroupés pour fonder ce nouveau quotidien.

— Nous vivons dans une époque qui bouge sans cesse, poursuivit Rudel avec enthousiasme. Comme vous le voyez, nous ne manquons pas de travail. Au moment du bouclage, c'est une vraie ruche ici. Nous écrivons jusqu'à la dernière seconde. Toutes les piges doivent être en lien avec l'actualité. C'est ce qui fait notre force. Être au plus proche de ce qui se passe. Concis, précis, moderne. Plus de longues explications ou de gloses narcissiques. Des informations, rien que des informations.

Oppenheimer le considéra d'un air sceptique. En parcourant le canard, il avait du mal à retrouver les nobles intentions du rédacteur en chef. *Der Weckruf* lui rappelait étrangement le *Berliner Zeitung am Mittag*, le premier tabloïd allemand fondé en 1904. Celui-ci, sous l'égide de la maison d'édition Ullstein, était devenu célèbre pour ses unes accrocheuses. Mais on avait fini par découvrir que la rédaction n'hésitait pas à inventer des scoops dans le but de doper les ventes. Le périodique avait finalement cessé de paraître en 1943.

Le maigre tirage du *Weckruf* prouvait que ses articles à sensation tournaient à la recette, et que le succès espéré n'était pas au rendez-vous. Aux yeux de Rudel, le manque de réussite avait toutefois une autre raison.

— Nous manquons tout simplement de papier, clama-t-il en soupirant de manière théâtrale. Nous grappillons un peu partout. Une tonne par-ci, une tonne par-là. C'est un combat permanent. Notre directeur éditorial ne peut plus fermer l'œil de la nuit.

Rudel se cala dans son fauteuil. Passant la main dans ses cheveux, il prit soin de rajuster sa houppette.

— Mais que peut-on faire d'autre ? Notre licence de publication nous a été accordée par l'administration militaire britannique. Avec une licence de l'Ouest, nous n'avons pas les bonnes cartes, car ce sont les Russes qui possèdent tout le papier. Et ils le distribuent en priorité aux journaux de leur secteur. Reste bien sûr le marché noir, mais une tonne de papier coûtait déjà trois mille marks avant le blocus, et les tarifs ont encore augmenté depuis. Si nous voulons être compétitifs, nous ne pouvons pas demander plus de quinze pfennigs par exemplaire. C'est le prix des gazettes à l'Est. Pas vraiment rentable, mais nous n'avons pas le choix. Et notre public est de toute façon l'homme de la rue, pas les millionnaires. Comment voulez-vous publier un bon quotidien dans ces conditions ?

Oppenheimer fit mine de compatir. Le rédacteur en chef avait peut-être encore des choses intéressantes à lui raconter.

— Malgré tout, vous tenez bon. Parvenez-vous à publier tous les jours, ou avez-vous été déjà contraint de renoncer à une édition ?

— Notre journal est paru pour la première fois il y a quatre mois, répondit Rudel avec fierté.

Du doigt, il désigna un sous-verre accroché au mur, dans lequel on pouvait admirer la une du premier exemplaire du *Weckruf*.

— Depuis, nous avons réussi à publier tous les jours nos quatre pages. Même si c'est à chaque fois un défi. Pendant un moment, on nous a autorisés à imprimer à l'Ouest, dans la zone britannique. Mais il fallait expédier la maquette le soir par avion pour recevoir le lendemain matin les exemplaires sortis de presse. C'était beaucoup trop juste. Nous avons donc recommencé à imprimer à Berlin. À présent, les Alliés occidentaux utilisent le pont aérien pour nous ravitailler en rouleaux de papier. Ça facilite un peu les choses, même si les quantités livrées restent limitées à cause du manque de place dans les appareils. Et ce sont les journaux politiques qui reçoivent les plus gros contingents. Les périodiques culturels, comme nous, n'ont droit qu'aux restes. Notre éditeur essaie en ce moment de convaincre les Britanniques que nous sommes également un quotidien engagé et que nous luttons contre l'influence du communisme. Mais jusque-là, ses arguments n'ont pas encore fait mouche.

Wenzel, qui commençait à s'impatienter, chercha à revenir à leur affaire.

— Le bouclage de votre quotidien se fait donc le soir ?

Rudel opina.

— Oui, tout doit être terminé à vingt-deux heures. Ensuite, la maquette est envoyée chez l'imprimeur.

— Vous avez donc tous les textes des pigistes à ce moment-là. Est-il encore possible d'apporter des corrections d'urgence juste avant l'impression ?

— Ça ne peut se faire que par téléphone, expliqua Rudel. La composition prend plusieurs heures. Une fois que l'impression a débuté, il faut détruire la partie du tirage déjà sortie des presses pour intégrer des corrections. Une telle opération coûte très cher. Raison pour laquelle je dois auparavant donner mon aval. Heureusement, nous n'avons encore jamais recouru à cette mesure d'urgence.

— Et pour l'édition d'aujourd'hui ? intervint Oppenheimer. Y a-t-il eu des corrections tardives ?

— Non, aucune. Tout s'est déroulé à merveille, hier soir. La maquette était prête à vingt et une heures trente.

Satisfait, le rédacteur en chef s'appuya contre le dossier de son siège et croisa les mains derrière la tête.

19

Mardi 10 août 1948

— Rensch va devoir s'expliquer, commenta Oppenheimer en ressortant de l'immeuble qui abritait la rédaction du *Weckruf*.

Wenzel était tellement absorbé dans ses réflexions qu'il ne songea même pas à allumer une cigarette.

Après leur entretien avec Rudel, ils avaient appris que, la veille, Rensch avait dicté son article par téléphone vers dix-neuf heures. Ils avaient même trouvé la dactylo qui avait pris l'appel. La jeune femme avait confirmé avoir transcrit fidèlement le texte. Selon elle, le reporter n'avait apporté aucune correction par la suite.

— Rensch était donc au courant pour le sédatif avant sept heures du soir, résuma Wenzel.

— Il ne peut pas avoir obtenu cette information par les techniciens de l'Identification, ajouta Oppenheimer. D'après Hergesheimer, les tests sanguins n'ont été bouclés que ce matin.

Wenzel se tourna vers son supérieur.

— Dans ce cas, Rensch est de mèche avec le tueur. Mais pourquoi nous livre-t-il bêtement cet indice ?

— Ce n'était pas son intention. La dactylo nous a raconté qu'elle avait entendu du bruit derrière la voix de Rensch pendant la conversation. Le journaliste a passé l'appel depuis un téléphone public. Il a probablement dicté son article au pied levé, en s'aidant de ses notes. (Oppenheimer se dirigea vers leur véhicule d'intervention.) Tandis qu'il improvise, notre reporter lâche sans réfléchir que la victime a été endormie. En relisant, le correcteur n'a pas prêté attention à ce détail, et l'article a été publié tel quel.

Wenzel s'esclaffa.

— Vu les inepties qu'ils publient, je doute que les textes soient relus.

Oppenheimer chassa la remarque d'un geste.

— Peu importe. Il faut maintenant pousser Rensch à coopérer avec nous. J'ai déjà essayé d'en appeler à sa conscience, mais ça n'a pas marché. Cet homme n'a aucun scrupule. Je ne vois qu'une solution pour le faire fléchir. Lui faire peur en l'accusant de complicité de meurtre. Et grâce à son article, nous avons maintenant une preuve. Il ne nous manque qu'une chose.

Wenzel se figea, perplexe.

— Quoi donc ?

Oppenheimer se planta devant son adjoint.

— Gregor, fais-moi ton regard le plus noir.

— C'est une blague ?

— Non, je ne plaisante pas. Regarde-moi d'un air menaçant.

Le jeune policier hésita. Puis, voyant que son supérieur était sérieux, il se racla la gorge. Il se redressa ensuite de toute sa hauteur, fronça les sourcils et prit une mine farouche.

Oppenheimer partit d'un grand éclat de rire. Wenzel avait l'air d'un gangster dans un film muet. Ne lui manquait que la moustache pour compléter le cliché.

Le commissaire sortit son mouchoir et essuya ses larmes.

— Au moins, j'arrive à te faire rire, grogna l'aspirant-inspecteur, vexé.

Oppenheimer s'excusa.

— C'est bien ce que je craignais. Tous les deux, nous ne sommes pas assez intimidants. Nous devons trouver une autre solution. (Il fit un clin d'œil espiègle à Wenzel.) Ce soir, quand Rensch rentrera chez lui, nous allons lui jouer un petit numéro dont il se souviendra.

Großkurth resta bouche bée. La question d'Oppenheimer l'avait interloqué.

— Qu'est-ce que tu cherches ?

— Y a-t-il un lutteur parmi les collègues ? Ou un sportif ? (Comme le vieux commissaire ne répondait toujours pas, Oppenheimer renchérit :) Un fort-à-bras, quoi !

— Comment veux-tu que je le sache ? Je ne demande pas à mes gars de se mettre à poil !

Oppenheimer s'appuya contre le bureau de Großkurth.

— Tu devrais, Willem. Ça m'aiderait beaucoup.

Le courtaud aux cheveux gris éclata de rire.

— Tiens, j'y pense. Il y aurait Kubelik. C'est un des aspirants-inspecteurs qui bossaient déjà ici avant que Stumm ne transforme le poste en Praesidium. Son costume est plutôt étriqué, si tu vois ce que je veux dire. Et côté stature, il est loin d'être un nain. Je crois qu'il est dans l'équipe de Franck en ce moment.

— Parfait ! s'exclama Oppenheimer en se redressant. Merci, Willem.

Quelques instants plus tard, il entrait dans le bureau de Franck. Assis derrière sa table de travail, le commissaire aux moustaches en croc tapait vigoureusement sur sa machine à écrire. Oppenheimer déposa devant lui une tasse de chicorée fumante.

— Que me vaut l'honneur de ta visite ? demanda Franck en levant les yeux.

— Tentative de corruption.

Franck sourit.

— Je t'écoute.

Oppenheimer exposa brièvement son idée.

— Détacher Kubelik pour une mission spéciale ? soupira son collègue. (Levant le bras, il montra du pouce son dos.) Tu vois ça ? Ma colonne est tordue parce que je passe mes journées à faire de la paperasse. Sans mon adjoint, je vais y passer aussi toutes mes nuits.

— Où est-il d'ailleurs, ton précieux assistant ? s'enquit Oppenheimer en balayant la pièce du regard.

— Il a pris une courte pause pour aller chercher sa fiancée à la gare. Il sera de retour dans une demi-heure. Encore un bon point pour Kubelik. C'est un type fiable. (Franck avala une gorgée d'ersatz.) En quoi consiste cette mission spéciale, au juste ?

— Un témoin récalcitrant, expliqua Oppenheimer. J'aimerais l'interroger de manière un peu plus musclée, si tu vois ce que je veux dire.

Franck pouffa.

— Effectivement, Kubelik est le candidat idéal pour ce genre d'opération.

Oppenheimer se pencha vers son collègue.

— Tu me le laisses deux heures ce soir, après le service ?

Après une courte hésitation, Franck finit par céder.

— Bon, d'accord. Mais préviens d'abord Seeßlen. Je ne veux pas avoir de problèmes.

— J'y vais de ce pas.

L'entretien avec Seeßlen fut bref. Le chef de la Kripo donna son assentiment sans exiger de détail. Oppenheimer était libre d'agir comme bon lui semblait si cela permettait de faire avancer l'enquête.

Le commissaire était d'excellente humeur lorsqu'il ressortit dans le couloir. Avec un peu de chance, Kubelik était déjà de retour au Praesidium. Il brûlait de faire la connaissance de l'apprenti inspecteur.

Großkurth n'avait pas menti. Quand il entra dans le bureau de Franck, il eut l'impression que la pièce avait rapetissé. Un véritable hercule s'était installé derrière la seconde table de travail. Ses mains étaient larges comme des pelles à charbon. En sa présence, les meubles ressemblaient à des jouets. Ses cheveux bruns étaient soigneusement peignés, mais son costume, mal coupé, serrait sa poitrine musclée.

En voyant Oppenheimer entrer, Franck afficha un grand sourire.

— Voilà notre jeune prodige ! s'écria-t-il avant de désigner fièrement l'aspirant-inspecteur.

Kubelik, penché sur un dossier, redressa la tête avec étonnement.

— J'ai une mission à vous confier, annonça Oppenheimer. Dans environ quatre heures. Ce serait faisable ?

Le colosse jeta un regard à Franck.

— Je suppose que tout est déjà arrangé ?

— Je vais me débrouiller pour la paperasse. Richard a besoin de renfort. Si tu l'aides, tu pourras venir au bureau plus tard demain matin. Disons dix heures.

Fixant l'horloge murale d'un air embarrassé, Kubelik répondit :

— J'avais prévu de sortir avec ma fiancée, ce soir.

Oppenheimer acquiesça.

— Bien sûr. Ce ne sera pas très long, rassurez-vous. Une fois que nous aurons terminé, nous vous déposerons où vous voulez avec le véhicule d'intervention.

L'adjoint de Franck pesa un instant le pour et le contre. Puis, se soumettant à son devoir de policier, il finit par accepter.

La fin de la journée fut incroyablement longue pour Oppenheimer, qui avait hâte de passer à l'action. Il rongea son frein dans son bureau jusqu'à ce que les cloches d'une église voisine sonnent enfin dix-huit heures.

Vingt minutes plus tard, il était installé dans une voiture de police flambant neuve en compagnie de Wenzel et Kubelik. Pendant le trajet, il expliqua son plan au colosse.

— Nous devons donc seulement aller chercher ce journaliste chez lui et l'emmener ensuite au Praesidium ? conclut le jeune flic.

— Exactement. Il s'agit d'intimider Rensch pour l'inciter à coopérer. Je doute qu'il fasse de la résistance. Laissez-moi parler et tout se passera bien.

Une fois sur place, Oppenheimer pria Wenzel de se garer dans une rue latérale et de patienter à l'intérieur du véhicule avec Kubelik.

Puis le commissaire alla se poster sous le porche d'un bâtiment situé non loin de l'appartement de Rensch. Au bout de trois quarts d'heure d'observation, le journaliste apparut sur son vélo. Il avait l'air épuisé, ce qui ne l'empêchait pas de jeter des regards vigilants autour de lui.

Oppenheimer se dissimula dans un renfoncement et le vit disparaître dans le passage menant à l'arrière-cour de son immeuble.

Il s'empressa aussitôt de retourner à la voiture. S'approchant de la portière de Wenzel, il glissa par la vitre entrouverte :

— On lui donne dix minutes. Ensuite, on sonne.

Kubelik, assis sur la banquette arrière, parut soulagé. L'affaire se présentait plutôt bien, et sa fiancée n'aurait pas à attendre trop longtemps.

Oppenheimer s'embusqua près de l'entrée pour s'assurer que le reporter ne ressorte pas en douce. Peu après, Wenzel et Kubelik le rejoignirent.

Afin d'attirer l'attention de tous les voisins, le commissaire tambourina violemment à la porte de l'immeuble. Très vite, des pas retentirent dans le vestibule et le battant s'ouvrit. Le visage mal rasé d'un homme grisonnant surgit par l'entrebâillement.

— Kripo, annonça Oppenheimer en montrant sa plaque. Nous devons parler à Carl Rensch.

L'homme tressaillit en apercevant Kubelik. Impressionné, il s'écarta pour laisser le passage aux policiers.

— Oui, naturellement, bredouilla-t-il. (Puis, virevoltant sur ses talons, il lança dans la cage d'escalier :) Herr Rensch ! La police veut vous voir ! (À voix basse, il indiqua aux enquêteurs :) Dernier étage.

Oppenheimer fit signe à Kubelik de monter en premier. Tandis qu'ils gravissaient pesamment les marches, Rensch se pencha sur la rampe. Lorsqu'il découvrit les trois flics, le journaliste devint pâle comme un linge.

— Laissez-moi tranquille ! gémit-il.

— Il faut qu'on discute, répondit le commissaire en parvenant au dernier palier.

— Partez, je vous en supplie ! On ne doit pas me voir avec la police.

Ce n'était pas du tout l'accueil qu'avait imaginé Oppenheimer. Rensch, qui avait perdu son arrogance, semblait complètement paniqué.

Intrigués par le vacarme, les résidants de l'immeuble étaient sortis sur le pas de leurs portes pour voir ce qui se passait.

— Je vais tout vous raconter, murmura le reporter d'une voix tremblante. Mais, par pitié, dites à vos hommes de quitter l'immeuble. (Il avala avec peine sa salive avant d'ajouter :) C'est une question de vie ou de mort.

L'interrogatoire de Rensch était loin de se passer comme prévu. Le journaliste, désemparé, était sur le point de tout révéler, et il était inutile de le conduire au Praesidium.

Oppenheimer ordonna à Wenzel de repartir et de déposer Kubelik en ville, là où le souhaiterait leur jeune collègue.

Afin d'échapper aux regards curieux de ses voisins, Rensch se dépêcha de faire entrer le commissaire dans sa mansarde. Puis il referma la porte derrière lui et s'adossa contre le panneau de bois.

— Avec un peu de chance, votre visite passera inaperçue, soupira-t-il.

— Expliquez-moi ce qui vous est arrivé.

Le reporter se tordit les mains. Puis il se dirigea d'un pas traînant vers son lit et se laissa choir sur le matelas grinçant.

Oppenheimer prit une chaise pour s'installer devant lui.

— Je vois bien que vous êtes dans le pétrin. Décrivez-moi le problème, et nous trouverons ensemble une solution.

Il observait Rensch avec compassion, mais le jeune homme gardait les yeux baissés.

— Vous avez dit tout à l'heure que c'était une question de vie ou de mort, reprit-il. Pour qui ?

L'angoisse pouvait se lire sur le visage du journaliste.

— Bon Dieu ! Le tueur a kidnappé Birgit !

20

Mardi 10 – mercredi 11 août 1948

Rensch se pelotonna sur son lit.

— Je n'ai pas le droit de prévenir la police. Ou il la tuera.

Un silence pesant tomba sur la chambre, seulement entrecoupé par la respiration hachée du journaliste. Oppenheimer ôta son veston et le suspendit sur le dossier de sa chaise. La chaleur qui régnait sous le toit lui paraissait soudain accablante. Même si le ciel était couvert ce soir-là, l'air chaud des derniers jours s'était accumulé dans la mansarde. Le logement lui rappelait le sauna russe dans lequel il s'était rendu en compagnie d'Aksakov, le colonel du NKVD.

Il avait soudain très soif. Se relevant, il regarda autour de lui, mais il ne vit aucun robinet à portée de main. Il s'approcha du poêle à bois, sur lequel était posée une verseuse en fer-blanc. Celle-ci était encore remplie de chicorée. Le commissaire sortit deux gobelets en émail d'un placard et les remplit du liquide froid.

Puis il se rassit et tendit à Rensch l'une des timbales.

— C'est le tueur en personne qui vous a donné les informations pour votre article ?

Le journaliste releva la tête. Après s'être frotté les mains sur les jambes de son pantalon, il prit le gobelet.

— Oui, mais j'ignore s'il s'agit du tueur ou d'un complice. Je ne sais même pas si c'est un homme. La personne à qui j'ai parlé pourrait aussi être une femme.

Oppenheimer avala une gorgée d'ersatz et essaya d'ordonner ses pensées. Pourquoi le meurtrier avait-il enlevé Fräulein Zander ?

— Commençons par le début. Comment êtes-vous entré en contact avec le tueur ?

Rensch émit un petit rire amer.

— C'est lui qui m'a téléphoné la première fois. À la rédaction, en pleine journée. Peu de temps auparavant, j'avais publié un petit article sur la jambe amputée qu'on a retrouvée dans la baie de Rummelsburg. Il m'a dit qu'il avait lu ma pige et qu'il était prêt à me livrer d'autres infos. (Le journaliste haussa les épaules.) À ce moment-là, je ne me suis pas posé de question. J'ai cru qu'il s'agissait simplement d'un témoin qui voulait gagner un peu d'argent. Sans me méfier, j'ai donc accepté son marché. Les renseignements qu'il m'a donnés m'ont paru sur le coup complètement délirants, mais mes sources à la police ont ensuite confirmé les faits.

— Et ça ne vous a pas mis la puce à l'oreille ?

— Pas tout de suite. Beaucoup de gens me contactent. On sait que je ne suis pas radin si les tuyaux sont bons.

— Alors, sans vous en douter, vous avez payé le tueur pour obtenir des informations, résuma Oppenheimer. Comment avez-vous procédé pour lui donner l'argent ? L'avez-vous rencontré ?

— Il tenait à rester anonyme. Pour ce genre de cas, j'ai une boîte aux lettres morte dans les environs de la rédaction. Avec cette cachette, c'est très facile d'échanger des documents ou de déposer de l'argent. Je ne l'ai donc pas vu. Nous avons uniquement communiqué par téléphone. À chaque fois, il parle à mi-voix, et j'ai du mal à le comprendre. (Rensch marqua une pause.) Ce n'est que quelques jours plus tard que j'ai compris à qui j'avais affaire. Il m'a rappelé pour m'annoncer qu'un cadavre allait être exposé à Luisenstadt.

— Quand a-t-il passé cet appel ?

Rensch réfléchit un instant.

— Le lundi. La veille du jour où nous nous sommes vus à Luisenstadt.

Oppenheimer acquiesça. Le meurtrier avait prévenu le reporter avant même d'avoir déposé dans la cave son œuvre d'art macabre.

— Vous a-t-il donné des indications précises concernant l'heure à laquelle la dépouille serait mise en place ?

— Non, il a seulement dit qu'il mettrait son plan à exécution pendant la nuit.

Oppenheimer considéra attentivement le journaliste. Son instinct lui soufflait que Rensch ne racontait pas toute la vérité.

Son interlocuteur parut sentir son scepticisme et ajouta aussitôt :

— Au début, j'ai cru que c'était un bobard. Ça me paraissait bizarre que le type ne veuille pas d'argent cette fois pour son tuyau. Pour vérifier, je me suis rendu le lendemain à Luisenstadt. En voyant les agents de la Schupo, j'ai compris qu'il s'était réellement passé quelque chose.

— Et comment avez-vous eu la photo de la cave publiée avec l'article ? La position du cadavre y était parfaitement représentée.

— C'est moi qui l'ai prise après le départ de la police. Quelques heures plus tard, le tueur m'a recontacté. J'ai déposé un tirage papier dans la boîte aux lettres en lui demandant des informations supplémentaires. Il m'a rendu le cliché avec le dessin du corps. Au journal, nous avons seulement retracé les contours pour qu'ils soient plus visibles à l'impression.

Oppenheimer interrompit le reporter d'un geste.

— Vous n'avez rien reçu d'autre ? Aucun billet du meurtrier expliquant sa mise en scène ?

Rensch secoua la tête.

— Et pour la disparition de Klinger ? Je suppose que le tueur vous a également prévenu ?

— En effet.

— Il vous a ainsi révélé qu'il avait donné un sédatif à sa victime avant de l'assassiner.

Le journaliste acquiesça distraitement. Quelques secondes plus tard, il sursauta.

— Mais comment savez-vous ça ?

Oppenheimer eut un sourire ironique.

— Vous devriez lire le journal plus souvent. Vous avez publié cette information avant même que l'Identification judiciaire ne fasse les tests sanguins.

— Que je suis bête ! lâcha Rensch en se frappant le front du plat de la main.

— Voyez la chose du bon côté. Sans votre article, je ne serais pas là. C'est peut-être grâce à lui que nous sauverons Fräulein Zander. Mais à présent, essayez de vous concentrer. Quel intérêt le tueur peut-il avoir à vous filer des tuyaux ?

Le journaliste leva son gobelet et but un peu de chicorée froide.

— À mon avis, il a besoin de se faire valoir. Il aime attirer l'attention. En même temps, il prend un grand plaisir à mener la police en bateau. Ça lui donne l'impression d'être plus malin que les autres. Il agit comme un joueur d'échecs qui essaie d'anticiper les coups de son adversaire. (Rensch grimaça.) Et c'est la raison pour laquelle il a kidnappé Birgit. Je dois espionner pour lui la Kripo, parce qu'il veut savoir où en est l'enquête. Si je n'obéis pas, il la tuera.

Oppenheimer serra les mâchoires. Visiblement, le tueur s'amusait. Il avait inversé les rôles, et c'était maintenant au tour de Rensch de jouer les informateurs.

— Que veut-il savoir, au juste ?

— Les pistes que vous suivez. Et il observe attentivement la scission entre les polices de l'Est et de l'Ouest. Il attend que je lui donne plus de détails à ce sujet. Je lui ai dit que j'avais besoin de temps pour interroger mes contacts. Mais tôt ou tard, il exigera du concret.

Le commissaire marcha jusqu'au poêle pour se resservir de la chicorée. Puis il s'approcha de la fenêtre et contempla le ciel de plomb qui s'étirait au-dessus de Berlin. Même si Rensch ne l'avait pas expressément reconnu, le tueur voulait sans doute être prévenu si la police décidait de lui tendre un piège.

— Comment votre compagne a-t-elle disparu ? s'enquit-il pour relancer la conversation.

— Un soir, nous nous sommes disputés, et elle est partie. Au début, je ne me suis pas inquiété. Ça lui arrive de temps en temps de piquer une crise et de s'en aller. Elle rentre ensuite au bout de quelques jours. Mais cette fois-ci, elle n'est pas revenue. Au lieu de ça, j'ai reçu une visite.

Oppenheimer se tourna vers le reporter.

— Du tueur ?

— Je suppose que c'était lui. Enfin, elle, pour être plus précis. La personne que j'ai rencontrée dans la cour était une femme.

La révélation était plutôt surprenante. Le commissaire avait déjà eu affaire à des meurtrières, mais il n'avait encore jamais entendu parler d'une tueuse en série, capable de commettre des crimes atroces comme Fritz Haarmann ou Carl Großmann.

— Vous l'avez donc vue ?

Rensch se frotta les bras comme s'il avait brusquement froid.

— Voir n'est pas le terme que j'emploierais. Elle se tenait devant moi, mais il faisait sombre. Je n'ai distingué qu'une silhouette. (Le reporter ferma les yeux pour mieux se remémorer la scène.) C'était une personne vêtue d'un bleu de travail et d'une chemise à carreaux, avec une casquette irlandaise sur la tête. Ses vêtements étaient trop grands. Et cette voix… (Troublé, il s'interrompit un instant, incapable de trouver les mots exacts.) Elle ne peut pas appartenir à un homme.

Oppenheimer revint s'asseoir sur son siège.

— S'agissait-il de la même qu'au téléphone ?

— Je crois, oui. Mais l'inconnue parlait en fausset, d'un ton étrangement chantonnant.

— Elle continue donc de déguiser sa voix, commenta Oppenheimer d'un air songeur. Partons du principe qu'il s'agit bien d'une femme. Vous a-t-elle donné l'impression d'être vraiment la coupable ? A-t-elle évoqué un complice ?

— Elle était au courant de tout, et elle n'a pas parlé d'un éventuel complice. C'est elle, la tueuse ! (Rensch cligna des yeux.) Elle m'a tout de suite annoncé qu'elle détenait Birgit et qu'elle n'hésiterait pas à lui faire du mal si je n'exécutais pas ses ordres.

— A-t-elle posé un ultimatum ?

Rensch fit non de la tête.

— Pas encore. Mais elle le fera si je ne lui livre pas bientôt les informations qu'elle attend de moi. Et je ne dois en aucun cas prévenir la police. Sinon… (La voix du journaliste s'étrangla.) Elle me renverra Birgit en morceaux.

Oppenheimer s'efforça de le rassurer.

— Ce n'est qu'une menace. La tueuse ne conserve son moyen de pression que si Fräulein Zander reste en vie. C'est dans son propre intérêt de ne pas porter la main sur son otage.

L'enlèvement de Birgit Zander ouvrait de nouvelles perspectives. Si Rensch devait jouer les espions, il était possible de profiter des circonstances pour transmettre de fausses informations à la meurtrière. Mais il faudrait se montrer très prudent. Au moindre faux pas, l'inconnue se vengerait en se débarrassant de sa prisonnière.

— Nous allons trouver une solution pour délivrer votre amie, ajouta-t-il. En attendant, je vous confie une mission.

Rensch leva les yeux vers lui. Il semblait soulagé de pouvoir compter sur quelqu'un. Même s'il s'agissait d'un commissaire de la Kripo.

Oppenheimer se pencha en avant.

— Si la meurtrière vous appelle pour vous annoncer un autre crime, prévenez-moi tout de suite.

Le lendemain, Oppenheimer avait du mal à tenir en place. Au bout d'une heure passée à ruminer les derniers événements dans son bureau de la Friesenstraße, il décida d'aller se dégourdir les jambes dans la cour. C'était en marchant que lui venaient en général les meilleures idées. Dans un élan d'enthousiasme, il demanda à Wenzel et Großkurth de l'accompagner.

Ses collègues n'eurent pas la même réaction. L'aspirant-inspecteur ne se fit pas prier, tandis que le vieux flic ronchonna quelques instants avant de saisir son chapeau.

À peine arrivé dehors, Großkurth scruta le ciel voilé d'un air suspicieux et ouvrit son parapluie.

— Toi et tes lubies, grogna-t-il en décochant un regard en coin à Oppenheimer.

Ce dernier sourit.

— Cesse de bougonner, Willem. (Le commissaire tendit les paumes de manière démonstrative.) Il ne pleut pas. Et puis tu portes déjà un couvre-chef. Ça suffit, non ?

— Je préfère ne pas prendre de risque, rétorqua Großkurth en posant négligemment son parapluie sur l'épaule.

Alors qu'ils se dirigeaient à pas lents vers les anciennes écuries de la caserne, Wenzel s'écria :

— C'est tout bonnement incroyable !

Captant le regard interrogateur d'Oppenheimer, il ajouta :

— Je n'en reviens toujours pas que le tueur soit une femme. Ces meurtres sont si brutaux, si atroces. Ça ne colle pas !

Großkurth s'esclaffa.

— Oh, quand on a passé comme moi toute sa vie dans la maison Poulaga, on n'est plus surpris de rien. Pas vrai, Richard ?

— Tout est possible, confirma Oppenheimer, les yeux rivés sur le sol.

La veille au soir, il avait frappé chez Hilde pour discuter de ce brusque retournement de situation, mais l'aristocrate n'était pas dans sa maisonnette. Elle était sans doute sortie avec Bangemann, le dentiste naturiste à la carrure impressionnante.

— En plus, Klinger, la dernière victime, a été vu en compagnie d'une femme avant sa disparition, poursuivit-il. Les allégations de Rensch font apparaître l'affaire sous une tout autre lumière.

— Il n'est pas le seul, renchérit Wenzel. Schroeter et Timpe ont eux aussi fait la connaissance d'une femme juste avant leur mort. Une mystérieuse blonde. Au début, nous avons cru qu'elle n'était qu'un appât.

— Exact. D'après un témoin, Schroeter aurait dit qu'elle s'appelait Hannelore.

— Sûrement un faux nom, remarqua Großkurth. Pour le reste, la manière de procéder est la même. Les trois victimes étaient des hommes d'âge moyen, célibataires. Des cibles faciles. Il suffit d'une œillade langoureuse pour les embobiner. Possible que la femme ne soit qu'un appât. Mais il est également plausible qu'elle ait commis elle-même les meurtres. Reste dans ce cas à trouver son mobile. On peut déjà exclure l'appât du gain : les types n'avaient pas un rond. En plus, elle aime empailler les cadavres pour ensuite les exposer. Ce genre de penchant déviant donne plutôt à penser qu'elle a agi seule.

Oppenheimer se tourna vers son collègue.

— Tu penses qu'il est peu probable que deux criminels au comportement asocial aient pu s'associer pour tuer des gens ?

Großkurth haussa les épaules.

— Ça paraît évident.

— Il faut se méfier des apparences, rétorqua Oppenheimer.

Le commissaire songea à l'enquête qu'il avait été contraint d'accepter quatre ans plus tôt pour le compte de la SS[1]. Le fait de croire que le tueur n'avait aucun complice l'avait mené sur une fausse piste.

— N'oublions pas que les victimes ont été endormies, riposta le vieux flic. Un sédatif, c'est une sorte de poison. L'arme préférée des femmes.

Wenzel souffla un nuage de fumée bleue.

— Tout ça ne nous avance pas beaucoup. Nous devrions plutôt réfléchir à la manière dont nous voulons mener nos investigations.

— La femme qui a été vue avec Klinger et les autres victimes est la clé de l'affaire, reprit Oppenheimer. Malheureusement, les portraits-robots de Klopp sont restés dans le secteur soviétique. Il nous faut donc repartir à zéro. (S'adressant à Großkurth, il demanda :) Y a-t-il des témoins ayant vu Klinger avec notre mystérieuse inconnue ?

— Deux. Je vais les convoquer au Praesidium pour qu'on puisse faire des portraits de la suspecte.

Oppenheimer se frotta les mains.

— Bien. Rensch me préviendra dès que la tueuse reprendra contact avec lui. D'ici là, nous devons sélectionner avec soin les infos que nous allons divulguer. Il faut que le journaliste ait quelque chose à raconter, sinon la meurtrière va se méfier. Pour nous, c'est un gros avantage. Nous gardons le contrôle sur les renseignements que nous laissons fuiter.

— Il y a une chose qui m'inquiète, dit Wenzel.

---

1. Voir *Germania*, du même auteur.

L'aspirant-inspecteur s'était arrêté. Oppenheimer et Großkurth l'imitèrent.

— Jusqu'à présent, la tueuse a frappé à l'Est. Mais son dernier meurtre a eu lieu à Berlin-Ouest.

Oppenheimer acquiesça.

— Elle a franchi la frontière. Ce qui pourrait laisser supposer qu'elle est en pleine confiance. Mais il y a une autre explication possible.

— Elle essaie de mettre en concurrence les services de police à l'Est et à l'Ouest.

Wenzel avait formulé à voix haute ce que le commissaire redoutait.

— Exactement, soupira-t-il. Jusque-là, son territoire de chasse s'étendait autour de Rummelsburg et Lichtenberg. Elle a placé le cadavre rapiécé à Luisenstadt, dans la partie soviétique de Kreuzberg. Mais, l'autre jour, elle a frappé en plein Neukölln. (Après une courte pause, il poursuivit son raisonnement.) Si elle accroît son rayon d'action, ça signifie qu'elle doit parcourir plus de chemin jusqu'à son repaire avec les membres coupés de ses victimes. Elle prend donc plus de risques. Ce qui augmente nos chances de la coincer. Le mieux serait bien sûr de l'arrêter avant qu'elle ne commette un autre crime.

En prononçant ces paroles, il ne se faisait pas d'illusions. Aux mines sceptiques de Wenzel et Großkurth, il conclut qu'eux non plus ne croyaient guère à pareil miracle.

21

Mercredi 11 août 1948

Lorsque Oppenheimer rentra au domaine en fin d'après-midi, il trouva Theo et Hilde dans le jardin en train de cueillir des mûres. Naturellement, le garçon en mangeait autant qu'il en déposait dans le grand saladier de l'aristocrate.

En entendant le vélo de son tuteur, Theo se redressa et s'enfuit brusquement dans la villa. Oppenheimer se demanda pourquoi l'orphelin renonçait de manière aussi soudaine aux fruits délicieux.

Il rangea sa bicyclette dans l'appentis situé derrière la maisonnette de Hilde avant d'aller échanger quelques mots avec son amie. Leur discussion fut interrompue par des grognements sourds. Son estomac criait famine.

— Je reviens te voir après avoir mangé quelque chose, promit-il en s'éloignant.

La veille, sur un coup de chance, il avait réussi à dénicher dans une épicerie une grosse miche de pain. Lisa avait promis de préparer un « faux bifteck ». L'ersatz de viande était en réalité une épaisse tranche de pain qu'on trempait brièvement dans l'eau et qu'on faisait ensuite cuire à la poêle avec des herbes aromatiques.

— Surtout, ne t'étouffe pas ! lança Hilde avec un sourire en coin.

Oppenheimer se retourna, étonné. La remarque lui semblait incompréhensible. Mais, trop fatigué pour répliquer, il se contenta d'un geste vague et se remit en mouvement.

Dans le hall de la villa, il croisa Frau Schneider. La veuve de guerre paraissait très fatiguée. Grâce à son emploi de conductrice de tramway, elle avait droit à des rations acceptables, mais elle devait tout partager avec ses trois enfants, qu'elle élevait seule. Lisa s'inquiétait depuis longtemps pour leur voisine, qu'elle trouvait bien trop maigre. Oppenheimer, absorbé par son enquête, n'y avait pas porté attention. Pourtant, en voyant sur la rambarde la main osseuse de la jeune femme, qui ressemblait à une serre de rapace, il eut un choc.

— Bonsoir, la salua-t-il poliment en s'efforçant de dissimuler son malaise.

Alors qu'elle descendait les dernières marches de l'escalier, elle lui jeta un regard étrange. Oppenheimer, déconcerté, crut déceler dans ses yeux une lueur d'envie.

Au même moment, Theo apparut sur le palier du premier étage. Le commissaire accéléra le pas pour le rejoindre, mais son pupille repartit en courant.

Lorsqu'il entra dans sa chambre, il découvrit Lisa et Theo qui se tenaient devant la petite table. Tous deux le fixèrent d'un air curieux.

S'arrêtant sur le seuil, il s'enquit :

— Que se passe-t-il, ici ? Je viens de croiser Schneider, qui m'a dévisagé de manière très bizarre.

— Ta sœur t'a envoyé quelque chose, répondit Lisa.

Elle s'écarta, et Oppenheimer découvrit un gros paquet posé sur la table. L'espace d'une seconde, son cœur cessa de battre. Tous les Berlinois – et sans doute n'importe quel Européen – connaissaient l'acronyme imprimé sur le carton : CARE.

Cette organisation humanitaire avait été fondée de l'autre côté de l'Atlantique quelques mois après la fin de la guerre. Les dommages causés par le conflit mondial et les mauvaises conditions climatiques récurrentes avaient fortement ralenti la production agricole. Le fléau de la sous-alimentation ne frappait pas seulement Berlin et l'Allemagne, mais de nombreuses régions du globe. D'après ce qu'Oppenheimer avait entendu, CARE avait commencé par distribuer dans les zones particulièrement touchées des paquets alimentaires dont l'armée américaine, qui n'en avait plus l'utilité après la cessation des combats, avait fait don.

Par la suite, l'organisation avait décidé de constituer ses propres paquets. Leur contenu permettait à une famille d'étoffer ses maigres rations pendant plusieurs semaines. Les destinataires étaient principalement des personnes ayant des proches ou des connaissances vivant aux États-Unis. L'envoi d'un colis coûtait quinze dollars.

Manifestement, sa sœur Sarah s'était débrouillée pour lui faire parvenir l'un de ces paquets.

Theo trépignait d'impatience. Il mourait d'envie d'ouvrir le carton. Comme Oppenheimer ne possédait pas de couteau de poche, il prit son stylo plume pour découper les rubans adhésifs qui entouraient le colis.

Lorsqu'il souleva finalement le couvercle, il entendit Lisa retenir son souffle. Le paquet était rempli à ras bord de boîtes de conserve.

Oppenheimer sentit ses yeux s'embuer de larmes. Refusant de céder à l'émotion, il s'efforça de se maîtriser. Puis il s'assit sur une chaise et entreprit de vider le colis.

En utilisant ces provisions avec parcimonie, ils pourraient vivre confortablement durant quelques semaines. Le paquet contenait seize boîtes. La plupart d'entre elles étaient des conserves de viande, mais il y avait aussi du miel, des abricots au sirop et deux paquets de vrai café. En plus, on avait glissé à l'intérieur plusieurs livres de beurre et de saindoux, des raisins secs, du sucre, du riz, de la farine et quatre grandes tablettes de chocolat.

Lentement, Oppenheimer sortit les boîtes les unes après les autres et les posa devant eux sur la table. Puis ils contemplèrent ensemble les différentes étiquettes de marques inconnues en essayant de s'imaginer les saveurs des produits qu'ils avaient sous les yeux.

Tandis qu'Oppenheimer et Lisa examinaient les conserves sous tous les angles, Theo avait le regard rivé sur le chocolat. Le commissaire, qui mourait également d'envie de le goûter, rompit l'une des tablettes. Il donna d'abord une moitié à son pupille, en offrit à Lisa et prit ensuite un morceau pour lui-même.

Theo avala sa part avec délices. En sentant fondre le chocolat sur sa langue, Oppenheimer sourit. Le visage de Lisa s'éclaira aussi. Heureuse, elle se mit à pouffer derrière sa main.

Lorsqu'il eut terminé ses carrés, il retrouva son sérieux.

— Où allons-nous cacher ces victuailles ?

La question était justifiée. Vers la fin de la guerre, le colonel Aksakov lui avait fait cadeau d'un sac rempli de boîtes de conserve. Dans un élan de compassion, il avait commis l'erreur d'en offrir une à la veuve Vogt. Peu après, quelqu'un s'était introduit dans leur chambre et avait volé tous leurs vivres. Oppenheimer n'avait jamais pu identifier le coupable, mais il soupçonnait Vogt ou Schneider d'avoir fait le coup. Parmi les autres résidants de la villa, Gerda, Barbe et la famille Schmude n'auraient jamais agi ainsi.

Cette fois, Lisa ne voulait pas partager. Les voisins avaient abusé de leur confiance, et elle n'avait aucune envie de revivre ce genre de situation.

— Tout le monde est déjà au courant de l'arrivée du paquet, dit-elle. Si nous laissons les provisions ici, je vais me faire un sang d'encre.

Oppenheimer opina.

— Chez Hilde ?

— Oui, cachons-les dans sa maisonnette. Nous devrions prendre aussi ton service de couverts.

Renonçant à dîner, ils décidèrent de dissimuler immédiatement les affaires chez Hilde. Theo eut le droit de porter le coffret contenant les cuillères et les fourchettes argentées, et Oppenheimer se chargea du colis. Afin de ne pas attirer l'attention, Lisa l'emballa auparavant dans du papier journal.

Malheureusement, leur manœuvre discrète fut aussitôt repérée. Martin, le fils aîné de Frau Schneider, était assis au pied de l'escalier du grand hall. Lorsque le garçonnet vit la petite procession sortir de la villa, il bondit sur ses pieds et grimpa les marches quatre à quatre en criant :

— Maman ! Ils emportent toute la nourriture !

Lisa s'arrêta un instant et soupira.

— Je devrais peut-être apporter aussi mes disques chez Hilde, murmura Oppenheimer. Dieu sait de quoi les voisins sont capables.

— Tu as raison, approuva sa femme en se remettant en mouvement.

Une demi-heure plus tard, ils avaient tout entreposé chez Hilde. Par précaution, Oppenheimer avait préféré déplacer par la même occasion son phonographe. Il ne se faisait plus d'illusions. Dans la société actuelle, quand la frustration et l'envie devenaient trop fortes, les gens ne contrôlaient plus leurs émotions et pouvaient faire preuve de violence. On ne comptait plus les actes de vandalisme.

Dans la maisonnette de Hilde, l'ambiance était à la fête. Oppenheimer ouvrit une boîte de corned-beef. L'aristocrate alla chercher quelques pommes de terre du jardin et prépara avec Lisa un délicieux repas.

Le commissaire savoura chaque bouchée. Cela faisait une éternité qu'il n'avait pas aussi bien mangé. Après le dîner, il ouvrit l'un des paquets de café et mit de l'eau à bouillir. Seul dans la kitchenette, il étudia encore une fois les victuailles qu'il venait de recevoir. Intrigué, il saisit une boîte arborant l'inscription *White Milk Powder*. D'ordinaire, il buvait son café noir mais, ce soir-là, il était prêt à essayer quelque chose de nouveau. Il se demanda si le lait en poudre américain avait un goût différent et si celui-ci était sucré.

En un tournemain, il fit un petit trou dans le couvercle à l'aide de l'ouvre-boîte. Puis il versa un peu de poudre blanche dans une cuillère qu'il porta à sa bouche.

Malencontreusement, le commissaire inspira la substance semblable à de la poussière et manqua de s'étouffer, pris d'une toux convulsive.

Hilde se précipita dans la cuisine. D'un geste vif, l'aristocrate plongea un gobelet dans le seau d'eau bouillie qu'elle conservait toujours à portée de main et fit boire Oppenheimer.

Malgré la toux, ce dernier parvint à avaler quelques gorgées. Le reste de poudre à l'intérieur de sa bouche se dilua, et il put de nouveau respirer normalement.

Hilde examina d'un air réprobateur la conserve.

— C'était vraiment très stupide de ta part ! s'écria-t-elle dès qu'Oppenheimer eut retrouvé son souffle.

Lisa apparut sur le seuil.

— Que se passe-t-il ici ?

— Ton cher époux voulait goûter comme ça le lait en poudre. Comment peut-on être aussi bête ?

D'un pas vacillant, il retourna au salon et se laissa tomber dans un fauteuil. Theo, assis à la grande table, l'observa avec des yeux écarquillés.

Lisa revint s'installer à côté d'Oppenheimer. Au bout d'un moment, Hilde fit son retour avec la cafetière à la main.

Ayant la désagréable impression d'être au centre de l'attention, il tenta de faire oublier l'incident avec une plaisanterie.

— Je sais maintenant pourquoi je bois toujours mon café noir.

Un peu plus tard, Lisa quitta la maisonnette en compagnie de Theo. Le garçon devait aller se coucher.

Oppenheimer profita de ce départ pour parler de son enquête.

L'affirmation de Rensch, selon laquelle le tueur était une femme, n'étonna point Hilde.

— Pourquoi pas ? fit-elle. Les meurtres en série ne sont pas l'apanage des hommes. (Elle se leva.) Allez, je te paye la goutte.

Elle disparut dans la kitchenette pour revenir avec une bouteille de schnaps. Oppenheimer constata avec amusement que la phase d'abstinence de son amie n'avait pas duré longtemps.

Il promena son regard sur les étagères qui couraient le long des murs. Autrefois, les rayons débordaient de livres. Pendant les années de dictature, Hilde avait amassé des œuvres condamnées en 1933 à brûler sur les autodafés. Après la capitulation, elle avait fait don de sa précieuse collection à des bibliothèques publiques et n'avait conservé qu'une poignée d'ouvrages de médecine.

— Spontanément, il ne me vient que très peu d'exemples de tueuses en série, déclara-t-il d'un air songeur. Et celles que je connais assassinaient plutôt des démunis. Des personnes blessées ou des enfants.

— Il ne faut pas chercher longtemps. Tu n'as jamais entendu parler de la légende de la Comtesse sanglante ?

— Non. Qui est-ce ?

— Élisabeth Báthory, une aristocrate hongroise. Vers 1610, on l'a accusée d'avoir tué plusieurs servantes et paysannes. Sur ordre du roi, des troupes ont fouillé son château et l'auraient surprise en train de torturer une jeune femme avec l'aide de complices. Dans les cachots de la forteresse, on aurait retrouvé d'autres filles affamées. Les valets qui auraient aidé la comtesse ont été exécutés. Comme Báthory, nièce d'un défunt roi de Pologne, était issue d'une très ancienne famille noble de Transylvanie, on lui a épargné la honte d'un procès. Elle a été emmurée dans une chambre de son château, où elle est décédée quelques années plus tard.

Hilde prit son gobelet de café vide et se versa de l'eau-de-vie. Après avoir avalé une gorgée d'alcool, elle poursuivit d'un ton enthousiaste :

— Les anecdotes sanglantes à son propos ne manquent pas. Elle était mariée à un descendant de Vlad Drăculea, le comte qui a inspiré Bram Stoker pour son roman *Dracula*. Apparemment, les penchants sadiques de la comtesse se sont fortement accentués quand son époux est mort. Auparavant, elle se contentait de maltraiter ses domestiques. Devenue veuve, elle a commencé à préméditer de véritables assassinats, précédés de longues séances de torture. Certains prétendent que Báthory aurait attiré près de six cents jeunes filles dans son château pour les faire ensuite mourir à petit feu. D'autres parlent de quatre-vingts victimes. Il est difficile de faire la part du vrai et du faux dans cette histoire.

Les joues de Hilde s'étaient empourprées. Oppenheimer n'aurait su dire si cela venait du schnaps ou de l'excitation liée au sujet. L'emballement de son amie le fit sourire.

— À quand remontent les faits ? Début du XVIIe siècle ? Ton exemple est intéressant, mais je pensais à des affaires plus actuelles.

Hilde réfléchit brièvement.

— Et la Saponificatrice de Correggio ? C'est une histoire récente. Cette tueuse a été condamnée il y a deux ans.

— J'en ai entendu parler, mais je n'ai plus les détails en tête.

Il vida le fond de la cafetière dans son gobelet.

— La meurtrière s'appelait Leonarda Cianciulli, expliqua Hilde. Cette dame d'une cinquantaine d'années vivait dans la ville de Correggio, où elle possédait une petite boutique de vêtements. Gentille, serviable, elle était très appréciée de ses voisins. Jusqu'à ce qu'on découvre qu'elle avait assassiné trois femmes de son entourage. Quand on l'a arrêtée, elle a avoué qu'elle avait utilisé le sang des cadavres pour faire des gâteaux qu'elle servait aux gens qui lui rendaient visite. Sa dernière victime était une soprano plutôt corpulente, et Leonarda a donc décidé de transformer la graisse de la dépouille en savon. Lors de son procès, elle a raconté qu'elle avait sacrifié rituellement ces femmes pour protéger son fils aîné qui risquait d'être incorporé dans l'armée italienne.

Oppenheimer fronça les sourcils.

— Il y a effectivement des parallèles avec notre affaire. Tout comme notre tueuse, Leonarda Cianciulli a transformé les cadavres de ses victimes. Même si chez elle, il s'agit plutôt d'un moyen d'effacer les traces de ses meurtres. Notre mystérieuse inconnue, en revanche, fait tout pour attirer l'attention de la police.

— C'est peut-être une façon de reprendre le contrôle. Elle s'est probablement sentie prisonnière ou brimée pendant une longue période. Elle a l'impression d'avoir été défavorisée par le sort, et elle cherche un exutoire pour regagner confiance et estime de soi.

Oppenheimer hocha la tête.

— C'est possible. Mais ce qui m'intrigue le plus, c'est la manière dont elle sélectionne ses victimes. Elle ne connaissait pas les hommes qu'elle a assassinés. Mais ceux-ci montrent des points communs : célibataires, ils avaient à peu près le même âge, et elle les a tous séduits dans des bars. En général, les femmes qui tuent cherchent leurs proies dans leur entourage. Ici, notre blonde mystérieuse s'écarte sensiblement de la norme.

— En l'état de nos connaissances, il est difficile d'établir un mobile, confirma Hilde. Mais il y en a forcément un. La façon dont elle découpe les cadavres et transporte les morceaux pour ensuite les naturaliser – tout ça démontre une préméditation indéniable. Elle n'agit pas impulsivement, sans réfléchir. Pour trouver une explication, il faut en savoir plus sur cette femme et son passé.

Oppenheimer posa son gobelet et leva les mains en signe d'impuissance.

— Sans suspecte, pas d'infos. D'après mon expérience, les tueuses se font moins remarquer que leurs homologues masculins. Elles peuvent parfois paraître un peu spéciales, mais elles s'intègrent mieux dans leur environnement. (Il but le reste de son café.) Si notre meurtrier est véritablement une femme, ça risque de compliquer encore plus notre enquête.

22

Vendredi 13 – samedi 14 août 1948

Les jours suivants, Oppenheimer et Wenzel essayèrent de reconstruire de mémoire les différentes actions de la tueuse. Grâce aux documents de Hergesheimer, ils parvinrent à constituer un dossier d'enquête étonnamment épais.

Lors d'un bref passage dans le bureau de son patron, Oppenheimer apprit une bonne nouvelle. Kopp, le portraitiste de la Keibelstraße, avait rejoint la police de Stumm.

Profitant de l'aubaine, il pria le dessinateur de reproduire de tête les esquisses de la mystérieuse inconnue aux cheveux blonds, restées dans le secteur soviétique. Puis il le chargea de rencontrer les témoins de l'affaire Klinger pour réaliser de nouveaux portraits-robots.

Vendredi matin, Kopp lui apporta toute une série de croquis. Oppenheimer s'empressa de les punaiser au mur afin de les examiner en compagnie de Wenzel et Großkurth. Les portraits de la femme qui avait été vue avec Timpe, la seconde victime, ressemblaient toujours à Hildegard Knef.

La veille, il avait plu à verse sur Berlin, et le ciel toujours saturé de nuages ne promettait aucune amélioration. Pour lutter contre la pénombre, Oppenheimer finit par éclairer la pièce. Par chance, le générateur électrique de secours fonctionnait. Comme l'ampoule du plafond était trop faible, il alluma les lampes des tables de travail et tourna les abat-jour vers le mur. Le commissaire eut soudain l'impression d'assister à un spectacle. Les esquisses de Kopp étaient sous les projecteurs, tandis que les trois hommes de la Kripo formaient le public.

— Ça pourrait être la même femme, commenta Großkurth. Dans les un mètre soixante-dix, de longs cheveux blonds. Ni maigre ni plantureuse. La ressemblance entre les différents dessins est frappante. En revanche, impossible de dire d'après ces portraits si elle et le type en bleu de travail ne font qu'un. Mais Rensch a déclaré qu'elle était déguisée en ouvrier quand il l'a vue dans la cour de son immeuble.

Oppenheimer acquiesça, les yeux braqués sur les portraits.

— Oui, la tueuse portait apparemment une salopette avec une chemise à carreaux, et elle semblait flotter dans ses vêtements.

Le regard de Wenzel se mit soudain à briller.

— C'est le déguisement parfait !

Il bondit de son siège et passa devant l'une des lampes, projetant une ombre gigantesque sur le mur.

— Si les vêtements sont amples, elle peut mettre en dessous une tenue de ville classique. Avec ça, elle peut tromper n'importe quel poursuivant. Il lui suffit d'ôter ses frusques d'ouvrier dans un renfoncement et son adversaire, qui recherche un homme, n'y voit que du feu en voyant surgir une jolie blonde au détour d'une rue.

Pour se récompenser de cet éclair de génie, l'aspirant-inspecteur alluma une cigarette.

— Malheureusement, avec une description aussi maigre, il est impossible de lancer un avis de recherche, constata Oppenheimer.

À cet instant, le téléphone sonna. Les trois policiers sursautèrent.

Oppenheimer se recula contre le dossier de son siège et décrocha le combiné. Après avoir écouté attentivement son interlocuteur durant quelques instants, il retourna l'abat-jour de sa lampe sur son bureau. Tandis qu'il prenait fébrilement des notes sur son calepin, Wenzel et Großkurth échangèrent des regards interrogateurs.

— Je propose qu'on se retrouve à l'aéroport, dit-il finalement. Ça vous convient ? Bien. Alors, on se voit dans deux heures.

En raccrochant, il prit une longue inspiration. Puis il se tourna vers ses collègues.

— C'était Rensch. Il vient de m'annoncer que la tueuse l'avait de nouveau contacté. Pour les détails, il veut me voir dans un lieu neutre, où nous pourrons nous entretenir brièvement sans attirer l'attention. Mais je peux déjà vous révéler une chose : nous serons de service ce week-end.

Si des passants avaient traversé la Herrfurthplatz, ils n'auraient guère prêté attention aux deux silhouettes qui se tenaient devant l'église de Génésareth. On était samedi soir et les Berlinois, malgré leur bourse chroniquement plate, avaient envie de sortir et de s'amuser.

Les ombres, silencieuses, écoutaient le bruissement de la ville et le grésillement intermittent d'une radio qui provenait d'une voiture garée à proximité. Il s'agissait d'une Volkswagen, acheminée vers les secteurs occidentaux *via* le pont aérien. Dans la nuit, la carrosserie bleu foncé paraissait noire. La Coccinelle n'avait ni gyrophare ni sirène, et seuls les petits blasons blancs collés sur les portières indiquaient son appartenance à la police berlinoise. Un autre véhicule d'intervention était stationné un peu plus loin derrière l'église.

Ici, dans le Schillerkiez, tout près de l'aéroport de Tempelhof, l'atmosphère était imprégnée de kérosène. Le pont aérien ne connaissait pas de pause. Même en pleine nuit, les avions-cargos se succédaient en cadence dans le ciel.

Les mains dans les poches de son trench-coat, Oppenheimer leva les yeux pour observer les lumières d'un appareil en pleine procédure d'approche. À côté de lui, adossé contre un arbre, Großkurth poussa un soupir. Les deux commissaires avaient les nerfs à vif. Cela faisait déjà plus de deux heures qu'ils faisaient le guet. Le temps s'écoulait incroyablement lentement, au rythme des grondements de moteur réguliers.

La tueuse avait prévu de frapper ce soir-là dans le secteur américain. Elle avait chargé Rensch de se rendre le lendemain matin à Neukölln, au lever du jour, pour qu'il arrive sur les lieux du crime dès que la police serait avertie. Bien sûr, l'inconnue n'avait pas révélé l'identité de sa future victime. Oppenheimer et ses collègues n'avaient donc pas d'autre choix que de surveiller le quartier pour tenter de la prendre en flagrant délit.

En renfort, Seeßlen avait réussi à leur adjoindre une douzaine de Schupos en civil, qui avaient pour mission de faire le tour des bars et de se mêler aux noctambules. Comme la police berlinoise manquait cruellement de talkies-walkies, les agents devaient signaler par téléphone le moindre événement suspect. Ce défaut de matériel leur ferait perdre de précieuses minutes, mais il était impossible de procéder autrement. Sitôt alerté, le commissariat central de Steglitz préviendrait la voiture radio en planque sur la Herrfurthplatz. Oppenheimer et son équipe pourraient alors intervenir.

Après toute la pluie tombée ces derniers jours, l'air était encore humide. Le commissaire boutonna son manteau jusqu'au col. Lassé d'attendre sans bouger, il s'approcha de la Coccinelle stationnée sur le bas-côté. La vitre de la portière côté passager était baissée. Dans le véhicule se trouvaient trois fonctionnaires en uniforme. Assis près du conducteur, l'opérateur radio manipulait un vieux poste issu des stocks de la Wehrmacht. Le chef de patrouille, un colosse dont le shako touchait le toit de l'habitacle, était installé sur la banquette arrière.

— Pas de nouveau message ? s'enquit Oppenheimer en se penchant.

— Rien pour nous, répondit le radio.

Le commissaire le salua d'un signe et se dirigea vers le second véhicule garé derrière l'église. Wenzel, au volant, abaissa la vitre d'un coup de manivelle. L'espace d'un instant, l'odeur de cigarette froide couvrit celle du kérosène.

— Quoi de neuf? demanda l'aspirant-inspecteur.

Oppenheimer haussa les épaules.

— Aucun incident à signaler.

Ses paroles furent interrompues par un vrombissement de moteurs. Un nouvel avion entamait sa descente vers Tempelhof.

Oppenheimer et Wenzel observèrent en silence la manœuvre périlleuse. Comme les pistes de l'aéroport étaient trop courtes pour les appareils modernes, les pilotes devaient raser le Schillerkiez et freiner brutalement dès que les trains d'atterrissage touchaient le sol.

En contemplant l'engin en approche, Oppenheimer salua en pensée la décision de l'administration américaine qui avait fait démonter la flèche endommagée du clocher de Génésareth pour éviter les collisions. Malgré tout, les accidents n'étaient pas rares. La veille encore, à cause des fortes averses et des nuages très bas qui masquaient la vue, un avion s'était écrasé sur le tarmac. Peu après le crash, un autre engin s'était présenté pour atterrir. Le pilote avait réussi *in extremis* à éviter l'épave en flammes. Un troisième appareil avait pu être dérouté.

Wenzel songeait lui aussi à la catastrophe.

— Les aviateurs prennent des risques insensés à chaque atterrissage, commenta-t-il en secouant la tête.

Le grondement des moteurs était encore perceptible quand Oppenheimer entendit une voix métallique retentir dans l'habitacle de la voiture radio. Pivotant sur ses talons, il vit l'opérateur sortir la tête de la Coccinelle et lancer :

— Nous cherchons une blonde ?

Oppenheimer s'avança vers le véhicule.

— Que si elle est en compagnie d'un homme.

Le Schupo parla au micro de son poste. Quelques secondes plus tard, il se tourna de nouveau vers le commissaire.

— Nos agents ont repéré un couple. Une femme blonde avec un type qui titubait. Ils sont dans la Wildenbruchstraße et marchent vers le nord en direction du pont.

Oppenheimer réfléchit. Il s'agissait sans doute d'un individu éméché. Mais d'un autre côté, il n'était que vingt-deux heures trente, un peu tôt pour des passants en état d'ébriété.

— On va vérifier.

— D'accord. Suivez-nous !

Le conducteur de la Volkswagen démarra.

Au même moment, Wenzel mit le contact. En s'installant sur la banquette arrière, Oppenheimer vit Großkurth piquer un cent mètres. Le vieux flic se laissa tomber sur le siège passager, hors d'haleine.

Sans attendre, Wenzel fit un départ sur les chapeaux de roue. La voiture bondit en avant, si bien que la portière se referma toute seule. Großkurth, surpris, s'agrippa à la poignée de maintien. L'accélération brutale plaqua Oppenheimer contre son dossier.

Longeant un bâtiment en ruine, Wenzel s'engouffra dans la Zietenstraße.

Devant eux, les collègues de la Schutzpolizei roulaient à tombeau ouvert. À l'angle de la Hermannstraße, ils ralentirent à peine pour franchir le carrefour.

Wenzel ne se montra pas aussi téméraire. Il préféra freiner avant de traverser la grande avenue.

La Coccinelle avait pris de l'avance. Pour la rattraper, l'aspirant-inspecteur mit le pied au plancher.

Lorsqu'ils arrivèrent en vue de la Karl-Marx-Straße, ils avaient presque comblé leur retard. Wenzel prit un virage serré à gauche, faisant crisser les pneus sur les voies du tramway.

Quelques instants plus tard, ils entrèrent dans la Wildenbruchstraße. Dix minutes à peine s'étaient écoulées depuis l'appel radio. Wenzel réduisit l'allure pour tenter d'apercevoir le policier en civil qui avait donné l'alerte.

Seuls quelques réverbères étaient allumés, et une grande partie de la rue était plongée dans l'obscurité. Oppenheimer dut plisser les yeux pour distinguer quelque chose à l'extérieur. Ils se trouvaient à proximité de Berlin-Est. Au-delà de la Wildenbruchplatz, toute proche, un pont enjambait le canal navigable de Neukölln. Quelques centaines de mètres plus loin s'étendait la frontière du secteur soviétique.

Le commissaire pria pour que l'homme ivre habite à l'Ouest. Dans le cas contraire, ils n'auraient pas le droit d'intervenir.

Wenzel suivait de près le véhicule de la Schutzpolizei, qui freina brusquement. Sur le trottoir, un homme agitait son chapeau.

L'aspirant-inspecteur pila à son tour. Les feux stop de la Coccinelle répandirent une lumière rouge dans l'habitacle.

Le policier en civil échangea quelques mots avec le radio, puis s'approcha de leur voiture. Par la vitre baissée, il se pencha vers Großkurth.

— J'ai remarqué le couple dans un bistrot des environs. D'après ce que j'ai compris, le type s'appelle Jürgen. Ils sont entrés là-dedans.

Du doigt, il désigna un immeuble qui se dressait quelques mètres plus loin.

Oppenheimer compta cinq étages. Et à première vue, il n'y avait aucun passage pour accéder à l'arrière-cour depuis la rue.

Les Schupos avaient déjà garé leur véhicule devant le bâtiment. L'un d'eux braquait une torche électrique sur la façade.

Oppenheimer et ses deux collègues rejoignirent les agents devant la porte d'entrée. Malheureusement, sur les sonnettes n'étaient indiqués que les patronymes des résidants.

Le policier en civil actionna la poignée et secoua la tête.

— C'est fermé à clé.

Sans hésiter, Oppenheimer appuya sur plusieurs boutons de sonnette. N'obtenant aucune réponse, il alla tambouriner contre la vitre de l'une des fenêtres éclairées du rez-de-chaussée.

Au bout d'un long moment, les battants s'ouvrirent et un homme d'un certain âge avec une barbe grise et des lunettes rondes apparut dans l'encadrement.

— Kripo, annonça Oppenheimer. Désolé pour le dérangement, mais avez-vous un voisin qui se prénomme Jürgen ?

L'individu fronça les sourcils.

— Junker ? Qu'a-t-il donc fait ?

Oppenheimer soupira intérieurement. Ils étaient sur la bonne piste.

— Probablement rien, mais nous devons lui parler de toute urgence. Pourriez-vous nous faire entrer dans l'immeuble ?

L'homme aux lunettes rondes s'effaça. Quelques instants plus tard, l'huis du bâtiment s'ouvrit et il reparut sur le seuil de la cage d'escalier.

— Venez, je vous en prie, dit-il d'un ton affable. Je vais vous montrer.

Oppenheimer et son équipe n'eurent même pas besoin de gravir les marches. Le voisin les guida vers l'arrière du bâtiment et s'arrêta devant la porte d'un logement.

— Voilà, c'est ici. Junker.

Il désigna un petit carton collé sur le bois. Mais dans la pénombre, il était impossible de déchiffrer le nom inscrit dessus.

Oppenheimer frappa. À l'intérieur de l'appartement, une violente dispute éclata et, brusquement, un cri déchirant retentit.

Les policiers tressaillirent.

L'instant d'après, un bruit sourd leur parvint. Comme si quelqu'un s'était effondré sur le sol. Puis le silence retomba.

Paralysé, Oppenheimer avait la chair de poule. Il parvint à se ressaisir et cogna de nouveau contre le battant.

— Ouvrez, sinon nous enfonçons la porte !

Pour unique réponse, il perçut un gémissement.

Wenzel lui fit signe de s'écarter. Avec l'agent en civil, il se jeta contre le panneau, qui ne résista pas au choc. Le bois explosa avec fracas et la serrure céda.

La porte s'abattit violemment. Les deux policiers se précipitèrent alors dans un étroit couloir d'entrée. Oppenheimer leur emboîta le pas.

Un tableau atroce s'offrit à leurs yeux. Au fond du corridor éclairé par une pièce qui s'ouvrait sur la droite, un homme était étendu sur le sol, bras en croix. Ce devait être Junker. Le dos de sa chemise blanche était gorgé de sang. Au milieu de la tache grenat était planté un hachoir.

23

Samedi 14 – dimanche 15 août 1948

Wenzel dégaina son arme de service et s'élança dans le couloir. Une porte latérale donnait sur une cuisine.

Oppenheimer se tourna vers l'agent en civil.

— À la voiture radio ! Vite ! Nous avons besoin d'un médecin.

Le policier acquiesça et se rua hors du logement.

— Mains en l'air, ou je tire ! cria Wenzel.

Il se tenait sur le seuil de la pièce, pistolet levé.

Oppenheimer sortit son arme et s'approcha avec précaution. Le bruit d'une chaise qu'on déplace brusquement se fit entendre.

L'homme au sol poussa un geignement de douleur. Oppenheimer contourna le blessé et alla se placer à côté de Wenzel. Légèrement ébloui, il cligna des yeux.

La cuisine était éclairée par une lampe à acétylène, posée sur une petite table qu'on avait dressée avec soin. Le réflecteur latéral orientait le faisceau de lumière vers le corridor.

L'aspirant-inspecteur braquait son semi-automatique sur une femme aux cheveux blonds, qui se tenait à contre-jour. L'inconnue, qu'on distinguait à peine, cachait son visage. Ses mains paraissaient étrangement grises, comme si toute vie les avait abandonnées.

Oppenheimer hésita. Pour entrer dans la pièce, il devait enjamber le corps de Junker et passer brièvement dans la ligne de mire de son adjoint.

— Pas un geste ! ordonna-t-il en pointant le canon de son arme vers la tueuse.

Prudemment, il passa par-dessus le blessé en se tenant au chambranle. Au même moment, Junker émit un son plaintif.

Par réflexe, Oppenheimer se pencha vers lui. Lorsqu'il se redressa, il vit la meurtrière se jeter sur la lampe à carbure. Le luminaire tomba par terre avec fracas et la flamme s'éteignit.

La pièce fut brusquement plongée dans l'obscurité. Le commissaire bondit alors en avant pour tenter de maîtriser la tueuse, mais il heurta un coin de la table. Le choc le projeta au sol.

Le souffle court, il se remit debout en se tenant le flanc. À cet instant, un clic retentit. Wenzel avait allumé sa torche électrique. Le rayon lumineux balaya la cuisine et finit par se river sur leur adversaire. D'un geste vif, la blonde lança quelque chose en direction d'Oppenheimer avant de se fondre dans l'ombre. Il vit un objet étincelant filer vers lui et le manquer de peu. Un couteau.

Le commissaire leva son semi-automatique.

— Stop !

Lorsque le faisceau de la torche se posa de nouveau sur la femme, celle-ci était en train d'ouvrir une porte de l'autre côté de la pièce. Elle se faufila par l'ouverture, et le panneau se referma violemment.

Oppenheimer avait du mal à marcher avec son flanc endolori.

— Gregor, Willem ! Rattrapez-la !

Wenzel s'était déjà élancé vers la porte. Großkurth, un peu moins agile, le suivit à distance.

Comme Oppenheimer l'avait supposé, la porte donnait sur une arrière-cour. Ses deux collègues disparurent dans les ténèbres. Seuls les rayons des torches électriques se balançaient çà et là. Le bruit de leurs pas sur le gravier s'éteignit peu à peu.

Le commissaire rangea son arme et sortit sa lampe de poche. Puis il alla s'agenouiller près de Junker pour lui prendre le pouls. Par chance, l'homme vivait encore. Mais la flaque de sang qui l'entourait ne cessait de grandir.

Oppenheimer se releva et fouilla la cuisine à la recherche de linges pouvant servir de compresses. Le couteau que la tueuse avait lancé sur lui était planté dans un placard. Il s'avança vers la cuisinière, encore chaude, sur laquelle était posée une casserole. Au-dessus pendaient des torchons. Il les attrapa et retourna auprès de Junker.

Il fallait impérativement stopper le saignement. Préférant ne pas toucher au hachoir avant l'arrivée des secours, il pressa les linges sur les bords de la plaie. Junker gémit de douleur.

Le malheureux pouvait identifier la tueuse. Oppenheimer était bien décidé à rester près de lui jusqu'à ce qu'il soit tiré d'affaire.

Entre-temps, les Schupos avaient appelé des renforts. Le commissaire leur ordonna de ratisser le quartier afin de débusquer la fugitive.

L'ambulance arriva quelques minutes plus tard. Oppenheimer regarda les sauveteurs hisser Junker sur une civière. Ce dernier devait être emmené à l'hôpital au plus vite.

Sans attendre le retour de Wenzel et Großkurth, le commissaire courut s'installer au volant du véhicule d'intervention pour accompagner son témoin aux urgences.

Une fois sur place, Oppenheimer suivit le brancard jusqu'à l'entrée du bloc opératoire. Là, une infirmière lui indiqua avec fermeté qu'il n'avait pas le droit d'aller plus loin.

Il resta un long moment figé devant la porte percée d'une vitre. De l'autre côté du panneau, des silhouettes blanches s'affairaient autour du blessé.

Le commissaire se mit à arpenter fébrilement le couloir. Par chance, l'établissement de soins était doté de plusieurs postes téléphoniques. Il appela à la villa pour annoncer à Lisa qu'il ne rentrerait probablement qu'au petit matin.

Plus d'une heure s'était écoulée depuis l'agression. Il eut beau insister à l'accueil, personne ne put lui dire combien de temps durerait l'intervention.

Constatant qu'il ne pouvait rien faire de plus ici, il retourna à la Wildenbruchstraße. Entre-temps, plusieurs unités de la Schutzpolizei venues en renfort avaient passé le quartier au peigne fin, mais sans résultat. Oppenheimer étouffa un juron en songeant que la tueuse s'était probablement réfugiée dans le secteur soviétique. Celle-ci savait que les hommes de Stumm n'avaient pas le droit de franchir la frontière.

Dans l'appartement de Junker, une équipe de l'Identification judiciaire était en plein travail. Heureusement, c'était Hergesheimer qui était de service cette nuit-là. Le technicien aux épaisses lunettes, imperturbable, se dressait au milieu de la cuisine tel un roc dans la tourmente. Autour de lui, ses hommes exécutaient une minutieuse chorégraphie sans musique.

En voyant entrer Oppenheimer, il demanda :

— La victime a-t-elle survécu ?

Le commissaire s'appuya contre l'encadrement et hocha la tête.

— Oui. Enfin, elle était encore en vie quand j'ai quitté l'hôpital.

Hergesheimer nota quelque chose sur son porte-bloc.

— En tout cas, vous avez débarqué à temps. La tueuse n'a pas eu le temps d'endormir sa proie.

De son crayon, il montra la table, sur laquelle était disposé un dîner auquel personne n'avait touché.

Oppenheimer examina les assiettes et les verres.

— Même méthode que pour les meurtres précédents. Notre suspecte voulait donner un sédatif au pauvre Junker avant de l'assassiner. Ensuite, elle l'aurait découpé en morceaux dans la salle de bains.

Rajustant ses lunettes, Hergesheimer se contenta d'opiner.

Oppenheimer observa un moment les fonctionnaires de la police scientifique en pleine activité. Repensant à ce qu'il avait vécu dans ce logement, il pesta intérieurement. Il avait laissé échapper une occasion unique de coincer la tueuse. Et comme tout s'était passé très vite, il n'avait même pas pu voir clairement son visage.

Constatant qu'il gênait les techniciens par sa présence, il sortit de l'appartement. Les premières lueurs du jour commençaient à blanchir l'horizon. On était dimanche, et il n'aurait pas de nouvelles de Wenzel et Großkurth avant le lendemain. Mieux valait rentrer se reposer. Oubliant le règlement qui imposait de reconduire le véhicule d'intervention au Praesidium, il se remit au volant et rentra chez lui.

Ce matin-là, Oppenheimer s'attarda au lit. Après la nuit épuisante qu'il venait de passer, le commissaire était heureux de pouvoir dormir en peu en serrant Lisa dans ses bras. Il faisait jour depuis longtemps lorsqu'on frappa timidement à la porte de leur chambre.

— C'est sûrement Theo, murmura sa femme en s'étirant. Il veut son petit déjeuner.

Oppenheimer s'esclaffa. Theo avait perdu sa mère vers la fin de la guerre. Tout seul, il avait survécu plusieurs mois comme un chat sauvage dans un Berlin ravagé par les bombes. Et à présent, il n'était plus capable de se préparer un petit déjeuner.

— Tu n'es pas sa bonne, maugréa-t-il en pressant Lisa contre lui.

Celle-ci s'écarta avec douceur, et il finit par accepter l'inévitable : tôt ou tard, il leur faudrait se lever.

Dehors, le ciel était maussade, la température plutôt fraîche. Lisa se mit debout. Oppenheimer se prélassa encore quelques minutes avant de quitter le lit agréablement chaud pour se traîner jusqu'à la salle de bains située sur le palier.

Durant le petit déjeuner, il remarqua que Theo n'était pas dans son état normal. L'orphelin, qui paraissait préoccupé, mangea en silence en leur jetant des regards soucieux, mais n'osa pas évoquer ce qui le tracassait.

En le voyant disparaître sans un mot, Oppenheimer décida de le suivre pour éclaircir le mystère. Son instinct lui souffla que le garçon était allé se réfugier dans sa cachette préférée. Il monta donc au grenier. Comme il s'y attendait, l'une des lucarnes était ouverte. Il passa la tête par la faîtière. Assis sur les bardeaux à quelques mètres de là, Theo regardait au loin.

Après plusieurs tentatives infructueuses, Oppenheimer avait renoncé à dissuader le garçon de grimper sur le toit.

— Tu peux continuer à broyer du noir tout seul dans ton coin, mais ce serait peut-être mieux si tu me racontais ce qui te tracasse, non ?

Son pupille tourna la tête vers lui. Après une courte hésitation, il lâcha :

— Est-ce que j'ai fait quelque chose de travers ?

Oppenheimer le regarda avec étonnement.

— Pourquoi demandes-tu ça ?

— Lisa est allée à l'école pour discuter avec Herr Barth. Je l'ai vue.

Soulagé, Oppenheimer sourit. Barth était un enseignant très sévère, et Theo le détestait.

— Ça n'a rien à voir avec toi ! Lisa avait un entretien d'embauche dans ton école. Tu sais qu'elle était professeure autrefois.

Le garçon acquiesça, légèrement sceptique.

Oppenheimer lui fit signe de la main et redescendit dans la cuisine commune du sous-sol.

— Oui, un poste s'est libéré à l'école de Theo, confirma Lisa quelques instants plus tard. (Elle posa sur la cuisinière une marmite remplie de linge blanc à faire bouillir.) Et ils me veulent. Mais je ne sais pas si c'est une bonne idée d'accepter le *job*. J'ai l'impression que ça tracasse Theo.

Oppenheimer sourit en entendant sa femme employer un terme anglais dans la conversation. Ses trois années passées à l'administration britannique avaient laissé des traces. Il avait toujours admiré l'intelligence de Lisa. C'était une des qualités chez elle qui lui plaisait le plus. Tandis qu'il aimait résoudre des énigmes à première vue insolubles, elle cherchait constamment à s'instruire.

Il l'embrassa sur la joue. Lisa lui adressa un regard étonné, puis sourit.

— Il y a encore autre chose, ajouta-t-elle. Carruthers a eu la gentillesse de se renseigner pour moi. La BEA recherche des employés allemands parlant l'anglais. Mais il faudrait que je me rende tous les jours à Gatow.

Il s'agissait de la compagnie British European Airways. Après la capitulation, les Alliés avaient interdit à l'Allemagne de posséder sa propre ligne aérienne. Seules des sociétés dont le siège était situé sur le territoire de l'une des quatre puissances d'occupation avaient le droit de proposer des vols intérieurs. L'American Overseas Airlines avait ainsi commencé à faire circuler des avions entre Berlin et les zones occidentales à partir de Tempelhof, et la BEA n'avait pas tardé à l'imiter. Les vols de cette dernière se faisaient cependant à partir de l'aérodrome de Gatow, une ancienne base de la Luftwaffe qui se trouvait à la frontière ouest du secteur britannique. La Royal Air Force s'en était emparée après la capitulation et utilisait également ce terrain d'aviation pour le pont aérien.

Oppenheimer avait aussitôt songé aux marchandises transportées par les avions-cargos des Alliés occidentaux, car il avait entendu que le personnel des aéroports recevait régulièrement des rations supplémentaires.

— Gatow, c'est un peu loin, c'est vrai, remarqua-t-il. Mais tu aurais certains avantages.

Lisa hocha la tête. Elle savait exactement à quoi son mari faisait allusion. Malgré tout, elle avait du mal à se décider.

— L'enseignement des enfants est aussi une chose très importante, argua-t-elle.

Oppenheimer pensa aux maigres rations alimentaires qui s'étaient encore réduites depuis le début du blocus soviétique. Le paquet CARE de sa sœur avait amélioré leur quotidien d'une manière notable, mais les réserves ne dureraient pas éternellement. Il en avait assez de cette pénurie de vivres constante, et il lui paraissait légitime de vouloir saisir certaines occasions d'améliorer leur quotidien.

— Si ce travail à l'aéroport t'intéresse, lance-toi. S'ils te donnent des rations supplémentaires, c'est que tu les auras méritées.

Après cette brève discussion, il remonta dans le hall et décrocha le téléphone commun pour prendre des nouvelles de Junker. Il eut beau user de toute sa persuasion afin de convaincre la standardiste de l'hôpital qu'il était réellement de la Kripo, on refusa de lui donner une réponse claire. Il en déduisit que la dernière victime de la tueuse était encore entre la vie et la mort.

Inquiet, il fit les cent pas dans le vestibule. Il attrapa finalement son manteau et son chapeau avant de se raviser. Un aller-retour aux urgences ne lui apprendrait rien de plus. Mieux valait économiser ses forces. Une enquête était un voyage dans l'inconnu, et elle pouvait s'avérer épuisante lorsqu'elle se prolongeait.

Se rasseyant à côté du téléphone mural, le commissaire se mit à réfléchir. Il n'y avait pas que le travail dans la vie, et il était temps de répondre à Sarah.

Il repoussait ce moment depuis des jours, parce qu'il ne savait pas comment réagir à la proposition de sa sœur. Avait-il envie d'aller s'installer en Uruguay ? Il n'avait toujours pas pris de décision, mais il pouvait au moins la remercier pour le paquet.

S'ensuivit une heure fastidieuse, durant laquelle Oppenheimer essaya de formuler une réponse sur son calepin. Insatisfait, il finit par renoncer et fouilla la maison à la recherche de Theo. Celui-ci pouvait peut-être l'aider.

Le garçon était dans sa chambre. Allongé sur son lit, il lisait un livre.

Oppenheimer s'appuya contre l'encadrement de la porte.

— Dis-moi, tu ne voudrais pas écrire à ta tante une lettre de remerciement pour le délicieux chocolat qu'elle nous a offert ?

Theo, captivé par son roman, ne tourna même pas la tête.

— Si tu la remercies, elle va peut-être envoyer d'autres tablettes.

La stratégie d'Oppenheimer fonctionna. Alléché par cette perspective, l'orphelin referma son bouquin et sauta de son lit.

— Mais de quoi je dois lui parler dans ma lettre ? s'écria-t-il brusquement. De ce que je fais à l'école ?

L'objection était justifiée. Theo ne connaissait pas Sarah.

— Tu peux lui faire un beau dessin, suggéra Oppenheimer. Les femmes aiment ce genre d'attentions.

Theo grimaça, sceptique. Il commença quand même à dessiner dans l'un de ses cahiers.

Soulagé, le commissaire referma la porte et partit en quête de Lisa. Sa femme était en train d'étendre le linge fraîchement lavé dans le jardin. Il s'empressa de l'aider. Au moins, cette tâche était plus utile que ses vaines tentatives de rédiger une missive.

Alors qu'il essayait d'accrocher un drap sur la corde, il entendit soudain dans son dos une voix familière.

— Ah, te voilà !

Oppenheimer fit volte-face. C'était Wenzel qui lui rendait visite. Son adjoint paraissait abattu.

— Qu'y a-t-il ?

L'aspirant-inspecteur chercha ses mots. Secouant la tête d'un air navré, il finit par annoncer :

— Großkurth s'est fait pincer par la police de l'Est.

24

Dimanche 15 – mardi 17 août 1948

Dans la cuisine commune, le feu brûlait encore dans la cuisinière. Oppenheimer en profita pour préparer à son collègue une chicorée. Comme Hilde était de garde à l'hôpital, la maisonnette était fermée à clé et il n'avait pas accès au café que lui avait envoyé sa sœur.

Entre deux bouffées de tabac, Wenzel prit la tasse fumante que lui tendait le commissaire.

— On s'est laissé manœuvrer comme des bleus, soupira l'aspirant-inspecteur.

— La tueuse s'est donc réfugiée dans le secteur soviétique, en conclut Oppenheimer.

Wenzel acquiesça.

— D'abord, elle a traversé un champ de ruines. On la talonnait. Contrairement à nous, elle n'avait pas de lampe torche. Elle n'arrêtait pas de trébucher sur les débris. Puis nous avons atteint une route asphaltée, et elle a repris de l'avance. Elle a emprunté un pont pour traverser le canal de Neukölln avant de s'engouffrer de nouveau entre des montagnes de gravats. (Il avala une gorgée d'ersatz.) Elle filait plein nord, en direction de la frontière. Manifestement, elle connaît tous les chemins détournés pour passer d'un secteur à l'autre sans se faire remarquer. Lorsque nous avons finalement débouché dans une rue déblayée, impossible de savoir où nous étions. On entendait au loin des sirènes, mais le quartier paraissait désert. Comme nous ne voulions pas la laisser filer, nous avons continué de courir à toutes jambes. C'est alors que nous nous sommes retrouvés nez à nez avec deux flics en patrouille. (Wenzel leva les mains en signe d'excuse.) Nous n'avons vraiment pas eu de bol.

— Vous êtes entrés dans le secteur oriental sans vous en rendre compte, déduisit Oppenheimer. Et les deux policiers étaient des hommes de Markgraf.

Son adjoint souffla un nuage de fumée bleue.

— Quelle poisse ! Nous avons cru bien sûr qu'ils étaient des nôtres. Großkurth leur a ordonné de nous aider, et ça ne leur a pas plu. Ils ont demandé à voir nos plaques. (Wenzel prit une longue inspiration.) À ce moment-là, nous avons compris notre erreur. Les types n'ont pas gambergé longtemps, ils nous ont embarqués illico.

— Mais pourquoi t'ont-ils relâché ?

L'aspirant-inspecteur pinça les lèvres.

— Parce que je les ai baratinés. J'ai prétendu que je rentrais chez moi. Ils savaient que je faisais partie de la Stupo, mais j'ai pu prouver que j'habite à l'Est. Ils n'avaient encore jamais vu ce cas de figure, apparemment. Après d'interminables pourparlers, ils ont fini par me laisser partir. À quatre heures du matin, soit dit en passant.

Oppenheimer fit tourner son gobelet dans ses mains. Il ne pouvait pas se permettre de perdre Großkurth. Pour résoudre cette affaire tortueuse, il avait besoin de son équipe au complet.

— Seeßlen est-il déjà prévenu ?

— Je lui ai téléphoné. Il n'était pas très content d'être tiré du lit un dimanche matin, mais il va essayer de régler discrètement cette histoire.

— Espérons que ça ne traînera pas trop.

Oppenheimer expliqua ensuite à son assistant que Jürgen Junker était à l'hôpital dans un état critique.

— Il faut qu'il tienne le coup, commenta Wenzel.

Durant un moment, les deux hommes burent leur chicorée en silence.

Oppenheimer se sentait épuisé. Il n'aurait su dire si c'était à cause de leur action nocturne ou des mauvaises nouvelles que Wenzel lui avait apportées.

— Qu'avons-nous donc appris ? demanda-t-il d'un air songeur. (Voyant le regard interrogateur de son adjoint, il précisa :) Après ce qui s'est passé cette nuit, en savons-nous plus sur le mode opératoire de la tueuse ?

L'aspirant-inspecteur réfléchit un instant.

— Ce qui est sûr, c'est qu'elle peut se faufiler d'un secteur à l'autre sans se faire remarquer. Elle connaît des passages dérobés.

— Et elle tente de tirer profit de la situation politique. Elle sait qu'elle n'a rien à craindre de nous quand elle va se terrer dans le secteur soviétique. En ce moment, les polices de l'Est et de l'Ouest ne font que se gêner mutuellement. La meurtrière est intelligente et procède de manière stratégique. Il ne faut pas la sous-estimer. (Le commissaire émit un petit rire.) Et c'est justement ce qui me redonne espoir.

Wenzel eut une mine perplexe.

— Là, je ne te suis pas.

— D'après mon expérience, les criminels les plus difficiles à coincer sont ceux qui font preuve d'une intelligence limitée. Tout simplement parce qu'on ne peut pas prévoir ce qu'ils vont faire. Ils agissent de manière spontanée et irréfléchie, sans échafauder de plans. Ce n'est pas le cas de cette femme. Si nous parvenons à découvrir ce qui la motive, nous pourrons anticiper ses futures actions.

Pas tout à fait convaincu par le raisonnement de son supérieur, Wenzel se contenta d'acquiescer vaguement de la tête.

— Je prie surtout pour que Junker s'en sorte. Avec son aide, nous serons alors en mesure de réaliser un portrait-robot précis, et notre mystérieuse tueuse aura enfin un visage.

Quand Oppenheimer travaillait sur une affaire importante, il lui était difficile de décrocher. Ses pensées n'avaient pas d'horaire fixe. Tandis qu'il écoutait son gramophone, se promenait ou faisait une réparation dans la villa, il ne cessait de ruminer les tenants et aboutissants de son enquête. Lisa, qui le connaissait bien, devait le forcer de temps en temps à faire de véritables pauses. Il se rendait alors au cinéma ou au concert. C'était le seul moyen pour lui de se changer les idées et d'oublier le quotidien pendant quelques heures.

Avec ses trois Opéras, ses six salles d'opérette et ses innombrables théâtres et cinémas, Berlin offrait un choix incroyablement varié de spectacles en tout genre. La vie culturelle battait son plein dans l'ancienne capitale du Reich, même si parfois les ventres des artistes criaient famine sur les planches. À l'Opéra-Comique, situé dans le secteur soviétique à proximité de la porte de Brandebourg, Walter Felsenstein donnait *Orphée aux Enfers*, une opérette de Jacques Offenbach. Oppenheimer avait très envie de voir l'adaptation du célèbre metteur en scène. La première avait lieu en fin de semaine, mais il n'avait pas encore réussi à se procurer des billets.

Certains de ses contemporains estimaient qu'il était insupportable de jouer de nouveau de la musique légère après les années de violence du régime hitlérien. Oppenheimer ne comprenait pas cette critique. Après sa conversation avec Wenzel, il avait grand besoin de se distraire. Par chance, une autre œuvre d'Offenbach, *La Belle Hélène*, était jouée au Théâtre Métropole. Les mises en scène n'y étaient pas aussi soignées que celles de Felsenstein, mais Oppenheimer était prêt ce jour-là à s'en contenter. Après s'être changé, il quitta le domaine en compagnie de Lisa. Ils firent un crochet pour reconduire le véhicule d'intervention au Praesidium, puis ils empruntèrent le métro. Ils arrivèrent juste à temps à Prenzlauer Berg pour la représentation de quinze heures trente.

Malheureusement, le livret de l'opéra bouffe avait été retravaillé de manière grossière et, à la grande déception du commissaire, on avait réorchestré la partition d'Offenbach. Malgré tout, l'œuvre ainsi adaptée avait obtenu les bravos du public, avide de divertissement.

La plupart des gens détestent le lundi, parce qu'ils doivent reprendre le travail après un week-end de détente. Mais ce n'était pas le cas d'Oppenheimer, qui avait hâte de retourner au bureau.

Ce matin-là, après un petit déjeuner rapide, il enfourcha son vélo et roula à vive allure jusqu'à la Friesenstraße.

Seeßlen, le patron de la Kripo, arriva en même temps que lui. Les cernes bleuâtres sous ses yeux laissaient supposer qu'il avait passé la nuit à parlementer.

Les deux hommes se saluèrent dans le couloir. Oppenheimer s'attendait à une remarque de son chef parce qu'il n'avait pas rendu immédiatement la voiture de service, mais Seeßlen n'aborda pas le sujet. Au lieu de cela, le haut fonctionnaire annonça d'une voix morne :

— Herr Junker est mort hier à l'hôpital. Il avait perdu trop de sang.

— Quelle guigne ! pesta Oppenheimer.

Ce n'était pas vraiment une surprise, mais le décès de Junker lui mit un coup au moral. S'adossant contre le mur, il s'efforça de digérer la nouvelle.

— Au moins, j'ai pu régler l'histoire avec Großkurth, poursuivit Seeßlen. J'ai dû passer un certain nombre de coups de fil avant qu'un arrangement ne soit trouvé. Je compte sur votre discrétion, Oppenheimer. Cette affaire ne doit pas faire de bruit, donc motus !

Il regarda autour de lui pour s'assurer que personne ne les épiait. Puis, prenant une mine de conspirateur, il ajouta :

— J'espère que vous n'avez rien de prévu demain matin. Wenzel et vous devrez vous rendre au Lohmühlenbrücke.

— Qu'allons-nous faire là-bas ? s'enquit Oppenheimer.

Seeßlen le considéra un instant avant de répondre laconiquement :

— Procéder à un échange de prisonniers.

Après l'annonce de la mort de Junker, Oppenheimer et Wenzel avaient soigneusement épluché les dépositions des témoins afin de reconstruire l'emploi du temps de la victime avant son agression. Mais les déclarations très vagues des clients du bar situé dans la Wildenbruchstraße ne leur avaient pas appris grand-chose. Junker avait passé la première partie de la soirée dans son bar favori. Quand la tueuse l'avait rejoint là-bas, il était déjà à moitié ivre. Le couple s'était aussitôt installé à une table retirée, si bien que personne ne pouvait donner une description détaillée de la mystérieuse inconnue aux cheveux blonds.

Les enquêteurs attendaient donc avec impatience le rapport de l'Identification judiciaire. Avec un peu de chance, Hergesheimer et son équipe leur livreraient quelques indices.

Wenzel s'apprêtait à aller réserver un véhicule d'intervention pour leur mission secrète du lendemain lorsqu'on frappa à la porte. Le panneau s'ouvrit, et la tête de Hergesheimer apparut dans l'entrebâillement.

— Je ne vous dérange pas ? s'enquit le technicien avec un large sourire.

D'un geste, Oppenheimer l'invita à entrer.

— Tu es toujours le bienvenu, Bernhard. J'espère que tu nous apportes de bonnes nouvelles.

Wenzel se rassit à sa table de travail et alluma une cigarette.

Hergesheimer s'avança au milieu de la pièce. Tandis qu'il ouvrait son dossier, il demanda :

— Vous avez donc pris cette femme sur le fait ?

Les deux policiers opinèrent.

— Ça cadre avec nos résultats. La suspecte n'a pas eu le temps de nettoyer derrière elle. Malheureusement, je dois vous décevoir. Cette femme est très prudente. En tout cas, elle n'a pas laissé d'empreintes digitales. Elle a utilisé la cuisinière pour préparer à manger, mais nous n'avons trouvé sur les boutons que des traces à demi effacées. Je suppose qu'elle portait des gants. Ceux-ci n'étaient ni en tissu ni en cuir. Je penche plutôt pour des gants chirurgicaux en caoutchouc.

Oppenheimer fit une grimace.

— Quand nous sommes arrivés dans la cuisine, elle a essayé de dissimuler son visage. Ses mains avaient une couleur grisâtre qui n'était pas du tout naturelle.

— Ça confirme donc mon hypothèse, dit Hergesheimer. Mais le plus intéressant, c'est qu'elle a oublié dans l'appartement un sac à dos.

Le commissaire échangea un regard avec Wenzel, qui se redressa sur son siège.

— L'intérieur du sac était revêtu d'une pièce de toile imperméabilisée, poursuivit le technicien de l'Identification en consultant son rapport. Sans doute un morceau de bâche d'un camion. Et sur cette toile, nous avons trouvé des cheveux et des traces de sang. Dans le sac, il y avait divers journaux, un couteau à désosser de vingt et un centimètres avec lame courbe, un couteau à saigner de dix-huit centimètres et une scie à métaux avec une lame de vingt-quatre centimètres. En revanche, aucun document permettant d'identifier la femme.

— Tout ce qu'il faut pour un rendez-vous galant, commenta cyniquement Wenzel en se laissant retomber contre le dossier de son fauteuil.

Hergesheimer releva la tête.

— Les couteaux sont intéressants. Ils ne proviennent pas du service de couverts dépareillé de Junker. Non, il s'agit d'ustensiles professionnels, comme ceux qu'utilisent d'ordinaire les bouchers. Le hachoir planté dans le dos de la victime fait partie de la même série. Votre tueuse est peut-être en cheville avec une boucherie.

— Une boucherie ? répéta Oppenheimer, songeur, en prenant des notes dans son calepin. Et qu'en est-il du couteau que la femme a lancé vers moi et qui s'est planté dans le placard ?

— Il appartient très probablement à Junker. La meurtrière l'a pris parce qu'il était à portée de main, j'imagine. Contrairement aux siens, très aiguisés, il a une lame plutôt émoussée.

Oppenheimer frissonna en revoyant la scène.

— Émoussé ou non, ce couteau aurait pu m'envoyer *ad patres*.

Hergesheimer acquiesça d'un air embarrassé. Après avoir déposé une copie de son rapport sur le bureau d'Oppenheimer, il salua les deux enquêteurs et sortit.

— En d'autres termes, nous revoilà au point de départ, constata Wenzel avec agacement.

Oppenheimer émit un grognement approbateur.

— Et nous avons un problème supplémentaire. La tueuse va sûrement se demander comment nous avons pu arriver aussi vite chez Junker.

Son adjoint pâlit.

— Bordel ! L'otage ! Je n'avais pas pensé à ça ! Si elle soupçonne le journaliste de l'avoir balancée, elle voudra se venger. Fräulein Zander est en grand danger.

— À moins qu'elle ne s'en prenne directement à Rensch, observa Oppenheimer.

Mardi matin, à l'aube, le ciel nuageux était encore sombre quand le commissaire quitta le domaine de Hilde à vélo. La température était agréable, mais l'atmosphère ne manquerait pas de devenir chaude et étouffante dans quelques heures.

Il prit la direction du Praesidium. Seuls les grincements de sa vieille bicyclette résonnaient entre les façades des immeubles endommagés. Hormis un chien qui aboyait au loin, tous les habitants de Schöneberg semblaient encore dormir.

Son estomac grondait. Il avait juste eu le temps d'avaler une tasse de chicorée avant de partir, et il avait la désagréable impression d'entendre l'ersatz de café clapoter dans ses intestins à chaque coup de pédale. Mais peu importait. Ce qui comptait, c'était de ramener Großkurth.

Pour faire libérer le commissaire grisonnant, Seeßlen avait négocié un accord discret avec un homologue du secteur soviétique. Großkurth serait échangé contre un agent de la Schutzpolizei. Celui-ci avait été arrêté à Berlin-Ouest alors qu'il poursuivait un suspect. Dans un souci de discrétion, il avait été décidé que l'action aurait lieu à quatre heures trente du matin au Lohmühlenbrücke.

Aux yeux d'Oppenheimer, la situation était absurde. Une irréconciliable hostilité séparait à présent les services de police de l'Est et de l'Ouest. Des collègues avec lesquels il avait travaillé de concert quelques semaines plus tôt se trouvaient désormais dans le camp adverse. Un bon nombre d'entre eux devaient probablement le considérer comme un traître. Mais à l'avenir, il faudrait apprendre à vivre avec ces dissensions. Et résoudre des enquêtes dans de pareilles conditions ne serait certainement pas simple.

Le commissaire accéléra l'allure pour cesser de broyer du noir. Parvenu dans la Friesenstraße, le souffle court, il s'engouffra dans la cour de l'ancienne caserne. Comme convenu, Wenzel l'attendait déjà, adossé à un véhicule d'intervention.

— J'ai l'impression d'être un agent secret, dit l'aspirant-inspecteur avec un sourire amusé.

Oppenheimer jeta un coup d'œil à l'arrière de la voiture. Une silhouette était assise sur la banquette.

— Notre passager est installé ?

— Nous sommes prêts à partir, annonça Wenzel en faisant tinter son trousseau de clés.

Puis il contourna la voiture pour s'installer au volant.

Oppenheimer cadenassa son vélo. Après avoir pris place sur le siège passager, il se tourna vers leur prisonnier.

— Je suis désolé pour tous ces désagréments, s'excusa-t-il, même s'il n'était pas responsable de l'arrestation du Schupo.

L'agent, en uniforme, baissa la tête. Il avait visiblement hâte d'en finir avec cet épisode honteux.

Ils roulèrent pendant un quart d'heure dans un silence total. Oppenheimer ne savait pas vraiment à quoi s'attendre. Personne ne pouvait garantir que les hommes de Markgraf respecteraient leur engagement. Une nouvelle ère commençait, et tout était possible. Le commissaire espérait que les policiers de l'Est n'auraient pas la mauvaise idée de les appréhender pour avoir un moyen de pression supplémentaire sur leurs adversaires de l'Ouest.

Wenzel lui aussi paraissait nerveux. Tandis qu'ils approchaient de leur destination, il ne cessait de jeter des coups d'œil à droite et à gauche, comme s'il craignait un traquenard.

Ils empruntèrent la Weichselstraße jusqu'au Lohmühlenbrücke, qui enjambait le canal navigable de Neukölln. Sur l'autre rive se trouvait la Lohmühlenplatz, au-delà de laquelle débutait la zone soviétique.

Le pont était assez large pour faire demi-tour. Wenzel se gara le long du trottoir, le capot tourné vers le secteur américain. Si on essayait de leur tendre un piège, ils pourraient ainsi s'enfuir au plus vite.

L'aspirant-inspecteur consulta sa montre.

— Encore dix minutes.

Pour essayer de se détendre, il sortit une cigarette de son paquet mou et la coinça entre ses lèvres.

Oppenheimer avait l'impression d'étouffer dans l'habitacle. Décidant de se dégourdir les jambes, il déclara :

— Je vais faire une petite reconnaissance des lieux.

Wenzel approuva d'un signe de tête.

Dehors, tout était silencieux. Quand le commissaire ouvrit doucement sa portière, le bruit lui parut incroyablement fort. Sans la refermer, il s'avança vers le parapet endommagé du pont. Une partie de la maçonnerie s'était effondrée, et on l'avait remplacée provisoirement par deux planches fixées à l'horizontale.

Le jour pointait, maussade. Le ballet des avions-cargos se poursuivait inlassablement. Dans le ciel, les appareils décrivaient un cercle avant d'entamer leur manœuvre d'atterrissage.

Oppenheimer laissa promener son regard sur les bâtiments éventrés qui bordaient le canal. Lorsqu'un nouvel engin passa au-dessus de sa tête en rase-mottes pour se poser à Tempelhof, il sut que six minutes venaient de s'écouler. Le trafic aérien était un excellent moyen de mesurer le temps.

Profitant de l'air frais du matin, le commissaire prit une longue inspiration. Puis il se dirigea à pas lents vers la Lohmühlenplatz. Un terre-plein de forme triangulaire, recouvert d'un monceau de gravats, se dressait au centre de la place. Une vieille charrette avait été abandonnée sur un trottoir.

Les mains glissées dans les poches de son trench-coat, Oppenheimer fit le tour de l'îlot pour s'assurer que personne ne les épiait.

Au nord, la Lohmühlenstraße menait au secteur soviétique, tandis que la Harzer Straße, le Kiehlufer et le Lohmühlenbrücke appartenaient encore au secteur américain. La petite place était un lieu transitoire où les Berlinois ne s'attardaient guère.

Oppenheimer scruta les rues désertes et la rive du canal. Ne voyant aucun policier embusqué, il retourna vers le véhicule d'intervention.

— Rien à signaler, annonça-t-il en se postant près de la portière ouverte. Ne manque que Großkurth.

Les secondes s'égrenaient avec une lenteur exaspérante. Une bande de corbeaux survola le pont en croassant. Oppenheimer les suivit du regard jusqu'à ce que les oiseaux disparaissent derrière les toits d'un bloc d'immeubles.

C'est alors qu'il entendit le grondement lointain d'un moteur automobile en provenance de la rive orientale.

Le bruit se rapprocha. Quelques instants plus tard, une voiture, phares allumés, apparut dans la Lohmühlenstraße. Elle se gara à l'angle de la place et les deux projeteurs s'éteignirent. Oppenheimer vit un homme en descendre.

L'échange de prisonniers avait commencé.

— Je vais jeter un coup d'œil, murmura-t-il à Wenzel.

Sans se presser, il marcha jusqu'à la Lohmühlenplatz. Au moment où il parvenait sur la place toute proche, l'individu qui se tenait de l'autre côté se mit en mouvement.

L'inconnu, vêtu d'un imperméable gris, avait une démarche légère, presque dansante. Oppenheimer eut soudain l'impression de l'avoir déjà vu.

Le commissaire finit par distinguer les traits du type sous le rebord de son chapeau. Les sourcils fournis, les pommettes hautes.

Il n'y avait plus aucun doute.

Le nouvel arrivant n'était autre que Negele, son ancien adjoint de la Keibelstraße.

25

Mardi 17 août 1948

— Comme on se retrouve, déclara Oppenheimer en se plantant devant Negele, qui se contenta de sourire.

Il montra l'automobile avec laquelle le jeune policier était arrivé.

— Votre collègue de la Schutzpolizei est avec nous. Vous avez amené Großkurth ?

— Bien sûr.

Negele fit signe au véhicule. Deux hommes en sortirent. Oppenheimer tressaillit lorsqu'il aperçut Großkurth. Ce dernier semblait avoir vieilli de dix ans depuis son arrestation.

Le flic aux cheveux gris était escorté par Reinmann.

Oppenheimer se tourna vers le pont et siffla en mettant deux doigts dans sa bouche. Wenzel surgit de la voiture d'intervention et fit basculer le siège conducteur vers l'avant afin de permettre à leur prisonnier de s'extraire de l'habitacle.

— Je vois que Reinmann a décidé de rester à l'Est, constata Oppenheimer.

Negele opina.

— Mais il y a eu du changement. C'est à moi que Cordes a confié la direction de l'enquête.

La nouvelle n'était guère surprenante. Wenzel et le Schupo se trouvaient à présent au bord de la Lohmühlenplatz. D'un geste, Oppenheimer les invita à approcher.

— Venez, ne soyez pas timides !

Negele fit de même avec Reinmann et Großkurth.

Avant que les quatre hommes n'atteignent le centre de la place, il demanda :

— Que s'est-il passé, au juste ? Comment Großkurth s'est-il fait épingler dans le secteur soviétique ?

Oppenheimer haussa les épaules.

— Il ne s'est pas rendu compte qu'il avait franchi la frontière. Il poursuivait une suspecte à travers un champ de ruines.

Les deux aspirants-inspecteurs échangèrent un sourire lorsqu'ils se retrouvèrent face à face.

— Nous devrions aller boire un verre un de ces quatre, proposa Wenzel avec un clin d'œil.

— Quand tu veux, répondit Reinmann.

Wenzel le salua en touchant du doigt le rebord de son feutre, puis posa la main sur l'épaule de Großkurth.

— Allez, viens, Willem. Rentrons au bercail.

Oppenheimer eut un pincement au cœur. Malgré le contexte politique, les affinités entre les membres de son ancienne équipe n'avaient pas disparu.

Negele lui fit un signe de tête et tourna les talons.

Sans réfléchir, Oppenheimer lança :

— Il y a eu un nouveau meurtre. Dans le secteur américain, cette fois.

Le jeune homme se figea. Lentement, il pivota sur les talons.

— Quand ?

— Samedi dernier.

Negele regarda un moment le commissaire.

— Nous avons également trouvé un autre cadavre. Et nous tenons une piste.

— Votre enquête a donc progressé ?

— On peut dire ça, confirma évasivement Negele.

Oppenheimer aurait aimé en savoir plus. En unissant leurs forces, ils seraient peut-être en mesure de coincer enfin la meurtrière. Naturellement, pareille collaboration ne pouvait être qu'officieuse.

Une lueur dans les yeux de son interlocuteur lui indiqua que ce dernier avait des pensées similaires.

— Je vous recontacterai.

Sur ces paroles, Negele s'éloigna en direction du secteur soviétique.

Großkurth était indigné par le traitement qu'on lui avait fait subir à Berlin-Est. Assis sur la banquette arrière de la voiture, bras croisés sur la poitrine, il ne décolérait pas.

— Arrêter des policiers ! tempêta-t-il. Pour les échanger ensuite comme de vulgaires criminels. C'est un comble ! (Se penchant soudain en avant, il demanda à Oppenheimer :) Dis-moi au moins que notre intervention nocturne du week-end a servi à quelque chose, Richard.

Ce dernier secoua la tête.

— Désolé de te décevoir. Les indices que nous avons récoltés sont maigres. Le tenancier du bar où Junker avait l'habitude de se rendre a bien vu la tueuse, mais il est incapable de la décrire précisément.

Großkurth se laissa retomber contre le dossier de la banquette en étouffant un juron. Le nez collé à la vitre, il ne prononça plus un seul mot jusqu'à leur arrivée au Praesidium.

Une fois dans son bureau, Oppenheimer ne tint pas longtemps en place. Son instinct lui soufflait que Fräulein Zander courait un grand danger. Inquiet, il s'excusa auprès de ses collègues et ressortit du bâtiment. Après avoir décadenassé son vélo, il mit le cap vers l'Innsbrucker Platz pour aller s'entretenir avec Rensch. À cette heure matinale, il avait toutes ses chances de trouver le journaliste chez lui.

Pendant le trajet, il récapitula les faits et dut admettre qu'il n'avait aucune bonne nouvelle à annoncer. L'intervention du week-end avait été un fiasco. Sans l'identité de la tueuse, ils étaient impuissants. Il n'y avait presque aucun espoir de retrouver la compagne de Rensch. À moins que le reporter ne dispose encore d'informations qu'il avait préféré taire jusqu'à présent. Si c'était le cas, Oppenheimer ferait tout pour le faire parler. Une vie était en jeu.

La porte de l'immeuble n'était pas fermée à clé. Le commissaire monta en grimaçant les marches raides de l'escalier. Parvenu sous les combles, il reprit son souffle avant de frapper chez le journaliste.

Des pas légers se firent entendre.

Oppenheimer n'y prêta pas attention, jusqu'à ce que le battant s'ouvre et qu'une fine silhouette apparaisse dans l'encadrement.

Il en eut le souffle coupé.

Ce qu'il voyait n'avait pas de sens.

Fräulein Zander se tenait devant lui, enveloppée dans un peignoir trop grand pour elle.

Se ressaisissant, il demanda :

— Puis-je entrer ?

Sans un mot, la jeune femme s'écarta pour le laisser passer.

Oppenheimer se glissa dans la mansarde et referma la porte derrière lui. Une grande valise remplie de vêtements gisait sur le sol.

Soudain, la voix de Rensch fusa en provenance de la kitchenette.

— Birgit ! Je t'avais dit de garder la porte fermée, bon Dieu !

L'instant d'après, le journaliste surgit dans le petit vestibule. Sa chemise était ouverte comme s'il venait de l'enfiler hâtivement. Il se figea net en découvrant le visiteur importun. Fräulein Zander, l'air coupable, regarda tour à tour les deux hommes, puis alla s'asseoir sur le lit.

Oppenheimer prit une profonde inspiration.

— Je crois que vous me devez une explication.

Heureusement, la compagne de Rensch était disposée à parler. Et son histoire était à peine croyable.

Tandis que le journaliste s'affairait dans la cuisinette en essayant de faire le moins de bruit possible, Oppenheimer tira un tabouret vers le lit et s'assit devant Fräulein Zander.

— Alors, d'où venez-vous ?

— De l'Ouest, répondit-elle d'un ton innocent.

— Vous n'avez donc pas été enlevée ?

La jeune femme s'esclaffa.

— Non, ça, c'est ce que Carl a pensé. (Elle eut un mouvement de tête en direction du reporter.) Il s'est rongé les sangs, et c'est bien fait. Après tout ce qu'il m'a infligé, le goujat.

Il était encore tôt, mais il régnait déjà dans le logement sous les toits une chaleur torride. Fräulein Zander ôta soudain son peignoir, dévoilant des dessous d'un noir satiné. Sans la moindre gêne, elle resta assise devant Oppenheimer en sous-vêtements, comme si c'était la chose la plus naturelle du monde.

Rensch sortit de la kitchenette avec deux gobelets et en tendit un au commissaire. La boisson, tiède, dégageait une odeur de menthe.

Oppenheimer remercia le journaliste et garda les yeux rivés sur sa tisane pour éviter de regarder la brune dénudée.

S'installant à côté de sa compagne, Rensch tenta de se justifier.

— Juste avant que Birgit ne disparaisse, nous avons eu une petite dispute…

— Une petite dispute ? se récria Fräulein Zander. Tu m'as mise à la porte, oui !

Le reporter ouvrit la bouche pour répliquer, puis il parut se raviser. Prenant une mine boudeuse, il croisa les bras sur sa poitrine tel un enfant vexé.

— Carl ne voulait plus me voir, résuma Birgit Zander. Alors je suis partie. Il était déjà tard ce soir-là, et je ne savais pas où aller. Mais je me suis débrouillée. Deux jours plus tard, j'étais à l'Ouest. (Elle éclata de rire, comme si elle avait du mal à croire ses propres paroles.) Ça paraît invraisemblable, pourtant, c'est la vérité.

Oppenheimer fronça les sourcils. Le couple essayait-il de le berner ? L'histoire semblait provenir tout droit de la plume d'un journaliste à l'imagination fertile.

— Comment avez-vous réussi ce tour de passe-passe ? Expliquez-moi. Il ne circule plus aucun train ni bus interzone entre l'Est et l'Ouest. Le transport fluvial est lui aussi interdit. Et pour de simples citoyens comme vous et moi, il est quasiment impossible d'obtenir un ticket d'avion.

La jeune femme laissa échapper un soupir condescendant.

— Je n'ai pas eu besoin d'un ticket d'avion. J'ai fait le trajet avec des briseurs de blocus.

Oppenheimer se souvint des deux hommes qui, deux semaines plus tôt, avaient garé leur camion non loin de la villa de Hilde pour vendre en pleine rue leurs marchandises en provenance de l'Ouest. Birgit Zander avait pu voyager à bord de l'un de ces véhicules de contrebande.

— Comment êtes-vous entrée en contact avec ce genre de trafiquants ?

La compagne de Rensch haussa les épaules.

— Un pur hasard. Quand je suis sortie de chez Carl, j'étais complètement désemparée. Alors que je marchais en pleurant, sans savoir où aller, une passante m'a abordée. Je ne l'ai pas vue venir. Elle a surgi de l'ombre et m'a demandé gentiment pourquoi j'étais si triste. D'ordinaire, le soir, je suis toujours prudente, j'évite de parler aux inconnus. Mais cette femme m'a paru digne de confiance. Elle était sympathique et compatissante. (Birgit Zander décocha un regard mauvais au journaliste.) En tout cas, je n'ai pas hésité à me confier, je lui ai raconté ma dispute avec ce mufle de Carl. Et, qu'on veuille le croire ou non, la passante a proposé de m'aider. Elle connaissait des marchands qui passaient régulièrement à l'Ouest, et elle m'a invitée à partir avec eux.

Oppenheimer arqua un sourcil, incrédule.

Fräulein Zander lui adressa un sourire ironique.

— J'ai eu la même réaction que vous.

— Je pensais que les briseurs de blocus étaient tous des trafiquants qui venaient des zones occidentales.

Elle secoua la tête avec véhémence.

— Pas ceux-là. C'étaient des Berlinois pure souche, j'en mettrais ma main à couper. (Après une courte pause, elle reprit son récit :) La femme a promis de s'occuper de tout. Elle m'a dit que je pourrais rencontrer les marchands le lendemain après-midi à la gare du Zoo. Comme elle avait une sorte de triporteur, elle m'a ensuite emmenée chez ma sœur.

Oppenheimer, électrisé, s'agita sur son tabouret. Un détail lui était revenu en mémoire. Timpe, l'ouvrier assassiné dans son usine, avait l'habitude de se déplacer avec un tricycle. Sans le savoir, Fräulein Zander avait peut-être été en contact avec la tueuse.

— Ma sœur habite à Westend, sur la Adolf-Hitler-Platz, poursuivit-elle.

— On a redonné à la place son nom d'origine, corrigea Rensch. La Reichskanzlerplatz.

Sa compagne leva les yeux au ciel.

— Soit. (Se penchant en avant, elle murmura à Oppenheimer en aparté :) Pour ce genre de chose, Carl est très tatillon.

— Un journaliste se doit d'être précis ! répliqua Rensch.

Oppenheimer leva la main pour couper court à la querelle naissante.

— Restons concentrés, je vous prie. Fräulein, avez-vous vu le visage de cette femme ?

Birgit Zander secoua la tête.

— Pas vraiment. Il faisait nuit, et la plupart des lampadaires étaient éteints. Elle m'a donc déposée sur la Reichskanzlerplatz, et nous avons convenu d'un rendez-vous avec les briseurs de blocus pour le lendemain après-midi. J'ai dormi chez ma sœur, puis j'ai fait un crochet ici pour prendre quelques vêtements. Carl n'a même pas remarqué que j'étais repassée. Et peu de temps après, j'ai quitté Berlin.

Oppenheimer, songeur, but une gorgée de tisane.

— Et les trafiquants ? Vous ont-ils raconté d'où ils venaient exactement ? Ont-ils un entrepôt ou un garage quelque part en ville ?

— Je suis désolée, Herr Kommissar, mais nous n'avons presque pas parlé pendant le voyage. Je sais seulement que le chauffeur s'appelait Matze, et son assistant Eberhard.

Il posa son gobelet sur le sol et sortit son calepin pour noter les deux prénoms.

— Vous êtes ensuite restée tout le temps à l'Ouest, sans contacter Herr Rensch ?

La jeune femme hocha la tête.

— Exactement. Je ne lui ai donné aucune nouvelle. Il l'avait bien mérité.

À ces mots, le journaliste émit un grognement agacé. Sans le regarder, elle enchaîna :

— Malheureusement, j'ai atterri dans la campagne profonde. J'ai vite compris que ce n'était pas un endroit pour moi. En plus, les gens qui viennent de la zone soviétique ne sont pas vraiment les bienvenus là-bas. (Elle frotta ses épaules nues, comme si elle avait soudain froid.) Malgré tout, je n'ai eu aucun mal à trouver un travail. Ils avaient besoin d'ouvriers agricoles pour la récolte des fruits. Mais c'est une rude besogne, vous n'avez pas idée. Et le salaire est misérable. Dans le village, je ne connaissais personne, et je ne m'entends pas très bien avec les provinciaux. Ce n'était pas du tout ce que j'avais imaginé. J'ai donc attendu que Matze et Eberhard reviennent, et je suis repartie avec eux à Berlin. Dans leur camion, comme à l'aller. Au moins, j'ai essayé, mais ce n'était pas une existence pour moi. Je préfère être à Berlin, même si on y crève de faim.

Ce témoignage, tout intéressant qu'il fût, n'aidait pas beaucoup Oppenheimer.

— Quand êtes-vous rentrée ? s'enquit-il.

— Hier soir. Les deux types m'ont déposée à la gare du Zoo. (Elle prit une longue inspiration.) Lorsqu'il m'a vue sur le pas de la porte, Carl est devenu pâle comme un linge. J'ai bien cru qu'il allait tomber dans les pommes. Mais je ne pouvais pas savoir qu'il était poursuivi par une tueuse. Et maintenant, il me dit que je dois quitter de nouveau Berlin. Avec lui.

Oppenheimer comprenait maintenant pourquoi le couple était en train de faire ses valises.

— Vous mettre en sécurité n'est pas une mauvaise idée. (Puis, se tournant vers Rensch, il demanda :) Et vous prévoyez de prendre le large avec votre amie ?

Le journaliste, visiblement nerveux, tressaillit en entendant la question.

— Je veux partir d'ici au plus vite ! L'arrivée de Birgit hier n'était pas très discrète. La meurtrière ne tardera pas à apprendre d'une façon ou d'une autre qu'elle est de retour en ville.

Rensch ne semblait même pas heureux d'avoir retrouvé sa compagne saine et sauve. Il ne pensait qu'à sauver sa peau.

— J'ai eu vent de ce qui s'est passé ce week-end, poursuivit-il d'un ton paniqué. La tueuse vous a échappé. Et elle a certainement déjà compris qui l'avait trahie. Je suis en danger. Je ne vais pas attendre ici qu'elle me tombe dessus.

Le reporter se frotta les mains avec angoisse. D'expérience, Oppenheimer savait que le véritable caractère des gens se révélait souvent dans les moments de crise. Jusqu'à présent, Rensch avait joué les durs, mais il était en réalité un pleutre.

La fuite du journaliste risquait de compromettre l'enquête. Celui-ci avait été en contact direct avec la tueuse, et il ne fallait pas perdre ce lien. Restait à trouver un moyen de l'inciter à coopérer.

— Il est peu probable que la tueuse ait aperçu Fräulein Zander, dit le commissaire pour le rassurer. L'important maintenant est de protéger votre compagne.

Oppenheimer se leva. Comme à son habitude, il avait besoin de marcher pour ordonner ses pensées. Il se mit à faire les cent pas sur le tapis usé de la mansarde. Quelques instants plus tard, une idée germa dans son esprit.

Mieux valait ne pas brusquer Rensch. Le meilleur moyen de le pousser à collaborer était de flatter son ego devant sa petite amie.

Le commissaire se planta devant le journaliste.

— Quant à vous, j'ai une mission à vous confier. Vous allez pouvoir démontrer votre courage.

Serrant les dents, Rensch lui jeta un regard sceptique.

26

Mardi 17 – mercredi 18 août 1948

Willem Großkurth poussa un long soupir. Il ne s'était pas attendu à ce qu'Oppenheimer vienne lui rendre visite à son domicile. S'arc-boutant sur le seuil de sa porte, il grommela :

— Ne me dis pas que tu viens parler boulot.

Oppenheimer sourit d'un air désolé.

— Malheureusement, si.

Il pouvait comprendre que son collègue ait envie d'être tranquille. Seeßlen, le patron de la Kripo, lui avait accordé le reste de la journée pour se remettre de son séjour forcé dans le secteur soviétique.

Se retournant, Oppenheimer montra du doigt une jeune femme aux longues boucles brunes qui se tenait quelques pas derrière lui sur le palier.

— Voici Fräulein Zander. Elle a besoin d'un logement sûr.

La surprise se peignit sur le visage de Großkurth. À l'instar d'Oppenheimer, il pensait que Birgit Zander avait été enlevée par la tueuse.

Déconcerté, le vieux flic s'écarta pour les laisser entrer. Son appartement représentait une solution idéale, puisqu'il n'était situé qu'à quelques centaines de mètres de la mansarde de Rensch. Il avait fallu moins de dix minutes à pied pour mettre la compagne du journaliste en sécurité.

— C'est donc ici que tu t'es installé avec ton épouse ? demanda Oppenheimer en contemplant l'étroit vestibule.

Großkurth opina.

— À vrai dire, nous avons eu de la chance. Quand nous avons quitté le secteur soviétique pour venir à Wilmersdorf, nous n'avons pas eu le choix. Il fallait faire vite, et l'offre était plutôt restreinte. Nous avons d'abord vécu un moment quelques rues plus loin, dans un logement misérable que nous devions partager avec deux autres familles. Et puis j'ai entendu dire que cet appartement se libérait, alors je suis tout de suite venu parler au logeur.

D'un geste, il invita Oppenheimer et Fräulein Zander à le suivre. En passant devant la porte de la cuisine, il cria :

— Maria, nous avons de la visite !

Maria Großkurth était une petite femme pleine d'énergie. Après avoir salué les nouveaux arrivants, elle s'empressa d'aller remettre de l'ordre dans le salon. En bonne maîtresse de maison, elle proposa ensuite à ses hôtes une tasse de chicorée.

Birgit Zander insista pour lui prêter main-forte dans la cuisine. Oppenheimer, assis sur le canapé, en profita pour raconter les derniers événements à son collègue.

— Je ne sais pas combien de temps tu devras héberger Fräulein Zander, avoua-t-il en guise de conclusion. Mais il ne faut pas que la tueuse apprenne qu'elle est de retour à Berlin.

— Avec Maria, on se débrouillera. Et que comptes-tu faire pour Rensch ?

Oppenheimer jeta un coup d'œil vers la cuisine. Préférant que l'amie du journaliste n'entende pas les détails de son plan, il se releva et entraîna Großkurth vers le vestibule.

— Rensch accepte de rester à Berlin et de faire comme si de rien n'était. Il nous préviendra si la meurtrière essaie de se mettre en rapport avec lui. J'espère qu'elle ne rompra pas le contact, sinon nous serons de nouveau au point mort.

Oppenheimer raconta comment il avait réussi à dissuader le chroniqueur de quitter précipitamment la ville.

— Crois-tu que notre grand reporter soit réellement en danger, ou a-t-il trop d'imagination ? demanda Großkurth.

— Difficile à dire. La tueuse peut chercher à se venger si elle soupçonne Rensch de l'avoir vendue à la police. D'un autre côté, il n'a pas le profil des autres victimes. Il est jeune et vit en concubinage.

Le policier aux cheveux gris s'esclaffa.

— Alors espérons pour lui que la meurtrière ne change pas son fusil d'épaule. (Baissant la voix, il ajouta :) Mais ça, personne ne peut nous le garantir. Qui sait ce qui se passe dans sa tête. Si Rensch devient trop gênant à ses yeux, elle n'hésitera pas à l'éliminer. Elle a déjà tué pas mal de personnes, ce ne sont pas les scrupules qui l'étouffent.

Oppenheimer accrocha son chapeau au portemanteau de l'entrée.

— Rensch s'acoquine avec des criminels pour décrocher des scoops. Il aurait dû se douter que ce genre de problème surviendrait tôt ou tard. (Le commissaire poussa un soupir.) Ce qui ne veut pas dire qu'il faut l'abandonner à son sort. Je vais parler à Seeßlen. Nous ne disposons pas des moyens nécessaires pour protéger le journaliste vingt-quatre heures sur vingt-quatre. Mais je m'arrangerai pour que des patrouilles passent régulièrement à son domicile.

— Si la meurtrière remarque la présence des véhicules d'intervention, ça lui mettra certainement la puce à l'oreille, commenta Großkurth.

Oppenheimer leva les mains en signe d'impuissance.

— Si nous voulons la coincer, nous devons prendre des risques.

Sur ces paroles, les deux enquêteurs se rendirent dans la cuisine pour boire une tasse de chicorée.

Tout devait être propre. Une chance pour Gundula, parce que nettoyer était son métier. Quand elle réfléchissait, elle avait du mal à croire qu'elle n'avait que vingt-cinq ans. Elle avait l'impression d'avoir déjà vécu plusieurs vies. Tellement de choses s'étaient passées depuis quinze ans. Après la fin de la guerre, elle avait travaillé un temps comme ouvrière chargée du déblaiement des rues, mais cette tâche pénible était très mal payée. Heureusement, elle avait fini par trouver un emploi au sein de la Reichsbahn. Gundula faisait partie de l'équipe de nettoyage qui œuvrait à la gare de triage de Grunewald. Chaque jour à l'aube, elle lavait les wagons stationnés là-bas avant leur mise en service.

Ce matin-là, perchée sur sa bicyclette, Gundula se dirigeait tranquillement vers son lieu de travail en longeant le Dianasee. En été, ce faubourg cossu, avec ses lacs pittoresques nichés dans un écrin de verdure, était une destination prisée des Berlinois avides de parties de campagne. Mais à cette heure-ci, les rues étaient encore désertes.

La gare se trouvait à proximité du Hundekehlesee. La jeune femme connaissait le trajet par cœur. Malgré l'obscurité environnante, elle n'eut aucun mal à trouver l'entrée du site et s'engouffra dans le passage. Son vélo se mit à cahoter sur les dalles de béton.

Dans la pénombre, elle vit apparaître la silhouette massive du dépôt de locomotives. Les employés de la Reichsbahn avaient fort à faire pour entretenir le parc ferroviaire de la ville. Les accidents et les pannes étaient monnaie courante. À trois reprises durant les dernières semaines, des S-Bahn s'étaient percutés de plein fouet. Un triste record, qui avait causé des dizaines de blessés parmi les usagers.

Quelques centaines de mètres plus loin se dressaient les bâtiments administratifs. Gundula mit pied à terre et cadenassa son deux-roues. Puis elle entra dans l'un des édifices pour aller chercher un seau et ses ustensiles de ménage.

Lorsqu'elle ressortit, le jour pointait. Peu à peu, les lieux se teignaient des couleurs de l'aurore. Sur le faisceau de triage s'alignaient des rames de S-Bahn.

Comme ses collègues n'étaient pas encore arrivées, Gundula se promena entre les voies de garage pour passer le temps. Faisant balancer son seau, elle fredonnait une mélodie d'opérette.

Soudain, elle se figea sur le quai. Elle avait l'impression d'être observée.

Elle promenait son regard sur les wagons vides quand elle l'aperçut. Une silhouette humaine.

Une onde de frayeur parcourut ses membres. Cessant de chantonner, elle lâcha son seau qui tomba avec fracas sur le sol.

Gundula s'efforça de se ressaisir. Son imagination lui jouait-elle des tours ? Lentement, elle s'approcha de la voiture en scrutant les vitres qui reflétaient les premières lueurs rosées de l'horizon.

Là ! Elle ne s'était pas trompée. Quelqu'un était bel et bien assis dans le wagon, de l'autre côté de la travée centrale.

Un homme, à l'évidence. Le chapeau enfoncé sur les yeux, il ne bougeait pas.

La peur de Gundula se dissipa. Il s'agissait certainement d'un passager du dernier S-Bahn de la ligne circulaire. Cela arrivait parfois qu'une personne s'endorme pendant le trajet et finisse sa nuit au dépôt.

En songeant à la tête que l'homme ferait en ouvrant les paupières, Gundula sourit. Elle décida d'aller le réveiller. Il pourrait ensuite prendre la première rame à la station voisine de Grunewald pour rentrer chez lui.

Elle posa ses ustensiles de ménage sur le sol et monta dans la voiture. L'intérieur était encore plongé dans l'ombre.

— Bonjour, lança-t-elle de loin pour ne pas effrayer le dormeur.

Celui-ci ne répondit pas. Il avait sans doute le sommeil profond.

— Bonjour ! Vous m'entendez ?

L'individu ne bougeait toujours pas.

Gundula s'avança prudemment dans la travée centrale. En s'approchant, elle vit que l'inconnu avait de grosses lunettes de soleil rondes, comme celles que portaient d'ordinaire les aveugles. Mais il n'arborait aucun brassard de malvoyant. Pourquoi avait-il donc besoin de verres fumés pendant un trajet de S-Bahn en pleine nuit ?

Elle se planta devant l'usager et l'examina avec curiosité. Vêtu d'un pardessus beaucoup trop grand, il avait remonté son col pour se protéger du froid nocturne.

— Il est l'heure de se réveiller, dit Gundula d'une voix forte.

Posant la main sur l'épaule du voyageur pour le secouer, elle sentit à travers la toile du manteau la saillie d'un os. L'homme n'avait pas de muscles.

Choquée, elle recula d'un pas. Son mouvement brusque provoqua une réaction en chaîne. Le corps de l'usager bascula sur le côté. Chapeau et lunettes de soleil tombèrent sur le sol.

La vision qui s'offrit à Gundula la glaça de terreur. L'individu n'avait plus de visage. Ses orbites étaient vides, et sa mâchoire figée en un rictus éternel. Elle faisait face au crâne décharné d'un squelette.

Oppenheimer fut réveillé à l'aube par des éclairs de lumière sur le plafond de sa chambre. Il se tourna en grognant et posa le bras sur la taille de Lisa. Toutefois, il ne put se rendormir. Quelques instants plus tard, des pas lourds retentirent dans l'escalier, puis on frappa à sa porte.

Dehors, le jour pointait. Dans la pénombre, le commissaire se leva péniblement pour aller ouvrir.

Contre toute attente, ce n'était pas un autre résidant de la villa qui se tenait sur le seuil, mais un colosse braquant une torche électrique.

— Faut y aller. On a besoin de vous.

Encore dans les brumes du sommeil, Oppenheimer tarda à réagir. L'homme dirigea alors le faisceau de sa lampe vers le haut et éclaira son propre visage. Même si la lumière pâle lui donnait un aspect fantomatique, il n'y avait pas le moindre doute sur son identité. Il s'agissait de Kubelik, l'imposant adjoint du commissaire Franck.

— Accordez-moi deux minutes.

Comme électrisé par cette vision, Oppenheimer s'habilla en toute hâte et suivit le géant.

Un véhicule de police, gyrophare en action et portières ouvertes, était garé devant le perron de la villa.

S'ensuivit un trajet à vive allure dans les rues désertes de Berlin-Ouest.

— Un cadavre empaillé a été découvert il y a une demi-heure, expliqua Kubelik, les yeux rivés sur la route. D'après la description, ça pourrait être en lien avec votre enquête. Voilà pourquoi on m'a demandé de vous tirer du lit.

Oppenheimer se frotta les yeux.

— Pas de problème. Plus tôt j'arrive sur les lieux, mieux c'est.

Au bout de la Kolonnenstraße, Kubelik prit un virage serré dans un crissement de pneus. Oppenheimer fut plaqué contre sa portière.

La voiture longea les voies du tramway jusque dans le secteur britannique. Après avoir passé la station de S-Bahn Halensee, le colosse bifurqua à gauche dans la Königsallee et remit le pied au plancher.

Kubelik roulait à tombeau ouvert, comme s'il participait à une course sur le circuit AVUS[1] tout proche.

À travers les arbres qui bordaient la rue, Oppenheimer aperçut les eaux tranquilles du Dianasee.

Quelques minutes plus tard, ils arrivèrent dans la gare de triage de Grunewald. Le commissaire, impatient, bondit hors du véhicule avant que Kubelik ne coupe le contact. Regardant alentour, il aperçut un peu plus loin un groupe de personnes qui s'agitaient entre deux rames de S-Bahn stationnées sur des voies de garage.

Oppenheimer se dirigea vers le quai d'un pas rapide. Plusieurs policiers s'efforçaient de faire reculer des employés de la Reichsbahn désireux d'apprendre ce qui s'était passé.

Alors qu'il se frayait un passage entre les cheminots curieux, il vit le commissaire Franck se pencher à la portière d'un wagon.

— Te voilà ! (Le fonctionnaire caressa ses longues moustaches en souriant.) Décidément, on dirait que tu veux me prendre toutes mes affaires !

Franck s'effaça pour laisser entrer son collègue.

— C'est là-bas, fit-il en montrant du menton le fond de la voiture.

1. Automobil-Verkehrs- und Übungs-Straße : circuit automobile inauguré en 1921. Construit dans la grande forêt de Grunewald, il a accueilli de nombreuses courses dans l'entre-deux-guerres. Les compétitions reprirent sur le site en 1951.

Hergesheimer et son équipe étaient déjà à l'œuvre. Le technicien de l'Identité salua le nouveau venu.

— Je te préviens, Richard, ce n'est pas beau à voir, dit-il en s'écartant.

Oppenheimer tressaillit en découvrant le cadavre affalé sur la banquette. Il prit une profonde inspiration pour refouler l'horreur qui l'avait saisi. Le corps empaillé avait certainement été fabriqué à partir des restes de plusieurs personnes assassinées. Il avait sous les yeux un agglomérat de membres ayant appartenu à différents individus qui méritaient tous d'obtenir justice.

— Comme tu peux l'imaginer, ça regorge d'empreintes, commenta Hergesheimer près de lui. Des centaines de passagers sont passés par ici depuis que le wagon a été nettoyé pour la dernière fois. Si nous voulons trouver des traces de la tueuse, il faudra se concentrer sur la dépouille.

Le commissaire contempla un instant le personnage rapiécé, qui portait un manteau trop large. Puis il remarqua sur le sol une paire de lunettes de soleil et un chapeau.

Franck s'approcha.

— La meurtrière avait mis ces accessoires sur le crâne de son épouvantail. Ils sont tombés lorsque le macchabée a basculé sur le côté. Mais la jeune femme qui a trouvé le corps ne les a pas touchés.

Oppenheimer acquiesça.

— Reste à savoir comment le cadavre est arrivé jusque dans cette rame.

— Il n'y a que deux possibilités. Soit quelqu'un s'est introduit de nuit dans la gare pour le placer discrètement à l'intérieur du wagon, soit il était déjà installé sur la banquette lorsqu'on a garé la voiture sur cette voie. Je penche plutôt pour la deuxième solution.

— Qu'est-ce qui te fait dire ça ?

Franck s'accroupit et montra le chapeau qui gisait aux pieds de la dépouille.

Se penchant à son tour, Oppenheimer découvrit un petit rectangle de papier. Un ticket de la Reichsbahn était glissé derrière le ruban du borsalino.

— Le corps a pris le S-Bahn ? s'étonna-t-il.

Franck se redressa.

— Ça en a tout l'air. Qui sait depuis de combien il était assis là. Il a peut-être voyagé sur la ligne circulaire pendant plusieurs heures. Comme il avait un ticket sur son chapeau, les contrôleurs ne l'ont pas dérangé. Et les autres passagers n'ont pas fait attention à lui.

Oppenheimer ferma les yeux pour réfléchir.

— Quand a-t-on garé la rame ici ?

— Cette nuit, à une heure trente. La tueuse a sans doute pris le S-Bahn en fin de soirée pour y placer son œuvre. En semaine, les noctambules ne sont pas nombreux. Dès que les théâtres et les cinémas ferment, il n'y a plus grand monde sur le réseau. Il est alors facile de se glisser dans un wagon pour y déposer discrètement quelque chose.

Les deux commissaires laissèrent les techniciens de l'Identification reprendre leur travail et descendirent de la voiture. En compagnie de son collègue, Oppenheimer fit quelques pas en silence sur le quai. L'idée qu'un cadavre ait pu voyager ainsi la moitié de la nuit dans Berlin sans être remarqué était complètement grotesque. Mais ce genre de plaisanterie macabre était digne de la tueuse.

Il promena son regard sur les trains vides et se demanda comment celle-ci avait réussi à introduire le corps rapiécé dans une rame en service.

Franck se posait la même question. Lorsqu'ils furent assez loin des cheminots qui se pressaient devant le wagon, le policier moustachu suggéra :

— La meurtrière a peut-être apporté les morceaux coupés dans une grande valise, et elle les a ensuite assemblés sur place. Ou le cadavre déjà rapiécé était installé sur un fauteuil roulant. Il y a plusieurs possibilités.

— En tout cas, elle a dû agir vite pour ne pas être repérée.

— Si ça se trouve, elle est restée dans le wagon jusqu'à ce que celui-ci se vide. Ensuite, elle a préparé sa sculpture avant de descendre quelques stations plus loin.

Oppenheimer s'arrêta et mit les mains dans les poches de son pardessus.

— Possible. À moi de le découvrir.

Franck tourna la tête vers lui.

— Tu es donc certain que ce macchabée est un autre coup de ta tueuse ?

— Il n'y a pas l'ombre d'un doute, répondit Oppenheimer en soupirant.

27

Mercredi 18 – vendredi 20 août 1948

Oppenheimer décida de rester à la gare de triage et prévint par téléphone la brigade. Dès que Großkurth et Wenzel arriveraient au Praesidium, on les avertirait de la situation.

Il réquisitionna ensuite dans l'un des bâtiments administratifs une salle pour interroger tout le personnel présent. Vers huit heures et demie, ses deux collègues le rejoignirent pour lui prêter main-forte.

À midi, lorsqu'ils firent le point, le résultat des entretiens s'avéra très frustrant.

La nuit s'était déroulée sans incident notoire. Aucun intrus n'avait été remarqué par les cheminots. Lorsque la rame contenant le cadavre était arrivée à la gare de triage, on n'avait pas pris la peine d'inspecter les wagons. Impossible donc de savoir quand la tueuse avait installé le corps rapiécé dans la voiture.

— Elle nous fait tourner en bourrique ! tempêta soudain Großkurth en frappant du poing sur la table.

Oppenheimer hocha la tête.

— Oui, c'est son intention. Elle veut prouver notre incompétence. Et pour atteindre son but, elle procède d'une manière particulièrement retorse. Tiens-toi bien : Hergesheimer m'a apporté tout à l'heure le ticket retrouvé sur le chapeau de la dépouille.

Großkurth et Wenzel retinrent leur souffle. Ménageant son effet, Oppenheimer attendit un instant avant d'enchaîner :

— Le billet a été composté à la gare de Neu-Lichtenberg.

Wenzel poussa un soupir.

— Bon Dieu ! C'est dans le secteur soviétique.

Oppenheimer s'appuya contre le dossier de son siège et leva les bras.

— Qui doit s'occuper de ce nouveau cas ? La Kripo de l'Ouest, ou les hommes de Markgraf? Le corps a été retrouvé dans le secteur britannique, mais les différentes parties de la dépouille proviennent de personnes probablement assassinées à l'Est. La tueuse s'amuse à faire naître un véritable conflit de juridiction pour monter nos services les uns contre les autres.

Wenzel grimaça.

— Nous savions à quoi nous attendre. Elle connaît exactement nos points faibles, et elle en profite. Mais il y a autre chose qui m'inquiète. Hergesheimer a-t-il confirmé que le macchabée du wagon était bel et bien un assemblage de divers membres empruntés à plusieurs cadavres ?

Oppenheimer prit une mine grave.

— En effet. C'est exactement la même chose que pour le cadavre de Luisenstadt. Toutes les parties choisies ont des défauts. La meurtrière semble fabriquer son horrible sculpture en utilisant les restes dont elle n'a pas besoin.

— Mais d'où proviennent ces nouveaux membres amputés ? questionna Wenzel. On sait qu'elle a tué Timpe et Klinger. Pour Junker, elle n'a pas pu aller jusqu'au bout parce que nous sommes intervenus. Il doit y avoir d'autres assassinats dont nous n'avons pas eu connaissance. Cette femme ne peut pas tuer chaque jour une personne différente pour ensuite la découper et l'empailler. Tout ça prend du temps. Elle est sûrement à l'œuvre depuis un bon bout de temps.

— On ne sait pas ce qui s'est passé dernièrement à l'Est, objecta Großkurth. Les collègues ne nous disent plus rien. Il y a peut-être eu d'autres crimes. Ou ils ont déniché certains indices qui pourraient nous être fort utiles.

Wenzel, songeur, alluma une cigarette.

— On ne se parle plus certes, mais ça ne veut pas dire que ça doit rester ainsi éternellement.

Sur ces paroles, l'aspirant-inspecteur sourit d'un air mystérieux.

Lorsque Oppenheimer sortit du bâtiment administratif en fin de journée, il décida de marcher un peu pour ordonner ses pensées. Tandis qu'il déambulait entre les voies de garage, il aperçut soudain Rensch.

Le journaliste se tenait devant le wagon dans lequel le cadavre avait été retrouvé. Après une courte hésitation, il actionna la poignée de la portière. Voyant cette dernière s'ouvrir, il sourit d'un air satisfait.

— Vous pouvez y aller, lança Oppenheimer en s'approchant. Le service de l'Identification a terminé son travail.

Rensch, pris sur le fait, se figea. En le rejoignant, Oppenheimer constata que le reporter avait mauvaise mine.

— Entrons, suggéra-t-il. À l'intérieur, nous ne serons pas dérangés.

Dans la voiture, l'air était suffocant. Le commissaire desserra sa cravate et ouvrit le col de sa chemise. Pour amadouer Rensch, il lui donna quelques informations à publier. Il lui montra l'endroit où le cadavre était assis, et il expliqua qu'à ce stade de l'enquête, on ignorait encore comment celui-ci avait été placé dans le wagon.

Flairant l'article à sensation, le journaliste écarquilla les yeux.

— Il est donc possible que cette chose ait voyagé sur la ligne circulaire sans que personne ne la remarque ? s'enquit-il d'un ton enthousiaste.

Oppenheimer ôta son feutre pour s'éventer.

— Nous supposons plutôt que l'auteur de cette macabre mise en scène s'est introduit à la gare de triage à la faveur de la nuit. Mais naturellement, c'est beaucoup moins intéressant que votre histoire horrifique.

Le commissaire avait volontairement omis de parler du ticket de S-Bahn glissé dans le ruban du chapeau. Rensch semblait ne pas être au courant de ce détail, même s'il ne tarda pas à reconnaître qu'il avait déjà rendu visite à la femme de ménage qui avait trouvé le corps.

Oppenheimer avait bien sûr interrogé le témoin, une certaine Gundula Volkerts. La pauvre employée de la Reichsbahn avait été profondément choquée par ce qu'elle avait vu. Et Rensch n'avait eu aucun scrupule à la cribler de questions dans le seul but de pouvoir sortir un scoop.

— Vous ne perdez pas de temps, hein ? lâcha-t-il avec agacement.

— Le grand public a le droit d'être informé, se défendit le reporter.

Oppenheimer balaya la réplique éculée d'un geste las.

— Et comment avez-vous eu vent de cette sinistre découverte ?

Rensch referma son calepin.

— La tueuse m'a appelé ce matin à la rédaction.

— Ah, cette fois, elle ne vous a donc pas prévenu à l'avance. Elle ne vous a téléphoné qu'après avoir commis son crime.

Le journaliste acquiesça.

— C'est mauvais signe. Elle ne me fait plus confiance et me met à l'épreuve.

— Mais elle ne veut pas couper complètement le contact. Tout n'est donc pas perdu.

Rensch haussa les épaules, visiblement sceptique. Souffrant lui aussi de la chaleur, il repoussa son chapeau en arrière. Puis il glissa la main dans la poche de son veston et en sortit un tube de métal.

Oppenheimer tressaillit. Il avait aussitôt reconnu l'étiquette bleue et rouge de la Pervitin[1].

L'envie brûlante de prendre sur-le-champ un comprimé du fameux dopant s'empara de lui. Il pensait avoir surmonté sa dépendance, mais les vieux réflexes étaient tenaces.

Le reporter dévissa le bouchon, prit une pilule et l'avala sans eau. Après cela, il en offrit une à Oppenheimer. Ce dernier fit un effort sur lui-même et secoua la tête. S'il recommençait maintenant à consommer de la méthamphétamine, il ne décrocherait plus jamais.

1. Méthamphétamine commercialisée dès 1938 par le laboratoire allemand Temmler. Distribuée en grande quantité par la Wehrmacht et la Luftwaffe aux combattants, cette drogue de synthèse permettait de repousser la fatigue, d'accroître la concentration et de faire oublier l'angoisse.

— Comment va Birgit ? demanda Rensch.

Oppenheimer éprouva un vif soulagement en le voyant ranger le tube de comprimés.

— Lors de ma dernière visite, elle se portait à merveille.

Rensch grommela quelques paroles inintelligibles entre ses dents.

— Nous avons passé un accord, dit Oppenheimer. Continuons sur la même voie. Surtout, il ne faut pas agir de manière inconsidérée. S'il se passe quelque chose, prévenez-moi immédiatement. Ce n'est qu'en unissant nos forces que nous nous en sortirons. Si nous parvenons à coincer ensemble la meurtrière, je vous autoriserai à écrire un papier sur toute l'affaire. En exclusivité.

Le commissaire se demanda si son offre était assez alléchante pour son interlocuteur. En entendant le mot « exclusivité », les yeux de Rensch se mirent à briller. Mais ce n'était peut-être que l'effet stimulant de la Pervitin.

Ce n'est que le lendemain au Praesidium que Wenzel lui révéla son plan. Oppenheimer discutait avec Großkurth des interrogatoires menés à la gare de triage lorsque l'aspirant-inspecteur entra dans le bureau. Le jeune policier s'approcha de son supérieur et se racla la gorge de manière ostensible. Puis il écrasa sa cigarette dans un cendrier avant de ressortir.

Croyant comprendre le message, Oppenheimer le suivit.

— Devine à qui j'ai parlé, murmura Wenzel dans le couloir.

— Max Schmeling[1] ? Lana Turner ?

Wenzel s'esclaffa.

— J'ai pris un verre hier avec notre ancien collègue Reinmann. Et notre entretien n'était pas de nature privée.

1. Célèbre boxeur allemand, champion du monde des poids lourds entre 1930 et 1932.

Oppenheimer regarda autour de lui. La plupart des portes du corridor étaient ouvertes, et des bribes de conversation s'échappaient des bureaux.

Préférant poursuivre la leur dehors, il fit signe à son adjoint.

Les cailloux de la cour, humides, crissèrent sous leurs semelles lorsqu'ils sortirent du bâtiment pour se diriger vers les écuries de l'ancienne caserne.

— Alors ? Que se passe-t-il à l'Est ?

Wenzel prit un air de conspirateur.

— Reinmann m'a fait quelques révélations, répondit-il à mi-voix. Avec l'aval de Negele. Naturellement, leur hiérarchie n'est pas au courant de notre rencontre.

Oppenheimer poussa un grognement approbateur.

— Ça ne m'étonne pas. Möller et Cordes n'autoriseraient jamais pareil échange.

— En tout cas, il y a du nouveau. Großkurth avait vu juste : il y a eu un autre assassinat dans le secteur soviétique. Et ce n'est pas tout. Negele et Reinmann ont même plusieurs suspects.

Surpris, Oppenheimer s'arrêta.

— Ils auraient identifié la tueuse ?

— Ce ne sont que des suppositions, apparemment. Et l'affaire piétine depuis quelque temps. Au grand dam de Negele, comme tu peux l'imaginer.

Un grondement de moteurs leur parvint. Quelques instants plus tard, un avion apparut dans le ciel. Wenzel attendit que le vacarme s'atténue avant de poursuivre :

— La nouvelle de la découverte d'un corps dans la gare de triage est parvenue jusqu'aux oreilles de la Kripo de l'Est. Ils sont aussi au courant de ce qui est arrivé au malheureux Junker. Negele a besoin d'informations supplémentaires, et il songe à nous associer à son enquête. Mais il veut te rencontrer auparavant.

Le commissaire était d'accord.

— Bonne idée. Le plus tôt sera le mieux.

— Avec Reinmann, nous avons déjà tout organisé. Demain midi, tu te rendras au mémorial soviétique du Tiergarten. Negele t'y attendra. Vous vous retrouverez de l'autre côté de la route, ce sera plus discret.

— Une coopération entre nos deux brigades nous procurerait un avantage certain, commenta Oppenheimer en faisant demi-tour. Ça permettrait de surprendre la tueuse, qui ne s'attend pas à pareille alliance. C'est très courageux de la part de Negele. En tant que protégé de Möller, il risque gros en me rencontrant.

— Nous devrions saisir cette chance. (Wenzel secoua la tête d'un air dépité.) C'est quand même fou, quand on y réfléchit. Nous sommes maintenant forcés de prendre des chemins détournés pour travailler correctement. Et ça ne va certainement pas s'arranger.

Oppenheimer ralentit l'allure et regarda son adjoint.

— Quelle mouche t'a piqué ? Tu vois tout en noir, ce matin.

— On dirait que tu n'as pas lu les journaux aujourd'hui, rétorqua Wenzel en sortant son paquet de cigarettes de la poche de son veston.

Le jeune policier avait raison. Oppenheimer, trop préoccupé par son enquête, avait cessé de lire la presse. D'ordinaire, Hilde n'aurait pas manqué de lui raconter les dernières nouvelles mais, depuis quelque temps, l'aristocrate passait tout son temps libre avec son vigoureux dentiste à la crinière grise.

— J'ai raté quelque chose ?

Une cigarette vissée entre les lèvres, Wenzel s'arrêta pour craquer une allumette. Après avoir tiré une bouffée de tabac, il expliqua :

— Des experts se sont réunis sur l'île de Herrenchiemsee, en Bavière. Enfermés dans un monastère, ils travaillent sur un projet de Constitution. Mais uniquement pour les zones occidentales ! Je ne te fais pas un dessin.

Cette nouvelle confirmait les craintes d'Oppenheimer. Sonné, il s'appuya contre le capot d'un véhicule d'intervention.

Il fallait donc se soumettre à l'inéluctable.

L'Allemagne serait bientôt divisée en deux États distincts. Les préparatifs battaient leur plein. Ce n'était plus qu'une question de temps avant l'annonce officielle.

— On va avoir une frontière nationale au beau milieu de Berlin, remarqua-t-il. Si les Soviétiques ne mettent pas auparavant la main sur toute la ville.

De nouveau, la silhouette d'un avion se dessina dans le ciel gris. Les immenses efforts des Alliés occidentaux pour ravitailler leurs trois secteurs étaient plutôt rassurants. Les Américains ne semblaient pas disposés à abandonner cet avant-poste dans la zone soviétique. Mais il n'y avait aucune garantie.

L'inquiétude qu'il parvenait à refouler depuis plusieurs mois se réveilla brusquement. À Berlin-Ouest, le taux de suicide – en moyenne sept par jour – avait quadruplé en quelques semaines. Beaucoup de Berlinois perdaient espoir, et la mort représentait alors l'unique issue à leur situation.

Instinctivement, il songea à la Pervitin. Un comprimé de la substance stimulante l'aurait aidé à surmonter son angoisse. Réprimant son envie, il tendit la main vers Wenzel.

— M'offrirais-tu une cigarette ?

Son assistant le considéra avec étonnement. Après une courte hésitation, il ressortit son paquet mou.

Oppenheimer prit une Droug et la fixa sur son tube d'écume. Wenzel lui donna du feu.

Le commissaire ne put s'empêcher de tousser. Le tabac russe bon marché, très fort, avait un goût ignoble. Il avait arrêté de fumer depuis longtemps, car les cigarettes étaient devenues une monnaie d'échange bien trop précieuse. Mais, dans un moment comme celui-ci, mieux valait griller une tige que d'avaler une pilule de Pervitin.

Il s'ébroua pour chasser la drogue de ses pensées.

— Nous vivons dans un monde dirigé par une bande d'idiots, murmura-t-il.

Deux chars d'assaut flanquaient le mémorial soviétique. Personne n'aurait su dire s'ils provenaient de l'usine de tracteurs de Tcheliabinsk ou des célèbres ateliers de l'Ouralvagonzavod à Nijni Taguil. Ces colosses de métal avaient été les premiers à entrer dans Berlin à l'issue de la terrible bataille qui avait ravagé la ville durant les derniers jours de la guerre. Ils se trouvaient à quatre cents mètres à peine de la porte de Brandebourg, mais leurs chenilles s'étaient définitivement immobilisées. Les canons des T34 pointaient vers la Charlottenburger Chaussee, qui coupait les jardins du Tiergarten en deux.

L'imposant monument avait été élevé sur les ruines de la Siegesallee peu après la capitulation. La prestigieuse avenue, au bout de laquelle se dressait autrefois la colonne de la Victoire – déplacée en 1938 par Albert Speer, l'architecte de Hitler –, avait été rasée de la carte sur ordre de l'Allied Kommandatura.

En attendant Negele, Oppenheimer fit quelques pas pour contempler de loin l'ouvrage commémoratif. Conçu par Nikolaï Sergueïevski, ce dernier était constitué d'une colonnade concave, surmontée en son centre par une statue de bronze représentant un soldat de l'Armée rouge. D'après les rumeurs, il avait été érigé avec les pierres de la nouvelle Chancellerie du Reich, que les Soviétiques s'étaient empressés de détruire après la victoire sur l'ennemi nazi. Pour compléter l'ensemble, on avait installé près des chars d'assaut les deux canons obusiers qui avaient tiré les salves annonçant la fin de la bataille de Berlin.

Même si le mémorial était situé dans le secteur britannique, il était gardé par des sentinelles soviétiques. Beaucoup d'habitants de Berlin-Ouest voyaient cette petite enclave russe d'un mauvais œil. Ce n'était pas le cas d'Oppenheimer. Lui, au contraire, se sentait redevable des soldats qui avaient risqué leur vie pour combattre l'idéologie nauséabonde du national-socialisme. Peu importait qu'ils soient américains, britanniques ou soviétiques. Et rien ne pouvait occulter cela, pas même les dérives de Staline, qui tentait d'imposer son système totalitaire dans la zone d'occupation de l'URSS.

Le Tiergarten n'était plus que l'ombre de lui-même. Le parc à la végétation jadis luxuriante s'était transformé en une steppe désertique. Progressivement, les Berlinois avaient coupé la plupart des arbres pour se chauffer lors des derniers hivers rigoureux. Jusqu'à présent, personne ne s'était donné la peine de reboiser la vaste étendue désolée. Au lieu de cela, on avait divisé une bonne partie du site en petites parcelles, dans lesquelles les habitants s'efforçaient de faire pousser des légumes.

Le commissaire glissa les mains dans les poches de son imperméable. Negele avait choisi l'endroit idéal pour leur rencontre. Autour du mémorial, la vue était très dégagée. D'un côté, on pouvait apercevoir le Charlottenburger Brücke, de l'autre la porte de Brandebourg et la Pariser Platz. Si son ancien collègue flairait un danger, il pouvait rejoindre le secteur oriental en quelques enjambées.

Oppenheimer se mit à déambuler sur le trottoir. Les gardes russes postés devant le monument ne lui prêtaient aucune attention. Au bout d'un moment, la relève arriva. Il en déduisit qu'il était midi. L'heure de son rendez-vous avait sonné.

Machinalement, il se tourna vers l'est. Entre les colonnes mutilées de la porte de Brandebourg apparut soudain une silhouette en chapeau et trench-coat. Negele.

Oppenheimer marcha à sa rencontre. L'impression était trompeuse, la distance qui les séparait s'avéra plus grande qu'il ne l'aurait cru. Plusieurs minutes s'écoulèrent avant que les deux hommes ne se rejoignent.

— Quelle entrée en scène ! s'exclama Oppenheimer avec un clin d'œil.

Negele sourit à peine. Manifestement, il ne se sentait pas à l'aise dans le secteur britannique. Il ne cessait de jeter des regards inquiets autour de lui, comme s'il craignait de voir surgir dans un crissement de pneus une voiture de la police militaire et de se faire embarquer.

Rien de tel ne se passa. Rasséréné, le jeune policier prit la parole pour exposer son plan.

— Récemment, il s'est produit dans le secteur soviétique une disparition qui pourrait être liée au cadavre retrouvé à la gare de triage. La victime présumée est un homme dans la force de l'âge. Le type est marié, mais sa femme l'a quitté. Dans son appartement, les tableaux sur les murs étaient retournés, et il y avait des traces de sang dans la salle de bains. Tout porte à croire qu'il s'agit de la même série de meurtres. Voilà pourquoi j'aimerais en savoir un peu plus sur ce qui est arrivé dernièrement chez vous. En nous entraidant, nous bouclerons plus vite cette affaire.

Oppenheimer lui fit un résumé détaillé de son enquête. À ses yeux, il n'avait aucune raison de taire ces informations à son ancien collègue. Ce dernier l'écouta attentivement.

Les deux enquêteurs, qui s'étaient remis en mouvement, se promenèrent dans le Tiergarten comme de vieux amis. Lorsque le commissaire eut achevé son récit, Negele releva la tête.

— Alors vous aussi, vous pensez que le tueur est une femme ?

— Nous l'avons prise sur le fait chez Junker. Il n'existe pas de meilleure preuve.

Oppenheimer s'attendait à ce que Negele lui révèle comment il était arrivé à la même conclusion, mais le protégé de Möller n'en fit rien. Au lieu de cela, le flic lança :

— Nous devons absolument unir nos forces pour coincer la meurtrière.

Oppenheimer, légèrement agacé, réfléchit un instant avant d'acquiescer. Il était prêt à coopérer, néanmoins son interlocuteur devait jouer franc-jeu.

Il se figea brusquement et regarda son ex-collègue.

— Inutile de tourner autour du pot. Comment puis-je vous aider ?

Negele parut comprendre le signal.

— Nous avons plusieurs suspectes dans le collimateur, finit-il par reconnaître. Un groupe de couturières. L'homme qui a disparu était en contact avec l'atelier qui les emploie. Mais cette entreprise est située à l'Ouest. Et parmi les ouvrières, seules quelques-unes habitent Berlin-Est. (Le jeune policier arbora une mine embarrassée.) J'ai les mains liées. Je n'ai pas le droit d'enquêter dans les secteurs occidentaux.

— Vous n'avez donc pas pu vérifier tous les alibis, en conclut Oppenheimer.

— Exactement. Le groupe compte quatorze ouvrières. Dix d'entre elles vivent à l'Ouest. Je ne suis pas autorisé à aller les interroger à leur domicile ou à l'atelier, et il semble peu probable qu'elles acceptent de venir de leur plein gré dans les locaux de la brigade.

La situation avait le mérite d'être claire. Sans l'aide d'Oppenheimer, Negele ne pouvait pas poursuivre ses investigations.

Le commissaire leva les yeux vers le ciel. Des nuages s'amoncelaient au-dessus de leurs têtes, laissant présager une averse estivale. Comme il n'y avait aucun abri dans les jardins, les deux enquêteurs se replièrent vers la porte de Brandebourg.

Tandis qu'ils marchaient, Oppenheimer se demanda s'il était prêt à apporter son concours à Negele. Interroger dix personnes n'était pas une mince affaire.

— Bon, c'est d'accord, finit-il par lâcher. Je vais m'occuper de vos suspectes. Donnez-moi les noms des ouvrières et l'adresse de l'atelier de couture.

Il se frotta les mains. Avec un peu de chance, l'enquête progresserait plus vite qu'il ne l'avait espéré.

28

Vendredi 20 – samedi 21 août 1948

De retour au Praesidium de la Friesentraße en début d'après-midi, il tomba sur Hergesheimer qui venait lui présenter son rapport. Il demanda aussitôt à Wenzel d'aller prévenir Großkurth.

Tous prirent place dans le bureau d'Oppenheimer pour écouter les explications du technicien de l'Identification.

— À l'instar du cadavre de Luisenstadt, il s'agit d'un corps façonné à partir de différents morceaux. Quatorze exactement, prélevés sur plusieurs dépouilles distinctes. On les a cousus avec du fil, puis fixés aux vêtements à l'aide d'épingles. Comme la dernière fois, ces morceaux ont été empaillés, mais ils sont mieux conservés. Il n'y a pas de fissures sur la peau, ce qui veut dire qu'ils n'ont pas été exposés à de brusques changements de température. En revanche, les coutures sont moins soignées. Ce qui peut se comprendre. Puisque la dépouille était habillée, la tueuse n'avait pas besoin de se donner autant de mal que pour sa sculpture précédente.

— Avec ses vêtements, le macchabée pouvait faire illusion de loin dans le S-Bahn, fit remarquer Wenzel.

Hergesheimer opina. Après avoir refermé la chemise dans laquelle il rangeait ses documents, il fit quelques pas dans la pièce et alla s'appuyer contre le rebord de la fenêtre.

— Les jambes n'étaient pas cousues au torse, précisa-t-il. Ce qui donne à penser que la dépouille a été transportée en deux parties. D'un côté, le buste avec les bras et la tête. De l'autre, les jambes. Les chaussures étaient fixées à l'ourlet du pantalon. Une fois dans le wagon, la meurtrière s'est contentée de relier le haut du corps aux membres inférieurs en utilisant des bretelles. Un jeu d'enfant. Ça ne lui a pris que quelques minutes pour mettre en place son sinistre mannequin.

— A-t-elle pu le faire pendant que le S-Bahn roulait ? s'enquit Oppenheimer.

— S'il n'y avait pas d'autres passagers dans la voiture, c'est tout à fait possible. Une femme monte avec deux valises pleines. Quand elle ressort quelques stations plus loin, ses bagages sont vides, et elle laisse à l'intérieur sa macabre œuvre d'art. Pareille action nécessite bien sûr un sacré sang-froid.

Le commissaire se redressa sur son siège.

— Elle est capable de tout, malheureusement. Es-tu parvenu à déterminer à partir de combien de cadavres cette sculpture morbide a été façonnée ?

— La longueur des membres inférieurs et supérieurs est presque identique de chaque côté. Même chose pour les pieds. Les morceaux proviennent de plusieurs dépouilles, c'est sûr, mais je ne peux pas dire avec certitude le nombre exact.

Großkurth haussa les épaules.

— Si la tueuse ne passe pas aux aveux quand nous l'aurons coffrée, nous ne saurons jamais combien de personnes elle a zigouillées.

Hergesheimer étreignit la chemise qui contenait son rapport. Il paraissait déçu de ne pas pouvoir aider plus les enquêteurs.

Pour Oppenheimer, la priorité était donc d'interroger les ouvrières dont lui avait parlé Negele. Le jeune policier avait promis de lui faire parvenir dès le lendemain les noms et les coordonnées des suspectes.

Après avoir salué Hergesheimer, il se rendit dans le bureau de son supérieur. Même s'il ne se faisait aucune illusion sur la réaction du patron de la Kripo, il voulait le prévenir de la tournure de l'enquête.

— Une collaboration avec les services de police de l'Est ? s'écria Seeßlen après qu'Oppenheimer lui eut exposé la situation. Vous n'y pensez pas ! Si vous m'aviez posé la question la semaine dernière, je vous aurais peut-être laissé faire. Mais après l'histoire d'hier sur la Potsdamer Platz, on ne peut plus collaborer avec ces gens-là.

Oppenheimer ne savait pas exactement ce qui s'était passé là-bas. Il n'avait vu que les gros titres des journaux dans les kiosques, et il croyait qu'il ne s'agissait que d'une descente de police ayant mal tourné. Ce genre d'incident était monnaie courante.

Son supérieur lui expliqua cependant que la rafle dont il était question avait une tout autre portée.

La Potsdamer Platz était située à la croisée de trois secteurs : soviétique à l'est, américain au sud et britannique à l'ouest. Aucune barrière ne matérialisait toutefois les frontières, ce qui engendrait un certain flou territorial. Naturellement, les trafiquants du marché noir avaient profité de ce vide structurel pour s'implanter sur la vaste place. L'endroit était devenu un immense bazar en plein air. Les marchandises y circulaient ainsi sans aucun contrôle. Et en cas de razzia, les bouches de métro offraient de nombreuses issues de secours. La Potsdamer Platz était le paradis des vendeurs clandestins.

Mais la veille, une troupe de policiers de l'Est avait débarqué pour appréhender trafiquants et clients. Aussitôt, la foule prise sur le fait avait reflué vers la partie occidentale de la place. Non contents de procéder à plusieurs arrestations, les Schupos avaient ensuite verrouillé de manière démonstrative l'accès au secteur soviétique.

Rendus furieux par cette manœuvre d'intimidation, des Berlinois leur avaient alors jeté des pierres. Peu après, les forces de l'ordre avaient répondu en ouvrant le feu sur les émeutiers – par-delà la frontière.

Son récit terminé, Seeßlen secoua la tête d'un air dépité.

— Des Allemands qui tirent sur leurs compatriotes. En plein centre de Berlin ! Vous vous rendez compte ? C'est une aberration ! Et la situation n'est pas près de s'améliorer. Les événements de la Potsdamer Platz sont devenus une affaire politique. Les Soviétiques prétendent que des nervis fascistes ont attaqué les policiers de l'Est avec l'aide de la police militaire américaine.

Quant au commandant du secteur américain, il fustige le blocus russe qui, selon lui, pousse les Berlinois à commettre des actes illégaux pour ne pas mourir de faim.

— Il a raison, remarqua Oppenheimer.

Grâce au paquet CARE de sa sœur, le commissaire avait moins souffert des privations, mais ce n'était pas le cas de la plupart des habitants de Berlin-Ouest. Depuis la réforme monétaire, contrairement à ce qu'avait espéré la population, les rations alimentaires étaient toujours aussi maigres. Il était rare d'avoir un morceau de viande dans son assiette. Les gens se nourrissaient principalement de pommes de terre lyophilisées, de poudre d'œuf, de divers substituts et, avec un peu de chance, des légumes qu'ils cultivaient eux-mêmes.

— Tout va de mal en pis, reprit Seeßlen d'un ton grave. (Du menton, il désigna le téléphone posé sur sa table de travail.) On vient de m'annoncer que trois policiers avaient été enlevés sur le Bethaniendamm par une escouade de soldats de l'Armée rouge. Ces soudards ont même volé le véhicule d'intervention dans lequel nos hommes patrouillaient. Et ce en pleine journée, à Kreuzberg, dans le secteur américain. Les incursions de ce genre se multiplient. On se croirait au Far West !

Le patron de la brigade, songeur, regarda par la fenêtre. Au bout de quelques secondes, il enchaîna :

— J'ignore où vos investigations vont vous mener. Il est tout à fait possible que la tueuse ait son repaire dans le secteur oriental. Mais je dois protéger avant tout mes enquêteurs. Il est de mon devoir de vous exhorter à rompre tout contact avec la Kripo de l'Est.

Oppenheimer acquiesça à contrecœur. C'est alors que Seeßlen se pencha au-dessus de son bureau.

— Je comprends que vous teniez à élucider cette affaire, ajouta-t-il à voix basse. Et personne ne peut savoir d'où viennent certains indices. Les collègues du secteur oriental suivent peut-être les mêmes pistes que vous. Continuez de vous fier à votre instinct.

Il fixa Oppenheimer d'un air entendu. Le message était clair. Rien n'empêchait le commissaire de poursuivre sa collaboration avec Negele. Mais, officiellement, Seeßlen n'était pas au courant.

Oppenheimer et Wenzel se tenaient devant un immeuble à la façade anodine, situé sur la rive sud du Landwehrkanal à Kreuzberg. Rien ne laissait deviner que le bâtiment abritait un atelier de couture.

On était samedi. Comme promis, Negele leur avait communiqué l'adresse de la petite entreprise – les établissements Merz –, ainsi qu'une copie du rapport d'enquête.

Il s'agissait de la disparition d'un certain Herr Arnold. L'individu avait été vu pour la dernière fois par des témoins durant le week-end du 24 au 25 juillet. Au moment des faits, Oppenheimer venait d'être relevé de ses fonctions à la Keibelstraße, il n'avait donc pas eu vent de ce nouveau cas.

Arnold fournissait l'atelier en vieux habits. À l'instar de nombreuses sociétés berlinoises, les établissements Merz étaient spécialisés dans la réutilisation de matériel usagé. Tandis que d'autres entreprises fabriquaient des passoires ou des cendriers à partir de casques d'acier, ils employaient une vingtaine d'ouvrières pour dépiquer, teindre et transformer des hardes en nouveaux vêtements.

Negele soupçonnait la tueuse d'appartenir à ce groupe de couturières. Ayant contrôlé les alibis des femmes vivant dans le secteur soviétique, il avait déjà une suspecte, une certaine Frau Norden. Oppenheimer et Wenzel devaient interroger les employées qui habitaient à l'Ouest et les sonder à propos de leur collègue.

Le commissaire examina d'un œil méfiant le numéro de l'immeuble. Ils se trouvaient bien à l'adresse indiquée par Negele, mais il n'y avait aucune enseigne signalant au public la présence d'un atelier. Seule une inscription *Sous surveillance*, tracée maladroitement à la peinture blanche sur le mur de pierre, pouvait donner à penser que l'endroit contenait d'onéreuses machines à coudre.

La porte du bâtiment n'était pas fermée à clé. Wenzel tira le lourd battant de bois, et les deux enquêteurs se glissèrent à l'intérieur. Appuyée contre une paroi, une pancarte ornée d'une grosse flèche indiquait où trouver l'atelier.

— Dans l'arrière-cour, commenta Oppenheimer en se dirigeant vers le fond du corridor.

Après avoir franchi une porte vitrée, ils traversèrent la cour et franchirent une imposante grille ouvragée. Un autre écriteau les guida ensuite vers une porte aux dimensions plus restreintes.

Oppenheimer frappa. Un homme d'une trentaine d'années leur ouvrit. L'individu, dont les cheveux sombres étaient séparés au milieu par une raie bien nette, portait un costume gris et un nœud papillon.

— Merz, se présenta-t-il. Je suis le propriétaire.

Negele les avait annoncés, si bien que le commissaire n'eut pas à s'expliquer.

Le chef de l'atelier les invita à entrer dans une vaste pièce qui rappelait une salle de classe. Un ciel d'azur se dessinait dans l'encadrement des hautes fenêtres. Au centre de l'espace, on avait aligné plusieurs rangées de tables sur lesquelles trônaient des machines à coudre. Mais seule une poignée d'ouvrières travaillaient sur place.

Avec fierté, Merz entraîna ses hôtes vers les alignements d'appareils.

— Tout est mécanique ici, déclara-t-il. Une chance avec ces coupures de courant incessantes. Malheureusement, nous avons des problèmes d'approvisionnement en tissus. Je ne peux donc occuper qu'une partie du personnel. Ce maudit blocus sabote mon commerce.

À son air contrarié, on aurait presque pu croire que l'administration soviétique avait bouclé les secteurs occidentaux dans l'unique but de le tourmenter. Comme le staccato des machines entravait sensiblement la conversation, Merz conduisit les visiteurs dans son bureau.

Oppenheimer, surpris, se figea net en franchissant le seuil. La petite pièce était bondée comme dans un tramway aux heures de pointe. La table de travail était entourée de silhouettes à moitié dénudées qui ne semblaient pas connaître la pudeur. Certains de ces étranges personnages n'avaient pas de tête, d'autres n'étaient qu'un torse monté sur un pied.

Tandis que Wenzel considérait lui aussi les mannequins avec surprise, le propriétaire des lieux alla s'installer tranquillement sur son fauteuil. Remarquant le malaise des enquêteurs, il précisa :

— Le local qui nous sert de réserve est trop petit. Nous devons donc entreposer certains de nos nouveaux modèles ici.

Même après s'être assis sur l'une des chaises réservées aux visiteurs, Oppenheimer eut du mal à détacher son regard des statues articulées. Certains patrons en papier donnaient l'impression d'avoir été découpés dans de la peau humaine.

Cette pensée le frappa comme la foudre. Ils étaient sur la bonne piste. Pour tailler des patrons ou empailler un cadavre, il fallait posséder une grande habileté. Wenzel parut également faire le lien entre ces deux activités et lui décocha un clin d'œil entendu.

Oppenheimer se racla la gorge et demanda :

— Parmi votre équipe, qui s'occupe de découper les modèles de papier ?

— Frau Janowitz, Frau Norden et Frau Rosendorf.

Tout semblait coïncider. Frau Norden était l'ouvrière suspectée par Negele. Soudain songeur, le commissaire sortit son fume-cigarette. Lorsqu'il le porta à ses lèvres, Merz tressaillit d'un air paniqué.

— Excusez-moi, mais il est interdit de fumer ici. Toutes nos étoffes peuvent s'enflammer comme une allumette.

Wenzel l'apaisa d'un geste.

— Ne vous inquiétez pas.

Afin de ne pas troubler son interlocuteur outre mesure, Oppenheimer préféra ranger son vieux tube d'écume.

La conversation put reprendre, et les deux policiers apprirent que sept des dix femmes qu'ils devaient interroger se trouvaient dans l'atelier ce jour-là.

Merz leva les mains d'un air navré.

— Je sais que c'est injuste mais, pour le peu de travail qu'il nous reste à cause de la pénurie de tissus, il est plus simple de faire appel aux ouvrières de l'Ouest qui habitent les environs. Quand on nous aura ravitaillés, je prierai les dames du secteur soviétique de revenir. Certaines auront peut-être trouvé un autre boulot entre-temps, mais je ne peux pas leur en vouloir. Malgré tout, la plupart accourront parce que chez moi, elles reçoivent un quart de leur salaire en deutsche marks. Une véritable aubaine, comme vous vous en doutez.

Les enquêteurs s'étaient mis d'accord pour se partager la tâche. Ils interrogeraient séparément les couturières. Merz accepta de prêter son bureau à Oppenheimer. Wenzel, quant à lui, eut l'autorisation de s'installer dans la salle de pause.

Dès qu'il fut seul, le commissaire déplaça sa chaise afin de s'éloigner le plus possible des mannequins. La présence de ces témoins inertes le rendait nerveux.

Ce matin-là, il reçut quatre ouvrières. Les entretiens furent brefs. Il leur demanda seulement leur alibi pour le week-end où Arnold avait disparu. Et, sans trop insister afin d'éviter les rumeurs, il les sonda brièvement à propos de Frau Norden.

Celle-ci avait prétendu être allée au théâtre le soir du samedi 24 juillet. La pièce, intitulée *Morale*, ne lui avait pas plu. Elle s'était éclipsée avant la fin de la représentation et s'était réfugiée sur la terrasse de l'illustre brasserie Prater. Le dimanche, elle avait quitté son domicile en fin d'après-midi pour assister à un concert donné dans la Haus Vaterland[1].

Frau Norden, célibataire, vivait dans le secteur soviétique. Et d'après ses dires, elle était sortie à chaque fois en solitaire. Negele n'avait pas réussi à vérifier son alibi. La jeune femme pouvait très bien avoir eu vent de ces événements culturels en lisant les journaux.

À l'atelier, elle avait très peu de contacts avec ses collègues. Seule l'une des ouvrières, une certaine Margit Ostendorf, put révéler quelques détails sur la suspecte. Mais ces informations valaient leur pesant d'or.

Frau Ostendorf était une femme robuste de haute stature. Ses cheveux acajou étaient coupés court. À l'évidence, elle n'hésitait pas à mettre la main à la pâte. Exactement le genre d'employée

1. Haus Vaterland (« Maison de la Patrie ») : célèbre immeuble de la Potsdamer Platz qui abritait avant-guerre des restaurants exotiques et plusieurs salles de cinéma.

dont avait besoin Merz dans son entreprise. Et elle avait la langue bien pendue.

— Norden travaille ici depuis deux ans et demi, déclara l'ouvrière en fronçant le nez. Elle a l'habitude d'empailler des animaux. Enfin, c'est ce qu'elle raconte. En tout cas, son profil a plu au patron, qui a décidé de l'engager.

Oppenheimer, qui prenait des notes, se figea. Son regard se porta sur les mannequins qui peuplaient le bureau.

— Herr Merz m'a dit que plusieurs de ces patrons avaient été réalisés par Frau Norden.

Margit Ostendorf haussa les épaules. Ses prunelles gris pâle n'avaient aucune expression.

— Possible. Je ne sais pas sur quoi elle travaille.

— Et comment avez-vous appris qu'elle avait des connaissances en taxidermie ?

— Je suis quelqu'un de sympathique. Quand Norden est arrivée ici, j'ai passé un peu de temps avec elle. Mais je me suis vite rendu compte qu'elle avait l'esprit tordu. C'est de famille, je pense. Elle m'a parlé de son père. C'était un chasseur enragé. Il revenait toujours à la maison avec des animaux pour les empailler. Et il a appris très tôt à sa fille comment faire.

Oppenheimer acquiesça et patienta un instant pour voir si son interlocutrice souhaitait ajouter quelque chose. Mais Margit Ostendorf braqua sur lui ses yeux délavés dans l'attente d'une autre question.

— Frau Norden possède-t-elle encore des animaux naturalisés ? Êtes-vous déjà allée à son domicile ?

L'ouvrière aux cheveux acajou grimaça.

— Non, elle a toujours gardé ses distances. Et elle ne supporte pas les autres couturières. Je vous l'ai dit, elle est cinglée. Rien d'étonnant avec une famille comme la sienne. Le père était un vrai tyran. Il battait sa femme, et ne s'entendait avec sa fille que quand ils empaillaient ensemble les animaux qu'il rapportait de la chasse. Plus tard, elle s'est mariée, mais le type qu'elle a épousé était un propre-à-rien. Elle a été bien contente d'apprendre qu'il avait été tué au front. Puis elle a rencontré un autre homme.

Mais comme elle ne pouvait pas avoir d'enfant, le gars a pris le large sans chercher à comprendre. Élégant, non ?

Les joues de Margit Ostendorf s'étaient légèrement empourprées. Même si elle jouait les dures, le destin tragique de sa collègue semblait l'émouvoir.

— Je suis peut-être trop compatissante, poursuivit-elle. Si Norden s'est fait larguer, c'est sans doute qu'elle l'a mérité. Moi, en tout cas, je ne pourrai jamais devenir amie avec une femme dans son genre.

— Malgré tout, elle s'est beaucoup confiée à vous, remarqua Oppenheimer.

Frau Ostendorf jeta un regard par-dessus son épaule. Après s'être assurée que la porte de la pièce était fermée, elle se pencha vers le commissaire pour lui souffler :

— Oui, et mal m'en a pris de m'intéresser à ces histoires.

Oppenheimer la regarda avec étonnement.

— Que s'est-il passé ?

— Norden pète les plombs parfois. Je ne sais pas pourquoi, mais elle s'est mise à m'en vouloir brusquement. Il y a quelques mois, elle m'a agressée alors que je rentrais chez moi. Elle m'a sauté dessus et bourrée de coups de poing. Une vraie furie.

Oppenheimer ne savait que penser de cette révélation. L'ouvrière mentait-elle pour se rendre intéressante ?

— Un passant vous est-il venu en aide ? s'enquit-il en s'efforçant de masquer son scepticisme.

Frau Ostendorf secoua la tête.

— Non, elle ne m'a pas attaquée en pleine rue. Certains jours, je prends un raccourci à travers un champ de ruines pour gagner du temps. Norden m'a tendu une embuscade au beau milieu des décombres. Elle savait que personne ne viendrait à mon secours dans ce coin abandonné.

La couturière marqua une pause. Puis, fixant Oppenheimer, elle reprit :

— Je suis tout de suite allée voir la police pour porter plainte. Qu'aurais-je pu faire d'autre ? Norden est un danger public. Mais les agents qui m'ont reçue au poste n'ont rien voulu savoir.

Comme on ne m'avait pas volé d'argent et que je m'en étais sortie avec seulement quelques hématomes, ils ont considéré que l'affaire n'était qu'une broutille.

— Votre agression n'a même pas été consignée ?

— Pas que je sache.

Oppenheimer soupira intérieurement. Si Frau Ostendorf avait fait constater ses blessures par un médecin, cela aurait pu constituer un élément de preuve. Mais il n'y avait aucun document faisant référence à l'agression, et surtout aucun témoin. Impossible donc de vérifier les dires de l'ouvrière. Celle-ci avait peut-être inventé cette histoire de toutes pièces pour dénigrer sa collègue.

Tandis qu'il réfléchissait, Margit Ostendorf émit un ricanement mauvais.

— Je vous le répète : Norden est timbrée. Un jour, je l'ai vue se promener avec deux corbeilles sous les bras. Elles étaient remplies de viscères.

29

Samedi 21 – lundi 23 août 1948

— Je n'en sais rien, murmura Oppenheimer, songeur. Tout ça me paraît trop facile.

Il venait de décrire à Wenzel son entretien avec Frau Ostendorf. Tous deux se trouvaient dans les jardins qui jouxtaient l'hôpital Am Urban, dans le quartier de Kreuzberg. Poussant leurs vélos, ils longèrent les bâtiments en briques jaunes zébrées de rouge de l'établissement médical pour se diriger vers la rive du Landwehrkanal.

Il leur restait encore trois ouvrières à interroger. Merz avait accepté sans discuter de communiquer les adresses des absentes, mais Oppenheimer avait un mauvais pressentiment. On leur présentait une suspecte sur un plateau.

— Pour le moment, nous n'avons qu'un seul témoignage qui met en cause Frau Norden. Ce n'est pas assez, à mon avis. Mais tel que je connais Negele, il va s'élancer dans cette brèche comme un taureau excité par la couleur rouge.

Wenzel repoussa son chapeau du pouce pour laisser les rayons du soleil caresser son visage.

— La description d'Ostendorf coïncide parfaitement avec le profil de la tueuse.

— Oui, et c'est bien ça qui me dérange. Tout colle à la perfection. Comment Ostendorf a-t-elle réuni autant d'informations sur sa collègue que tout le monde dépeint comme une personne très introvertie ? (Tête baissée, Oppenheimer marcha quelques instants en silence.) Durant tout l'entretien, elle s'est donné beaucoup de mal pour que je croie à son témoignage. Dès qu'elle me sentait sceptique, elle me sortait une nouvelle révélation incriminant un peu plus Frau Norden. Elle voulait peut-être se rendre intéressante en débitant des accusations calomnieuses inventées de toutes pièces, mais son histoire colle parfaitement à la réalité.

Le gravier de l'allée crissa lorsque le commissaire s'arrêta brusquement. Se tournant vers son adjoint, il conclut :

— Margit Ostendorf est trop bien renseignée, ce qui la rend à mes yeux très suspecte.

Wenzel profita de la halte pour allumer une cigarette.

— Entre-temps, Negele a peut-être recueilli d'autres témoignages qui confirment la version d'Ostendorf, observa-t-il. Nous n'avons pas tous les éléments en main.

Oppenheimer se rembrunit en songeant aux conditions tortueuses dans lesquelles ils menaient leur enquête.

— Seeßlen aurait préféré que nous poursuivions sagement nos investigations sans aucun contact avec la Kripo de Berlin-Est.

— C'est compréhensible. Il doit se montrer prudent.

Le commissaire émit un soupir de dépit. Il avait parfois l'impression que personne ne tenait à élucider cette affaire.

Lors de chaque enquête, il y avait un temps pour échafauder des plans et un temps pour passer à l'action. À présent, Negele en avait assez d'attendre.

Ce lundi matin-là, le policier rongeait son frein à la brigade. Assis dans son fauteuil, il contemplait fébrilement la grande carte de Berlin et les portraits-robots de la tueuse placardés au mur. À la barbe de son collègue Reinmann, qui lui jetait chaque jour un regard désapprobateur en arrivant au travail, il s'était annexé la grande table de travail d'Oppenheimer. Cordes l'avait laissé faire. Le patron de la Kripo ne leur avait pas imposé de nouveau commissaire, et Negele voyait cela comme une preuve de confiance. Mais il devait maintenant se montrer digne de cette reconnaissance.

La veille, dimanche, il avait de nouveau rencontré Oppenheimer près du mémorial soviétique pour faire le bilan des interrogatoires à l'atelier de couture. Sans surprise, les témoignages des ouvrières avaient confirmé ses soupçons. Negele savait qu'il était sur la bonne piste. Son instinct ne l'avait jamais trompé.

Il respectait l'expérience d'Oppenheimer, mais il avait l'impression que le commissaire avait perdu de son allant. Comment expliquer sinon son attitude pusillanime alors qu'ils étaient sur le point de boucler l'affaire ?

Pour exercer le métier d'enquêteur, il fallait être sûr de soi. C'était la première chose que Negele avait apprise en devenant aspirant-inspecteur. Et les succès qu'il avait remportés parlaient d'eux-mêmes. Tandis que ses anciens collègues végétaient encore en province, Negele avait réussi à obtenir un poste à la Kripo de Berlin.

Il sentait qu'il était à sa place, ici. La métropole déchue, fardée d'enseignes commerciales lumineuses, avait beau flirter avec le capitalisme pour faire oublier ses champs de ruines, la vie y était trépidante. Et dans le secteur oriental, on avait besoin de policiers compétents, fidèles à la ligne du SED. Contrairement à ce que l'administration soviétique prétendait, ce genre de personne n'était pas facile à recruter.

Negele était devenu très tôt membre de la Ligue des jeunes communistes d'Allemagne. Comme beaucoup de ses camarades, il n'avait pas pu échapper à la mobilisation. On l'avait incorporé contre son gré dans un régiment de la Wehrmacht. Se battre pour Hitler avait été à ses yeux une inqualifiable infamie. Sur les champs de bataille, il s'était évertué à ignorer les ordres et à viser maladroitement, toujours prêt à déposer les armes si l'occasion se présentait.

Mais l'occasion ne s'était jamais présentée. Peu avant la fin de la guerre, son unité avait été envoyée sur le front de l'Est pour tenter de ralentir l'avancée rapide des troupes soviétiques vers Berlin. Dans la confusion des affrontements, il avait enfin trouvé une échappatoire ; il avait abattu le dernier officier de son bataillon décimé pour déserter.

Cette fois seulement, Negele avait visé juste.

Rétrospectivement, il avait reconnu l'erreur du parti communiste sous la République de Weimar. On avait persécuté les sociaux-démocrates – considérés comme trop conciliants –, alors qu'un rapprochement aurait peut-être permis d'étouffer dans l'œuf le nazisme. Après la capitulation, le combat contre la social-démocratie n'avait pas tardé à reprendre, et c'était à Berlin que se déroulait la bataille décisive.

Negele était convaincu que, pour mettre un terme à la lutte des classes, les ouvriers devaient se libérer des liens du système d'exploitation capitaliste. Et la victoire sur les armées du Reich avait entraîné un grand bouleversement dans la société allemande. À présent, il revenait à des gens comme lui de mettre à profit ce changement.

Malgré tout, il ne se faisait pas d'illusions. Avoir les bonnes convictions politiques ne suffisait pas pour faire d'un individu un travailleur compétent. Il pouvait le constater tous les jours à la Kripo. Beaucoup trop de gens avaient été engagés parce qu'ils possédaient la carte du SED, et non parce qu'ils montraient de bonnes dispositions à résoudre des crimes. La scission des services de police avait déclenché un exode vers l'Ouest qui était loin d'être tari. Une grande partie des fonctionnaires avait rejoint le camp de Stumm, et ce n'était pas terminé. À la brigade, la moitié des postes étaient désormais vacants. Ce vide était très favorable. Les jeunes fonctionnaires engagés comme Negele avaient d'excellentes perspectives de promotion. S'il parvenait à mettre la tueuse derrière les barreaux, il serait certainement nommé commissaire.

Tout donnait à penser que Frau Norden était la meurtrière qu'ils recherchaient. Cela ne pouvait en être autrement. Durant le week-end, il avait tourné le problème dans tous les sens pour arriver à chaque fois à la même conclusion.

Absorbé dans ses pensées, il se leva et marcha vers la fenêtre du bureau. C'était une bonne chose d'avoir une suspecte, mais il avait maintenant besoin de preuves.

Il n'aurait peut-être d'autre choix que d'arrêter la jeune femme et de la travailler au corps jusqu'à ce qu'elle fasse des aveux. Mais pareille stratégie exigeait patience et persévérance. Negele, lui, voulait un succès rapide.

Au moment où il se demandait s'il devait convoquer une nouvelle fois Frau Norden dans les locaux de la brigade, le téléphone de Reinmann sonna. Son collègue décrocha. Les yeux du jeune homme s'écarquillèrent. Reposant fébrilement le combiné sur la fourche, il reprit son souffle avant d'annoncer :

— Quelqu'un vient d'appeler au standard. Apparemment, Norden se prépare à quitter Berlin !

Negele sursauta.

— Qui nous a rencardés ?

Reinmann agita les mains.

— Aucune idée. C'était un appel anonyme. Peut-être un voisin ?

Était-ce enfin l'occasion dont rêvait Negele ? La suspecte semblait avoir perdu son sang-froid. Si elle tentait de s'enfuir, il fallait intervenir sans tarder. Le procureur en charge du dossier ne pourrait qu'approuver.

Negele empoigna son chapeau et se rua vers la porte.

— En avant ! Nous avons besoin de véhicules d'intervention et d'une escouade de la Schutzpolizei !

Dix minutes plus tard, ils s'élançaient en direction de Friedrichshain à bord d'une voiture banalisée. Tandis que Reinmann était au volant, Negele piaffait d'impatience sur son siège. Il se pencha pour allumer le gyrophare placé sur le tableau de bord. Aussitôt, les automobiles qui les précédaient s'écartèrent, et son collègue put mettre le pied au plancher.

Frau Norden habitait à trois kilomètres à peine du poste, dans la Blumenstraße. De loin, on ne voyait que des édifices éboulés et des monceaux de gravats. Comme partout dans le centre de l'ancienne capitale du Reich, le quartier avait été fortement bombardé durant la guerre.

Dans la rue, seuls quelques bâtiments tenaient encore debout.

— Ce doit être là ! s'écria Negele en apercevant une voiture de la Schutzpolizei garée au bord de la route.

Reinmann ralentit et s'arrêta sur le bas-côté. Trois agents et une fonctionnaire de la WKP attendaient devant un immeuble au toit arraché. Au rez-de-chaussée et au premier étage, des rideaux pendaient aux fenêtres. L'endroit était donc habité.

Negele bondit hors du véhicule et s'avança vers les Schupos.

— Nous sommes arrivés il y a quelques minutes, annonça l'un d'eux.

— Personne n'est sorti depuis que vous êtes là ?

Les policiers secouèrent la tête. Prenant immédiatement la direction des opérations, Negele ordonna :

— Deux hommes à l'arrière pour sécuriser le périmètre.

Les agents désignés gravirent avec précaution un amas de débris qui s'élevait à côté du bâtiment pour gagner l'arrière-cour.

— Les autres, suivez-moi.

Negele rejoignit Reinmann, qui s'était posté près de l'entrée. Après avoir pris une profonde inspiration, il actionna la poignée et pénétra dans l'immeuble.

Alors que le petit groupe inspectait le vestibule, une porte s'ouvrit lentement. Negele reconnut sur-le-champ le visage qui apparut dans l'entrebâillement. Frau Norden. La jeune ouvrière n'avait donc pas encore quitté son domicile. Ses longs cheveux blonds étaient ébouriffés comme si elle venait de sortir du lit. Lorsqu'elle avisa les policiers, l'inquiétude se peignit sur son visage aux traits plutôt agréables.

Negele glissa son pied dans l'embrasure.

— Bonjour, Frau Norden. D'après nos renseignements, vous avez prévu de partir en voyage ?

Les prunelles bleues de la couturière le considérèrent avec étonnement. Elle ouvrit la bouche, mais sa voix s'étrangla.

— Qui vous a raconté pareille sottise ? finit-elle par articuler. Laissez-moi tranquille !

D'un geste autoritaire, il poussa le battant de la porte, forçant la suspecte à reculer. Du coin de l'œil, il vit une autre résidante de l'immeuble sortir d'un appartement voisin, sans doute alertée par le bruit. La femme, coiffée d'un foulard, observa la scène en silence.

— Vous êtes en état d'arrestation, assena Negele. Vous avez le droit de prendre quelques affaires avant de nous suivre.

Frau Norden vacilla, comme si l'aspirant-inspecteur lui avait envoyé un uppercut.

Il entra dans le logement pendant que Reinmann se dirigeait vers l'arrière du bâtiment pour aller chercher les deux Schupos qui montaient la garde dans l'arrière-cour.

Negele patienta dans le couloir pendant quel la fonctionnaire de la WKP accompagnait Frau Norden dans la chambre à coucher. L'ouvrière jeta en hâte plusieurs vêtements dans un sac.

Quelques instants plus tard, Reinmann reparut.

— J'ai croisé le concierge, souffla son collègue. Il m'a ouvert la porte de la cave. Comme les autres locataires, Norden y a un box. (Le policier posa la main sur l'épaule de Negele.) Tu devrais venir voir.

Le sous-sol était divisé en plusieurs compartiments séparés par des cloisons de planches.

— C'est là, dit Reinmann en montrant du doigt la première porte à claire-voie.

Negele s'approcha pour jeter un regard entre deux planches.

Contrairement aux autres emplacements, où s'entassait un bric-à-brac d'objets divers, le compartiment de Frau Norden était soigneusement rangé. Des piles de cartons étaient alignées devant le mur du fond. Mais ce n'était pas ce qui avait alerté Reinmann.

Sur la paroi mitoyenne avec le box voisin, on avait accroché plusieurs cadres.

Negele en eut le souffle coupé. Tous les tableaux étaient retournés.

30

Lundi 23 – mardi 24 août 1948

Oppenheimer se sentait incroyablement las. Sortant de la station de S-Bahn, il se dirigeait vers le domaine de Hilde. Wenzel et lui avaient passé la journée à vérifier les alibis des couturières, sans trouver la moindre faille. Cette affaire était le dernier lien qui l'unissait à son ancienne brigade dans le secteur oriental. Refusait-il de croire en la culpabilité de Frau Norden uniquement parce que celle-ci signifiait la fin de sa coopération avec Negele ? Une fois l'enquête bouclée, les deux Kripos se tourneraient irrémédiablement le dos. D'une certaine manière, c'était accepter la scission définitive de Berlin. Son instinct lui soufflait néanmoins que ce n'était pas la seule raison. Quelque chose clochait.

Le soir du samedi 24 juillet, Frau Ostendorf prétendait être allée au cinéma. Le lendemain matin, elle s'était apparemment promenée dans le jardin zoologique. Elle avait conservé ses billets d'entrée mais, faute de témoin, il était impossible de dire combien de temps elle était effectivement restée dans ces endroits. Même si l'ouvrière mentait, Oppenheimer ne pouvait pas le prouver, et ce constat l'exaspérait.

Pour ne rien arranger, l'atmosphère était très tendue au Praesidium. Ses collègues étaient en proie à une vive agitation, parce que l'enlèvement des trois policiers le vendredi précédent dans le secteur américain n'était pas resté un événement isolé. Depuis, cinq autres fonctionnaires de la police ouest-berlinoise avaient disparu dans les environs de la Potsdamer Platz. À l'évidence, ils avaient été eux aussi arrêtés par des sbires de Staline.

Les nervis ne craignaient même plus de s'en prendre à des pontes de l'administration militaire américaine. Dimanche, le vice-directeur du service d'information, Thomas Headen, avait été kidnappé à son tour.

Les Alliés occidentaux n'avaient pas l'intention de se laisser faire. Franz Erdmann, qui avait pris la direction de la Kripo berlinoise en avril 1946 et était resté fidèle à Paul Markgraf, pouvait en témoigner. En représailles, il avait été appréhendé durant le week-end par la police militaire britannique. À l'Ouest, une enquête était en cours. On lui reprochait d'avoir outrepassé ses pouvoirs et d'avoir jeté arbitrairement plusieurs personnes en prison.

Oppenheimer était plutôt pessimiste quant à l'évolution de la situation. La menace d'escalade était réelle, et il fallait donc s'attendre à d'autres enlèvements.

Pour ne pas attiser inutilement la jalousie des autres habitants de la villa, Lisa et lui avaient décidé de ne pas manger dans la cuisine commune les précieuses conserves du paquet CARE. Ils s'efforçaient de gérer leurs provisions avec parcimonie et ne s'accordaient que rarement un petit luxe chez Hilde. Ce soir-là, ils mangèrent ainsi des pommes de terre lyophilisées en provenance de l'épicerie de Paschke. Lisa avait tenté d'assaisonner les tubercules flasques avec des épices, mais le résultat n'était guère probant. Oppenheimer mangea sa portion à contrecœur afin de ne pas se priver des nutriments contenus dans son assiette. Pareil repas était loin de remplir l'estomac. Avec la disette que connaissait Berlin, le commissaire savait cependant qu'il ne pouvait pas espérer mieux.

Après ce dîner très frugal, il alla rendre visite à Hilde. Lorsqu'il entra dans la maisonnette, son ventre criait encore famine. Afin de ne pas céder à la tentation de se jeter sur les substantielles victuailles qu'il avait cachées chez l'aristocrate, il se fit servir un verre d'eau-de-vie. Sentir l'alcool brûler ses intestins lui permettait d'oublier un temps la faim.

— C'est le dernier, déclara Hilde d'un ton grave.

Elle reposa brutalement la bouteille sur la table du salon, faisant vaciller la lumière des chandelles.

Oppenheimer la regarda sans comprendre.

— Le dernier quoi ?

— Schnaps. Je ne peux pas distiller trop de fruits et de pommes de terre. Il faut d'abord penser à la nourriture, ensuite vient l'eau-de-vie. Alors tâche de savourer ce dernier coup de gnôle !

Si Hilde renonçait à élaborer son propre schnaps, cela signifiait que l'approvisionnement alimentaire des secteurs occidentaux atteignait un stade critique. Même pendant la guerre, son amie avait toujours sacrifié une partie de la récolte de son jardin pour la production d'alcool. Cette nouvelle était donc plutôt alarmante.

Un avion-cargo passa au-dessus du domaine dans un vacarme assourdissant. L'appareil volait tellement bas que le vrombissement des moteurs fit vibrer les fondations de la maisonnette.

D'un geste routinier, Oppenheimer posa la main sur son verre. À cause des secousses, des filets de poussière de chaux s'échappaient souvent du plafond.

— Encore un avion, constata-t-il. Tu entends, le ravitaillement est toujours assuré.

Hilde grimaça.

— Si on se projette un peu, la perspective n'est pas folichonne. Le pont aérien reste l'unique moyen d'approvisionner Berlin-Ouest, et la situation ne s'améliorera certainement pas avant la fin de l'année. Les Alliés occidentaux discutent déjà d'un plan de secours pour l'hiver. Quand les premiers froids arriveront, la population va souffrir. Les avions seront remplis de charbon, et qui sait s'il y aura encore de la place pour de la nourriture. Américains et Britanniques seront confrontés à un sacré dilemme. Ils devront décider s'ils laissent les habitants mourir de froid ou de faim. (L'aristocrate émit un petit rire amer.) Le plus drôle, c'est que l'administration soviétique veut se montrer magnanime. Elle a annoncé qu'elle fournirait à tous les secteurs de Berlin soixante mille tonnes de charbon.

Oppenheimer désigna la lampe suspendue au plafond, dont l'ampoule restait désespérément éteinte.

— C'est la moindre des choses après nous avoir coupé l'eau et l'électricité.

Son amie balaya la remarque de la main.

— Bah, ce n'est que de la propagande. Les serviteurs de Staline sont des experts en la matière. La réalité est tout autre. Quelqu'un s'est amusé à calculer précisément la consommation de chaque secteur. L'hiver, le seul secteur soviétique brûle au moins cinquante-sept mille tonnes de charbon. Reste donc à peine trois mille tonnes à partager entre les autres. Ça suffira peut-être pour se chauffer quelques semaines. Après, il n'y aura plus de combustible à mettre dans les poêles.

Elle saisit son verre avec un grognement rauque. Au moment où elle s'apprêtait à le vider d'un trait, elle se ravisa. Se souvenant visiblement qu'elle tenait entre les doigts les derniers centilitres de sa réserve, elle ne but qu'une petite gorgée comme s'il s'agissait d'un spiritueux inestimable.

— Tiens, d'ailleurs, le SED se met à épurer ses propres rangs, poursuivit-elle d'un ton badin. Les dignitaires du parti ont créé une commission spéciale pour identifier, puis se débarrasser des parasites et des ennemis internes. Chez eux, c'est l'idéologie qui passe avant tout. Une action qui ne les rend pas vraiment sympathiques. Je comprends pourquoi Schmude ne peut pas les encadrer.

Après qu'ils eurent discuté un moment des derniers événements politiques, Oppenheimer en vint à parler de son enquête, car il souhaitait obtenir l'avis de Hilde sur les révélations de Frau Ostendorf.

Il lui fit un résumé détaillé des entretiens menés à l'atelier de couture. L'aristocrate écouta attentivement. Lorsqu'il eut terminé son récit, elle réfléchit quelques instants.

— Je ne vois pas ce qui te dérange dans le témoignage d'Ostendorf, finit-elle par dire. Tout se tient.

Oppenheimer laissa tomber ses épaules. Soudain abattu, il décida de noyer sa déception dans l'alcool et avala une grande rasade d'eau-de-vie.

— Ce n'était pas ce que tu voulais entendre, devina Hilde en souriant.

Incapable de prononcer un mot à cause du schnaps qui incendiait sa gorge, il hocha la tête.

— D'après toi, tout ce qu'a raconté Margit Ostendorf n'est pas qu'un tissu de mensonges ? demanda-t-il après avoir retrouvé son souffle.

Hilde se redressa, signe qu'elle allait se lancer dans une longue argumentation.

— Tout d'abord, il faut partir du principe que la psyché humaine est unique. Même si on peut reconnaître chez les uns ou les autres certains traits de caractère semblables, il est à mon sens impossible d'établir des caractéristiques générales. Beaucoup de paramètres entrent en jeu lors de la construction de la personnalité, et les réactions qu'ils provoquent sont différentes chez chacun d'entre nous. On ne peut pas prévoir qui va commettre un meurtre.

Oppenheimer acquiesça. L'aristocrate prêchait un converti.

— Je suis d'accord. Un crime prémédité est le fruit d'une décision consciente. Une personne qui songe à commettre un assassinat peut toujours se raviser au dernier moment.

— Exactement. Et un acte misanthropique ne s'explique pas seulement par la personnalité du criminel. D'autres facteurs jouent un rôle essentiel.

Hilde se cala dans son fauteuil et fit tourner son verre entre ses doigts. Ses yeux brillaient d'une lueur intense. Manifestement, elle appréciait le défi intellectuel d'analyser Frau Norden à distance.

— Mais regardons de plus près ce qu'on raconte sur ta suspecte. Le père était une figure dominante, un tyran domestique par excellence. Tout porte à croire que Frau Norden a développé très tôt un complexe d'infériorité. Son père avait toujours quelque chose à leur reprocher, à elle et sa mère. Une lutte de pouvoir qu'elle ne pouvait pas remporter. Ce ne serait pas étonnant que le même schéma se soit reproduit plus tard dans sa vie de couple. Un cauchemar sans fin.

— La guerre lui a permis de retrouver sa liberté, remarqua Oppenheimer. Son mari est tombé au front.

— Mais au lieu de tirer les leçons de ses erreurs, elle se maque avec une pauvre andouille.

Le commissaire hocha la tête.

— Le type qui l'a plaquée quelque temps plus tard.

— Un vrai salopard, maugréa Hilde. Qui ne pensait qu'à planter sa graine.

Il haussa les épaules.

— Ça n'a rien d'exceptionnel chez mes semblables masculins. En tout cas, c'est un double coup dur pour elle. On la repousse, et on lui reproche de ne pas pouvoir devenir mère. Son amant l'a sans doute profondément blessée dans son ego de femme. Pas facile de se remettre d'une telle humiliation.

Hilde plissa les yeux.

— En effet. Elle vit dans un monde d'hommes, et on ne cesse de la rabaisser. (L'aristocrate contempla le reflet des chandelles qui se projetait sur le fond de son verre de schnaps.) Cette dernière mésaventure amoureuse pourrait même être le déclencheur de sa série de meurtres. Avec comme mobile, le souhait désespéré de rétablir son amour-propre. Elle se voit en victime, seule contre tous. On ne cesse de lui répéter qu'elle ne vaut rien, et elle ne sait plus quoi faire pour briser ce cercle vicieux. Quelle impression Frau Norden t'a-t-elle faite lorsque tu lui as parlé ? Est-elle du genre à se plaindre sans arrêt d'être injustement traitée et à fondre en larmes toutes les deux minutes ?

Oppenheimer soupira.

— C'est bien ça, le problème. Je ne l'ai jamais vue. Elle vit dans le secteur soviétique. Je n'ai aucun moyen de la rencontrer. Mais Negele est absolument convaincu qu'elle est notre meurtrière. Et j'ignore ce qu'il projette de faire.

Hilde prit une mine songeuse.

— Les victimes de la tueuse sont toutes des hommes, n'est-ce pas ? Elle les a peut-être sacrifiés en lieu et place du père, du mari, de l'amant ou des trois en même temps.

— C'est possible, approuva-t-il. En revanche, je ne comprends pas pourquoi elle a assassiné un individu faisant partie de son entourage. Herr Arnold était un fournisseur de l'atelier où elle travaille. Il était prévisible que nous remonterions tôt ou tard jusqu'à elle. Jusqu'à présent, elle n'avait pas commis d'erreur aussi grossière. Pour les victimes précédentes, il était impossible d'établir un lien avec elle.

L'aristocrate se pencha vers son hôte.

— Tu penses que la piste de l'atelier de couture est une impasse ?

— Pas forcément, répondit-il après quelques secondes de réflexion. Quand j'ai découvert dans le bureau de Merz tous ces mannequins affublés de patrons en papier, j'ai eu le pressentiment de tenir enfin un indice. Mais je me demande pourquoi la tueuse nous facilite autant la tâche.

Hilde sourit en le voyant se torturer les méninges.

— Elle croit peut-être qu'elle n'a plus rien à perdre. Ou c'était sa dernière victime, et elle se moque éperdument d'être coincée. Elle considère son œuvre achevée.

Oppenheimer adressa à son amie un regard sceptique.

— Et c'est tout ? Elle se serait donné autant de mal pour se laisser ensuite arrêter bêtement ? Que voulait-elle prouver avec ces meurtres ?

— Nous ne sommes pas en mesure de résoudre cette énigme, trancha Hilde. Nous n'avons fait que des suppositions, élaborées à partir de rumeurs. Si j'ai bien compris, tu n'as aucun indice concret pour établir la culpabilité de Frau Norden.

Oppenheimer leva les mains en signe d'impuissance.

— Exact. D'un point de vue objectif, elle ne s'est rendue suspecte aux yeux de Negele que parce qu'elle lui a donné un alibi impossible à vérifier. Mais c'est le cas de la moitié des ouvrières que j'ai interrogées à l'atelier. Ça ne suffit pas à la mettre en cause. On ne peut pas toujours rendre compte de ses moindres faits et gestes. Au contraire, c'est quand on me sert d'emblée un alibi en béton que je deviens soupçonneux. Negele est cependant d'un tout autre avis. Si j'étais lui, je convoquerais de nouveau Frau Norden pour tenter de relever d'éventuelles incohérences dans son témoignage.

— Et qu'en est-il de Margit Ostendorf ? Si j'ai bien compris, c'est elle qui a contribué par ses allégations à rendre sa collègue encore plus suspecte.

— À vrai dire, c'est ce que je trouve le plus étrange, confia Oppenheimer. Les autres ouvrières n'ont pas pu confirmer ses dires. Et durant tout notre entretien, j'ai eu l'impression qu'elle cherchait délibérément à discréditer Frau Norden.

Hilde lui décocha un clin d'œil.

— Je sais ce que tu mijotes. Tu ne vas pas lâcher cette femme d'une semelle.

— À la bonne heure ! s'écria Oppenheimer en vidant d'un trait son eau-de-vie. C'est précisément mon intention !

Assis derrière l'ancien bureau d'Oppenheimer, Negele examinait attentivement les photos de l'Identification judiciaire. Après la découverte des cadres retournés, il avait aussitôt ordonné la fouille méthodique de la cave de Frau Norden. Mais à sa grande déception, rien de suspect n'avait été trouvé dans le compartiment. Les cartons qu'on y avait entreposés ne contenaient que des vêtements d'hiver, une pile de vieilles lettres jaunies et quelques livres.

Frau Norden prétendait ne pas être descendue au sous-sol depuis plusieurs semaines. Et à l'en croire, ce n'était pas elle qui avait retourné les tableaux.

Parmi les objets répertoriés, un seul posait question. Les techniciens de la police scientifique avaient déniché dans le box une clé. Celle-ci était accrochée à un anneau, orné d'une plaquette de bois sur laquelle on avait pyrogravé un nom : *Schäfer*. Negele avait envoyé Reinmann au Meldeamt, le Bureau de déclaration de domicile, pour savoir si quelqu'un dans l'entourage de Frau Norden s'appelait ainsi. La jeune femme, quant à elle, avait certifié n'avoir jamais vu cette clé.

Negele feuilleta le rapport pour réétudier les clichés. D'après l'Identification judiciaire, le petit instrument de métal servait à ouvrir un cadenas. Mais, pour l'instant, on ignorait encore ce que celui-ci protégeait.

La veille, le policier n'avait pas eu l'impression que Frau Norden se préparait réellement à s'enfuir. Le coup de téléphone anonyme était probablement une fausse dénonciation. Peut-être l'œuvre d'un voisin qui cherchait à nuire à l'ouvrière. À vrai dire, peu importait. L'essentiel était que la suspecte était désormais en détention préventive. Toutefois, sans preuve matérielle, Frau Norden serait bientôt relâchée. Le temps était donc compté.

Peu après la pause de midi, Reinmann fit son retour. L'aspirant-inspecteur sortit de sa poche plusieurs bouts de papier griffonnés qu'il déposa sur le bureau de Negele.

— Voici les adresses de tous les Schäfer habitant dans notre secteur. Si nous voulons obtenir la même chose pour Berlin-Ouest, il faudra demander l'aide d'Oppenheimer.

Negele opina et consulta les notes de son adjoint.

Ce dernier se racla la gorge.

— Il me paraît peu probable que le mystérieux cadenas se trouve chez un particulier. (Reinmann tira de son veston un autre papier.) C'est pourquoi je me suis permis d'écrire à part tous les entrepreneurs portant ce patronyme.

Satisfait, Negele le félicita d'un signe de tête.

— Excellente initiative. Si la tueuse empaille ses victimes, elle a besoin de place. Elle a dû installer son repaire dans une usine ou un atelier.

— Notre meurtrière ne veut certainement pas être dérangée quand elle travaille, renchérit Reinmann. Je me suis donc renseigné pour savoir si, parmi les sociétés du nom de Schäfer, certaines avaient fait faillite.

— Et alors ? Combien y en a-t-il ?

Reinmann brandit son bout de papier.

— Deux. Une tonnellerie à Prenzlauer Berg et un garage à Friedrichshain.

Se levant, Negele lui arracha des mains la page de calepin et s'approcha de la grande carte de Berlin placardée au mur.

— Le garage est plus proche du domicile de la suspecte, commenta-t-il en faisant glisser son index sur le plan. C'est là que nous tenterons notre chance en premier !

Friedrichshain, au nord de la Sprée, était connu pour ses nombreux immeubles de rapport, construits vers la fin du

XIXe siècle. Avant-guerre, des familles entières s'y entassaient dans des logements étroits, séparés par de minces parois. Les enfants grandissaient dans les arrière-cours ou dans les rues situées entre la gare de Silésie et l'ancienne Baltenplatz, que l'on avait récemment rebaptisée Bersarinplatz en hommage au premier commandant des forces d'occupation soviétiques à Berlin.

Dans ce quartier traditionnellement ouvrier régnait une grande animation. Mais là où autrefois se croisaient pêle-mêle passants, joueurs d'orgue de Barbarie et marchands ambulants, il ne restait qu'un désert de pierres.

Comme le reste de l'arrondissement, ravagé par les bombes alliées, le périmètre autour de la gare de Silésie n'était plus qu'un immense champ de ruines. Malgré tout, l'endroit était encore habité. Ceux qui avaient refusé de s'installer ailleurs s'étaient réfugiés dans les rares bâtiments restés debout.

Negele était sorti du véhicule d'intervention pour tenter d'apercevoir le garage Schäfer. Ne connaissant pas bien la ville, il avait du mal à se repérer au beau milieu de ce paysage de désolation.

— Nous nous sommes peut-être trompés.

Reinmann, campé sur le bas-côté de la route, secoua la tête.

— Non, nous sommes bien à l'adresse indiquée. Il y avait autrefois un garage ici. Fermé pendant la guerre, il n'a pas rouvert.

— Et Schäfer, le propriétaire ? Qu'est-il devenu ?

— Aucune idée. En tout cas, il ne vit plus à Berlin. Soit il a déménagé, soit il est mort.

Les deux hommes avaient le grade d'aspirants-inspecteurs mais, depuis quelques semaines, c'était officieusement Negele qui dirigeait les opérations. Celui-ci s'efforçait néanmoins d'écouter les conseils de son assistant.

Reinmann se mit à inspecter les lieux, et Negele lui emboîta le pas. On avait placé de nouveaux panneaux indiquant le nom des rues, les routes avaient été dégagées, mais il était inutile de chercher le numéro des immeubles défoncés. Un peu plus loin, la bordure du trottoir était inclinée. En remarquant ce détail, Reinmann sourit.

— Le garage se trouvait forcément ici, c'est le seul accès pour les voitures.

Negele approcha. De l'autre côté du trottoir s'élevait un monceau de débris.

— Peut-être, mais l'accès est coupé, constata-t-il.

Reinmann ne se laissa pas rebuter. Sans répondre, il enfonça avec résolution son chapeau sur la tête et gravit la montagne de gravats.

Negele vit son adjoint disparaître derrière les ruines. Quelques instants plus tard, sa voix retentit.

— J'ai trouvé quelque chose !

Poussant un soupir, Negele commença à son tour l'ascension.

Après avoir franchi l'obstacle, il gagna une sorte de cour. Reinmann, l'air triomphant, était planté devant la porte d'un bâtiment à demi-éboulé.

— C'est fermé avec un cadenas, annonça fébrilement le policier. Et je parie que nous avons la bonne clé !

La peinture bleue du vieux panneau de bois s'écaillait. En revanche, le cadenas était flambant neuf. Negele sentit lui aussi l'excitation l'envahir. Il sortit la clé provenant de la cave de Frau Norden et l'introduisit dans la serrure. L'arceau métallique s'ouvrit avec un bruit sec.

— Bon sang, nous sommes au bon endroit, murmura-t-il, incrédule.

Si cette porte était verrouillée, c'était sans doute parce qu'on avait entreposé dans cet ancien atelier quelque chose de précieux. Negele regretta aussitôt de ne pas avoir fait une demande pour obtenir une arme de service.

Il glissa le cadenas et la clé dans la poche de son pantalon. Malgré tout, il ne voulait pas entrer dans le garage les mains vides. Jetant un coup d'œil autour de lui, il avisa une barre de fer qui gisait sur le sol. Il la ramassa et la soupesa. C'était toujours mieux que rien. Faute d'alternative, Reinmann saisit une pierre.

Les enquêteurs échangèrent un regard, puis Negele entrebâilla lentement la porte. L'intérieur de l'atelier était plongé dans la pénombre, mais une odeur infecte lui monta aux narines. Le policier reconnut immédiatement les effluves familiers de la mort et de la décomposition. Quelque part dans le bâtiment se trouvait un cadavre en putréfaction.

Alarmé, il étreignit sa barre de fer et ouvrit le panneau à toute volée. Les gonds grincèrent, et la lumière du jour éclaira un long corridor bordé de portes.

Il pénétra avec précaution dans le bâtiment, flanqué de Reinmann.

La première pièce sur leur droite était une salle d'eau. En face se trouvaient des vestiaires avec des casiers rouillés. Les deux hommes visitèrent ensuite plusieurs bureaux, certains vides, d'autres remplis de meubles poussiéreux.

Plus ils progressaient dans le couloir, plus les miasmes pestilentiels se faisaient pénétrants. Au fond, l'air était presque irrespirable.

Negele rassembla son courage et ouvrit la dernière porte. Un nuage bourdonnant lui jaillit au visage, le forçant à reculer. Instinctivement, il brandit sa barre de fer mais, l'instant d'après, il comprit ce qui s'était passé. Des milliers de mouches venaient de s'échapper dans le corridor. Baissant son arme improvisée, il sortit un mouchoir pour couvrir son nez et sa bouche.

Il se tenait sur le seuil d'une grande salle, probablement l'atelier de réparation. Un imposant pilier en béton l'empêchait de voir une moitié de la pièce.

Negele s'avança prudemment. Percée en hauteur sur le mur latéral, une série de petites fenêtres en verre armé plongeait l'endroit dans un clair-obscur fantomatique.

Il distingua soudain une silhouette sombre dans le fond. Lorsque son esprit identifia ce qu'il avait sous les yeux, il s'arrêta net. Près de lui, Reinmann retint son souffle.

Leurs pires craintes se confirmaient. Ils étaient entrés dans l'antichambre de l'enfer.

31

Mardi 24 août 1948

Au téléphone, la voix de Negele laissait craindre le pire. Le policier, balbutiant, avait la respiration saccadée.

— Il n'y a plus aucun doute, annonça-t-il. Frau Norden est certainement la tueuse. La clé que nous avons trouvée dans sa cave ouvrait la porte d'un garage abandonné à Friedrichshain. Dans l'atelier, elle a aménagé une sorte d'abattoir pour dépecer ses victimes.

Oppenheimer, assis dans son bureau de la Friesenstraße, étreignit le combiné. Ne sachant que dire, il émit un long soupir.

— Vous devriez venir voir l'endroit par vous-même, ajouta Negele. Vous comprendrez alors véritablement à quelle bête féroce nous avons affaire.

Tandis qu'il notait l'adresse dans son calepin, Oppenheimer hésita.

— Vous me demandez de venir à Friedrichshain ?

Il flairait un piège. Le repaire de la tueuse était situé à moins de cinq kilomètres de la Potsdamer Platz, là où plusieurs policiers de Berlin-Ouest avaient été enlevés. La zone était dangereuse pour les fonctionnaires de Stumm.

— Oui, ça pose un problème ?

La réponse ingénue de son ancien collègue le rassura un peu. Negele ne semblait pas manigancer un mauvais coup.

Par précaution, Oppenheimer exigea que Reinmann vienne le chercher à un point de passage entre les secteurs soviétique et américain pour l'escorter ensuite jusqu'au garage. Negele, d'abord surpris par la requête, finit par accepter.

L'estomac noué, le commissaire prit son chapeau et sortit du bureau. S'il devait se rendre à Berlin-Est, mieux valait être prudent et avertir son adjoint.

Wenzel était en train de préparer une chicorée dans la cuisine de la brigade. Oppenheimer le prit à part.

— Il faut que je me rende à Friedrichshain, souffla-t-il.

L'aspirant-inspecteur lui jeta un regard étonné.

— Je sais, reprit Oppenheimer. C'est dangereux d'aller là-bas, mais je n'ai pas le choix. Negele m'a appelé. Ils ont trouvé quelque chose. (Le commissaire leva l'index.) Si je ne suis pas de retour dans trois heures, préviens Seeßlen. Vous devrez ensuite remuer ciel et terre pour m'extraire de cette souricière.

Au volant d'un véhicule d'intervention, Reinmann vint chercher Oppenheimer une heure plus tard devant l'église Saint-Thomas de Kreuzberg. Le court trajet se déroula sans encombre. Lorsqu'ils arrivèrent peu après devant l'entrée du garage, Negele était assis sur un amas de gravats et fumait nerveusement une cigarette. Pâle comme un linge, le jeune policier d'ordinaire si sûr de lui semblait encore plus remué que Reinmann.

— C'est donc si choquant que ça ? s'enquit Oppenheimer.

Negele esquissa une grimace.

— Vous n'avez pas idée. Préparez-vous au pire.

L'aspirant-inspecteur lança son mégot dans les décombres. Puis il se leva et se dirigea vers la porte du garage. Oppenheimer et Reinmann le suivirent. Les étages supérieurs du bâtiment avaient été fortement endommagés par les bombes, mais le rez-de-chaussée semblait intact. Une fois à l'intérieur, le commissaire comprit pourquoi ses anciens collègues étaient aussi ébranlés. L'odeur de décomposition était insoutenable. Comme eux, il couvrit son nez et sa bouche avec un mouchoir.

Des éclairs de lumière éclaboussaient par intermittence le sombre corridor dans lequel les trois hommes s'étaient engagés. Des voix retentissaient depuis la pièce du fond.

Ce qu'Oppenheimer découvrit dans l'atelier le médusa. Cinq techniciens de l'Identité judiciaire prenaient des clichés des lieux. Leurs gestes professionnels et le détachement dont ils faisaient preuve contrastaient vivement avec l'objet de leur attention.

Devant des étagères garnies d'outils, un homme sans tête était pendu au plafond par les pieds. Comme on avait attaché ses chevilles à deux palans distincts, séparés d'un bon mètre d'intervalle, les jambes du cadavre formaient un étrange « V ». Tandis que les bras étaient ligotés le long du corps, un trou béait au beau milieu du torse. La dépouille, éviscérée, ressemblait à une chrysalide abandonnée.

Oppenheimer dut lutter contre la nausée et l'envie de s'enfuir précipitamment. Quelques instants plus tard, ses réflexes d'enquêteur chevronné revinrent.

— S'agit-il de Herr Arnold ?

— Probablement pas, répondit Negele. Le processus de décomposition n'est pas très avancé. On a sans doute affaire à une victime plus récente de la tueuse.

Cette information était un coup dur pour Oppenheimer. Ainsi, la meurtrière avait encore frappé, cette fois en toute discrétion. Il inspecta l'atelier en prenant garde de ne pas gêner l'équipe de la police scientifique.

Puis il s'approcha du cadavre pour examiner le col tranché. En position accroupie, il remarqua des taches sombres sur la peau. Des hématomes. Et un profond sillon creusait les chairs tout autour du cou.

Se relevant, il se tourna vers Negele et Reinmann.

— Nous savons à présent comment la meurtrière assassine ses proies. Elle les étrangle après les avoir endormies. À en croire la marque autour du cou de ce malheureux, elle utilise une corde ou un câble électrique.

Le commissaire marqua une pause. Il promena de nouveau son regard sur la vaste pièce avant de poursuivre :

— Une grande quantité de sang s'est écoulée sur la dalle de béton. Mais je ne vois ni morceau de cadavre, ni os, ni cuir humain. Où pratique-t-elle les opérations de taxidermie ? Y avait-il un autre corps quelque part dans le garage ?

— Non, pas de second macchabée, déclara Reinmann. Mais on a trouvé autre chose. On ne sait pas encore si c'est en lien avec le décapité.

Oppenheimer dévisagea ses anciens collègues avec étonnement.

Negele tendit le doigt vers le couloir.

— C'est là-bas. Dans la salle d'eau.

Le commissaire était heureux de quitter l'atelier. Reinmann le précéda pour lui montrer le chemin. De retour dans le couloir, il guida son ancien supérieur vers une porte ouverte près de l'entrée.

— Les toilettes étaient bouchées. Les canalisations étaient remplies d'entrailles. La tueuse a probablement essayé de se débarrasser par là des tripes de notre gars sans tête.

Oppenheimer s'arrêta sur le seuil. Au fond de la pièce, deux techniciens de l'Identification judiciaire étaient penchés au-dessus d'un WC. Près d'eux, ils avaient étendu par terre une bâche sur laquelle s'entassaient des viscères. Le commissaire ne put s'empêcher de penser aux intestins que la meurtrière avait lancés par mégarde sur la péniche qui passait sous la passerelle de Stralau.

Après une brève inspection de la salle d'eau, il ressortit avec soulagement du garage. Une fois dehors, il inspira une grande bouffée d'air, puis sortit son fume-cigarette. Mastiquant son tube d'écume, il se mit à faire les cent pas dans la cour sous le regard de Negele et Reinmann.

Un quart d'heure plus tard, il était parvenu à ordonner ses pensées. S'approchant des deux aspirants-inspecteurs, il lâcha :

— Avec la découverte de cet endroit, je dois revoir mon jugement. Tout porte à croire que Frau Norden est bien notre principale suspecte.

Negele sourit. Le jeune homme avait enfin l'approbation d'Oppenheimer.

Tandis que Reinmann le reconduisait dans le secteur américain, Oppenheimer songea à Rensch. Il avait promis au reporter de le prévenir dès que l'affaire serait élucidée. Et comme Frau

Norden était déjà en détention préventive, Birgit Zander ne courait plus aucun danger. Après avoir passé une semaine chez Großkurth, la jeune femme pouvait désormais retourner vivre chez son compagnon.

De retour devant l'église Saint-Thomas, il s'empressa d'enfourcher sa bicyclette et fit un crochet par le Praesidium. Il expliqua brièvement à Wenzel ce qu'il venait de voir dans le garage de Friedrichshain, puis reprit son vélo pour se rendre à l'appartement de Rensch sur l'Innsbrucker Platz.

Il s'apprêtait à entrer dans l'immeuble quand le journaliste arriva sur son deux-roues. Rensch mit pied à terre et regarda autour de lui afin de s'assurer que personne ne les épiait.

— À l'intérieur, vite ! murmura le jeune homme. Il ne faut pas qu'on nous voie ensemble !

Oppenheimer le rassura d'un geste.

— Ne vous inquiétez pas, tout est fini. La tueuse est derrière les barreaux.

Rensch s'approcha de lui, méfiant.

— Elle est en prison ? Depuis quand ?

— Hier midi. Comme elle habite à Friedrichshain, ce sont les collègues de la Kripo de Berlin-Est qui l'ont arrêtée.

Le reporter jeta à Oppenheimer un regard perplexe avant d'éclater d'un rire amer.

— On vous a mené en bateau !

Il ouvrit en hâte la porte d'entrée et poussa le commissaire dans le bâtiment. Se dirigeant vers l'escalier, il souffla :

— Je lui ai parlé hier en fin d'après-midi. Elle m'a téléphoné à la rédaction pour me menacer !

Oppenheimer n'en crut pas ses oreilles.

— Vous êtes sûr que c'était elle ?

Rensch ouvrit la bouche avant de se raviser. Sa bicyclette cadenassée, il fit signe au commissaire de le suivre.

Bouillant d'impatience, Oppenheimer gravit les marches grinçantes jusqu'au dernier étage.

— Alors, expliquez-vous maintenant ! gronda-t-il une fois que Rensch eut refermé la porte de l'appartement derrière lui.

Le journaliste prit une profonde inspiration.

— Hier, je suis arrivé vers seize heures à la rédaction pour rendre une pige. Une demi-heure plus tard, le téléphone sonnait. C'était la tueuse. Elle pense que le *Weckruf* ne s'est pas suffisamment intéressé au cadavre de la gare de triage. Elle m'a sommé de rédiger un nouvel article là-dessus. Et elle a précisé qu'en cas de refus, elle n'aurait aucun scrupule à faire du mal à Birgit. (Après une courte pause, il ajouta :) Je suis certain que c'était la femme à qui j'ai parlé à plusieurs reprises. J'ai reconnu sa voix.

Frau Norden était donc innocente. Quand la meurtrière avait téléphoné à la rédaction du *Weckruf*, la suspecte était déjà en prison. Les allégations de Rensch confirmaient ainsi les doutes d'Oppenheimer. Negele n'avait pas arrêté la bonne personne. Ce qui signifiait que Fräulein Zander était toujours en danger. Par précaution, mieux valait que la jeune femme reste chez Großkurth.

Rensch enchaîna d'un ton plaintif :

— J'ai pourtant tout fait comme vous me l'aviez demandé. Qu'est-ce que j'y peux si mon article n'a pas plu à la tueuse ? Je suis un homme occupé. J'ai d'autres histoires à raconter à mes lecteurs…

Il se tut brusquement et considéra Oppenheimer avec un intérêt nouveau.

— J'ai eu vent de quelque chose, reprit-il sur un ton de confidence. Des rumeurs circulent en ville, mais je ne sais qu'en penser. Ça paraît un peu tiré par les cheveux, et je ne voudrais pas inquiéter inutilement les braves citoyens de Berlin…

Le journaliste semblait hésiter. Avait-il soudainement des scrupules ou cherchait-il à appâter Oppenheimer ?

— De quoi parlez-vous ?

— Ça concerne le marché noir. Quelques-uns de mes informateurs prétendent qu'on y vend de la viande humaine depuis quelque temps. Bien sûr, elle n'est pas déclarée comme telle. Elle est présentée comme de la chair à saucisse, ou on fait passer les morceaux pour de la volaille ou du veau. (Rensch émit un petit rire gêné.) Rassurez-moi, cette histoire est inventée de toutes pièces, n'est-ce pas ?

Il regarda le commissaire avec insistance.

— À la Kripo, je ne m'occupe pas du marché noir, esquiva celui-ci. Tout ce que je peux dire, c'est qu'on ne sait pas grand-chose des produits vendus par ces filières illicites. Chien, chat ou autres animaux, les trafiquants ne reculent devant rien pour faire du profit. Et avec la pénurie actuelle, les gens mangent ce qu'ils trouvent. Ils ne tiennent pas à savoir d'où vient la viande qu'on leur propose. En tant que policier, je recommande cependant à tous les Berlinois de ne rien acheter au marché noir, même si les rations officielles sont maigres. Concernant votre rumeur, je ne peux ni confirmer ni démentir. À vous de vérifier vos sources. Mais si vous me demandez s'il est possible en théorie que certains marchands véreux vendent de la chair humaine, je dois malheureusement répondre par l'affirmative, puisque c'est déjà arrivé par le passé.

Oppenheimer avait volontairement donné ces explications détaillées afin que le reporter ne puisse pas le citer de travers.

Lorsqu'il quitta l'appartement, Rensch semblait indécis. Le jeune homme ne savait pas s'il tenait un scoop ou si cette information pouvait lui coûter le peu de crédit qui lui restait auprès de son lectorat.

En ressortant de l'immeuble, Oppenheimer avait les idées confuses. Avec les révélations de Rensch, l'affaire qui semblait close une heure plus tôt prenait une tournure complètement différente. La tueuse, toujours en liberté, ne semblait pas près d'interrompre sa série de meurtres.

Mieux valait donc se montrer prudent. Sous le porche, il enfonça son chapeau sur ses yeux avant de monter sur son vélo. Puis il s'éloigna à vive allure de l'Innsbrucker Platz. Faire un peu d'exercice était vivifiant. À mesure qu'il roulait, ses pensées s'ordonnaient d'elles-mêmes.

Les rumeurs sur la vente de chair humaine au marché noir jetaient une nouvelle lumière sur l'enquête. Il songea au voyage de Fräulein Zander vers l'Ouest à bord du camion des briseurs de blocus. À l'évidence, tout était lié. La tueuse semblait être en contact avec des trafiquants.

Il s'engagea dans une ruelle latérale et ralentit l'allure pour réfléchir.

S'immobilisant quelques instants au bord de la route, il perçut du coin de l'œil un mouvement. Une vieille dame promenant en laisse un schnauzer s'approchait de lui. Le pelage du chien avait la même teinte grisonnante que les cheveux de sa maîtresse.

— Ça ne va pas ? demanda l'inconnue d'un ton empli de compassion. Vous faites un malaise ?

Oppenheimer lui sourit.

— Je ne me suis jamais senti aussi bien.

Il se remit en mouvement. N'ayant aucune envie de retourner au Praesidium, il décida de rentrer au domaine de Hilde.

Peu de temps après, il faisait irruption dans la cuisine commune de la villa pour se préparer une chicorée. Frau Schneider était en train de donner à manger à ses enfants. Se contentant de la saluer d'un signe de tête, il fit bouillir de l'eau. Avec sa tasse de succédané, il se réfugia ensuite dans sa chambre.

Il s'installa sur le rebord de sa fenêtre et but son ersatz de café en regardant les avions se succéder dans le ciel de Berlin.

Depuis le début de ses investigations, il s'était demandé pourquoi ils n'avaient pas retrouvé tous les morceaux des corps que débitait la tueuse. Elle avait d'abord voulu se débarrasser d'une jambe et de viscères, puis elle avait eu l'idée de fabriquer des sculptures avec les bouts qu'elle considérait comme imparfaits pour éveiller l'intérêt de la presse et humilier la police. Mais Oppenheimer savait que son véritable but était de parfaire ses techniques de taxidermie sur les êtres humains.

Comme matériaux, elle utilisait principalement les os et la peau de ses victimes. Les tissus musculaires, ainsi que les organes internes, ne lui servaient à rien. Et les muscles n'étaient rien d'autre que de la viande – une denrée rare en temps de crise. Il n'était donc pas impossible que la meurtrière ait décidé de gagner de l'argent en vendant la chair des cadavres qu'elle souhaitait empailler.

Dès le départ, Oppenheimer avait songé à l'affaire Großmann. Et les rumeurs qu'avait évoquées Rensch ne venaient que renforcer cette impression.

Großmann, le célèbre tueur en série qui avait fait la une des journaux au début des années vingt, était un sadique par excellence. Boucher de formation, il était soupçonné d'avoir assassiné plusieurs jeunes femmes pendant la Première Guerre mondiale pour vendre ensuite leur chair au marché noir. Plus tard, il avait tenu un étal de saucisses près de la gare de Silésie. Tout portait à croire qu'il avait continué de tuer des innocentes pour en faire des conserves de viande.

Großmann avait monté son propre commerce afin d'écouler les restes de ses victimes. Ce n'était pas le cas de la tueuse. Elle faisait donc certainement appel à des receleurs, qui lui achetaient sa viande sans poser de questions.

En suivant cette piste, Oppenheimer avait une chance de remonter jusqu'à la meurtrière.

Fräulein Zander avait parlé d'une mystérieuse inconnue qui l'avait mise en contact avec des briseurs de blocus. Oppenheimer était convaincu qu'il s'agissait de la tueuse. Peu à peu, il avait l'impression de mieux la comprendre. Faire disparaître Birgit Zander n'était pas seulement un moyen d'intimider Rensch. En aidant la jeune femme à passer à l'Ouest, la meurtrière avait essayé de l'éloigner d'un conjoint dominateur. Contre toute attente, elle semblait pouvoir faire preuve de compassion.

Mais ce genre d'hypothèse ne l'avançait à rien. Il était plus intéressant de se demander pourquoi la tueuse s'en était prise à Frau Norden. De toute évidence, l'assassinat d'Arnold paraissait avoir été perpétré dans l'unique but d'attirer les soupçons sur l'ouvrière. La meurtrière devait avoir ses raisons pour élaborer pareil stratagème, et elle connaissait forcément la jeune ouvrière de l'atelier Merz.

Dans son témoignage, Margit Ostendorf avait délibérément noirci le portrait de Frau Norden, ce qui la rendait très suspecte. Oppenheimer aurait aimé la faire arrêter sans tarder, mais il n'avait aucune preuve contre elle. S'il voulait en savoir plus sur les rapports entre les deux couturières, mieux valait interroger Frau Norden. Toutefois, pas question de déléguer le travail à Negele. Le commissaire tenait à rencontrer en personne l'ouvrière. Malheureusement, elle se trouvait toujours en détention, et ce dans le secteur soviétique.

Saisi d'une impulsion, Oppenheimer sortit de sa chambre et dévala l'escalier jusqu'au hall d'entrée. Attrapant le combiné du téléphone mural, il composa le numéro des bureaux de la Kripo dans la Keibelstraße. Quelques secondes plus tard, il perçut à l'autre bout du fil la voix de Fräulein Böttcher, son ancienne secrétaire. La jeune femme, ravie d'avoir de ses nouvelles, lui indiqua que Negele et Reinmann n'étaient pas revenus à la brigade. Les deux enquêteurs devaient encore se trouver à Friedrichshain pour passer au peigne fin le repaire de la tueuse.

Oppenheimer raccrocha, déçu. Il avait espéré pouvoir parler à Frau Norden dans les plus brefs délais. Quand il tenait une piste sérieuse, il avait toujours de la peine à se contenir. On avait incarcéré une innocente, et la meurtrière pouvait frapper à tout moment. Attendre jusqu'au lendemain pour prévenir Negele n'était pas une option. Oubliant toute précaution, il se rua hors de la villa et enfourcha sa bicyclette.

Dix minutes plus tard, il arrivait en vue de Berlin-Est. Il passa sans y prêter attention à côté du panneau blanc annonçant la fin du secteur américain. Un véhicule sombre était garé un peu plus loin au bord de la route mais, absorbé dans ses pensées, Oppenheimer ne ralentit pas l'allure. Il dut piler lorsqu'un Schupo apparut devant lui sur la chaussée en agitant les bras.

— Un problème ? s'étonna-t-il avant de se rendre compte qu'il était tombé sur une patrouille surveillant la frontière.

Approchant lentement, le policier de l'Est le dévisagea d'un air méfiant.

— Je vous connais. Vous êtes ce commissaire de la Kripo qui a suivi Stumm.

Deux autres agents sortirent de la voiture et se joignirent à leur collègue.

— Nous nous sommes peut-être déjà croisés sur une scène de crime, dit Oppenheimer. Désolé, mais je suis pressé.

Sans le lâcher du regard, le Schupo croisa les bras sur sa poitrine.

— Que venez-vous faire chez nous ? Kidnapper quelqu'un pour l'emmener à l'Ouest ?

Oppenheimer comprit brusquement la gravité de la situation. S'il ne parvenait pas à convaincre les trois policiers qu'il ne représentait aucune menace, il risquait d'être lui-même enlevé et de finir dans une prison soviétique. Il les scruta l'un après l'autre. Vêtus du même uniforme, ils avaient les mêmes traits quelconques. Le commissaire ne les avait jamais vus auparavant.

— Je dois parler à Herr Negele, de la Kripo. C'est urgent. Nous travaillons ensemble sur une affaire.

Le Schupo planté devant lui saisit le guidon de son vélo. D'un ton hargneux, il décréta :

— Vous n'irez nulle part.

32

Mardi 24 – mercredi 25 août 1948

L'homme était l'exemple classique du policier qui ne savait pas user de son autorité avec mesure. D'un geste brutal, il fit descendre Oppenheimer de son deux-roues et le poussa sans ménagement jusqu'au véhicule d'intervention.

Préférant ne pas opposer de résistance, le commissaire s'installa sur la banquette arrière. Un des trois agents s'assit à côté de lui.

Le commissaire s'inquiétait pour sa bicyclette. Même si celle-ci n'était qu'un assemblage de pièces ramassées sur de vieux vélos abandonnés, elle représentait – après sa collection de disques, naturellement – son bien le plus précieux. Heureusement, le troisième Schupo prit le temps de cadenasser l'engin à un lampadaire.

Oppenheimer soupira de soulagement. Quoi qu'il lui arrive dans les prochaines heures, sa bécane n'était pas irrémédiablement perdue.

Le policier aux manières brusques se mit au volant et démarra en trombe.

Collant son nez contre la vitre de la portière, Oppenheimer essaya de deviner où on l'emmenait. Les choses se présentaient mal. La voiture s'éloignait rapidement du quartier situé autour de la gare de Silésie. S'il n'entreprenait rien, il irait croupir en prison, et Dieu seul savait quand il en ressortirait. Frau Norden sous les verrous, la véritable tueuse ne serait jamais démasquée.

— Vous commettez une grave erreur.

Ignorant le Schupo antipathique, il s'adressait à l'agent assis à l'avant sur le siège passager.

— Si vous m'empêchez de voir Herr Negele, vous aurez de sérieux ennuis, je vous le garantis. Je comprends que vous mettiez ma parole en doute mais, à votre place, j'essaierais de me mettre le plus vite possible en relation avec lui.

L'homme se retourna.

— Negele ? J'ai déjà entendu ce nom.

Oppenheimer s'engouffra dans la brèche.

— Negele, c'est bien ça, répéta-t-il en se penchant en avant. De la Kripo. Il est en train d'inspecter une scène de crime dans un atelier abandonné qui se trouve près de la gare de Silésie. Le garage Schäfer. Envoyez quelqu'un le prévenir. Ou encore mieux, allons-y tous ensemble. Il vous expliquera la situation.

Le policier au volant poursuivait sa route, imperturbable. Après un court moment de réflexion, son collègue l'interpella.

— On devrait peut-être vérifier si son histoire est vraie.

L'agent assis à côté d'Oppenheimer semblait approuver. Haussant les épaules, il intervint :

— Je suis d'accord. Passons au garage. Ça nous évitera des emmerdes.

Le conducteur ralentit enfin l'allure. L'hésitation de ses collègues le faisait douter à son tour. Il rétrograda avant de virer court.

— Je suis entouré de chiffes molles, ma parole, maugréa-t-il en décochant un regard mauvais à Oppenheimer dans le rétroviseur intérieur.

La voiture rebroussa chemin. Au bout de quelques minutes, ils parvinrent dans la rue du garage. Le policier acariâtre sortit de l'habitacle et disparut derrière le tas de gravats qui s'élevait au bord du trottoir. Il revint peu après en traînant les pieds. Dépité, il inclina son siège vers l'avant et fit signe à Oppenheimer de descendre.

— Foutez-moi le camp !

Le commissaire s'empressa d'obéir. Il venait à peine de s'extraire du véhicule lorsqu'il entendit des pas derrière lui. C'était Negele.

— Je vous félicite de votre intervention, déclara l'aspirant-inspecteur à l'attention des Schupos. J'en glisserai un mot à vos supérieurs.

La mâchoire serrée, l'agent revêche se rassit au volant et remit le contact. La voiture démarra dans un crissement de pneus.

Oppenheimer se tourna alors vers son sauveur.

— Je dois m'entretenir avec Frau Norden. Le plus vite possible.

Son ancien adjoint le regarda avec des yeux écarquillés.

— Quoi ?

Le lendemain midi, Oppenheimer se frayait un chemin à travers la foule dans la gare d'Alexanderplatz.

Sans surprise, Negele s'était montré peu disposé à libérer sur-le-champ Frau Norden. Ne voyant pas d'autre solution pour interroger l'ouvrière, Oppenheimer avait proposé de se rendre en personne au centre de détention préventive de la Dircksenstraße.

Cette suggestion audacieuse avait d'abord laissé le jeune homme sans voix. Mais après une longue discussion, celui-ci avait finalement accepté d'organiser une visite.

Oppenheimer ignorait comment son ancien collègue comptait le faire entrer dans la prison, qui se trouvait dans une aile de l'ancien Praesidium de police situé entre l'Alexanderstraße et la Dircksenstraße.

Le commissaire jeta un coup d'œil à sa montre. Il avait rendez-vous dix minutes plus tard avec Negele à l'arrière de l'imposant édifice de briques que tous surnommaient autrefois la Forteresse rouge[1].

Cherchant à se noyer dans les flots d'usagers du S-Bahn, il emprunta un escalier et déboucha sur l'Alexanderplatz. La place, qu'il avait traversée quotidiennement ces derniers mois pour

1. Avant d'être sévèrement endommagée par les bombes alliées, la préfecture de police était le deuxième plus grand bâtiment de la ville après le château de Berlin.

se rendre dans les locaux de la brigade, lui paraissait à présent étrangement hostile. Il balaya l'endroit du regard à la recherche d'éventuelles patrouilles de soldats de l'Armée rouge.

Après les enlèvements sur la Potsdamer Platz, l'atmosphère était incroyablement tendue dans la métropole. Et dans les différents secteurs, la presse jetait de l'huile sur le feu. Les journaux de Berlin-Est présentaient la police de Stumm comme une « bande de flics matraqueurs » tandis qu'à l'ouest, on critiquait sévèrement les « bandits de Markgraf ».

Par les temps qui couraient, s'aventurer dans une prison de la zone soviétique relevait presque de la folie, mais il était trop tard pour faire demi-tour. Cherchant à se mettre à couvert, il changea de trottoir et longea tête baissée une file de voitures garées devant l'Alexanderhaus[1]. Après avoir franchi la célèbre place, il s'engagea dans la Dircksenstraße, qui bordait le Praesidium déchu. Il aperçut au bout d'une centaine de mètres l'entrée de derrière. La rue était déserte.

La portière d'une automobile s'ouvrit soudain devant lui.

— Montez !

Negele était installé au volant. Oppenheimer se glissa à côté de lui dans l'habitacle.

— Alors, est-ce que vous avez un plan pour m'introduire dans le bâtiment ?

Le jeune policier fronça les sourcils.

— Oui. Et avec un peu de chance, ça peut fonctionner. Vous vous rappelez de Herzog ?

Oppenheimer ne percuta pas immédiatement.

— C'est un des matons, expliqua Negele. Il est de garde aujourd'hui. Vous l'avez sûrement déjà rencontré.

— Herzog… Le rouquin ? Un brave type, si mes souvenirs sont bons.

L'aspirant-inspecteur acquiesça.

— Attendez-moi ici. Je vais lui parler.

1. Célèbre immeuble de bureaux, conçu par l'architecte Peter Behrens à la fin des années trente.

Negele sortit du véhicule et s'engouffra à l'intérieur de la Forteresse rouge. Il revint quelques minutes plus tard, un sourire aux lèvres.

— Tout marche comme sur des roulettes, annonça-t-il à mi-voix après avoir ouvert la portière passager. Herzog accepte de nous aider. (Il fit signe à Oppenheimer de le suivre.) Allons-y. Frau Norden est déjà en chemin vers le parloir.

Le commissaire prit une longue inspiration et descendit à son tour de la voiture. Alors qu'il approchait de l'entrée du centre de détention, une bouffée de chaleur lui monta au visage. C'était comme s'il avait trop abusé du schnaps de Hilde et avait du mal à coordonner ses mouvements.

Refoulant son appréhension, il traversa le hall du centre de détention dans l'ombre de Negele. Ce dernier s'arrêta devant un guichet et plaqua son insigne contre la vitre. Oppenheimer l'imita.

Comme prévu, Herzog était à son poste. Les cheveux du gardien, taillés ras, brillaient d'une lueur cuivrée. Il fit un signe du menton à Negele, puis jeta un bref regard à Oppenheimer.

— Venez avec moi.

Le maton se leva et disparut de leur champ de vision. Peu après, un lourd panneau de bois s'ouvrit à côté du guichet.

Oppenheimer était venu tant de fois en ces lieux au cours de sa carrière qu'il aurait pu trouver le chemin tout seul.

Herzog les entraîna dans un dédale de corridors entrecoupés de grilles. À chaque obstacle, le surveillant faisait tinter son trousseau de clés.

Le petit groupe finit par atteindre le parloir.

— Je vous laisse seuls, murmura Herzog tandis que les enquêteurs entraient dans la pièce. Mais faites vite. Si un collègue débarque, vous devrez sortir immédiatement.

Sur ces paroles, le maton referma la porte derrière eux.

Oppenheimer pivota sur ses talons. Frau Norden avait pris place derrière une large table de bois qui occupait le centre de l'espace. L'ouvrière était une personne anguleuse. Ses épaules pointaient sous sa tenue de prisonnière en tissu grossier.

Les cheveux blonds relevés en un chignon lâche, les pommettes saillantes, elle avait un physique atypique. Malgré la situation délicate dans laquelle elle se trouvait, la jeune femme s'efforçait de se montrer forte. Assise très droite, elle observait les visiteurs d'un air serein.

Comme il ne restait qu'une chaise de libre, Negele alla s'adosser contre le mur, près d'une petite fenêtre garnie de barreaux.

Oppenheimer s'installa en face de la détenue. Désirant jouer franc-jeu, il se présenta brièvement avant de lui exposer les allégations de Margit Ostendorf.

En écoutant les accusations de sa collègue, Frau Norden ouvrit démesurément ses yeux d'azur.

— Quoi ? finit-elle par exploser. Elle vous a raconté tout ça sur moi ?

Il se contenta d'opiner.

— Quelle garce ! (La couturière émit un ricanement ironique.) Je la savais capable de beaucoup de choses, mais là, c'est un comble !

— Les déclarations de Frau Ostendorf vous semblent-elles erronées ? s'enquit-il d'un ton neutre.

— Et comment ! Margit a un sacré culot ! C'est sa propre histoire qu'elle vous a balancée ! Elle avait un père autoritaire qui ne s'entendait avec personne. À l'atelier, elle en parle sans arrêt, alors qu'il est mort depuis belle lurette. Cette femme ne pense qu'à elle. Toujours à se plaindre, comme si elle était la seule à souffrir.

Oppenheimer jeta un regard à Negele. Ce dernier, immobile, était suspendu aux lèvres de l'ouvrière.

— C'est son père qui lui a appris à empailler le gibier, poursuivit Frau Norden en écartant une mèche de son visage. Moi, je n'ai jamais fait ça de ma vie. J'ai grandi en ville. La seule fois où mon père a tenu un fusil, c'était au stand de la kermesse.

Le commissaire réfléchit. Il était tout à fait plausible que Margit Ostendorf ait puisé dans ses propres souvenirs pour brosser un portrait diffamatoire de sa collègue. Il décida de ne pas mettre en doute les paroles de la détenue. Frau Norden en savait peut-être un peu plus sur la vie personnelle d'Ostendorf.

— Quand je me suis entretenu avec elle, Frau Ostendorf m'a dit qu'elle était mariée. Est-ce exact ?

La prisonnière ne montra aucune hésitation avant de répondre. Manifestement, Margit Ostendorf avait déjà abordé le sujet devant les autres couturières.

— Elle a raconté qu'elle avait fait la connaissance d'un homme il y a quelques années. Un soldat revenu du front. Le type s'appelait Mankowski ou Manowski, je crois. Il ne savait pas où aller, alors Margit l'a accueilli comme on recueille un chien errant. Ils ont vécu ensemble un bon moment. (Frau Norden se pencha en avant et ajouta d'un ton suffisant :) Mais ils n'étaient pas mariés. Elle l'a assez répété. D'ailleurs, cette liaison s'est mal terminée. Apparemment, le gars est devenu violent. Du moins, c'est ce qu'elle a prétendu. Un beau jour, elle est arrivée au travail avec le visage tuméfié. Elle nous a dit que son jules s'était emporté.

Oppenheimer interrompit son interlocutrice.

— Quand cet incident est-il survenu ?

— Ça remonte à deux ans environ. (Frau Norden arbora une moue sceptique.) Mais je ne sais pas si c'est vrai. Cette vipère est capable de tout, même de se frapper volontairement pour faire croire qu'on l'a tabassée. Margit ment comme elle respire pour se rendre intéressante, et elle se complaît dans son rôle de victime. À l'écouter, elle est toujours plus mal lotie que les autres. Au bout d'un moment, j'en ai eu ma claque. J'ai tout bonnement cessé de lui parler.

L'ouvrière marqua une pause. Puis, levant les yeux vers Oppenheimer, elle reprit :

— Comme je vous le disais tout à l'heure, cette femme ne pense qu'à elle. Les autres ne comptent pas à ses yeux. Vous connaissez peut-être ce genre de personnes. Tellement négatives qu'elles aspirent toute l'énergie de leur entourage. De vrais vampires. On se sent faiblir dès qu'on les approche.

La prisonnière paraissait sincère, et il était porté à la croire. Restait à savoir ce qu'il en était de l'agression évoquée par Margit Ostendorf. Lorsqu'il posa la question, la couturière vira au rouge.

— Elle a affirmé que je l'avais attaquée ? Quel mensonge éhonté ! C'est moi qui suis allée au commissariat. À partir du moment où j'ai décidé de l'éviter, elle a commencé à me suivre comme une ombre. Un jour, en rentrant chez moi, je lui ai ordonné de me laisser tranquille. Elle est entrée dans une colère noire et m'a frappée. La furie, c'est elle ! Mais tout le monde gobe ses bobards.

Soudain, des pas retentirent dans le couloir. Quelqu'un venait. Une clé tourna dans la serrure avec un claquement sec. En se retournant, Oppenheimer vit le visage tendu de Herzog apparaître dans l'entrebâillement de la porte.

— Il faut partir tout de suite, intima le gardien.

Les grands yeux bleus de Frau Norden scrutèrent Oppenheimer avec étonnement lorsque celui-ci bondit de sa chaise.

— Je vous recontacterai, lança-t-il avant de sortir précipitamment de la pièce en compagnie de Negele.

Quelques minutes plus tard, il se retrouvait dans la rue. Mais le regard perçant de l'ouvrière s'était gravé dans sa mémoire. Il savait que les prunelles d'azur le hanteraient tant qu'il n'aurait pas coincé la véritable meurtrière.

— C'est parole contre parole.

Visiblement, l'interrogatoire de Frau Norden avait fait forte impression sur Negele. L'aspirant-inspecteur semblait prêt à revoir son jugement.

Oppenheimer hocha la tête. Installés dans le véhicule d'intervention, les deux hommes roulaient sur la rive de la Sprée.

Pour convaincre définitivement son ancien collègue de l'innocence de la prisonnière, il n'y avait qu'un seul moyen.

— Nous devrions nous entretenir au plus vite avec Frau Ostendorf, suggéra le commissaire. Elle est éminemment suspecte. Inutile d'enquêter chacun de son côté. Je suggère que nous nous rendions aujourd'hui même à l'atelier Merz. Allez chercher Reinmann. De mon côté, je préviendrai Wenzel.

Negele resta bouche bée. Il jeta un regard à Oppenheimer avant d'émettre un petit rire incrédule.

— Vous voulez que j'enquête dans le secteur américain ? (Il secoua la tête.) Je risque de m'attirer de gros ennuis.

Oppenheimer chassa d'un geste la remarque.

— Ne vous en faites pas. Si vous restez près de moi, il ne vous arrivera rien.

Non sans peine, il parvint à persuader Negele de le déposer devant le Praesidium de la Friesenstraße. Avant de se quitter, ils convinrent de se retrouver une heure et demie plus tard à Kreuzberg devant les établissements Merz.

De bonne humeur, Oppenheimer monta en sifflant dans son bureau. L'enquête semblait enfin avancer.

Après avoir chargé Wenzel de se procurer une voiture, il passa voir le commissaire Franck. Durant le trajet du retour, il avait eu une idée : aller en force à l'atelier de couture pour déstabiliser Frau Ostendorf. Mise ainsi sous pression, l'ouvrière passerait peut-être aux aveux. Et comme il avait pu le constater avec Rensch, le meilleur moyen d'intimider un suspect était de débarquer avec Kubelik, le jeune flic à la carrure impressionnante.

La porte du bureau de Franck était ouverte. Oppenheimer entra sans frapper. Assis derrière sa table de travail, le commissaire étudiait une pile de dossiers en caressant pensivement sa moustache. Mais son adjoint était absent.

— Où est Kubelik ? s'enquit Oppenheimer. (Affichant un sourire complice, il ajouta :) J'ai une autre mission spéciale à lui confier.

En entendant le nom du jeune aspirant-inspecteur, Franck se redressa brusquement. Son front s'était assombri.

— Tu n'es pas au courant ?

Oppenheimer pressentit le pire. Par précaution, il ferma la porte avant de demander à voix basse :

— Que s'est-il passé ?

Franck soupira.

— Le pauvre gars. Il ne mérite vraiment pas ce qui lui arrive.

Constatant qu'Oppenheimer ne comprenait toujours pas, il précisa :

— Seeßlen l'a suspendu.

— Pourtant, il paraissait être un type fiable.

— Plus que fiable, confirma Franck. J'ai rarement eu un assistant aussi compétent. Malheureusement, il s'est avéré qu'il n'appartenait pas au bon parti. Kubelik est membre du SED. Quand la hiérarchie l'a appris, ça a fait des étincelles.

Le moustachu leva les mains en signe d'impuissance.

Oppenheimer se laissa tomber sur une chaise réservée aux visiteurs.

— On l'a mis sur la touche uniquement à cause de ses opinions politiques ? Et Seeßlen ? Qu'en pense-t-il ?

— Notre patron se serait bien passé de cette histoire. Il ne sait pas s'il doit renvoyer définitivement Kubelik.

— Quelle merde, maugréa Oppenheimer.

Franck opina.

— Tu l'as dit, Richard.

33

Mercredi 25 août 1948

Deux heures plus tard, Oppenheimer se tenait dans une rue idyllique. Il contempla les vertes frondaisons des érables et les haies luxuriantes des jardins petits-bourgeois qui bordaient les trottoirs. On n'entendait que le chant des grillons. Presque aucun véhicule ne circulait dans la commune rurale de Rixdorf, pourtant annexée au Grand-Berlin dès les années vingt. Même si on ne se trouvait qu'à quelques kilomètres du centre animé de Neukölln, il y régnait une douce quiétude.

C'était dans ce cadre verdoyant qu'habitait Frau Ostendorf. En arrivant à l'atelier de couture, Oppenheimer et Negele avaient appris avec consternation que Merz avait renvoyé chez elles toutes ses ouvrières à cause de la pénurie de tissu. Après avoir obtenu l'adresse de la suspecte, les enquêteurs et leurs adjoints étaient remontés dans leurs véhicules pour foncer jusqu'à Rixdorf.

Oppenheimer observa le domicile de Margit Ostendorf, une maison mitoyenne à un étage. La couturière vivait dans la partie droite du pavillon. À l'arrière, on pouvait apercevoir un jardinet.

Wenzel claqua la portière de leur voiture et vint se poster près de son supérieur. Une poignée de secondes plus tard, le véhicule de Negele et Reinmann surgit à l'angle de la rue.

— Voilà la cavalerie, plaisanta Wenzel.

Les hommes de la Kripo est-berlinoise se garèrent derrière leurs collègues.

Tous ensemble, ils pénétrèrent en silence dans la propriété. Une petite cloche était suspendue à côté de la porte d'entrée de la maison. Oppenheimer tira sur la corde.

Un tintement sonore retentit, mais personne n'ouvrit.

Il sonna une deuxième fois, sans obtenir de réponse.

L'instrument résonnait encore lorsque Negele, impatient, se remit en mouvement.

— Je vais voir de l'autre côté, déclara le jeune policier en contournant le bâtiment.

Oppenheimer, les yeux rivés sur le panneau de bois, actionna de nouveau la cloche. Quelques secondes plus tard, il perçut un bruit de verre brisé en provenance du petit jardin.

Inquiet, il tambourina contre la porte.

— Frau Ostendorf?

Des pas se rapprochèrent dans le vestibule. On tira un verrou, puis le panneau s'ouvrit.

Devant lui apparut Negele.

L'aspirant-inspecteur sourit d'un air espiègle.

— Je crois que quelqu'un s'est introduit par effraction dans la maison.

Oppenheimer soupira. Son ancien adjoint lui jeta un regard entendu.

— Je vous crois, maintenant. Frau Ostendorf est bien notre tueuse.

— Qu'est-ce qui vous fait dire ça?

Negele s'écarta.

— Voyez par vous-même.

Oppenheimer n'eut pas besoin d'entrer. Depuis le seuil, il avisa plusieurs cadres accrochés au mur du vestibule. Tous étaient retournés.

— Y a-t-il quelqu'un à l'intérieur?

Negele haussa les épaules.

S'adressant à Wenzel, Oppenheimer lança:

— Gregor, va sonner chez les voisins. L'un d'eux sait peut-être où se trouve Ostendorf.

Son assistant acquiesça et s'éloigna.

Le commissaire pénétra dans le pavillon. Il ne pouvait l'expliquer, mais l'atmosphère à l'intérieur lui parut oppressante. Comme si la maison avait absorbé la folie de celle qui vivait ici.

— On jette un coup d'œil, ordonna-t-il à ses compagnons. On ne peut pas faire venir les collègues de l'Identité judiciaire uniquement à cause de quelques tableaux retournés.

Flanqué de Negele et Reinmann, il s'enfonça dans le vestibule où régnait une pénombre lugubre. Au fond, une porte entrouverte donnait sur le jardin ; c'était par là que l'aspirant-inspecteur s'était glissé. À cet endroit, le corridor faisait un coude vers la gauche. Le commissaire, parvenu à l'angle, tendit prudemment la tête.

À deux mètres de lui se trouvait une commode. En s'avançant lentement, il remarqua un objet posé sur le dessus du meuble : un lapin empaillé.

— Bon sang ! s'écria Reinmann dans son dos. Notre chère ouvrière sait donc comment préparer des animaux.

Il faisait de plus en plus sombre dans le couloir.

— On dirait qu'il y en a d'autres par là, indiqua Oppenheimer.

Il appuya sur un interrupteur pour éclairer les lieux, mais rien ne se passa. À cette heure-ci, les coupures de courant étaient fréquentes.

— Attendez, murmura Negele en mettant la main dans la poche de sa veste.

Le déclic d'une torche électrique retentit, puis un cercle lumineux apparut sur le sol. Le jeune homme le dirigea vers le haut.

Devant eux, des dizaines de paires d'yeux s'illuminèrent. Le corridor était rempli de toutes sortes de bêtes à poils et à plumes. Disposées par terre ou sur des étagères, les créatures de la forêt semblaient avoir été figées en plein mouvement par une baguette magique. Des écureuils étaient même en train de grimper sur les murs. Au plafond, on avait suspendu des rapaces. Ailes déployées, serres ouvertes, les oiseaux semblaient prêts à fondre sur une proie invisible.

— Un diorama, commenta Oppenheimer. Ces animaux sont mis en scène, comme les cadavres de Luisenstadt et de la gare de triage.

Reinmann hocha la tête.

— La tueuse s'est entraînée.

— Ou il s'agit du hobby de la famille Ostendorf depuis un bon bout de temps, objecta Negele.

— Peu importe, trancha Oppenheimer. En tout cas, Margit s'y connaît assez en taxidermie pour préparer ses victimes. Elle a le profil de notre meurtrière.

Soudain, des pas résonnèrent dans l'entrée.

— Richard !

C'était la voix de Wenzel.

Oppenheimer rebroussa chemin pour s'entretenir avec son adjoint.

— Les voisins affirment que Frau Ostendorf est bel et bien mariée, annonça celui-ci. Avec un homme plus âgé qu'elle. Incapable de marcher. C'est elle qui prend soin de lui sur ses vieux jours et va chercher ses tickets de rationnement.

Le commissaire réfléchit.

— Quelqu'un a-t-il vu cet homme récemment ?

— Non, bien entendu, puisqu'il est grabataire. La femme d'à côté m'a confié que Herr Ostendorf avait désigné son épouse comme unique héritière. Autrefois, il avait pas mal d'argent, mais il ne reste pas grand-chose de sa fortune. En principe, seulement la maison et le terrain sur lequel elle a été construite.

Reinmann s'approcha.

— Margit a peut-être liquidé le vieux pour mettre la main sur son héritage.

— C'est facile à vérifier, répondit Oppenheimer. Fouillons le pavillon à la recherche de ce mystérieux Herr Ostendorf.

Le rez-de-chaussée comptait un salon et une cuisine, dans lesquels ils ne remarquèrent rien de particulier. Oppenheimer et Wenzel se chargèrent ensuite de visiter l'étage, tandis que Negele et Reinmann descendaient inspecter le sous-sol.

Au sommet de l'escalier se dressait une porte. Oppenheimer actionna doucement la poignée. Passant la tête dans l'entrebâillement, il découvrit une mansarde. Des meubles trapus en bois sombre faisaient paraître la chambre plus petite qu'elle ne l'était. Une commode surmontée d'un miroir à trois faces, une armoire à vêtements et un lit monumental dont le pied du cadre était si haut que, de la porte, on n'apercevait même pas le matelas.

— Herr Ostendorf?

Oppenheimer n'obtint aucune réponse.

Il se glissa à l'intérieur et constata avec déception que personne n'était allongé dans le grand lit marital, sur lequel étaient disposés une couette étroite et un unique oreiller. À l'évidence, une seule personne dormait ici.

— Herr Ostendorf n'est plus là, maugréa Oppenheimer.

— Mais c'était sa chambre, observa Wenzel. (Il avait ouvert les battants de l'armoire et montrait les habits rangés à l'intérieur.) Des vêtements d'homme. Et ici…

D'un geste théâtral, il écarta plusieurs cintres et tira de la penderie un bleu de chauffe.

— On dirait la combinaison de travail qu'aime porter notre tueuse pour passer inaperçue.

Le jeune policier examina attentivement la toile de la salopette. Une fraction de seconde plus tard, il fit signe à son supérieur d'approcher.

— Là, des taches de sang.

Oppenheimer acquiesça.

— Tu as raison. De toute évidence, nous avons identifié la meurtrière.

Il montra du doigt la commode. Sur le dessus trônait un porte-perruque coiffé de longs cheveux blonds postiches.

— Et nous avons aussi trouvé l'accessoire dont elle se sert pour enjôler les hommes.

Dans les autres chambres de l'étage, les enquêteurs ne trouvèrent aucune trace de Herr Ostendorf.

Lorsqu'ils redescendirent au rez-de-chaussée, ils firent le point avec leurs collègues de Berlin-Est. Dans la cave, ceux-ci avaient découvert du matériel de taxidermie, mais rien n'indiquait que Margit Ostendorf avait préparé ici des cadavres humains.

— Tout est soigneusement rangé dans ce pavillon, conclut Oppenheimer. Soit elle a fait le ménage récemment, soit le garage de Friedrichshain était son véritable atelier.

— Et son mari ? demanda Reinmann. Il est mort ?

Negele secoua la tête.

— Sans le corps, nous ne pouvons pas prouver qu'elle l'a tué, même si ça semble plutôt probable. En tout cas, Herr Ostendorf n'est pas dans la maison, et c'est très suspect. Margit a un excellent motif pour dissimuler la mort de son époux. Tant qu'il est officiellement en vie, elle reçoit une double ration de vivres.

Plongé dans ses réflexions, Oppenheimer sortit du pavillon et se mit à déambuler dans le jardin. Comme partout dans Berlin, le terrain était consacré à la culture des fruits et des légumes. Il y avait très peu de chances que la tueuse se soit débarrassée des restes de ses victimes sur sa propriété. Jusqu'à présent, elle s'était montrée très prudente. Dans les environs coulaient des canaux de jonction vers le canal de Teltow et les ports fluviaux. Mais elle avait choisi à deux reprises de jeter des organes dans la Sprée, située encore plus loin, afin d'éviter que le courant ne les rapporte à proximité de son domicile.

Au début de l'enquête, Oppenheimer avait supposé que la meurtrière habitait à l'Est. Margit Ostendorf vivait dans le secteur américain, mais la frontière avec la zone soviétique n'était qu'à quelques minutes de marche. Elle connaissait donc certainement des chemins de traverse pour passer discrètement de l'un à l'autre.

Tandis que son cerveau ruminait, le commissaire zigzaguait entre les plantations. Il finit par s'arrêter devant un parterre de fleurs à la forme étirée. Le massif faisait approximativement deux mètres de long sur un de large. Les dimensions d'une tombe.

Un terrible soupçon l'effleura. Malgré toutes ses précautions, la tueuse avait peut-être commis une erreur.

— Je crois que je sais où se cache Herr Ostendorf, murmura-t-il en contemplant la plate-bande ornementale.

En fin d'après-midi, Oppenheimer se tenait toujours dans le jardin de Margit Ostendorf. Il s'était mis à pleuvoir, et les techniciens de Hergesheimer avaient tendu une bâche au-dessus du trou creusé au milieu des plantations afin de protéger leur découverte.

L'équipe de la police scientifique avait effectivement trouvé un cadavre sous le massif de fleurs. Afin de ne pas gêner le légiste qui venait d'arriver, Oppenheimer rentra dans la maison. Par une des fenêtres du salon, il regarda le médecin faire son travail.

Quelques instants plus tard, Hergesheimer le rejoignit.

— Nous avons la confirmation qu'il s'agit d'un homme. Les tissus sont entièrement décomposés, ce qui signifie que le corps repose ici depuis au moins un an. Mais il y a encore des restes de cheveux, d'ongles et de tendons. Ceux-ci ont besoin d'environ quatre ans pour se désagréger complètement.

Oppenheimer fit un rapide calcul.

— La mort est donc survenue entre 1945 et 1946.

Le technicien de l'Identité judiciaire opina.

— Nous avons affaire à un individu d'âge avancé. La structure du bassin et les signes de dégénérescence sur les articulations ne laissent pas le moindre doute. Impossible en revanche de déterminer de façon immédiate la cause de la mort. Une chose est sûre : son crâne est intact. On ne l'a pas tué d'un coup violent sur la tête.

Une demi-heure plus tard, Wenzel était de retour. Oppenheimer l'avait envoyé se renseigner auprès du Meldeamt. L'aspirant-inspecteur s'arrêta près de la porte du jardin pour laisser passer l'équipe de Hergesheimer qui emportait la dépouille exhumée sur une civière en zinc. Puis il marcha d'un pas rapide vers le perron, où l'attendait Oppenheimer.

— Pour les services administratifs, Herr Ostendorf réside toujours à cette adresse. Officiellement, il est encore en vie. (Le policier fit un signe de tête en direction du cadavre qui s'éloignait.) Alors, c'est lui ?

Oppenheimer haussa les épaules.

— Probablement. Mais pour en être sûr, il faut récupérer son dossier médical.

Au Bureau de déclaration de domicile, Wenzel en avait profité pour s'informer au sujet de l'ancien amant de Margit Ostendorf.

— As-tu retrouvé la trace de ce Manowski, ou Mankowski ? demanda Oppenheimer.

Son adjoint alluma une cigarette. Entre deux bouffées de tabac, il répondit :

— À Berlin-Ouest, il y a cinq hommes qui portent ces patronymes-là. Dois-je aller les interroger ?

Oppenheimer se frotta le front.

— Oui, je veux bien. Si nous mettons la main sur ce type, il pourra peut-être nous indiquer où se terre la tueuse. Je vais demander à Negele de faire la même chose dans le secteur soviétique.

Un mandat d'arrêt avait été lancé contre Margit Ostendorf, et des Schupos surveillaient à présent son domicile, mais le commissaire pressentait que cela ne serait pas suffisant. La meurtrière ne se laisserait sûrement pas prendre aussi facilement. Que ce soit dans le pavillon ou dans le garage de Friedrichshain, la police scientifique n'avait découvert aucune trace de cadavres humains empaillés, ce qui donnait à penser que l'ouvrière disposait d'un autre repaire. Elle pouvait s'y réfugier et poursuivre dans la clandestinité son œuvre de mort. De nouveau, Oppenheimer se demanda ce qui pouvait motiver la tueuse. Jusqu'où était-elle capable d'aller ?

Pour se calmer, il se fit offrir une cigarette et la fixa sur son tube d'écume.

— Que comptes-tu faire pendant que je m'occupe des Mankowski ? s'enquit Wenzel en lui donnant du feu.

Oppenheimer souffla une volute de fumée bleue.

— Je vais reprendre la piste du marché noir. Une idée m'est venue en resongeant à l'histoire de Fräulein Zander.

Wenzel eut une moue moqueuse.

— Cette fable selon laquelle elle serait passée à l'Ouest avec l'aide de ces briseurs de blocus ? Ça me paraît tiré par les cheveux.

— Et pourtant, si c'est vrai, cette aventure peut nous mener jusqu'à la tueuse. Avec les bons contacts, il est facile de vérifier le témoignage de Birgit Zander. Si Ostendorf prévoit d'autres meurtres, elle voudra certainement vendre la chair humaine dont elle n'a pas besoin. Et quand elle s'adressera à ses receleurs habituels, nous serons là.

Wenzel n'était pas convaincu. Il émit un petit rire incrédule et s'adossa contre la façade de la maison.

— Les receleurs n'accepteront jamais de nous aider.

— J'en fais mon affaire, déclara Oppenheimer avec flegme.

34

Jeudi 26 août 1948

— Quelle joie de vous revoir ! s'écria le roi des trafiquants, assis sur son grabat.

Sur le seuil de la cellule, Oppenheimer salua Tetzlaff d'un signe de tête.

— Tout le plaisir est pour moi.

Contre toute attente, il avait appris que le truand résidait provisoirement à la prison de Moabit. En passant à travers les barreaux de l'étroite fenêtre, les rayons du soleil couchant dessinaient des rayures sur le mur de pierre. Depuis leur dernière rencontre, Tetzlaff s'était un peu empâté. Il était probablement l'un des rares Berlinois à avoir grossi ces derniers mois.

— Entrez donc dans mon palace, Herr Oppenheimer !

Le trafiquant n'avait rien perdu de ses manières fantasques. Il avait troqué ses élégants vêtements contre la tenue grise des détenus, mais portait le monocle. Et, comme à son habitude, ses cheveux étaient soigneusement pommadés. Oppenheimer remarqua près du lit, appuyée contre la paroi, la canne ouvragée de Tetzlaff. À l'évidence, si on l'avait autorisé à conserver ses objets favoris, l'homme bénéficiait d'un traitement particulier. Aucun autre prisonnier ne vivait dans une telle opulence à l'intérieur de l'enceinte de la prison.

Oppenheimer huma une délicieuse odeur de tabac qui flottait dans l'air. Le trafiquant, amateur d'onéreuses cigarettes américaines, disposait d'une solide réserve. Dans un angle de la cellule exiguë s'empilaient des cartouches de Lucky Strike encore emballées.

Tetzlaff se tourna vers le gardien qui accompagnait Oppenheimer.

— Merci, Reinhold. Tu peux nous laisser seuls.

D'un geste désinvolte, il sortit de sa poche de poitrine un paquet de cigarettes entamé et le lui lança. Le maton, qui arborait une épaisse moustache de morse, attrapa le cadeau, opina du chef et sortit docilement.

À l'évidence, grâce à ses précieuses marchandises issues du marché noir, Tetzlaff pouvait obtenir tout ce qu'il voulait.

— C'est très gentil à vous de venir me rendre visite pendant ma petite cure dans cette vénérable institution, dit-il avec un large sourire.

Oppenheimer entra dans la cellule, sidéré par le confort dont disposait le détenu. Tetzlaff profitait ici de tous les agréments imaginables et vivait bien mieux que le commun des mortels à Berlin. Une étagère ployait sous le poids de dizaines de livres. Le trafiquant semblait avoir un penchant pour la littérature anglo-saxonne. En plus de romans d'Upton Sinclair et Ernest Hemingway, s'alignaient ici de coûteuses éditions reliées en cuir d'auteurs classiques comme Chaucer, Dickens, Faulkner et Melville. Oppenheimer remarqua même plusieurs livres d'Edith Wharton, une femme écrivain dont Lisa parlait avec enthousiasme. Les ouvrages ne provenaient certainement pas de la bibliothèque de la prison, pas plus que le gramophone et la pile de disques entreposés à côté.

En voyant la collection de Tetzlaff, le cœur d'Oppenheimer se mit à battre la chamade. Le prisonnier possédait des enregistrements hors de prix. Puccini, Leoncavallo, Mascagni – presque tous les grands compositeurs du vérisme, célèbre mouvement artistique italien, étaient rassemblés ici, même des représentants moins connus comme Alberto Franchetti ou Riccardo Zandonai. En revendant ces trésors, on aurait pu nourrir toute une famille pendant six mois.

Le commissaire se détacha de la magnifique collection, pour ne pas être tenté d'écouter un disque après l'autre.

— Vous avez donc réintégré la police ? s'enquit Tetzlaff.

Oppenheimer écarta les bras avec une mine fataliste.

— Qu'aurais-je pu faire d'autre ?

Il alla s'asseoir sur un tabouret disposé près du lit. Son hôte hocha lentement la tête d'un air entendu, puis sortit d'une poche un mouchoir en soie pour nettoyer son monocle.

Devant pareil tableau, le commissaire éclata de rire.

— Alors, pour vous, la prison, c'est une sorte de cure ?

— Si on veut. En réalité, je prépare ma retraite.

L'idée pouvait paraître saugrenue, car le trafiquant devait avoir une quarantaine d'années.

Tetzlaff sourit en voyant le regard sceptique de son visiteur.

— Je suis déjà quasiment un retraité, expliqua-t-il. Voilà près de six mois que j'ai mis un terme à mes activités de négociant hors-la-loi. Les affaires marchaient très bien, mais il était prévisible qu'une réforme monétaire serait mise en place tôt ou tard et que l'approvisionnement de la ville serait de nouveau assuré de manière légale. J'ai donc préféré tirer mon épingle du jeu et régler mes comptes avec la justice. J'ai négocié avec les juges un bref séjour en prison. Une fois que j'aurai purgé ma peine, plus personne ne m'importunera.

Dans la bouche du trafiquant, tout paraissait limpide. Et comme il n'était pas un simple malfrat des rues mais un caïd du marché noir à Berlin, il avait les moyens d'exiger un traitement privilégié.

Celui qui avait défrayé la chronique ces dernières années en bâtissant un véritable empire grâce à ses activités illicites vivait littéralement dans une prison dorée. Il avait d'abord commencé à faire du recel durant les derniers mois de la guerre puis, dans le chaos qui avait suivi la défaite de Hitler, il avait mis sur pied une véritable économie parallèle. Personne ne savait à combien s'élevait la fortune qu'il avait amassée ces dernières années. Oppenheimer avait fait sa connaissance pendant l'affaire Thalheimer[1]. À l'époque, Tetzlaff s'était montré très discret sur son négoce. À présent, il en parlait ouvertement. Ses infractions

1. Voir *La Vengeance des cendres*, du même auteur.

à la loi ne constituaient plus un danger ; il avait certainement graissé la patte aux représentants de l'ordre, et les preuves à charge contre lui avaient sans doute été détruites. À ses yeux, personne n'était incorruptible. Tout n'était qu'une question de prix.

— Je dois reconnaître que vous avez habilement manœuvré, constata Oppenheimer.

Le trafiquant poussa un soupir.

— Oui et non. Je crains d'avoir agi un peu trop précipitamment pour prendre ma retraite. (Il s'adossa contre le mur derrière lui.) Les Russes m'ont joué un sale tour. Qui aurait pu deviner qu'ils introduiraient leur propre monnaie et verrouilleraient les secteurs occidentaux ? Le ravitaillement en vivres ne tient plus qu'à un fil avec le pont aérien, et la pénurie est générale. Le marché noir connaît une incroyable expansion. Du jamais-vu. On trafique dans tous les sens. De l'Ouest vers Berlin, et de l'Est vers Berlin. Dans les secteurs occidentaux, les besoins sont énormes. On peut tout refourguer. Chaque jour s'ouvrent de nouvelles possibilités. Mes anciens rivaux arrosent maintenant les ouvriers qui bossent dans les aéroports de Tempelhof et Gatow pour détourner une partie des marchandises qui viennent d'atterrir. Et à ce qu'on raconte, certains passent même des arrangements avec les pilotes.

Tetzlaff pinça les lèvres. Il était évident qu'il regrettait de ne pas pouvoir profiter de la situation pour s'enrichir encore plus.

Oppenheimer décida qu'il était temps d'exposer au prisonnier le motif de sa visite. Celui-ci l'écouta attentivement raconter les grandes lignes de son enquête. L'aventure de Fräulein Zander avec les briseurs de blocus ne parut pas le surprendre outre mesure. Et quand le commissaire énonça sa théorie selon laquelle la tueuse qu'il pourchassait écoulait de la chair humaine au marché noir, Tetzlaff opina gravement.

— Vous avez sûrement déjà entendu l'histoire de la fillette et de la viande de veau ?

Oppenheimer scruta son interlocuteur avec acuité.

— Bien sûr. Pourquoi ?

Tous les Berlinois connaissaient cette sinistre anecdote qui circulait en ville depuis plusieurs années. D'après la rumeur, un invalide de guerre, qui ne pouvait marcher qu'avec l'aide de béquilles, avait prié dans la rue une enfant d'aller porter une lettre pour lui. L'adresse du destinataire ne se trouvait qu'à quelques pâtés de maisons mais, en chemin, la petite fille avait conçu des soupçons et ouvert l'enveloppe. À l'intérieur, elle avait découvert un billet sur lequel on avait écrit le message : *Ci-joint la viande de veau commandée.*

L'enfant, craignant d'être tuée au moment de remettre le pli, avait fait demi-tour. De retour au coin de la rue, elle avait vu le même invalide qui donnait une autre lettre à une deuxième fillette. L'infirme, en apercevant sa première victime, avait jeté ses béquilles. Miraculeusement guéri, il s'était enfui à toutes jambes.

— Prétendez-vous que l'histoire était vraie ? demanda Oppenheimer, incrédule.

Tetzlaff pouffa de rire.

— Bien sûr que non. Cette fable est juste bonne à effrayer les enfants. Je ne connais aucun trafiquant capable de commettre ainsi un meurtre de sang-froid. (Se penchant en avant, il ajouta sur un ton de confidence :) Mais si quelqu'un d'autre se chargeait du sale boulot, certains négociants n'hésiteraient peut-être pas à vendre de la chair humaine. Pour eux, c'est une marchandise comme une autre. Quand on leur propose de la viande, ils ne cherchent pas à connaître son origine. Si celle-ci n'est pas avariée, ils l'écouleront sans problème. Et ne pas poser de question, c'est aussi une manière de se protéger. Officiellement, ils ne sont au courant de rien et peuvent nier en bloc au cas où on leur reprocherait quelque chose. C'est ainsi que ça passe au marché noir.

Oppenheimer réfléchit un instant.

— Si les briseurs de blocus qui ont fait passer Birgit Zander à l'Ouest sont aussi les receleurs de la tueuse, nous avons peut-être une chance de remonter jusqu'à elle.

Tetzlaff empoigna sa canne et la fit tourner adroitement entre ses doigts. La lumière du soleil déclinant se refléta sur le pommeau d'argent.

— Vous cherchez donc des briseurs de blocus qui écoulent de la viande, murmura-t-il en fronçant les sourcils. J'ai suivi les derniers événements depuis ma petite loge tout confort. Dès que le blocus a été annoncé, les trafiquants se sont mis à la recherche des routes les plus sûres à travers la zone soviétique pour naviguer entre l'Ouest et Berlin. Certains ont continué d'utiliser les itinéraires déjà mis en place. Ils ont seulement augmenté les bakchichs qu'ils distribuent aux soldats de l'Armée rouge sur le chemin. (Tetzlaff frappa avec le pommeau de la canne dans sa main gauche.) À Berlin-Ouest, le gang de trafiquants le plus puissant est la bande d'Immergrün, dans le secteur britannique. Ils contrôlent la gare du Zoo et la Wittenbergplatz. Ces gars-là ne sont pas nés de la dernière pluie. Ils étaient de sérieux concurrents quand j'étais encore actif dans le milieu. À présent, ils comptent dans leurs rangs près de trois cents hommes. Ils ont leur nez partout. Bien sûr, il existe toujours des négociants qui continuent d'agir seuls, mais ils sont contraints de donner à la bande une partie de leurs gains. C'est un véritable racket. (Le prisonnier marqua une pause.) Dans ce contexte-là, j'ai déjà entendu parler d'un chauffeur nommé Matze qui fait la navette entre les zones occidentales et Berlin-Ouest. Mais c'est peut-être un hasard.

Oppenheimer tendit l'oreille. Ainsi, Tetzlaff connaissait l'un des briseurs de blocus qui avaient aidé Birgit Zander à quitter la ville.

— Hasard ou pas, j'aimerais en apprendre un peu plus sur ce type.

De nouveau, Tetzlaff frappa dans sa paume avec le pommeau de sa canne.

— Si mes souvenirs sont bons, Matze travaille avec un individu dénommé Jonas. Ce monsieur vend tout ce qui lui passe entre les doigts. Je le considère tout à fait capable d'organiser des voyages de contrebande. Même si ce n'est pas son activité principale. Il possède une autre affaire très lucrative. Un beau jour, il a commencé à saumurer de la viande et à fabriquer des saucisses ainsi que de la gelée. Sous cette forme, ses produits se conservent plus longtemps, et il peut les vendre plus chers. Jonas est un virtuose de la transformation alimentaire. Malheureusement, il n'est pas très regardant sur la qualité de ses matières premières.

Je plains ses clients, à vrai dire. En revanche, il ne s'occupe pas de l'abattage des bêtes. Il laisse ça à d'autres et se contente de conditionner la viande qu'il achète à ses fournisseurs.

Oppenheimer s'agita sur son tabouret.

— Où puis-je trouver ce fameux Jonas ?

Le détenu sourit d'un air espiègle avant de répondre :

— Aurais-je oublié de le préciser ? Il a son QG à Mariendorf, tout près des usines Askania.

Las, Wenzel arrêta son vélo à l'ombre d'une colonne Litfaß[1] pour essuyer son front humide à l'aide de son mouchoir. Sa mission, qui consistait à trouver l'ancien amant de Frau Ostendorf, s'était avérée plus difficile que prévu. Les cinq adresses obtenues au Meldeamt étaient tellement éloignées les unes des autres qu'il avait passé une bonne partie de la journée à sillonner les secteurs occidentaux. En vain. Aucun des trois premiers individus de sa liste n'était la personne qu'il recherchait.

Comme les véhicules de la Kripo étaient réservés aux interventions d'urgence, l'aspirant-inspecteur avait décidé de prendre son vieux deux-roues. À bicyclette, il était toujours plus rapide qu'en empruntant les transports en commun.

Il sortit de la poche de son pantalon le papier où étaient griffonnées les coordonnées des cinq témoins potentiels. Le suivant était un certain Alfred Manowski, domicilié à Wrangelkiez. D'après le bureau de l'état civil, cet individu, marié depuis un an à peine, était déjà père de jumeaux.

Wenzel sourit intérieurement. Malgré la situation délicate à Berlin, Manowski n'avait pas traîné pour fonder une famille.

Après avoir cadenassé son vélo à un arbre, il s'approcha d'un immeuble modeste. Parvenu sous le porche, il examina les sonnettes et constata avec satisfaction qu'il ne s'était pas trompé

1. Équivalent en Allemagne des colonnes Morris, dont le premier modèle fut créé en 1854 par Ernst Litfaß, imprimeur et éditeur.

d'adresse. Les Manowski habitaient au premier étage. Au moins, l'ascension de l'escalier ne serait pas trop éprouvante.

Le policier songea brièvement à allumer une cigarette, puis se ravisa. S'il voulait s'acquitter de sa mission avant la fin de la journée, il ne devait pas perdre de temps.

Arrivé devant l'appartement des Manowski, il frappa à la lourde porte de bois. Quelques secondes plus tard, le panneau s'ouvrit et une femme apparut sur le seuil. Sans doute l'épouse d'Alfred. Âgée d'environ vingt-cinq ans, elle avait d'épais cheveux bouclés de teinte auburn. Sur son nez constellé de taches de rousseur, elle portait une paire de lunettes.

— Frau Manowski ?

La jeune mère de famille s'essuya distraitement les mains sur son tablier de cuisine.

— Oui. Que désirez-vous ?

Wenzel se présenta et expliqua qu'il était de la Kripo.

— Simple affaire de routine, précisa-t-il en captant le regard inquiet de Frau Manowski.

Il remarqua alors le ventre bombé de la maîtresse de maison. Avec un clin d'œil, il demanda :

— Enceinte de combien de mois ?

— Bientôt sept. C'est de pire en pire la nuit pour dormir. Mais, de toute façon, le sommeil va être un luxe durant les prochaines années.

Elle émit un petit rire mutin. Wenzel acquiesça avec compassion.

— Quel est le motif de votre visite, au juste ? s'enquit-elle en redevenant brusquement sérieuse.

— Ça concerne votre mari. Est-il à la maison ?

— Oui. Un instant, je vais le réveiller.

Elle le laissa attendre sur le palier et disparut dans l'appartement. Au bout de quelques minutes, la porte se rouvrit.

Wenzel se retrouva face à un homme d'allure frêle. Malgré sa figure fripée, celui-ci ne devait pas avoir plus de trente ans. Il avait peigné ses cheveux noirs à la hâte ; quelques mèches rebelles se dressaient encore sur son crâne.

— Vous êtes de la Kripo ? balbutia-t-il en clignant des paupières.

Visiblement nerveux, il jeta un regard par-dessus l'épaule de Wenzel pour s'assurer qu'aucun voisin n'épiait leur conversation.

— Vous connaissez Frau Ostendorf ? J'ai quelques questions à vous poser sur elle.

Les traits de Manowski se durcirent aussitôt. Son corps se crispa et sa respiration se fit plus courte.

— Margit ? Vous l'avez enfin coffrée ?

35

Jeudi 26 août 1948

À l'évidence, Wenzel était à la bonne adresse. On le pria d'entrer, et son interlocuteur le conduisit dans la cuisine, qui semblait être la plus grande pièce du logement. Ne disposant que d'une petite fenêtre, celle-ci était plongée dans la pénombre alors qu'il faisait un temps magnifique dehors.

Frau Manowski servit un thé très léger au policier, tandis que son mari s'installait à la table familiale avec un visage fermé.

— Vous travaillez de nuit ? demanda Wenzel pour briser la glace.

Alfred Manowski releva la tête.

— Oui, je suis ingénieur électricien. Et comme nous n'avons du courant que la nuit en ce moment, je n'ai pas le choix.

— Je comprends. C'est plutôt rageant. Mais venons-en à Frau Ostendorf. D'après nos informations, vous avez eu une relation avec elle.

Contre toute attente, Manowski ne pria pas son épouse de sortir. Au contraire, cette dernière s'assit sur la chaise voisine et lui prit la main.

— C'est la pire erreur de mon existence, avoua-t-il. Mais à l'époque, je ne pouvais pas deviner que j'aurais la chance de rencontrer un jour Ulrike. Si je l'avais su, ça m'aurait épargné pas mal d'ennuis.

Frau Manowski se tourna vers Wenzel.

— Qu'en est-il de cette femme ? A-t-elle été réellement emprisonnée ?

— Non. Nous menons une enquête, et certains soupçons pèsent sur elle. Nous souhaitons donc en savoir plus sur sa personne.

L'ancien amant d'Ostendorf grimaça.

— Margit est complètement siphonnée. Elle représente un danger pour elle-même et son entourage. Notre liaison a été un véritable enfer.

— Parle-lui des tentatives de suicide, souffla son épouse.

Wenzel regarda le couple avec étonnement.

— Frau Ostendorf voulait se suicider ?

Manowski poussa un ricanement amer.

— Pas véritablement. Margit me menaçait tout le temps de le faire quand quelque chose ne lui convenait pas. Elle n'est passée à l'acte qu'une seule fois. Mais elle avait prévu son coup. Elle s'est ouvert les poignets, en prenant bien soin de ne pratiquer que des entailles superficielles. Le résultat était spectaculaire : elle m'a foutu une sacrée frousse.

Wenzel éprouva une brusque envie de fumer. Il sortit son paquet mou et le tapota pour extraire une cigarette. Puis il en offrit une à Manowski, qui l'observait avec des yeux avides.

Après avoir tiré une première bouffée de tabac, l'ingénieur se mit à parler sans aucune retenue.

— J'étais dans la Wehrmacht sur le front de l'Ouest, expliqua-t-il. Quand les Américains ont débarqué, j'ai été fait prisonnier. Ils m'ont ensuite envoyé dans un camp aux Pays-Bas, où on avait besoin de main-d'œuvre. J'ai été libéré en 1946, et je suis rentré à Berlin. En arrivant, j'ai appris que mes parents étaient morts. Je n'avais plus aucune famille. C'est alors que j'ai rencontré par hasard Margit. Elle avait une maison, et elle a proposé de m'héberger. Elle était un peu plus âgée que moi, mais elle était très sympathique. Du moins au premier abord.

Il souffla vers le plafond un nuage de fumée. Après quelques secondes de réflexion, il poursuivit :

— Lorsque nous étions ensemble, Margit faisait sans arrêt pression sur moi. Plus tard, avec le temps, j'ai compris comment elle s'y prenait. Elle cherchait par tous les moyens à se faire plaindre. Bien sûr, c'était toujours elle la victime, la plus mal lotie. Elle essayait constamment de me donner mauvaise conscience. Quand je refusais quelque chose, elle se lamentait jusqu'à ce que je cède. Au bout de six mois, j'en ai eu assez et j'ai mis un terme à notre relation. Parce qu'en plus de s'apitoyer sans cesse sur son sort, elle pouvait piquer des crises de colère. Et quand elle était furieuse, elle ne connaissait aucune limite. Je ne sais pas ce que vous lui reprochez aujourd'hui, mais elle est tout à fait capable de blesser gravement quelqu'un ou même de le tuer.

Wenzel décida d'aborder un point dérangeant.

— Les collègues de Frau Ostendorf à l'atelier de couture Merz ont déclaré qu'elle était arrivée un jour au travail avec des hématomes sur le visage. Apparemment, elle leur a raconté à l'époque que c'était son conjoint qui l'avait frappée. S'agissait-il de vous ?

Frau Manowski, outrée, se redressa sur son siège.

— Vous n'avez aucune idée de ce que vous avancez ! Alfred ne ferait pas de mal à une mouche !

Visiblement ému par cette intervention, l'intéressé prit sa femme par la taille pour la calmer.

— Je me souviens très bien de cet incident, dit-il à Wenzel. C'est arrivé à la fin de notre idylle, si on peut employer ce terme pour désigner notre liaison. Il faut savoir que Margit s'est jouée de moi de bout en bout. Elle savait qu'elle était stérile et m'a fait croire au contraire qu'elle pourrait fonder une famille avec moi. Quand j'ai découvert la supercherie, ç'a été la goutte d'eau qui a fait déborder le vase. Je lui ai demandé des comptes, et la conversation a vite dégénéré.

— Naturellement, elle a d'abord tout nié en bloc, ajouta Ulrike Manowski.

Wenzel sonda du regard la jeune femme. Pour un peu, on aurait dit qu'elle avait elle-même assisté à la dispute. C'était peu probable, mais il préférait s'en assurer.

— Y avait-il des témoins quand la querelle a éclaté ?

Son hôte secoua la tête.

— Bien sûr que non. Nous nous sommes engueulés, mais je ne l'ai pas frappée. Margit a dû se faire elle-même ces bleus.

En tout cas, je ne l'ai jamais vue aussi furieuse. Elle s'est mise dans une rage folle. Peu après, j'ai pris mes affaires et je suis parti. Notre histoire n'avait aucun futur.

Soudain, Wenzel perçut les pleurs d'un enfant qui venaient de l'autre côté de l'appartement. Frau Manowski se leva en soupirant.

— Excusez-moi, je dois aller m'occuper des jumeaux.

L'ingénieur regarda avec un air comblé son épouse sortir de la cuisine. Wenzel crut même déceler une certaine fierté sur son visage.

— Quand on ne peut pas avoir d'enfants, on n'est pas une vraie femme, commenta Manowski lorsqu'ils se retrouvèrent seuls. Margit ne voulait pas comprendre ça.

Wenzel fronça les sourcils. Le point de vue de son interlocuteur lui semblait un peu trop simpliste. Il n'était guère étonnant que Frau Ostendorf ait explosé en entendant cet argument injuste. Elle avait dû se sentir profondément trahie par son amant.

— Vous attendez donc votre troisième enfant ? demanda l'aspirant-inspecteur pour aborder un sujet moins polémique.

— Nous voulons une grande famille, s'exalta Manowski, confirmant ainsi l'évidence même.

Wenzel avait réuni suffisamment d'informations. Après avoir vidé son gobelet de thé, il se leva et remercia son hôte. Dans le vestibule, il tomba nez à nez avec Ulrike Manowski. Une corbeille de linge vide sous le bras, la jeune femme insista pour le raccompagner jusqu'à la porte d'entrée de l'immeuble.

Ils échangèrent quelques paroles banales en descendant l'escalier. Lorsqu'ils parvinrent au rez-de-chaussée, Frau Manowski s'arrêta brusquement.

— Toute cette histoire a vraiment traumatisé Alfred, dit-elle en regardant Wenzel avec gravité. Il ne le reconnaîtra jamais, mais c'est plutôt Margit Ostendorf qui a failli le frapper quand ils se sont disputés à l'époque. D'après ce qu'il m'a raconté, elle est forte comme un bœuf.

Wenzel était prêt à la croire sur parole. Les réactions d'une personne poussée à bout étaient souvent imprévisibles, parfois totalement incontrôlables. Ce qui, dans le cas de la tueuse, était très inquiétant. Qui sait ce qu'elle était capable de faire maintenant, traquée par la police et contrainte d'entrer dans la clandestinité.

Oppenheimer avait donné rendez-vous à Gerda dans la Ringstraße, devant le portail d'entrée des usines Askania. Contre toute attente, l'imposant complexe industriel situé dans le quartier de Mariendorf tenait encore debout, apparemment épargné par les bombes alliées. Sous le régime national-socialiste, on y avait pourtant produit en grande quantité du matériel de guerre. À l'instar de nombreux fabricants d'armes, les usines avaient employé des travailleurs forcés venus de toute l'Europe. Dès la fin du conflit, les ateliers avaient été fermés et les baraquements des ouvriers rasés. L'année précédente, les autorités américaines avaient arrêté les dirigeants d'Askania pour les traduire en justice. Des panneaux accrochés sur la clôture annonçaient qu'une poignée de petites entreprises artisanales s'était installée récemment sur le site. Mais la majeure partie des bâtiments demeuraient vides.

Oppenheimer était venu à Mariendorf afin de rencontrer le mystérieux Jonas, qui possédait apparemment un entrepôt dans les environs. Comme il ne savait pas exactement où se trouvait le repaire du truand, il avait préféré gagner du temps en faisant appel à Gerda. La jeune femme, trafiquante à ses heures perdues, avait de nombreux contacts dans le milieu du marché noir. Elle était la personne idéale pour dénicher le négociant spécialisé dans la vente illégale de viande.

Dès qu'il était sorti de la cellule de Tetzlaff, il s'était rué sur l'un des téléphones du centre de détention. Par chance, Gerda était encore à la villa. Travaillant la nuit comme videur au Rio Bar, le cabaret d'Ed le Mastard, elle avait l'habitude de dormir tard le matin. Oppenheimer avait dû user de toute sa force de persuasion pour obtenir l'aide de sa colocataire taciturne. Gerda, par principe, ne voulait pas compromettre sa réputation en coopérant avec la police. Heureusement, au bout d'un long silence, elle avait fini par accepter de le rejoindre à Mariendorf.

Ils se tenaient à présent tous deux devant le portail des usines Askania. Non loin de là, installés dans une guérite, plusieurs gardiens surveillaient l'enceinte du complexe industriel. Les hommes avaient l'air de s'ennuyer ferme.

Gerda, la mine farouche, ne semblait pas enchantée par la mission que le commissaire lui avait confiée.

— Vous voulez me faire jouer l'appât ?

Comme à son habitude, la jeune femme était tirée à quatre épingles. Elle portait un costume d'homme, et ses cheveux étaient impeccablement rasés sous son borsalino.

— Non, pas l'appât, tenta de la rassurer Oppenheimer. Tu dois seulement aller voir si Jonas est dans sa tanière. Fais semblant de lui proposer une affaire. Je veux seulement avoir confirmation qu'il est ici. Ensuite, je m'occupe du reste.

— Une affaire, grommela Gerda. Si tu y tiens.

La voyant s'élancer pour traverser la Ringstraße, Oppenheimer la rappela.

— Je pensais que l'entrepôt de Jonas se trouvait quelque part sur le site d'Askania.

Gerda secoua la tête.

— Non, l'endroit attire trop l'attention. Jonas préfère les arrière-cours discrètes.

Sans plus d'explications, elle gagna l'autre côté de la rue et disparut derrière un bloc d'immeubles.

Sur la façade de l'un des bâtiments, Oppenheimer aperçut plusieurs graffitis. À la peinture blanche, on avait notamment écrit : *Ami go home*[1]. Un message pareil pouvait valoir de gros ennuis à son auteur si celui-ci était appréhendé par la police militaire, car Mariendorf se trouvait dans le secteur américain. Un peu en dessous, quelqu'un avait renchéri : *Rentrez chez vous, les popovs*. L'inscription avait même été traduite en russe.

1. Message que l'on pourrait traduire par « Au bercail, les Amerloques ».

Le commissaire ne put s'empêcher de sourire. L'effort était louable, mais le secteur soviétique était loin d'ici, et la probabilité qu'un soldat de l'Armée rouge ne s'égare dans ce quartier était quasi nulle.

Quelques minutes s'écoulèrent avant que Gerda ne fasse son retour.

— Il est là, annonça-t-elle laconiquement en désignant l'un des immeubles.

Le toit de l'édifice s'était effondré, et des chevrons gisaient sur le trottoir. Remarquant l'expression étonnée d'Oppenheimer, la jeune trafiquante précisa :

— Dans la cave. L'entrée se trouve de l'autre côté, dans la cour intérieure. Je peux y aller maintenant ?

Sans attendre de réponse, elle tourna les talons. Oppenheimer la retint par le bras.

— Attends. De quoi a-t-il l'air, ce Jonas ?

Gerda, impatiente de partir, souffla bruyamment et repoussa son chapeau en arrière.

— C'est un grand type efflanqué avec une balafre et un œil de verre. Tu ne peux pas le rater.

Sur ces paroles, elle planta là le commissaire. Celui-ci, pris de court, la regarda s'éloigner, bouche bée. Il ne s'attendait pas à rencontrer un personnage aussi pittoresque. D'ordinaire, les trafiquants œuvrant sur le marché noir étaient des individus au physique quelconque. Cela leur permettait de mieux se fondre dans la foule en cas de razzia policière.

Il cadenassa son deux-roues près du portail des usines Askania, puis traversa la route. Contournant le bloc d'immeubles, il parvint dans une arrière-cour remplie de gravats. Sur le côté, un escalier menait au sous-sol. À première vue, le repaire de Jonas ne disposait que d'un seul accès, mais les caves des bâtiments étaient sûrement reliées entre elles, comme souvent à Berlin. Il devrait donc tout faire pour ne pas éveiller la méfiance du trafiquant. Sinon, ce dernier n'aurait aucun mal à s'enfuir.

Il prit une profonde inspiration, puis descendit les marches de pierre. Parvenu devant une large porte métallique, il frappa.

Une fraction de seconde plus tard, le panneau s'ouvrit. Oppenheimer en conclut que Jonas faisait surveiller étroitement l'entrée de sa tanière.

Sur le seuil se dressait un homme bâti en hercule. Vêtu d'une chemise blanche boutonnée jusqu'au col, les cheveux clairsemés peignés en arrière, il avait des sourcils d'une telle blondeur qu'on les voyait à peine. Un gros nez crochu surplombait sa bouche lippue.

Oppenheimer vit qu'il suait à grosses gouttes. Il faisait donc très chaud dans le sous-sol.

— Qu'est-ce que tu veux? gronda l'armoire à glace.

Une odeur de graillon s'échappait de l'ouverture sombre. Devinant que le colosse à la carrure impressionnante ne brillait pas par son intellect, Oppenheimer décida de ruser. Prenant une mine innocente, il demanda:

— Bonjour, je suis bien à la bonne adresse?

Le malabar, un brin décontenancé, lui décocha un regard mauvais.

— Ça dépend où tu veux aller.

Oppenheimer s'évertua à sourire niaisement.

— Je suis venu exprès de Weydorf pour vendre mes bêtes. Deux bœufs. Egon et Berti. C'est ma fille qui les appelle comme ça. On m'a dit qu'ici, un certain Jonas serait ravi de les acheter. C'est vous, Jonas? Est-ce que vous m'en offrez un bon prix?

La feinte était cousue de fil blanc, mais le géant ne s'aperçut de rien. Gobant l'histoire qu'on lui servait, il répondit:

— Tu as frappé à la bonne porte, mais ce n'est pas moi Jonas.

— Et vous me les prenez, ces bœufs? claironna volontairement Oppenheimer afin d'attirer l'attention du voisinage.

Le type porta l'index à ses lèvres charnues.

— Doucement. Tu vas ameuter tout le quartier. Ils sont ici, tes bœufs?

Faisant un pas en avant, il jeta un coup d'œil vers le sommet de l'escalier.

— Non. Je veux être certain qu'on me les achète avant de me mettre en chemin avec eux. Alors, ça vous intéresse? Combien vous m'en donnez?

Le gardien, visiblement perplexe, poussa un soupir.

— Attends, ne pars pas. (La main sur la poignée de la porte, il se retourna vers la cave.) Patron ! Il y a un drôle de coco qui veut vous voir !

Une voix agacée lui répondit.

— Un drôle de coco ? Mais qu'est-ce que tu racontes, abruti ?

— Bah, venez voir par vous-même, grommela le colosse, vexé.

L'instant d'après surgit un homme en blouse blanche. Sur le devant du vêtement, la toile imperméable était maculée de sang. Le nouveau venu devait être Jonas. Sans ménagement, il écarta son employé. Le côté gauche de son visage était ravagé ; une profonde balafre courait sur sa joue, et son œil avait été remplacé par une prothèse de verre. Une moustache noire broussailleuse et des cheveux gras hirsutes renforçaient l'impression sinistre que dégageait le boucher.

Méfiant, il resta sur le seuil de la porte.

— C'est quoi, ce raffut ? Qu'est-ce que vous voulez ?

— Enchanté, répondit le commissaire en lui tendant la main. Mon nom est Lantermann.

De son œil valide, Jonas le dévisagea longuement. Puis il se racla la gorge et ôta avec un claquement sec l'un de ses gants de caoutchouc pour répondre au geste de politesse.

Oppenheimer s'empressa alors de saisir le poignet de son interlocuteur et s'enchaîna à lui avec une paire de menottes.

Jonas fit un bond en arrière, mais trop tard. Ainsi attaché au commissaire, il était dans l'incapacité de déguerpir.

Le trafiquant se tortillait comme une anguille.

— Apporte-moi le couperet ! ordonna-t-il à son sbire tout en essayant de tirer Oppenheimer vers la porte.

Le colosse obéit et disparut en courant dans le sous-sol obscur.

— Stop ! Kripo ! Réfléchissez bien à ce que vous allez faire !

Jonas se figea brusquement pour jauger son adversaire. Il sembla peser un instant le pour et le contre, avant d'afficher un large sourire.

— D'accord, Herr Polizist. Que désirez-vous avoir en échange de ma libération ?

Oppenheimer ignora la tentative de corruption.

— Nous devons parler. C'est Tetzlaff qui m'a donné votre adresse.

En entendant ce nom, Jonas se raidit. Une lueur hostile passa dans son œil sain.

— Tetzlaff, ce cher frère.

Le ton était glacial.

— Je n'ai pas beaucoup de temps, reprit Oppenheimer. C'est dans votre intérêt de coopérer. Ensuite, vous n'entendrez plus jamais parler de moi.

— C'est une arrestation, ou quoi ? grogna le trafiquant.

Prenant un air menaçant, Oppenheimer baissa la voix.

— J'ai beaucoup mieux à faire que de vous arrêter, croyez-moi. Mais ne me tentez pas. Je vous conseille de passer à table.

36

Jeudi 26 août 1948

Jonas refusa de faire entrer un fonctionnaire de la Kripo dans son antre. Sans ôter sa blouse ensanglantée, il conduisit Oppenheimer jusqu'à la rue et s'approcha d'une voiture trapue, garée au bord du trottoir. Il s'agissait d'un vieux véhicule d'avant-guerre en piteux état. La peinture noire de la carrosserie s'était ternie avec le temps, et de la mousse poussait sur les joints des vitres coulissantes.

Avec une moue de mécontentement, le trafiquant ouvrit l'une des portières arrière. Puis il se glissa dans l'habitacle en tirant Oppenheimer avec lui. Les deux hommes atterrirent rudement sur la banquette en cuir.

Jonas semblait pressé d'en finir. Dès qu'Oppenheimer eut refermé la portière, il demanda :

— Alors, que voulez-vous savoir ?

— Nous recherchons une femme.

Le commissaire sortit un cliché jauni. Dans le pavillon des Ostendorf, la police scientifique n'avait trouvé qu'un seul portrait de la suspecte. Une vieille photo de mariage datant d'une vingtaine d'années. Placée dans un cadre retourné contre le mur, elle était accrochée au-dessus du lit dans la chambre à coucher. On y voyait une Margit Ostendorf encore très jeune, mais la tueuse était aisément reconnaissable.

Jonas jeta un rapide coup d'œil.

— Elle ? C'est Frau Norden. Elle me livre de temps à autre de la viande.

Le trafiquant avait répondu sans aucune hésitation.

— Elle a les cheveux teints en blond maintenant, ajouta-t-il.

Oppenheimer acquiesça. Naturellement. Afin de faire porter les soupçons sur Frau Norden, Margit Ostendorf mettait une perruque et employait le patronyme de sa collègue.

— Il y a quelques mois, elle m'a acheté tout un lot de couteaux de boucher, poursuivit Jonas. Deux ou trois semaines plus tard, elle m'a apporté une première livraison de viande. Depuis, nous travaillons régulièrement ensemble.

— Quand exactement lui avez-vous vendu les couteaux ?

— Au printemps. En mars ou en avril, je crois.

Oppenheimer fit un rapide calcul. D'après les indications du trafiquant, Margit Ostendorf assassinaient des gens depuis au moins quatre mois. Et selon toute évidence, ses premiers meurtres étaient passés complètement inaperçus.

— Frau Norden est venue ici ce matin, précisa le borgne. Elle avait un foulard sur la tête.

Oppenheimer sursauta.

— Ce matin ? Que voulait-elle ?

— Négocier un bon prix pour sa prochaine livraison. C'est comme ça qu'elle procède. Elle vient toujours marchander avant d'apporter la viande. Il est prévu qu'elle repasse demain. À titre d'avance, elle a insisté pour me prendre une langue de bœuf que j'avais en stock. Ça m'a paru un peu bizarre, parce que je pensais qu'elle avait elle-même des réserves, mais je n'ai pas posé de question. Comme elle est très fiable, je sais me montrer généreux.

Ce qui ne pouvait signifier qu'une chose : Margit Ostendorf prévoyait de commettre un meurtre dans les heures qui suivaient. Dans la voiture stationnée en plein soleil, l'atmosphère était étouffante. Oppenheimer ouvrit la vitre de la portière et se pencha pour prendre une goulée d'air frais. Puis il rangea la photo de mariage.

— Nous avons mené l'enquête, Herr Jonas. Il s'est avéré que votre fournisseuse vendait de la chair humaine. Et vous avez transformé cette chair en saucisse.

La révélation soudaine fit tressaillir le trafiquant. Stupéfait, il dévisagea un instant Oppenheimer avant de se ressaisir.

— Vous croyez à ces rumeurs stupides ? ricana-t-il. Si toutes les histoires qu'on raconte étaient vraies, on ne trouverait plus que de la viande humaine sur les étals des marchands berlinois. Je vous pensais plus intelligent, Herr Kommissar.

— Les preuves sont là. Elle a déjà tué plusieurs personnes. Jusqu'à présent, nous n'avons pas retrouvé la chair des cadavres qu'elle découpe en morceaux. Elle sait donc comment s'en débarrasser. Et elle vous vend de la viande. La conclusion semble évidente, non ? Ça fait de vous son complice.

Oppenheimer, qui supportait mal la chaleur régnant dans l'habitacle, desserra le nœud de sa cravate. Se penchant ensuite vers son interlocuteur, il demanda :

— Vous a-t-elle dit quelque chose sur l'origine de la viande qu'elle vous livre ?

Le borgne haussa les épaules d'une manière démonstrative.

— Elle m'a affirmé qu'elle l'achetait à un fermier de Rüdersdorf. Je n'ai pas cherché à en savoir plus. En vérité, vous n'avez absolument rien contre moi, Herr Kommissar. Et qui vous dit que j'ai réellement transformé cette viande en saucisse ? Quand la marchandise ne me semble pas de bonne qualité, je n'hésite pas à la jeter. Vous ne pouvez pas m'accuser de complicité sans preuve.

Agacé, Oppenheimer leva la main pour l'interrompre.

— Inutile de chercher à vous disculper. Le seul moyen de vous en sortir est de coopérer. Vous devez impérativement me prévenir quand cette femme reviendra vous livrer. (Il ouvrit les menottes et les remit dans la poche de son veston.) Si vous refusez de m'aider, j'ai les moyens de vous mener la vie dure, Herr Jonas. Vous arrêter ne mènerait peut-être à rien, mais j'ai mes contacts dans le milieu du marché noir, et je connais plusieurs journalistes. Il me suffit par exemple de révéler à la presse ce que vous mettez dans vos saucisses. Dès que la nouvelle se répandra, tous vos clients prendront le large. Vous pourrez alors dire adieu à votre petit commerce juteux.

Le commissaire dégaina un stylo et nota dans son calepin son numéro de téléphone au Praesidium. Puis il arracha la page qu'il tendit au trafiquant.

— Réfléchissez bien, Herr Jonas. Si vous ne jouez pas franc-jeu, vous en subirez les conséquences. Je ne vous lâcherai pas avant d'avoir ruiné votre existence.

Großkurth ne savait plus quoi penser. Sans donner la moindre explication, Oppenheimer avait insisté pour que leur réunion quotidienne se tienne hors des murs du nouveau Praesidium de la Friesenstraße. Perplexe, il avait donc suivi le commissaire et Wenzel jusque dans le bistrot situé de l'autre côté de la rue.

Son malaise s'accentua encore lorsqu'il vit débarquer quelques minutes plus tard Negele et Reinmann.

— Que viennent faire ces traîtres par ici ? grommela-t-il.

Oppenheimer, qui avait choisi une table à l'écart dans un recoin, fit un signe de la main aux nouveaux arrivants.

— Si nous voulons coincer Ostendorf, nous devons collaborer avec eux.

Les deux enquêteurs de la Kripo est-berlinoise contournèrent le zinc. Le troquet était noyé dans la pénombre, et des effluves de tabac saturaient l'atmosphère. Visiblement mal à l'aise dans cette ambiance, Negele esquissa une grimace en évitant de justesse une flaque de bière.

Oppenheimer tendit le doigt vers le fond du bar, où un rideau bordeaux dissimulait un passage obscur.

— Nous pouvons nous installer dans l'arrière-salle. Nous y serons tranquilles.

Avec précaution, Negele écarta le tissu et jeta un coup d'œil suspicieux dans le couloir qui se trouvait derrière. Après s'être assuré que la voie était libre, il se remit en mouvement. Reinmann le suivit sans un mot.

Au moment où Oppenheimer se levait pour aller demander au propriétaire de l'établissement de veiller à ce que personne ne les dérange, Großkurth le retint par la manche.

— Si Seeßlen entend parler de cette rencontre…

Roulant des yeux inquiets, le vieux flic n'acheva pas sa phrase.

Oppenheimer chassa la remarque d'un geste désinvolte.

— Dans ce cas, j'en assumerai toutes les conséquences.

Les murs de l'arrière-salle étaient recouverts de boiseries sombres. Au centre de la pièce, on avait disposé une longue table entourée de chaises terriblement inconfortables.

Les cinq policiers s'assirent en silence. Oppenheimer sourit intérieurement en contemplant l'aréopage inattendu. Dans cette ambiance désuète, on aurait pu croire qu'il s'agissait de la réunion mensuelle d'un cercle d'éleveurs de pigeons.

Personne ne semblait vouloir prendre la parole en premier. Tous attendaient qu'Oppenheimer ouvre la discussion. Le commissaire prit donc l'initiative et se tourna vers Großkurth.

— Avons-nous reçu des nouvelles de Hergesheimer ?

L'interrogé se racla la gorge.

— Le cadavre exhumé dans le jardin du pavillon est bien celui de Herr Ostendorf. L'identification a pu être établie à l'aide de son dossier médical, que nous a transmis son médecin traitant.

— Les voisins m'ont raconté que le mariage des Ostendorf n'était pas des plus heureux, rapporta Wenzel. Herr Ostendorf était grabataire depuis un bon moment, et Margit se plaignait sans cesse du fardeau qu'il constituait pour elle. Ce n'est pas étonnant qu'elle ait décidé un beau jour de se débarrasser de lui.

Negele, assis à côté d'Oppenheimer, intervint :

— C'est peut-être son premier meurtre. Elle a remarqué qu'en s'y prenant bien, elle pouvait passer entre les mailles du filet. Ce qui a certainement fait baisser son seuil d'inhibition au moment de passer de nouveau à l'acte.

À la grande satisfaction d'Oppenheimer, la coopération entre collègues de l'Est et de l'Ouest était toute naturelle. Il embraya :

— Margit Ostendorf agit de manière très réfléchie. Nous ne pourrons l'arrêter que si nous parvenons à anticiper ses actions.

Negele opina avec complaisance. Manifestement, il savourait le fait d'être sur un pied d'égalité avec Oppenheimer.

Après une courte pause, le commissaire ajouta :

— Et l'occasion se présentera bientôt. Frau Ostendorf prévoit d'effectuer prochainement une livraison chez l'homme qui lui achète la chair de ses victimes. Elle va donc commettre très bientôt un nouveau meurtre. À nous de saisir l'occasion pour la prendre en flagrant délit.

Le silence retomba sur la pièce. Au bout de quelques instants, Reinmann éleva la voix pour la première fois depuis le début de la réunion.

— Connaît-on l'identité de la personne qu'elle envisage d'assassiner ?

— Ça serait trop beau, commenta Wenzel avec un clin d'œil.

— Je vois trois possibilités, enchaîna Oppenheimer. La première serait que la tueuse s'en prenne à notre cher journaliste à sensation, Carl Rensch.

— Parce qu'elle a remarqué que ce dernier l'avait trahie, suggéra Negele.

— Exactement. La seconde victime potentielle est Alfred Manowski, son ancien amant, avec lequel elle a encore un compte à régler.

Negele fronça les sourcils. Comme l'aspirant-inspecteur n'était pas au courant de la visite de Wenzel chez les Manowski, Oppenheimer lui fit un bref résumé.

— Manowski a quitté Margit Ostendorf parce qu'elle ne pouvait pas lui donner d'enfants. Il est possible que ce rejet soit le déclencheur de la série de meurtres. Notre tueuse a subi durant toute sa vie la violence des hommes – psychologique et peut-être même physique. Cette liaison malheureuse avec Manowski est probablement la goutte d'eau qui a fait déborder le vase.

Le commissaire marqua une pause et promena son regard sur le petit groupe, prêt à répondre à d'éventuelles questions. Au bout d'un moment, Negele demanda :

— Et quelle est la troisième possibilité ?

Oppenheimer reprit le fil de son raisonnement.

— Que la meurtrière choisisse d'assassiner un individu quelconque. C'est l'option la moins favorable pour nous, puisque nous ne pourrons pas deviner où elle frappera. Il faut partir du principe qu'elle a une autre planque en ville. Aucun morceau de cadavre empaillé n'a été retrouvé dans son pavillon, mais elle doit bien les entreposer quelque part. En plus, elle a promis à Jonas une nouvelle livraison de viande fraîche. Elle a donc besoin d'un endroit où dépecer sa nouvelle victime. Avec un peu de chance, le trafiquant nous préviendra quand elle arrivera dans son entrepôt, et nous pourrons intervenir. Mais je ne fais pas confiance à ce fabricant de saucisses sans vergogne.

Il jeta un regard interrogateur vers Großkurth, qui s'agitait sur sa chaise.

— J'ai la gorge desséchée, s'excusa le flic grisonnant. On pourrait peut-être commander quelque chose à boire ?

Oppenheimer acquiesça.

— Excellente idée, Willem. Va nous chercher un pot de chicorée et cinq tasses.

Großkurth s'esclaffa.

— Commander de la chicorée dans un bistrot. Décidément, le monde part à vau-l'eau.

Le courtaud disparut et revint quelques minutes plus tard avec des tasses. Peu après, le patron du bar leur apporta un pot fumant de succédané qu'il posa sur la table.

Negele se servit et huma avec délices la boisson chaude.

— Comment procède-t-on ? s'enquit-il en faisant tourner doucement sa tasse entre ses mains. Aucune des victimes potentielles ne vit à l'Est.

Oppenheimer avala une petite gorgée du liquide brun.

— Non. Rensch et Manowski habitent dans le secteur américain. Tout comme Jonas, le trafiquant. Mais il faut s'attendre à ce que la tueuse essaie encore de nous monter les uns contre les autres. Soit elle va choisir une nouvelle victime à Berlin-Est, soit elle tentera de se réfugier dans le secteur soviétique après son crime pour ne pas être inquiétée.

— Nous ne pourrons pas surveiller toute la frontière qui sépare les secteurs américain et soviétique, fit remarquer Reinmann. Pour ça, il nous faudrait plus d'hommes. Et inutile d'aller trouver Cordes ou Möller. Tous deux nous ont expressément défendu de coopérer avec la police de Stumm.

Negele ne semblait pas partager cet avis.

— Nous pourrions nous débrouiller pour faire renforcer les contrôles aux points de passage entre les deux secteurs, assura-t-il. Et rien ne nous empêche de lancer sur notre territoire un mandat d'arrêt contre Margit Ostendorf. Je dirai au procureur que c'est le témoignage de Frau Norden qui m'a poussé à la suspecter.

Oppenheimer, satisfait, se frotta les mains.

— Parfait. À l'Ouest, le mandat d'arrêt a déjà été émis.

Wenzel sortit de la poche intérieure de sa veste un papier plié qu'il tendit à Negele. Ce dernier survola le document officiel en hochant la tête.

Après avoir écarté les tasses, Oppenheimer étala un plan de Berlin sur la table.

— De nos deux victimes potentielles, seul Manowski habite à proximité de la frontière.

Il tapota de l'index sur un bloc d'immeubles situé entre la Schlesische Straße et la gare de Görlitz.

Negele se pencha au-dessus de la carte. Ses yeux se mirent à briller.

— La zone est relativement simple à surveiller. Tous les points de passage vers notre secteur sont des ponts. Ici par le canal, et là par la Sprée. Aucun moyen pour Ostendorf de se réfugier chez nous en se faufilant dans un champ de ruines. Si nous contrôlons les ponts, elle ne peut pas nous échapper.

Excité par l'idée de coincer enfin la tueuse, il griffonna quelques notes au dos de la feuille que lui avait donnée Wenzel.

— Et vous, que faites-vous pendant ce temps ? demanda-t-il ensuite à Oppenheimer.

Le commissaire replia le plan.

— Je vais placer des policiers en civil devant chez Rensch. Gregor se chargera de protéger Manowski. Quelle heure est-il ?

Großkurth consulta sa montre.

— Dix-sept heures trente.

— Nous devons nous attendre à ce que la tueuse passe à l'action cette nuit. Il faut immédiatement prendre nos dispositions.

Negele et Reinmann vidèrent d'un trait leurs tasses. C'étaient eux qui avaient le plus long chemin à parcourir jusqu'à leur

Praesidium. Wenzel, quant à lui, ne se laissa pas contaminer par l'atmosphère de départ. Fumant tranquillement, il lança en guise de conclusion :

— La souricière est tendue.

Rensch donna un coup de pédales pour parcourir les derniers mètres qui le séparaient de son immeuble. Parvenu dans l'arrière-cour, il eut soudain un mauvais pressentiment. Quelque chose clochait ici. Sans pouvoir l'expliquer, il se sentait observé. Aussitôt, un frisson parcourut son échine.

Il fit volte-face. Gonflés par le vent, des draps séchaient sur des fils. Derrière l'une des toiles blanches se dessina soudain une silhouette coiffée d'un chapeau. L'inconnu se baissa, mais trop tard. Rensch l'avait repéré.

Heureusement, le journaliste n'était pas pris au dépourvu. Depuis la veille, il portait, dissimulé dans son dos, un pistolet à la ceinture. C'était un ami qui le lui avait prêté. L'arme, un Luger semi-automatique, contenait dix balles. Rensch espérait que cela suffirait.

Faisant semblant de n'avoir rien remarqué, il déplia la béquille de sa bicyclette. Il avait pris sa décision : il n'était pas question de se laisser intimider. Si la tueuse essayait de s'en prendre à lui, il se défendrait.

Discrètement, il glissa la main sous sa veste et arma le pistolet. Puis il se mit en mouvement. À grands pas, il marcha vers le drap derrière lequel il avait aperçu l'ombre menaçante.

Furieux, il écarta le tissu immaculé. Un homme vêtu d'un manteau gris chercha à s'enfuir en zigzaguant entre les toiles mouvantes.

Rensch empoigna le Luger et le pointa vers le fugitif.

— Arrêtez-vous ou je tire !

L'individu se figea. Levant les mains, il se retourna lentement. Ses joues étaient marquées de cicatrices laissées par la variole.

— Bon sang, Rensch ! Ne faites pas de conneries !

Surpris, le journaliste hésita. D'où sortait ce type ?

— Je vais glisser maintenant la main dans la poche droite de mon pantalon, articula posément le mystérieux fuyard.

Au ralenti, il exécuta le mouvement annoncé et sortit une plaque de police.

— Je suis un flic en civil, révéla-t-il en montrant son insigne. On m'a envoyé ici pour assurer votre protection. Dans trois heures, un collègue viendra prendre la relève.

Rensch remit le pistolet dans sa ceinture. Les battements de son cœur reprenaient peu à peu un rythme normal.

— Depuis quand suis-je surveillé ?

— Voilà cinq heures que je suis posté devant votre domicile. Un autre agent était censé vous suivre partout, mais personne ne savait où vous étiez. À la rédaction, vos collègues n'ont pas pu nous aider.

Le journaliste préféra éluder la question.

— Je suis ici maintenant. Tâchez d'ouvrir l'œil.

Tournant le dos au policier, il traversa la cour et se dirigea vers la porte arrière de son immeuble.

Même s'il était soulagé d'apprendre qu'on avait envoyé des hommes pour le protéger, il en voulait à Oppenheimer de ne pas avoir été prévenu. Décidément, on ne pouvait pas se fier à la police.

Une fois arrivé dans son appartement, il poussa un soupir de soulagement. Ici, au moins, il était en sécurité.

Les volets étaient fermés afin de ne pas laisser entrer la chaleur. Dans la pénombre du vestibule, il ôta sa veste. À peine l'avait-il suspendue au portemanteau qu'il s'arrêta net. Quelqu'un était venu dans la mansarde.

Tous les tableaux étaient retournés. Soudain, son regard se posa sur une énorme chose noire clouée au mur en face de lui. Lorsqu'il reconnut de quoi il s'agissait, il sentit sa poitrine se serrer.

Gagné par la panique, il chercha à saisir son pistolet, mais le Luger lui glissa des mains. Lorsque l'arme tomba sur le sol, un éclair jaillit du canon. La détonation qui s'ensuivit résonna de longues secondes dans l'air.

C'est alors que tout bascula.

37

Jeudi 26 août 1948

Oppenheimer passa toute la fin d'après-midi au bureau en compagnie de Großkurth, les yeux rivés sur le téléphone. Les policiers en faction devant le domicile de Rensch avaient pour consigne d'appeler immédiatement au Praesidium s'ils voyaient surgir Margit Ostendorf.

Wenzel s'était mis en route dès la fin de la réunion dans le bistrot afin d'aller jouer les gardes du corps auprès de Manowski. Par précaution, il accompagnerait l'ingénieur électricien toute la nuit sur son lieu de travail.

Lorsque les aiguilles de l'horloge murale indiquèrent dix-huit heures trente, Oppenheimer et Großkurth convinrent de se relayer. Son collègue aux cheveux grisonnants accepta d'assurer le premier tour de garde. Le commissaire viendrait ensuite prendre la relève à une heure du matin. En attendant, il prévoyait de rentrer chez lui pour avaler un en-cas et se reposer quelques heures.

Après un rapide trajet à bicyclette, il arriva au domaine de Schöneberg. Contre toute attente, sa chambre au premier étage de la villa était vide. Tout comme celle de Theo. Il descendit donc au sous-sol pour jeter un coup d'œil dans la cuisine commune. La pénombre avait déjà envahi la pièce. Plusieurs personnes s'étaient installées autour de la table, éclairée par des chandelles. En plus de Theo et Lisa, Oppenheimer eut la surprise de découvrir son amie Hilde et Carruthers.

Il prit une chaise, déposa un baiser sur la joue de Lisa et s'assit à côté d'elle. Il apprit par sa femme que Carruthers était venu leur faire ses adieux. Pour l'occasion, Hilde avait préparé un vrai café.

Les joues de l'officier britannique étaient rouges d'émotion. Visiblement, il se sentait bien au milieu du petit groupe. Les échanges se faisaient dans un mélange d'anglais et d'allemand. Tandis que Lisa maîtrisait parfaitement la langue de Shakespeare, Oppenheimer et Hilde devaient chercher leurs mots.

En remerciement de ses loyaux services au sein du département *Public Works and Utilities* de l'administration militaire britannique, Carruthers avait été promu major. Pour fêter cela, il sortit de son sac à dos une bouteille de whisky et servit généreusement ses amis. Comme il savait qu'Oppenheimer n'appréciait pas trop l'alcool, il ne lui versa qu'une petite goutte de la précieuse eau-de-vie.

Alors que dehors la nuit tombait peu à peu, l'officier du génie évoqua ses plans d'avenir. Fort de son expérience dans la métropole de Berlin dévastée par les bombes, il voulait proposer ses services à la municipalité de Londres et terminer ses études d'ingénieur. Le Britannique se distinguait des autres connaissances d'Oppenheimer qui avaient quitté la ville. Pour la majorité d'entre elles, c'était le désespoir qui les avait poussées à partir. Pour Carruthers, Berlin n'avait été qu'une étape dans sa carrière. Sa vie était ailleurs. Il pouvait envisager le futur avec optimisme.

Oppenheimer songea à l'offre de sa sœur d'aller s'installer en Uruguay. Il n'arrivait pas à prendre une décision aussi radicale. De plus, il n'avait pas l'argent nécessaire pour le voyage, et il ne pouvait pas demander à Sarah de payer ces frais.

Alors que Carruthers parlait de ses projets avec des yeux brillants, la sonnerie stridente du téléphone retentit au rez-de-chaussée.

Était-ce l'appel décisif que le commissaire attendait ? Sous les regards surpris de Lisa et des autres, il bondit de sa chaise et se rua hors de la cuisine. Il monta l'escalier quatre à quatre et traversa le hall en courant pour se jeter sur le combiné de l'appareil mural.

C'était Großkurth à l'autre bout de la ligne.

— Ostendorf a Rensch dans son collimateur, annonça le vétéran de la Kripo. Et le gamin est en train de péter les plombs.

— Que s'est-il passé ?

— Aucune idée. L'agent qui m'a appelé était complètement paniqué. Apparemment, Rensch a d'abord crié au secours, puis il s'est barricadé chez lui en agitant un flingue. Est-ce que j'envoie une patrouille ?

Oppenheimer réfléchit un instant.

— Non, nous devons rester discrets. Si Ostendorf découvre trop tôt que Rensch est sous protection policière, elle prendra la tangente, et nous ne l'attraperons jamais. J'enfourche immédiatement mon vélo. L'appartement du journaliste n'est qu'à quelques minutes de route du domaine. Je vais voir ce qui se trame là-bas et je te tiens au courant.

Il raccrocha brutalement le combiné sur la fourche. Puis il retourna dans la cuisine au pas de course. Même s'il avait une intervention d'urgence, il voulait prendre congé de Carruthers. Les adieux furent brefs, mais chaleureux. Oppenheimer serra le Britannique dans ses bras en essayant de dissimuler ses yeux humides.

Tous deux préférèrent taire le fait qu'ils ne se reverraient sans doute jamais.

Arrivé devant l'immeuble de Rensch, il freina pour emprunter le passage obscur qui menait à l'arrière-cour. À peine était-il descendu de sa bicyclette qu'une silhouette surgit de derrière les rangées de draps suspendus aux cordes à linge.

— C'est vous, le commissaire de la Kripo ?

Oppenheimer acquiesça et demanda aussitôt à l'agent en civil ce qui s'était passé.

— Je l'ignore, répondit ce dernier d'un air gêné. Herr Rensch ne me laisse pas entrer chez lui. Il y a eu un coup de feu dans son appartement. Je suis tout de suite monté, mais il n'a rien voulu dire. Il agitait un pistolet comme un enragé. Avant de me claquer la porte au nez, il a exigé de vous voir.

Le commissaire leva les yeux vers le faîte du bâtiment. Les volets de la mansarde de Rensch étaient à demi ouverts. Un rideau ondulait derrière la fenêtre. Aucune lumière n'était allumée.

Le policier près de lui formula alors la pensée qui avait germé dans son esprit.

— Vous croyez qu'il s'agit d'un piège ?

Oppenheimer se demanda fébrilement s'il devait appeler des renforts. Il était tout à fait possible que Margit Ostendorf se trouve en ce moment même dans le logement. Elle avait peut-être forcé Rensch à le faire venir ici pour se venger également de lui. Une seule chose ne cadrait pas avec cette théorie. Comment le journaliste était-il entré en possession d'un pistolet ?

— On y va, souffla-t-il à l'agent. Suivez-moi sans faire de bruit.

Glissant la main dans la poche de sa veste, il étreignit la crosse de son arme de service. Le cœur battant, il se faufila ensuite à l'intérieur de l'immeuble.

Dans le noir, les deux hommes longèrent à tâtons un étroit corridor, puis gravirent avec précaution l'escalier jusqu'au dernier étage.

Parvenus sur le dernier palier, ils se placèrent de chaque côté de la porte de la mansarde. Oppenheimer sortit son pistolet et frappa.

— C'est qui ? demanda une voix sourde derrière le panneau de bois.

— Oppenheimer.

Quelques secondes plus tard, la porte s'entrouvrit. L'odeur familière du sang monta aussitôt aux narines du commissaire.

— Herr Rensch ? Tout va bien ?

Un visage méfiant parut dans l'entrebâillement. Rensch inspecta du regard la cage d'escalier. Lorsqu'il reconnut dans la pénombre Oppenheimer et l'agent en civil, il afficha une moue méprisante.

— Félicitations, Herr Kommissar. Je me sens extrêmement bien protégé. Pouvez-vous m'expliquer comment pareille horreur est arrivée chez moi malgré la présence de vos hommes ?

La porte du logement s'ouvrit en grand, et le reporter s'écarta.

Oppenheimer, qui avait rangé son arme, sortit la torche électrique qu'il avait apportée par précaution. Il dirigea le faisceau lumineux vers un objet sombre accroché sur le mur du vestibule.

Ce qu'il découvrit lui coupa le souffle.

Un morceau de viande luisant était cloué sur la paroi. Oppenheimer ne tarda pas à identifier l'organe qu'il avait sous les yeux. Il s'agissait d'une langue coupée. Mais celle-ci était trop grosse pour appartenir à un être humain.

— La langue de bœuf donnée par Jonas, murmura-t-il pour lui-même.

À cet instant, il remarqua que tous les tableaux décorant le couloir étaient retournés. Margit Ostendorf s'était donc introduite dans la mansarde. Comme la porte n'était pas dotée d'une serrure de sûreté, la tueuse avait pu la crocheter aisément. Avec un fil de fer et un peu de dextérité, l'opération prenait moins de cinq minutes.

— C'est un avertissement, déclara Rensch d'une voix vacillante. Je dois tenir ma langue, sinon la meurtrière me réduira au silence. Elle sait certainement que je l'ai dénoncée, et elle veut maintenant me le faire payer. (Il gesticula avec son pistolet.) Mais je ne resterai pas ici à attendre mon exécution !

Au grand soulagement du commissaire, il glissa son Luger dans sa ceinture et se dirigea vers la pièce à vivre. Sans un mot, il commença à faire ses bagages avec précipitation.

Oppenheimer, suivi du policier en civil, entra dans l'appartement et referma la porte.

Peu après, Rensch revint dans le vestibule avec deux grosses valises. Il empoigna un pardessus accroché au portemanteau et l'enfila en hâte.

— J'exige que vous me révéliez l'endroit où vous cachez Birgit, dit-il d'un ton buté en coiffant son feutre.

Il se planta ensuite devant Oppenheimer et le fixa d'un œil mauvais.

— Vous voulez donc fuir avec votre compagne ?

Rensch opina énergiquement.

— Et que ferez-vous si la tueuse retrouve votre piste ?

Le journaliste tressaillit. Aveuglé par sa peur, il n'avait pas réfléchi à cette éventualité.

— Si vous partez et que nous ne coinçons pas la meurtrière, vous passerez le reste de votre vie à vous retourner sans arrêt par crainte d'être suivi. Vous ne trouverez jamais la paix, redoutant à chaque instant de voir surgir d'un recoin Margit Ostendorf. Et s'il y a bien une chose que nous savons sur cette dame, c'est qu'elle est tenace. Une fois qu'elle a une idée en tête, elle n'en démord plus. Si elle a décidé de se venger de vous, vous êtes perdu.

— Je n'ai pas d'autre choix, maugréa Rensch.

Oppenheimer se pencha vers lui.

— Il y a une autre solution. Mais nous devons nous montrer très discrets. La tueuse est peut-être déjà dans les environs. Si elle vous voit sortir du bâtiment en hâte avec deux valises pleines, notre plan tombera à l'eau. Seriez-vous disposé à loger provisoirement chez moi ? C'est ce que je peux vous proposer de mieux. Je ferai surveiller étroitement les lieux. Pendant ce temps-là, des agents en civil resteront postés au pied de votre immeuble. Si Ostendorf tente de se glisser à nouveau dans votre logement, nous la capturerons.

— Combien de temps me faudra-t-il rester chez vous ?

— Deux jours tout au plus.

Rensch prit une profonde inspiration.

— Bon, d'accord. Mais après ça, je m'en vais.

— Comme vous voudrez.

Le policier qui se tenait à côté d'Oppenheimer se racla la gorge.

— Et comment allons-nous faire sortir Herr Rensch du bâtiment sans que la meurtrière s'en aperçoive ?

Oppenheimer jeta un coup d'œil en direction de la fenêtre.

— Dans une heure environ, il fera nuit noire. Je suppose que l'immeuble possède une cave à charbon ?

— Oui, confirma Rensch. La rampe qui permet d'y accéder se trouve au fond de l'arrière-cour.

Le commissaire sourit.

— Parfait, nous sortirons donc par là pour nous fondre ensuite dans l'obscurité. Espérons que la trappe ne sera pas trop étroite.

Quel ne fut pas l'étonnement de Lisa en voyant entrer une heure et demie plus tard dans la villa un Oppenheimer couvert de poussière de charbon, flanqué d'un invité qui ressemblait lui aussi à un ramoneur.

Par chance, elle n'était pas encore allée se coucher. Oppenheimer fit les présentations.

— Herr Rensch a besoin d'un endroit pour dormir cette nuit, précisa-t-il.

Se doutant que cette irruption était en lien avec l'affaire qui accaparait son mari, Lisa ne demanda aucune explication.

— Peut-être dans la cuisine ? En disposant plusieurs chaises les unes contre les autres pour faire un lit, ça devrait aller.

— Bonne idée. Va chercher des couettes, je m'occupe du reste.

Allumant sa lampe torche, Oppenheimer descendit au sous-sol avec le journaliste.

Sortir de l'immeuble de Rensch par la cave à charbon s'était avéré relativement simple. Les deux hommes avaient ensuite récupéré furtivement leurs vélos et s'étaient faufilés dans le bâtiment en ruine qui jouxtait la cour. De l'autre côté se trouvait une petite rue. Ils avaient alors enfourché leurs deux-roues et pris le chemin du domaine de Hilde.

Lorsque Lisa revint avec deux couettes, Oppenheimer avait aménagé une couche de fortune pour leur hôte.

Détaillant tour à tour son mari et le reporter, elle secoua la tête d'un air réprobateur.

— Vous ne pouvez pas rester comme ça. Je vais brosser vos manteaux. Et vos pantalons.

Baissant les yeux, Oppenheimer remarqua alors la poussière de charbon qui recouvrait ses vêtements.

— J'espère que nous n'avons pas tout sali, murmura-t-il avec une mine contrite.

Lisa le rassura d'un geste.

— Ce n'est pas grave. Je passerai la serpillière. Mais donnez-moi d'abord vos habits. Et je vous conseille ensuite de vous laver le visage.

Cinq minutes plus tard, Oppenheimer se tenait devant le miroir de la salle de bains du premier étage. En voyant son reflet dans la glace, il dut donner raison à sa femme. Après l'ascension de la rampe de la cave à charbon, il ressemblait à un ouvrier sortant d'une mine. Il se frotta le visage et les mains avec du savon, puis se rinça à l'eau froide.

Au moment où il tendait la main vers sa serviette pour s'essuyer, une pensée alarmante s'insinua dans son esprit. Et si, en focalisant son attention sur Rensch, il agissait exactement comme Margit Ostendorf le souhaitait ?

Oppenheimer se figea. Jusqu'à présent, la tueuse s'était montrée très douée pour dérouter la police. Au cours de sa carrière, il avait vu peu de criminels capables de faire preuve d'autant de ruse. Mais si on y regardait de plus près, la tactique d'Ostendorf n'avait rien de compliqué. Elle s'appliquait seulement à multiplier les fausses pistes.

Était-ce le cas ici ?

Si elle voulait simplement se débarrasser de Rensch, elle n'avait aucune raison de le prévenir.

Oppenheimer avait soudain l'impression d'y voir plus clair.

La langue de bœuf clouée dans l'appartement du journaliste n'était qu'une plaisanterie macabre, destinée à servir de diversion. Ce n'était pas Rensch qui était en danger, mais Manowski. Il ne pouvait en être autrement.

L'ancien amant de Frau Ostendorf était au travail en ce moment même, suivi de près par Wenzel. Mais personne ne veillait sur sa famille.

Le commissaire décida d'envoyer au plus vite quelqu'un au domicile des Manowski. Et pour remplir cette mission de protection, il n'y avait qu'une personne en qui il avait toute confiance.

Chemise déboutonnée, il dévala l'escalier et décrocha le combiné du téléphone mural. Il mit quelques instants à se souvenir du numéro de Petit Hans, l'ancien porte-flingue d'Ed le Mastard. Le colosse, pour faire plaisir à sa mère, avait changé de camp l'année précédente et endossé l'uniforme de la Schutzpolizei.

Au bout du fil se manifesta Frau Kuhlmann. Elle expliqua à Oppenheimer que son fils était de service cette nuit-là et lui donna le nom du commissariat où Hans était affecté.

Sitôt raccroché, il appela Großkurth pour obtenir le numéro du poste de police concerné.

Il dut fortement insister avant d'obtenir l'aval du supérieur de l'ex-gangster. Celui-ci finit cependant par accepter et alla chercher Petit Hans.

Oppenheimer expliqua brièvement au Schupo la tâche à remplir et lui dicta ensuite l'adresse de Manowski.

S'ensuivit un blanc sur la ligne.

— Alors vous voulez que je fasse le planton ? finit par demander Hans prudemment.

Comme à son habitude, il avait parlé en argot berlinois.

— Oui, c'est ça. Tu dois monter la garde chez la famille Manowski.

Oppenheimer savait que l'ancien truand était un peu lent à la détente. Mais une fois qu'il avait compris la mission qu'on lui confiait, Petit Hans accomplissait toujours son devoir avec dévouement.

— Il faut que je me change, ou je peux rester en uniforme ?

— Hum, je crois qu'il serait préférable que tu te présentes là-bas en civil. Mais montre ton insigne à Frau Manowski. Si elle refuse de te laisser entrer, appelle-moi au Praesidium et je réglerai le problème. En tout cas, je ne veux pas que tu te contentes de surveiller l'immeuble de l'extérieur. Tu as bien compris ? Tu dois protéger les membres de la famille en restant au plus près d'eux. C'est-à-dire dans l'appartement. Wenzel s'occupe de Herr Manowski, qui travaille de nuit. Il le raccompagnera chez lui, puis montera la garde devant le bâtiment. Préviens-le de ta présence quand il arrivera. Ensuite, calfeutre-toi dans le logement jusqu'à demain matin. Et n'oublie pas de te procurer une arme.

38

Vendredi 27 août 1948

D'excellente humeur, Hans se rendit aux vestiaires pour ôter son uniforme. Même si cela faisait près d'un an qu'il était entré dans la police, il avait toujours l'impression de porter un déguisement.

Durant les premiers mois, son nouvel emploi lui avait semblé une vraie bénédiction. Chaque Schupo savait exactement ce qu'on attendait de lui : obéir aux ordres. Aux yeux de Hans, cela signifiait réfléchir le moins possible et ne prendre aucune initiative. Sa vie professionnelle s'était transformée en un long fleuve tranquille que venaient troubler de temps à autre quelques petits malfrats.

Rien à voir avec son existence passée, quand il travaillait pour Ed le Mastard. Les affaires louches de son ancien patron étaient beaucoup trop éprouvantes pour lui. C'était avec soulagement qu'il avait quitté le milieu pour rejoindre la Schutzpolizei.

Mais travailler au sein des forces de l'ordre avait ses inconvénients. Les heures de service ne changeaient jamais. En plus, il avait toujours affaire aux mêmes personnes, aux mêmes délits – parfois tellement insignifiants qu'il se demandait pourquoi on se donnait la peine de les sanctionner.

A posteriori, Hans avait été forcé de l'admettre : même s'il aimait se la couler douce, l'excitation du monde de la pègre lui manquait. S'il n'avait pas replongé, c'était uniquement pour ne pas décevoir sa mère.

La mission que lui avait confiée Oppenheimer tombait donc à pic ; elle lui ferait oublier quelques heures la monotonie de son quotidien de Schupo. En prime, il avait le droit ce soir de porter une arme à feu. Un privilège rarissime. Son supérieur avait tout d'abord refusé sa requête, mais il avait suffi d'un second appel d'Oppenheimer pour le faire changer d'avis.

Hans se changea et enfila le holster d'épaule qu'il avait emprunté à l'armurerie. Avec cet équipement, il se sentait un peu comme un héros de western. L'étui du pistolet formait un renflement caractéristique sous sa veste. De jour, il aurait difficilement pu passer pour un civil innocent mais, de nuit, cela n'avait aucune importance.

Par chance, le domicile des Manowski était à moins de dix minutes de marche. Hans décida de laisser son vélo dans la cour du poste et de s'y rendre à pied. Il était minuit passé quand il sortit dans la rue en sifflotant.

L'ex-truand marchait sans réfléchir. Il connaissait le quartier comme sa poche.

Il ne mit pas longtemps à trouver l'adresse que lui avait donnée Oppenheimer. La porte d'entrée de l'immeuble n'était pas fermée à clé. À l'intérieur, il put même éclairer la cage d'escalier en appuyant sur l'interrupteur. À cette heure-ci, le courant était rétabli. Le bâtiment bruissait d'activité. Les gens en profitaient pour repasser leur linge au fer électrique ou cuisiner. Le blocus des Soviétiques avait complètement bouleversé le quotidien des Berlinois de l'Ouest.

À l'instar de ses voisins, Frau Manowski était encore debout. Lorsque Hans appuya sur la sonnette, la mère de famille ne tarda pas à ouvrir.

— Que voulez-vous ? demanda-t-elle en scrutant le visiteur de ses prunelles gris pâle.

L'ampoule du palier faisait miroiter ses cheveux courts aux reflets cuivrés.

Gêné, Hans fouilla ses poches à la recherche de sa plaque.

— Euh… On m'a envoyé pour surveiller votre appartement. Ordre du commissaire Oppenheimer.

Méfiante, la femme examina attentivement l'insigne qu'il lui montra. Au bout d'un moment, elle dit :

— Bien, merci de m'avoir prévenue.

Elle s'apprêtait à refermer la porte, mais Hans posa la main sur le battant.

— Le commissaire m'a ordonné de monter la garde dans votre logement. C'est plus sûr.

Frau Manowski poussa un soupir avant de s'écarter.

— D'accord, entrez.

Le vestibule était plongé dans l'obscurité. Hans supposa que la famille n'avait pas beaucoup d'argent et s'appliquait à économiser l'électricité pour éviter les factures trop salées. À ses yeux, cela prouvait une fois encore que l'honnêteté ne payait pas. Contrairement à certains trafics.

— Les enfants dorment, expliqua la maîtresse de maison à voix basse. Allons dans la cuisine.

Précédant Hans, elle gagna une pièce éclairée.

— J'allais me faire une tisane, annonça-t-elle en empoignant une bouilloire. Vous en voulez ?

L'ancien truand opina. Mal à l'aise, il décida de s'asseoir à la table familiale qui occupait le centre de l'espace.

Afin de briser le silence, il demanda :

— Quand rentre votre mari ?

— Dans trois heures, répondit-elle laconiquement.

Ils patientèrent sans un mot jusqu'à ce que la bouilloire se mette à siffler. Frau Manowski remplit deux gobelets, puis en déposa un devant son hôte. Préférant de ne pas s'asseoir à la table, elle alla s'appuyer contre le rebord de la fenêtre.

Tandis qu'elle portait la tisane fumante à ses lèvres, elle ne lâcha pas Hans du regard.

Celui-ci se sentait terriblement importun. C'était peut-être dû au fait qu'il avait débarqué dans l'appartement sans prévenir. À l'évidence, la rouquine ne semblait pas disposée à engager une conversation. Essayant de se donner une contenance, il leva son gobelet et but à petites gorgées. Il dut prendre sur lui-même pour ne pas grimacer. La boisson chaude qu'on lui avait servie avait un affreux goût médicamenteux.

Hans toussota.

— C'est un thé de santé ?

Ce breuvage, vanté dans tous les journaux, s'obtenait à partir de feuilles d'arbustes à baies. La fermentation était un processus complexe qui pouvait occuper une ménagère pendant plusieurs heures.

Frau Manowski acquiesça d'un signe de tête.

Le silence commençait à devenir pesant.

Soudain, Hans sursauta. Il crut entendre des coups en provenance du fond de l'appartement. Puis la voix sourde d'une femme.

— Qu'est-ce que c'est ? s'inquiéta-t-il.

La mère de famille fit un geste désinvolte.

— Bah, ce sont les voisins. Je n'y prête même plus attention. Les murs sont minces comme du papier à cigarette, on entend tout. Ils n'arrêtent pas de se chamailler.

Les coups reprirent, de manière rythmée cette fois.

— On dirait que c'est sacrément proche, commenta-t-il.

Frau Manowski se contenta de hausser les épaules.

Quelque chose clochait, Hans le sentait. Il était certain que les bruits venaient de l'une des chambres de l'appartement.

Il se leva pour tenter de localiser les étranges battements. Mais son corps ne lui obéissait plus. Brusquement, il fut saisi d'une irrésistible envie de dormir.

Le Schupo tituba avec peine jusqu'au vestibule obscur. Les coups s'échappaient d'une pièce située à droite de la porte d'entrée.

Le bruit cessa, remplacé par les gémissements plaintifs d'une femme.

Alarmé, il voulut dégainer son pistolet. Il avait malheureusement perdu le contrôle de sa main. Au prix d'un effort extrême, il parvint à saisir la crosse de l'arme.

Les genoux vacillants, il s'adossa contre le mur et prit une profonde inspiration pour ne pas sombrer dans le sommeil. Ses paupières devenaient de plus en plus lourdes.

Hans ne voulait pas se laisser submerger par cette fatigue implacable. Il se gifla, attrapa la poignée et poussa d'un coup d'épaule la porte de la chambre.

Il chancela à l'intérieur et, de la main gauche, actionna l'interrupteur. La lumière crue du plafonnier s'alluma.

À moitié aveuglé, l'ex-gangster mit un moment à comprendre ce qu'il voyait.

Sur un lit était étendue une femme à la chevelure auburn, vêtue d'un chemisier et d'un tablier de cuisine. Bras et jambes ligotés, elle avait un bâillon dans la bouche et portait de travers une paire de lunettes sur le nez. À côté de l'inconnue, Hans aperçut un berceau couvert de draps.

Tirant sur ses liens, la prisonnière le regarda d'un air suppliant et marmonna des paroles inintelligibles.

Comme il ne bougeait pas, elle fit de violents mouvements de tête en direction de la fenêtre.

C'est alors que Hans remarqua les deux autres personnes présentes dans la pièce.

Assises sur des chaises, elles ne bougeaient pas. Elles étaient mortes.

Hans, profondément choqué, oscilla.

Même dans son état, il constata qu'il s'agissait de cadavres qu'on avait soigneusement disposés à cet endroit.

Son instinct lui souffla que c'était la femme dans la cuisine qui avait préparé cette atroce mise en scène. Celle qui s'était fait passer pour la brave épouse de Manowski.

Se retournant vers la porte, il leva péniblement son pistolet, bien décidé à refroidir cette déséquilibrée.

Au même moment, une ombre jaillit du vestibule et sauta sur lui. La folle. Toutes griffes dehors, le visage déformé par un rictus sardonique, elle le plaqua au sol.

Un coup de feu partit, mais la balle rata sa cible. Avant que Hans n'ait le temps de tirer encore une fois, la femme l'agrippa fermement et le tourna sur le dos. Puis elle passa quelque chose au-dessus de sa tête, et il sentit une sorte de câble serrer sa gorge. Rapidement, l'air lui manqua.

Incapable de se débattre, il sombra dans les ténèbres.

Manowski commençait à en avoir assez d'être constamment suivi par ce Herr Wenzel de la Kripo. Le flic aurait au moins pu le raccompagner à la maison en voiture.

Mais non, Manowski ne devait rien changer à ses habitudes. Il lui fallait parcourir à vélo les deux kilomètres jusqu'à son domicile.

À trois heures et demie du matin, épuisé par une nuit de travail intense, il pédalait donc comme un automate pour rentrer chez lui, languissant après sa femme et son lit. Le courant avait été coupé, et la ville était plongée dans le noir.

Un vrombissement se fit entendre au-dessus de sa tête. Manowski n'y prêta aucune attention. Encore un avion-cargo en approche. Les appareils se succédaient avec une précision d'horloger dans le ciel de Berlin.

Lorsque le grondement s'éteignit, il perçut de nouveau le bruit du moteur de la voiture de police qui le suivait. Les rues étaient vides, mais Wenzel s'efforçait de maintenir une certaine distance entre eux. Cette précaution semblait ridicule. On ne pouvait que les remarquer puisqu'ils étaient les seuls à circuler dans le quartier de Wrangelkiez à cette heure-ci. Même la gare de Görlitz, particulièrement animée le jour, était déserte.

Manowski aspira une grande goulée d'air frais. Plus il approchait de chez lui, plus il accélérait l'allure. Mais lorsqu'il arriva en vue de son immeuble, il freina. Que devait-il faire à présent ? D'habitude, il allait ranger sa bicyclette dans la petite remise de l'arrière-cour.

Le passage permettant d'accéder de l'autre côté du bâtiment lui parut étrangement sombre. Soudain, une peur irraisonnée l'envahit. Devait-il croire ce que les policiers lui avaient raconté ? D'après eux, Margit avait commis toute une série de meurtres par vengeance, et il était le prochain sur la liste. À vrai dire, il la sentait tout à fait capable de perpétrer de telles horreurs. Même si, quand ils étaient ensemble, elle ne l'avait jamais agressé physiquement. Sauf une fois.

Manowski se raidit. Il n'allait pas se laisser faire. Après tout, c'était lui, l'homme. Il était inconcevable d'avoir peur d'une femme.

Serrant les dents, il se remit en mouvement et s'engouffra dans le passage obscur. Après avoir cadenassé son deux-roues dans la remise, il regagna la rue. Tandis qu'il se dirigeait vers l'entrée de l'immeuble, il vit le véhicule d'intervention garé un peu plus loin au bord du trottoir. Manowski secoua la tête. Décidément, le flic avait beau fumer en cachant dans le creux de la main la braise rougeoyante de sa cigarette, il n'était pas très discret.

La cage d'escalier était noyée dans les ténèbres. Manowski ne put s'empêcher de tressaillir lorsque la lourde porte claqua derrière lui. Tous les sens aux aguets, il gravit lentement les marches jusqu'au premier étage.

Une fois chez lui, il poussa un soupir de soulagement. Au fond du vestibule, la cuisine était faiblement éclairée. Un tintement familier de vaisselle parvint à son oreille, et il remarqua que l'air était empli d'une délicieuse odeur d'épices et de champignons. C'était plutôt étonnant que sa femme Ulrike lui prépare un repas à cette heure tardive.

Sentant l'appétit venir, il accrocha son manteau et son chapeau sur une patère.

— Alfred ?

Comme chaque matin en arrivant dans l'appartement, Manowski lança :

— C'est moi, chérie ! Je suis de retour !

Il se rendit à la cuisine, où régnait une agréable chaleur. À la lueur d'une unique bougie, Ulrike remuait à l'aide d'une grande cuillère en bois le contenu d'une marmite qui bouillonnait sur le fourneau. Les contours de sa silhouette se fondaient presque dans la pénombre.

Manowski déposa un baiser sur sa nuque. Il prit ensuite un gobelet qu'il plongea dans le seau d'eau bouillie posé près de l'évier. Après avoir avalé une première gorgée, il se laissa tomber sur une chaise.

— Pourquoi cuisines-tu maintenant ? Qu'est-ce que c'est ? De la soupe ?

Son épouse répondit avec un accent curieusement chantant :

— Une brave ménagère se doit de mitonner un bon petit dîner à son mari qui rentre du travail.

Il bondit de son siège. Ce n'était pas Ulrike. Et pourtant, il connaissait cette voix. Il ne pourrait jamais l'oublier.

La femme fit volte-face et le fixa d'un regard froid.

— Et ce que tu veux, c'est bien une brave ménagère pour s'occuper de toi, non ?

Manowski était pétrifié de terreur. Il avait sous les yeux l'être qu'il haïssait le plus au monde.

Et il savait que Margit éprouvait la même chose pour lui. À cet instant, il comprit qu'il n'aurait pas dû la sous-estimer. Son ancienne amante n'avait jamais eu l'intention de lui tendre une embuscade en pleine nuit dans l'arrière-cour. Elle avait forgé un plan bien plus diabolique : le punir en s'immisçant au cœur même de sa famille. Il était prisonnier d'un cauchemar bien réel, duquel on ne pouvait pas s'échapper.

La flamme vacillante de la bougie jetait des ombres sinistres sur le visage de l'intruse. Manowski avait l'impression d'avoir devant lui une furie vengeresse.

Immobiles, ils s'observèrent durant de longues secondes.

— Où est ma famille ? demanda finalement l'ingénieur d'une voix tremblante.

— Ils vont bien, ne t'inquiète pas. Ils se réveilleront quand tout ça sera terminé.

Manowski frissonna. Au même moment, il comprit que son adversaire s'était trahie. Ulrike et les enfants se trouvaient certainement dans la chambre à coucher.

Seule la table de la cuisine le séparait de Margit, qui ne le quittait pas des yeux. Il tourna la tête. Sur sa droite s'ouvrait le vestibule. La porte n'était qu'à deux mètres, mais la distance semblait infranchissable. Malgré tout, il n'avait pas le choix. Il devait s'assurer que sa famille était indemne.

Margit plissa le front. Devinant ce qu'il avait en tête, elle se dirigea lentement vers le couloir pour lui barrer le chemin.

Manowski décida de jouer son va-tout. Soulevant brusquement la table, il la projeta sur son ex-compagne. L'arrête du plateau s'enfonça dans le ventre de Margit, qui s'affaissa sur elle-même.

Le souffle court, Manowski marcha d'un pas vacillant vers le seuil de la cuisine. Il n'avait pas atteint la porte lorsqu'il perçut un mouvement du coin de l'œil. Margit avait contourné la table et se ruait vers lui. Avec rage, elle le plaqua au sol.

Manowski chuta lourdement. Sonné, il essaya de se relever, mais son ennemie fut plus rapide.

Sortant un pistolet de la poche de son tablier, elle lui assena un violent coup de crosse sur la tête.

39

Vendredi 27 août 1948

Nerveux, Oppenheimer tambourinait des doigts sur sa table de travail. Il jeta un coup d'œil vers la fenêtre, mais ne distingua que son propre reflet sur la vitre sombre. Le groupe électrogène de secours fonctionnait, et Großkurth avait allumé les lampes de bureau. Comme convenu, Oppenheimer était arrivé à une heure du matin au Praesidium afin de prendre la relève. Son collègue, arguant qu'il était trop excité pour dormir, avait cependant décidé de rester. Malgré tout, le vieux commissaire avait fini par s'endormir.

Oppenheimer ne tenait plus en place. Les premières lueurs du jour n'allaient pas tarder à paraître. Si Margit Ostendorf avait décidé de passer à l'action cette nuit-là, elle avait déjà perpétré son meurtre et il serait difficile de remonter sa piste. Sauf si la victime choisie était Manowski.

À cette pensée, il se leva brusquement, faisant tomber son siège. Le vacarme fit sursauter Großkurth.

— Que se passe-t-il ici ? maugréa le flic grisonnant en se redressant.

Oppenheimer s'approcha de lui.

— C'est bien que tu sois réveillé. Je vais rendre une petite visite à Wenzel. Pendant ce temps-là, veille sur le téléphone au cas où les collègues de l'Est se manifesteraient.

Großkurth grimaça.

— Je sais ce que j'ai à faire. File maintenant !

Oppenheimer sourit et empoigna son manteau.

Quelques minutes plus tard, il pédalait à toute allure en direction de Wrangelkiez. La lune baignait les rues de Berlin d'une lueur pâle. L'atmosphère était encore tiède. Quand il arriva devant l'immeuble de Manowski au bout d'un quart d'heure, il était en sueur.

Le véhicule d'intervention qu'avait emprunté Wenzel était garé au bord du trottoir. L'aspirant-inspecteur était assis au volant.

Oppenheimer mit pied à terre et posa sa bicyclette contre la façade du bâtiment sans la cadenasser. Puis il marcha vers la voiture. Wenzel, qui l'avait aperçu, baissa la vitre de sa portière.

— Alors ? souffla le commissaire. As-tu remarqué quelque chose d'inhabituel ?

Le jeune policier secoua la tête.

— Non, tout est paisible.

Fébrile, Oppenheimer s'avança vers le perron de l'immeuble et tendit l'oreille. Il ne perçut aucun bruit suspect. Tous les occupants semblaient dormir.

Glissant les mains dans les poches de son manteau, le commissaire retourna à la voiture. C'était terriblement frustrant, mais il devait admettre qu'il ne pouvait rien faire de plus.

Mâchoires serrées, il ouvrit la portière côté passager et se glissa dans l'habitacle. Ne restait plus qu'à attendre.

Le visage de Manowski était humide. Il émergeait peu à peu du néant, et la perception de son corps revenait. Il sentait un support dur sous ses fesses et contre son dos.

En plus, une douleur sourde se manifestait à l'arrière de son crâne.

Il avait envie de se laisser aller, mais une part de son esprit lui ordonnait de se concentrer. La vie de sa famille était en jeu.

Peu à peu, il comprenait ce qui s'était passé. Margit se trouvait dans leur appartement. Le diable sous forme humaine. Elle l'avait assommé d'un coup de crosse.

Sa vengeance serait terrible, Manowski le savait. Retorse, elle avait échappé à la police. Et elle était prête à tout. S'il ne se ressaisissait pas maintenant, il ne reverrait jamais sa femme et ses enfants.

Il laissa échapper un grognement. Une voix de femme lui répondit.

— Réveille-toi, mon chéri.

Le ton était mielleux.

— Réveille-toi ! Nous voulons prendre le dîner avec nos enfants.

Manowski ne comprenait pas. Le dîner ? Était-il resté sans connaissance pendant toute une journée ?

Péniblement, il parvint à entrouvrir les paupières. Il cligna des yeux.

Comme il l'avait supposé, il était assis à table. Au milieu du plateau brûlait une bougie. L'objet rond devant lui était une assiette creuse. Celle-ci était remplie à moitié. La soupe, très chaude, fumait. Voilà pourquoi son visage était humide. La cuillère était déjà posée sur le rebord de l'assiette. Tout était prêt pour dîner. Mais Manowski ne pouvait pas bouger. Ses mains étaient attachées aux accoudoirs.

Puis il vit les autres.

De chaque côté de la table, à sa droite et à sa gauche, étaient installées deux silhouettes sombres. Chacune avait son assiette de soupe. Leurs mâchoires dépourvues de lèvres formaient un rictus immuable. Leurs orbites caves étaient vides.

Manowski était assis à côté de cadavres.

Brutalement, il sortit de sa torpeur et essaya de se détacher.

— Calme-toi, mon chéri. Tu ne reconnais plus tes enfants ?

La femme qui parlait avait pris place juste en face de lui. C'était Margit. Elle caressa avec tendresse le crâne de l'une des dépouilles.

En la regardant, Manowski frissonna. On aurait dit une petite fille qui jouait avec ses poupées.

— Gerald, Peter, voici votre père. Il est enfin de retour.

L'ingénieur sentit sa gorge se nouer. C'étaient les prénoms qu'ils avaient choisis ensemble pour leurs fils. Dans un passé heureux. Lorsque Margit faisait encore semblant de pouvoir enfanter.

Fondant soudain en sanglots, il se plia en deux.

— Mais pourquoi m'infliges-tu ça ?

Margit se tourna vers lui, le visage parfaitement serein.

— Tu as une si belle maison. Et tu n'as jamais su l'apprécier.

Elle se mit debout.

— Maintenant, mangeons tous ensemble.

Tirant sa chaise, elle contourna la table pour venir s'asseoir près de lui.

La panique gagna Manowski. Qu'avait-elle derrière la tête ? Le cœur battant, il essaya en vain de s'écarter.

Margit, un sourire aux lèvres, prit la cuillère posée sur le rebord de l'assiette devant lui. Elle la remplit de soupe et souffla dessus avec précaution.

Il comprit. Cette folle voulait lui donner la becquée.

Lorsqu'elle approcha la cuillère de ses lèvres, il recula la tête.

— Tu as mis du poison là-dedans ?

Elle éclata de rire.

— Mais mon trésor, pourquoi ferais-je une chose pareille ?

Pour prouver sa bonne foi, elle avala la cuillère de soupe. Puis elle ajouta :

— Non, j'ai une autre idée en tête.

Manowski se força à réfléchir. Peut-être valait-il mieux se plier au jeu afin d'endormir ainsi la méfiance de son ex-compagne.

— Si tu me détachais, ma chérie, je pourrais manger tout seul.

En entendant le terme affectueux qu'il avait employé, Margit se figea. Ses traits se durcirent brusquement.

— Me prendrais-tu pour une idiote ?

Sa voix était devenue rauque et hostile.

Une fraction de seconde plus tard, elle se retransforma en ménagère exemplaire. Arborant un sourire bienveillant, elle replongea la cuillère dans la soupe et la porta ensuite vers la bouche de son prisonnier.

— Tout va bien. Notre dernier repas sera aussi le meilleur.

Sous le regard fixe des cadavres, elle commença à le nourrir.

Oppenheimer ne parvenait pas à rester en place. La Volkswagen était flambant neuve, mais il avait l'impression que les ressorts du siège lui meurtrissaient le derrière.

— Tu es sûr de n'avoir rien remarqué de particulier ? redemanda-t-il à son adjoint.

Wenzel aspira une bouffée de tabac et souffla un nuage de fumée par la vitre entrouverte.

— Rien du tout. Après Manowski, personne n'est entré ni sorti de l'immeuble.

— Et Hans ? Il t'a dit que tout allait bien à l'intérieur ?

L'aspirant-inspecteur regarda Oppenheimer d'un air étonné.

— Hans ? L'ancien truand devenu Schupo ?

— Oui, je l'ai chargé de monter la garde dans l'appartement. Par précaution.

Wenzel secoua la tête.

— Je n'étais pas au courant.

Oppenheimer eut un mauvais pressentiment.

— Je lui avais pourtant ordonné de te prévenir à votre arrivée !

— Il n'est pas venu me trouver.

Le commissaire actionna la poignée de la portière.

— Ce n'est pas normal, grommela-t-il en se hissant hors de l'habitacle. Allons voir.

L'assiette de soupe était vide. Margit se pencha pour nettoyer soigneusement la bouche de Manowski avec une serviette. Puis elle se leva.

Droite comme un piquet, elle toisa son otage.

— Quelqu'un s'est introduit ici, déclara-t-elle avec morgue.

Manowski s'agita sur sa chaise. Il reprenait soudain espoir. Quelqu'un était entré dans l'appartement pour les secourir, sa famille et lui ? Il jeta un coup d'œil vers la porte, mais le vestibule était toujours plongé dans l'obscurité.

— Une femme, précisa Margit en prenant une moue écœurée. C'est toi qui l'as amenée ici. Elle se cache, mais je peux sentir l'odeur fétide de son sexe. Sa présence est intolérable, je dois prendre des mesures radicales à son égard.

Se dirigeant vers la fenêtre, elle ramassa un sac à dos posé sur le sol et le fouilla. Elle en tira une trousse en cuir qu'elle déposa sur la table.

Manowski avala sa salive avec peine. Il avait déjà vu ce genre de trousse. Autrefois, sur le front. Dans un hôpital de campagne.

Lorsqu'elle déroula l'étui à compartiments, il sentit son sang se glacer dans ses veines. Il s'agissait bel et bien d'une trousse de chirurgien.

Un par un, Margit sortit les instruments et les disposa méthodiquement sous les yeux de son prisonnier : scalpels de différentes tailles, bistouris, pinces, sondes en acier et ciseaux de dissection.

En découvrant le matériel de son ex-amante, Manowski comprit ce qu'elle prévoyait de faire. Torturer Ulrike devant lui.

Dans la cage d'escalier, Oppenheimer alluma sa torche électrique. Wenzel, qui connaissait les lieux, le précéda et gravit les marches quatre à quatre.

Une poignée de secondes plus tard, ils s'arrêtaient devant la porte de l'appartement des Manowski.

Le commissaire plaqua son oreille contre le battant.

Il entendit des pas et les cris étouffés d'une femme. Puis les bruits s'éloignèrent.

— Quelque chose ne tourne pas rond, souffla-t-il à son adjoint.

À l'évidence, la tueuse avait trouvé le moyen de s'introduire dans l'appartement. Il montra la serrure du doigt.

— Peux-tu la crocheter ?

Après un rapide regard, Wenzel grimaça.

— Il faut l'enfoncer.

Oppenheimer soupira. S'ils fracturaient la porte, ils perdraient l'effet de surprise et Margit Ostendorf risquait de leur échapper. Mais ils n'avaient pas le choix.

— Dans ce cas, allons-y.

Les deux policiers reculèrent. Puis, sur un signe d'Oppenheimer, ils se ruèrent en avant et heurtèrent la porte de l'épaule. Le choc fit vibrer violemment le panneau.

— Encore !

Derechef, ils se jetèrent de tout leur poids contre le battant.

Cette fois, le bois craqua. La charnière supérieure avait sauté, mais la serrure résistait encore.

— Nous y sommes presque.

Le commissaire recula de nouveau. Wenzel prit une profonde inspiration et l'imita.

La porte céda brusquement sous leur troisième assaut. Emporté par son élan, Oppenheimer tomba de tout son long sur le panneau projeté au sol.

Se redressant aussitôt, il vit une pièce faiblement éclairée au fond du vestibule. À l'intérieur, une femme bâillonnée était ligotée sur une chaise.

— Dans la cuisine ! s'écria Wenzel en s'engouffrant dans le couloir.

Au même moment, une silhouette sombre apparut près de l'otage. Margit Ostendorf. D'un geste vif, la meurtrière balaya la bougie qui se trouvait sur la table. La pièce fut plongée dans le noir le plus complet.

Oppenheimer leva sa torche. Wenzel courait vers la cuisine lorsqu'un coup de feu claqua. La balle alla se loger dans la paroi près du commissaire.

Avec sa lampe de poche, il constituait une cible facile. Il l'éteignit immédiatement et progressa à tâtons en se plaquant contre le mur du couloir.

Lorsque ses yeux se furent habitués à l'obscurité, il distingua Wenzel qui se tenait de l'autre côté de la porte. Après avoir prévenu l'aspirant-inspecteur d'un mouvement de tête, il ralluma sa torche électrique. Frau Ostendorf était en train d'ouvrir l'unique fenêtre de la pièce. Faisant volte-face, elle lança un objet étincelant dans leur direction. Les deux enquêteurs se baissèrent instinctivement pour éviter le projectile.

Quand Oppenheimer redirigea le faisceau de sa lampe vers la fenêtre, la tueuse avait disparu.

— Bordel ! pesta Wenzel en courant vers l'ouverture. Elle se carapate par l'arrière-cour !

— Essaie de trouver Hans ! ordonna Oppenheimer. Je me charge d'Ostendorf.

Il se précipita hors de l'appartement et dévala l'escalier. Parvenu dans la rue, il éteignit sa torche électrique. Puis, d'un pas prudent, il se dirigea vers le passage couvert qui menait à la cour de l'immeuble.

Alors qu'il approchait de la galerie, il vit surgir une ombre sur un vélo. Margit Ostendorf prit un virage serré et s'enfuit en pédalant furieusement.

Comme Wenzel avait gardé la clé du véhicule d'intervention, Oppenheimer s'empressa d'enfourcher sa bicyclette, qu'il avait posée contre la façade du bâtiment.

La meurtrière roulait à toute allure vers la station de métro Schlesisches Tor.

Il ne mit pas longtemps à percer les intentions d'Ostendorf : gagner l'Oberbaumbrücke. Le grand pont à deux étages qui enjambait la Sprée était le passage le plus proche vers le secteur soviétique. Cette pensée le rassura. Negele et ses hommes ne manqueraient pas d'intercepter la fugitive.

Oppenheimer contourna l'imposant édifice de la gare aérienne. Au moment où il s'apprêtait à traverser la Schlesiche Straße, il aperçut quelque chose sur la chaussée. Freinant brusquement, il constata avec surprise qu'il s'agissait d'un vélo.

Manifestement, Frau Ostendorf avait abandonné son moyen de locomotion pour continuer à pied.

Le commissaire, perplexe, resta planté au milieu du carrefour. Il tendit l'oreille, mais ne perçut aucun bruit.

La tueuse s'était volatilisée. Pestant intérieurement, il regarda autour de lui. Il s'était arrêté non loin de l'entrée de la station de U-Bahn. À cette heure, aucune rame ne circulait.

Il descendit de sa bicyclette et s'avança vers les piliers d'acier qui supportaient les voies aériennes du métro. Rallumant sa torche électrique, il inspecta les environs. Personne.

Margit Ostendorf avait-elle un autre repaire à proximité ? Cela ne cadrait pourtant pas avec la stratégie qu'elle avait appliquée jusque-là : frapper dans les secteurs occidentaux pour se réfugier ensuite à Berlin-Est.

Il attendit plusieurs minutes, mais rien ne vint troubler le silence qui enveloppait la petite place où se dressait la station de U-Bahn avec son clocheton à bulbe.

Aux aguets, il se remit en selle et suivit lentement les voies aériennes du métro qui serpentaient en direction de l'Oberbaumbrücke.

Tandis qu'il atteignait la Sprée, il aperçut la mer de lumières qui illuminaient le quartier de Friedrichshain sur l'autre rive. Les feux des réverbères indiquaient de manière évidente qu'il approchait du secteur soviétique.

Il emprunta la promenade en arcades qui s'étirait sous le viaduc ferroviaire. La galerie couverte aux allures de cloître était déserte.

L'arche centrale du pont, endommagée par un dynamitage vers la fin de la guerre, était soutenue par des étais. Au milieu de ce tronçon courait la frontière avec la partie orientale de la ville.

Oppenheimer descendit de vélo et parcourut les derniers mètres à pied.

À peine venait-il de pénétrer dans le secteur soviétique qu'une silhouette sombre jaillit de derrière une colonne pour l'empoigner par le bras.

— Qui va là ? demanda une voix rauque.

Un clic retentit, et le réflecteur d'une lampe torche l'aveugla.

— Ah, c'est vous.

La main qui le retenait relâcha son étreinte. L'assaillant n'était autre que Negele.

La lumière s'éteignit.

— La tueuse se dirige vers Berlin-Est, murmura Oppenheimer, un peu surpris par l'accueil brutal de son ancien collègue.

— Nous sommes prêts à la recevoir. (Le jeune policier montra du doigt deux autres individus dissimulés sous les arcades.) Reinmann surveille le pont sur le canal.

— J'ai perdu de vue Ostendorf près de la station Schlesisches Tor. Mais elle ne peut pas être loin.

— Dans ce cas, ouvrons l'œil, répondit Negele.

Après avoir posé sa bicyclette contre la rambarde de fer forgé qui bordait la galerie, Oppenheimer alla se cacher derrière un pilier en compagnie de l'aspirant-inspecteur.

Durant de longues minutes, ils observèrent la promenade et la chaussée réservée aux véhicules. Tout était paisible.

Le commissaire rongeait son frein quand il perçut enfin quelque chose. Des pas légers.

Il tendit la tête, mais ne vit personne.

Les bruits se rapprochaient. Contre toute attente, le pont restait désert.

Oppenheimer se tourna vers Negele, qui haussa les épaules. Immobiles, ils continuèrent de prêter l'oreille.

Quelques secondes plus tard, un juron étouffé leur parvint, suivi d'un crissement de gravier.

Les enquêteurs se regardèrent. Tous deux avaient compris ce qui se passait. Margit Ostendorf se trouvait juste au-dessus d'eux.

La tueuse avait abandonné son vélo pour se glisser dans la station Schlesisches Tor et gagner les voies aériennes du métro. Elle comptait rejoindre Berlin-Est en empruntant la partie supérieure du pont.

— Nous devons la coincer, souffla Oppenheimer.

Negele désigna derrière lui la rive orientale de la Sprée.

— Il faut l'intercepter avant qu'elle n'arrive à la gare de Warschauer Brücke.

Le commissaire acquiesça et enfourcha sa bicyclette. Sans attendre Negele, il s'élança vers le secteur soviétique en s'efforçant de faire le moins de bruit possible.

Parvenu de l'autre côté de l'Oberbaumbrücke, il longea un bâtiment surmonté d'une verrière. La gare de Warschauer Brücke était le terminus de la ligne 1. Si elle ne tentait pas de sauter sur la route depuis le pont, Margit Ostendorf devrait forcément passer par là.

Abandonnant son vélo, Oppenheimer monta en hâte le perron de la station. Il traversa le hall au pas de course et gagna les quais. Au bout de la plate-forme, il bondit sur les voies.

Comme il jetait un regard par-dessus son épaule, il vit que Negele et ses hommes l'avaient suivi.

Il se remit en mouvement et longea les rails. Au loin se dressaient dans la nuit les deux hautes tours néogothiques de l'Oberbaumbrücke.

Oppenheimer ne tarda pas à repérer la tueuse, qui progressait avec peine sur le ballast.

Il était inutile de se presser. La fugitive semblait à bout de forces.

Lorsqu'elle l'aperçut, elle se jeta contre la clôture métallique qui bordait les voies et regarda la route en contrebas. Pour s'échapper, il ne lui restait qu'une solution : sauter du pont. Mais, épuisée, elle ne parvint pas à franchir la barrière.

Negele apparut soudain aux côtés d'Oppenheimer. Le jeune policier haletait. Il avait couru pour rejoindre son ancien supérieur.

Les deux hommes marchèrent ensemble au-devant d'Ostendorf, qui s'était pelotonnée au pied de la clôture.

Quand ils arrivèrent à une dizaine de pas de la meurtrière, Negele alluma sa lampe torche.

Jusqu'au bout, Margit Ostendorf avait fait preuve d'une grande ingéniosité. Alors que l'Oberbaumbrücke était un poste-frontière, elle avait trouvé le moyen d'esquiver les contrôles en empruntant le viaduc ferroviaire. Mais elle n'avait pas envisagé l'éventualité d'une coopération entre les polices de l'Est et de l'Ouest. Sa dernière ruse avait échoué.

Se redressant lentement, elle pointa un pistolet en direction des deux enquêteurs.

Oppenheimer sortit son arme de service de la poche de son veston. Negele l'imita.

— Vous n'avez aucune chance, Frau Ostendorf. Rendez-vous !

L'interpellée parut réfléchir aux paroles du commissaire. Quelques secondes s'écoulèrent, puis elle baissa son semi-automatique et cacha son visage dans le creux de son bras.

Oppenheimer s'approcha.

— Margit Ostendorf, je vous arrête pour tentative d'homicide sur les personnes de Herr et Frau Manowski.

Levant la tête d'un air défi, elle rassembla ses dernières forces pour lui décocher un regard haineux.

Les collègues de Negele s'avancèrent. Ils passèrent les menottes à la fugitive et la remirent debout. Celle-ci se laissa emmener avec une moue dédaigneuse.

Elle n'avait pas prononcé une parole. Et cela devait rester ainsi.

40

Lundi 20 septembre 1948

Oppenheimer et Negele s'étaient donné rendez-vous quelques semaines plus tard. Comme lors de la libération de Großkurth, ils avaient décidé de se retrouver sur la Lohmühlenplatz, près de la frontière entre les secteurs américain et soviétique. Cette fois-ci, en revanche, il ne s'agissait pas d'un échange discret de prisonniers, mais d'une rencontre officielle durant laquelle Margit Ostendorf serait remise entre les mains de la Kripo de Berlin-Est.

Après l'arrestation sur l'Oberbaumbrücke, Negele avait agi de manière confraternelle et laissé Oppenheimer emmener la tueuse au Praesidium de la Friesenstraße. Malheureusement, celle-ci s'était retranchée dans un mutisme opiniâtre. Et sans aveux, il paraissait improbable de découvrir l'étendue de ses crimes.

Le procureur général l'avait inculpée, toutefois la plupart des meurtres connus avaient été perpétrés dans le secteur soviétique. Entre-temps, Negele et Reinmann avaient rassemblé suffisamment de preuves pour établir de manière incontestable la culpabilité de Frau Ostendorf dans trois homicides. Après de longues tractations entre les hiérarques des administrations policières de l'Est et de l'Ouest, il avait finalement été convenu que l'accusée serait jugée dans le secteur soviétique. Cette décision politique n'avait guère plu à Seeßlen, le patron de la Kripo occidentale. Et le directeur de la police en personne avait réprimandé Oppenheimer, lui reprochant d'avoir collaboré en secret avec une brigade rivale. Ce dernier avait écouté stoïquement le sermon de Stumm avant d'expliquer qu'il aurait été impossible de coincer la tueuse sans l'aide de ses anciens collègues.

En définitive, peu lui importait que le procès d'Ostendorf ait lieu à Berlin-Est. Il avait rempli son devoir en capturant la tueuse. À la justice de s'assurer que celle-ci soit condamnée pour ses crimes.

L'extradition devait avoir lieu à neuf heures du matin. À ce moment de la journée, la plupart des Berlinois étaient déjà au travail, et seuls quelques rares passants empruntaient le Lohmühlenbrücke.

Wenzel et Oppenheimer patientaient dans un véhicule d'intervention. Comme la dernière fois, ils s'étaient garés sur le côté ouest du pont.

D'épais nuages s'amoncelaient dans le ciel, mais Oppenheimer avait baissé son pare-soleil. Il pouvait ainsi observer discrètement la prisonnière installée sur la banquette arrière de la voiture.

Le front plissé, Margit Ostendorf continuait de se murer dans son silence. Même si la meurtrière paraissait brisée, il émanait encore d'elle quelque chose de dangereux.

Par chance, elle n'avait pas eu le temps de faire du mal aux époux Manowski. Le couple s'en était sorti indemne.

Carl Rensch et Birgit Zander avaient, eux aussi, échappé au pire. Le lendemain de l'arrestation d'Ostendorf, la jeune femme était retournée vivre chez son turbulent compagnon. Tous deux avaient repris leurs habitudes et se chamaillaient continuellement. Afin de ne pas avoir le journaliste sur le dos au moment de l'extradition, Oppenheimer l'avait envoyé à l'autre bout de la ville en lui donnant un tuyau sur une nouvelle affaire.

Le commissaire détacha son regard du petit miroir et consulta l'horloge du tableau de bord. Il était précisément neuf heures.

— Je vais faire un tour, annonça-t-il en sortant de la voiture.

Alors qu'il déambulait sur le pont, il vit trois individus s'avancer sur la Lohmühlenplatz toute proche. Revenant près de la portière ouverte, il tapota contre la vitre.

Le siège passager bascula en avant. Installé sur la banquette arrière à côté de Frau Ostendorf, Petit Hans se plia en deux pour s'extraire du véhicule. Une fois dehors, il fit descendre la prisonnière, à laquelle il était menotté par mesure de précaution.

Le Schupo dégingandé avait revêtu son uniforme. Ayant frôlé la mort, il avait eu besoin de plusieurs jours de repos après sa mission héroïque. C'était un honneur pour lui de livrer personnellement son assaillante à la Kripo de Berlin-Est.

Le groupe s'ébranla. Tandis qu'Oppenheimer et Hans encadraient la tueuse, Wenzel fermait la marche.

Une fois le pont franchi, ils s'engagèrent sur la place pavée. Negele et deux Schupos vinrent à leur rencontre.

Tous se retrouvèrent sur le terre-plein central.

D'un signe de tête, Negele salua Oppenheimer et ses hommes. Hans sortit une clé de sa poche et libéra Frau Ostendorf. Aussitôt, les agents de l'Est passèrent de nouvelles menottes à la prisonnière.

La scène s'était déroulée sans un mot. Soudain, un bruit de moteur enfla dans le ciel. Le ballet des avions alliés se poursuivait infailliblement. Un nouvel appareil entamait sa descente vers Tempelhof.

Ce fut Negele qui prit la parole en premier.

— J'ai entendu dire que les travaux à Tegel allaient bon train.

Oppenheimer acquiesça. Dans le secteur français, on bâtissait à toute allure un troisième aéroport pour améliorer l'approvisionnement de la population ouest-berlinoise. Pareil chantier ne laissait présager rien de bon. À l'évidence, le blocus soviétique n'était pas près de s'arrêter.

— Dans les zones occidentales, beaucoup de gens font des dons. Ils veulent nous envoyer notamment de la nourriture, mais les Alliés refusent d'assurer le transport de ces vivres. Des compagnies aériennes civiles vont peut-être s'en charger.

En parlant, Oppenheimer prit conscience que Negele ne faisait pas partie de ceux qui profitaient du pont aérien.

Il chercha un sujet plus conciliant.

— En arrivant au-dessus de la ville, les pilotes des avions militaires larguent des friandises pour les enfants. Dans des colis équipés de petits parachutes.

Negele sourit. Mais une lueur ironique dans son regard laissait penser qu'il ne croyait pas à cette anecdote.

— Notre collaboration s'est révélée plutôt fructueuse, dit Oppenheimer en guise de conclusion.

Le jeune policier de l'Est dodelina de la tête.

— C'était une exception, dirons-nous. Mieux vaut en rester là.

D'un bref signe du menton, il prit congé de ses anciens collègues avant de tourner les talons. Les deux Schupos et Margit Ostendorf le suivirent en direction du secteur soviétique.

Oppenheimer, flanqué de Hans et Wenzel, les regarda monter dans un véhicule d'intervention garé un peu plus loin.

Il était parvenu à résoudre l'affaire en travaillant main dans la main avec Negele, mais leur coopération lui laissait un goût amer. La ville, à l'instar des services de police, était en train de se scinder définitivement en deux. Mais pouvait-on vivre chacun de son côté en évitant tout contact ? L'aspirant-inspecteur prenait cette rupture un peu trop à la légère, semblait-il. La situation n'était pas aussi simple.

Oppenheimer, songeur, se demanda s'il y aurait bientôt d'autres exceptions.

Postface

Le journal *Der Weckruf*, tout comme l'affaire criminelle racontée dans ce roman, est le fruit de mon imagination. Dans la période d'après-guerre, Berlin a été le théâtre de plusieurs homicides dont l'élucidation a été entravée par les dissensions politiques entre les Alliés. L'histoire la plus célèbre est peut-être celle d'Elisabeth Kusian, une infirmière qui a tué en 1949 deux personnes dans le secteur britannique. Elle a ensuite débité les corps et dispersé les morceaux à Berlin-Est. Jusqu'à la construction du mur en 1961, les habitants pouvaient encore circuler librement dans la ville mais, après la scission des services de police en 1948, ce n'était plus le cas des forces de l'ordre.

La métropole, administrée conjointement par les Alliés, se trouvait au milieu de la zone soviétique. Dès novembre 1945, les quatre puissances d'occupation avaient signé un accord pour la mise en place de trois corridors aériens permettant aux avions américains, britanniques et français d'atteindre leurs secteurs respectifs. Quant aux voies d'accès terrestres, il était également prévu de rédiger un traité réglant la circulation des biens et des personnes, mais ce projet n'a jamais pu aboutir à cause des différends grandissants avec l'URSS. En l'absence de réglementation officielle, le contrôle de ces voies d'accès revenait à l'administration militaire soviétique.

Instauré par l'URSS, le blocus de Berlin avait comme objectif d'user les Alliés occidentaux, afin de les inciter à quitter l'ancienne capitale du Reich. Mais ceux-ci ne cédèrent pas et décidèrent d'emprunter la voie des airs pour approvisionner leurs secteurs. Il y eut par la suite de nombreuses tentatives d'intimidation destinées à perturber le fonctionnement du pont aérien : tirs de DCA, emploi de projecteurs pour aveugler les pilotes en phase d'atterrissage ou manœuvres menaçantes d'avions de chasse. Ces agissements ne provoquèrent toutefois aucun incident notoire. Et il faut rappeler que le *Berlin Air Safety Center*[1], unité quadripartite qui assurait le bon déroulement des opérations aériennes à l'intérieur des couloirs, comptait parmi ses membres des officiers soviétiques.

La population ouest-berlinoise considérait le blocus avant tout comme un conflit idéologique entre le dirigisme autocrate de Staline et les valeurs libérales occidentales. Malgré les privations, la plupart des habitants, craignant une annexion de leurs secteurs par l'URSS, refusèrent l'aide alimentaire proposée durant quelque temps par l'administration soviétique. Jusqu'au 31 août 1948, seuls 21 802 individus profitèrent de ces rations supplémentaires. Parmi celles-ci se trouvaient de nombreuses personnes qui avaient déclaré posséder un domicile à l'Est et à l'Ouest. Une pratique illégale naturellement, mais tolérée par les autorités soviétiques pour embellir leurs statistiques.

Le 6 septembre 1948, des manifestants communistes prirent d'assaut le nouvel hôtel de ville pendant une séance du conseil municipal. La police est-berlinoise s'abstint d'intervenir pendant l'émeute. Bien au contraire, on procéda à l'arrestation de plusieurs membres du personnel de la municipalité.

La mise en place du pont aérien avait démontré que les Alliés occidentaux étaient prêts à tout pour rester à Berlin. Dès lors, l'administration soviétique n'eut de cesse d'isoler son propre secteur pour restreindre au maximum l'influence des trois autres puissances d'occupation. La guerre froide avait bel et bien commencé.

Harald Gilbers
Mai 2021

1. Le Centre de sécurité aérienne de Berlin (BASC).

Photocomposition Soft Office

Achevé d'imprimer en mai 2023
par CPI BRODARD & TAUPIN (72200 La Flèche)
pour le compte des Éditions Calmann-Lévy
21, rue du Montparnasse, 75006 Paris

PAPIER CERTIFIÉ

Pour l'éditeur, le principe est d'utiliser des papiers composés
de fibres naturelles, renouvelables, recyclables et fabriquées à partir
de bois issus de forêts qui adoptent un système d'aménagement durable.
En outre, l'éditeur attend de ses fournisseurs de papier qu'ils s'inscrivent
dans une démarche de certification environnementale reconnue.

N° d'éditeur : 2938259/01
N° d'imprimeur : 3052731
Dépôt légal : juin 2023
Imprimé en France.